Ullstein Kri

Ullstein Krimi
Lektorat: Georg Schmidt
Ullstein Buch Nr. 10548
im Verlag Ullstein GmbH,
Frankfurt/M – Berlin
Titel der amerikanischen
Originalausgabe:
Kiss Me Once

Deutsche Erstausgabe

Umschlaggestaltung:
Hansbernd Lindemann

Printed in Germany 1988
Gesamtherstellung:
Ebner Ulm
ISBN 3 548 10548 3

September 1988

CIP-Titelaufnahme
der Deutschen Bibliothek

Maxwell, Thomas:
Kiss me once: Roman / Thomas Maxwell.
Übers. von Oliver Huzly. – Dt. Erstausg. –
Frankfurt/M; Berlin: Ullstein, 1988
(Ullstein-Buch; Nr. 10548:
Ullstein-Krimi)
Einheitssacht.: Kiss me once <dt.>
ISBN 3-548-10548-3
NE: GT

Thomas Maxwell

Kiss Me Once

Roman

Übersetzt von Oliver Huzly

Ullstein Krimi

Für Elisabeth

Hör mir gut zu, Al.
Der Fluß ist tief, und Zement ist billig.
Ruf mich an, wenn du mich brauchst.

– Max Bauman zu Alfred E. Smith,
1928 Präsidentschaftskandidat der
Demokratischen Partei,
im Verlauf eines Dinners bei
Locke-Ober in Boston.

Kiss Me Once beschäftigt sich, wie Sie bald festellen werden, liebevoll und ausführlich mit all den Geschöpfen des Film noir, ohne die das Buch undenkbar wäre und deren Erbe es mit gebührendem Respekt anzutreten versucht, das kulturelle Vermächtnis all derer, die sich, wer weiß, auf dem Studiogelände von RKO versammelt haben könnten, um diesen Film zu drehen.

Dana Andrews	Lew Cassidy
Dan Duryea	Terry Leary
Lizabeth Scott	Cindy Squires
Morris Carnovsky	Max Bauman
William Bendix	Bennie die Bestie
Walter Slezak	Harry Madrid
Laird Cregar	Markie Cookson
Elisha Cook, Jr	Bert Reagan
Sonny Tufts	Bryce Huntoon

sowie

Alida Valli . . . . als	Karin

Bemerkung des Autors

Leser mit einem scharfen Auge für historische Details dürften sich gelegentlich mit Dingen konfrontiert sehen, die ihnen wie historische Irrtümer vorkommen. Sie können damit durchaus richtig liegen, also bleiben Sie ganz ruhig. Ich bin dafür verantwortlich, ob ich nun gelegentlich ein bißchen mit den historischen Fakten herumgespielt habe, um etwas Bestimmtes auszudrücken, oder ob ich schlicht und einfach Fehler begangen habe.

Allerdings sind da einige Kleinigkeiten, die ich hier an Ort und Stelle gleich klären kann. An dem fraglichen Tag fand tatsächlich ein Footballspiel auf den Polo Grounds statt. Die Gastmannschaft waren die Brooklyn Dodgers, ein eher glückloser Verein, der nur fünfzehn Spielzeiten, von 1930 bis 1944, durchhielt. Die Heimmannschaft waren selbstverständlich die New York Giants. Nicht überraschend stellten die Giants den Lokalrivalen klar in den Schatten, die Bilanz der Spiele weist 22 Siege für sie aus, bei drei Unentschieden und nur vier Niederlagen. Amüsanterweise behielten am fraglichen Datum die echten Brooklyn Dodgers die Oberhand, 21 zu 7.

Jemand könnte auch fragen, wie es denn kommt, daß es um 1 Uhr 05 am Nachmittag in New York auf einmal 7 Uhr 35 morgens auf Hawaii sein kann. Die Antwort ist simpel. Zu dieser Zeit waren die Zeitzonen im Pazifik in halbe Stunden aufgeteilt.

Wenn man es auf sich nimmt, eine Gruppe von Charakteren zu schaffen, die eine gewisse Ähnlichkeit aufweisen mit ihren Pendants, die Teil unserer aller Leben sind, läuft ein Autor gelegentlich Gefahr, zu tief ins Fleisch zu schneiden. Es ist jedoch für gewöhnlich sein eigenes Fleisch, was ohne Zweifel ein Glück ist. Wie auch immer, sollten Sie eine spezielle Ähnlichkeit zu speziellen Individuen feststellen, dann habe ich meine Sache gut gemacht. Aber natürlich ist die Ähnlichkeit im wesentlichen zufällig.

Zu guter Letzt noch einige Worte zum Titel. Ich hatte schon seit geraumer Zeit mit dem Gedanken gespielt, die Geschichte von Lew Cassidy zu Papier zu bringen, als ich eines Sonntagmorgens meiner üblichen Gepflogenheit nachging und Jonathan Schwartz lauschte, der der Welt bester Discjockey *cum* Raconteur *cum* Nachtclubsänger ist. Und wie es so seine Gepflogenheit ist, spielte er eine Platte nicht einfach: Er sagte etwas Einleitendes dazu. Die Aufnahme von Louis Armstrong, glaube ich – war »It's Been a Long, Long Time«, die, so vermute ich wenigstens, die meisten Leute als »Kiss Me Once« im Ohr haben. Er stellte fest, daß konträr zu dem lebhaften Vortrag, der dem Song zumeist widerfährt, das Stück an und für sich eine sehr starke und kraftvolle Botschaft herüberbrachte, damals, in diesem lang vergangenen Sommer 1945, als es im ganzen Land der große Hit war. Es war ein Lied über den Krieg und über die Heimkehr vom Krieg in eine Welt, die nie wieder so wie früher sein würde, die Rückkehr in ein Leben – und auch zu den Lieben –, das sich für immer geändert hatte. So viel war allen in diesen Jahren widerfahren. Es war in der Tat eine sehr, sehr lange Zeit gewesen. Und vielleicht waren ein Kuß und ein Gebet ja wirklich der Gipfel dessen, worauf man zählen konnte. Das ist der Kern der Geschichte von Lew Cassidy. Mr. Schwartz hatte mir einen Titel geliefert. Wofür ihm hiermit gedankt sei.

Thomas Maxwell
New York, Mai 1986

Prolog

Cassidy war bereit zu töten.

Wie er da in der Kälte und Dunkelheit kauerte und nur schwach ihr aufgeregtes Atmen hinter sich hörte, kam es ihm in den Sinn: Wenn man einen Mann weit genug trieb, wenn man ihn in eine Ecke drängte, wenn man seinen Freund tötete – nun, entweder zerbrach er daran, oder es machte ihn zu einem bösartigen, angsterregenden Exemplar der menschlichen Spezies. Er war sich nicht so ganz sicher gewesen, wie es mit ihm sein würde, und jetzt wußte er es. Eine Person, die ihm etwas bedeutete, war immer noch am Leben, und das gab letztlich den Ausschlag. Es machte ihm klar, wer und was er in seinem Innersten war, immer gewesen sein mußte. Er wartete in der kalten Vier-Uhr-Morgen-Dunkelheit und lächelte in sich hinein. Es war ein Lächeln des Erkennens.

Er wartete, auf den Boden gekniet, den er nicht sehen konnte, den Lauf der Bockbüchse auf die Lehne der Couch gelegt, direkt auf die Tür gerichtet. Das fahle Mondlicht drang durch die Wolken, spiegelte sich im tiefen, harschigen Schnee, und er wußte, sie waren da draußen und machten untereinander aus, wie sie am besten hineinkamen und die Sache erledigten. Der Wind peitschte wütend gegen die Fenster, ließ sie in ihren Rahmen klappern.

Dann hörte er den ersten Schritt auf der Veranda knarren. Der Schnee quietschte, als jemand langsam auf die Tür zukam. Langsam. Cassidy wußte, er hatte einen Vorteil. Sie wußten nicht, daß sie entdeckt worden waren. Sie gingen nicht ganz vorsichtig genug vor. Er hatte einen Vorteil, und der würde nicht lange anhalten, aber der erste Kerl, der durch die Tür kam, würde einen verdammt hohen Preis dafür zahlen.

Die Schritte hielten inne.

Die Türläden wurden zurückgezogen, ächzten in den Angeln. Der Türknauf drehte sich langsam, kaum wahrnehmbar klappernd. Die Tür glitt auf, Zoll um Zoll um Zoll . . .

Cassidy hörte das Tappen in der Dunkelheit, ein, zwei Schritte in den Raum, die Konturen schwarz auf schwarz, zu undefinierbar, um ein Ziel zu bieten. Schnee wehte geräuschvoll über die Veranda.

Jetzt, jetzt, dachte er, jetzt mußte sie es tun . . .

Sie drückte den Wandschalter, und alle Lampen im Raum gingen mit einem grellen Blitz an.

Der Mann hielt in der Bewegung inne, riß einen Arm vor seine Augen.

Genauso plötzlich verschlang die Dunkelheit sie wieder, wie das Tuch, das man über einen Papageienkäfig wirft, aber das Nachbild des Mannes blieb vor ihm, als er das Gewehr in die richtige Position brachte.

Der Mann mit der langen Pistole in einer Hand, einem schwarz-rot- karierten Parka, dazu passender Mütze mit heruntergezogenen Ohrenklappen . . .

Cassidy konzentrierte sich auf das Bild des Mannes, das in seine Augäpfel eingeprägt war, feuerte beide Läufe ab und spürte den Rückstoß.

Die Patronenhülsen sprangen auf den Boden, und er ließ zwei weitere in die Kammern gleiten, noch während der Mann zurück, hinaus in die Nacht, gefetzt wurde. Holz splitterte, Glas zersprang, und er hörte, wie die Leiche schwer auf die Veranda schlug, über die glatte Schneedecke rutschte und über den Rand flog, durch die dicke Schneedecke hindurch. Es hatte die Tür aus den Angeln gerissen. Sie schlug mit einem Krachen auf, prallte klappernd von einem Holzpfeiler ab und trudelte in den Schnee. Ein Stoß kalter Luft drang herein, und das Echo des Knalls ertönte und hallte an den Wänden nach, und dann, nach einer Weile, war es wieder still.

Sie kam und kniete sich neben ihm nieder.

»Sie müssen reinkommen, um uns zu kriegen«, sagte er. »Es wird eine Schlacht werden. Wir müssen uns verschanzen.«

Sie schoben die Couch hinüber zum Treppenfuß und kletterten dahinter, kauerten sich in das Eck unter der Treppe. Sie saßen mit dem Rücken zur Wand, und sie drängte sich zitternd an ihn. Er küßte ihr Haar und fragte sich, ob er ihr Gesicht je wiedersehen würde.

Die Tommy-Gun begann ihr unverkennbares Rülpsen, und der Raum war voller Kugeln und umherfliegendem Glas. Es machte einen verdammten Lärm. Kugeln nagten an der Wand, Holzsplitter und Putz spritzten überall hin. Sie rissen Löcher in das knorrige Kiefernholz. Er sah das Aufblitzen von Mündungsfeuer, wie herauszuckende Stromstöße, Flammenzungen in der Dunkelheit hinter den schwarzen Löchern in der Wand, wo noch vor wenigen Sekunden Fenster gewesen waren. Geschosse klatschten in die Couch. Er zog sie auf den Boden. Querschläger prallten vom Steinkamin ab. Es klang, als rolle ein Panzerregiment durch das Farmhaus . . .

Er versuchte, die Welt über ihren Köpfen zusammenzuziehen. Sie klammerte sich an seine Hand, panisch, mit eiskalten Fingern. Die Waffen ratterten und fetzten einfach weiter.

Irgendwo dort kamen sie jetzt herein, gedeckt von dem furchtbaren Getöse . . .

Es würde bald vorüber sein, und Cassidy hielt sie fest und fragte sich nach dem Sinn des Ganzen, fragte sich, ob es das wert gewesen war . . .

Unter dem ohrenbetäubenden Lärm des Maschinengewehrfeuers erinnerte er sich, wie es alles begonnen hatte, an einem Sonntagnachmittag vor tausend Leben, bei einem Football-Spiel. Es schien wie gestern: Die Augen folgten dem Ball durch die Luft, wie er stieg, beinahe ewig oben blieb, bevor er sich senkte und der Boden um ihn herum auf einmal bebte, und, Hölle, er hatte auch da Angst gehabt . . .

Kapitel 1

In jenem Jahr war Lew Cassidy neunundzwanzig gewesen. Alte neunundzwanzig, wegen zweier Dinge, die das Herzstück seines Lebens ausmachten. Das eine war sein Beruf, das andere seine Frau Karin. Zusammen hatten sie Cassidy einige Jahre mehr auf den Buckel gepackt.

Als er von der Umkleidekabine durch den hallenden Tunnel trabte und die Stollen wie bei einem schweren Anfall von Lampenfieber auf dem Laufsteg klackten und man ihn aufs Gras der Polo Groundsführte, hatte er das Gefühl, alle neunundzwanzig Jahre mit einem Kater verbracht zu haben. Was natürlich nicht die objektive Wahrheit war. Der Kater dieses Sonntags war strikt das Resultat eines Samstagabends mit Terry Leary. Und er war ein Prachtexemplar, groß und düster und böse, wie ein kubanisches Mädchen, das ihm Terry bei einem Studentenball vor dem Spiel in Bucknell 1933 vorgestellt hatte. Ihr Name war Alicia gewesen, und für eine Weile hatte er mit ihr viel mehr Spaß gehabt als mit diesem Kater.

Aber das war jetzt alles Schnee von gestern, und als sie zwei Wochen später gegen Harvard spielten, war Alicia bereits nur noch eine weitere Erinnerung gewesen. Das Komische an der Sache war allerdings, daß Terry immer noch mit den hübschesten Mädchen der Stadt herumzog und Lew Cassidy immer noch seine wöchentliche Tracht Prügel auf dem Fußballfeld bezog. Eines dieser hübschen Mädchen war eben jetzt dort in Max Baumans Loge an Terrys Arm, als Lew vorbeitrottete und in hohem Bogen den Ball zu Frankie Sharansky warf, der ihn tatsächlich fing – etwas, was er niemals fertigbrachte, wenn das Spiel erst einmal begonnen hatte.

»Hey, Lew, wie geht's denn immer? Komm doch mal rüber – hey,

Baby, wie fühlen wir uns denn? Was macht der Kopf?« Das war Terry, der am Geländer der Loge stand und mit einer Hand, die in einem Handschuh aus Schweinsleder steckte, einladend winkte. Ein Flachmann machte eine Beule in der Tasche des weichen karamelfarbenen Polomantels mit dem Bindegürtel und einem riesigen Kragen, den er wegen des Dezemberwinds hochgeschlagen hatte. Mit seinem strichdünnen Bärtchen und dem mit Pomade zurückgekämmten Haar wirkte er wie eine Mischung aus Filmstar und teurem New Yorker Gigolo. Er war Polizist. New York Police Department, Mordkommission. Mit seinem Aussehen, seinem Auftreten und den heißen Fällen, die er dauernd bekam, war Terry in gewisser Weise ein Star, auf jeden Fall in seinen Kreisen, so wie Lew in seinen. Und Terry liebte es, der Rolle, die er für sich geschaffen hatte, gerecht zu werden.

»Hör mal, Lew, darf ich vorstellen? Das ist Naomi. Sie ist ein großer Fan von dir, stimmt's, Naomi?«

Naomi war eins von den Mädchen, bei denen man nie bis zum Nachnamen kommt. Sie hatte rote Haare und eine zu starke Dauerwelle, aber Terrys Haar war gut genug für sie beide geschnitten. Der Rest von ihr, soweit Cassidy das beurteilen konnte, war okay, wenn auch ein einzelnes Schönheitspflästerchen vermutlich ausgereicht hätte. Er schätzte, daß sie auch ein kleines goldenes Fußkettchen trug. Terry hatte eine ganze Sammlung davon in seiner Schmuckschatulle, sagte, sie gingen immer ab in der Hitze des Gefechts.

»Sie sind einfach so toll, Mister Cassidy.« Sie schlug die Wimpern nieder und blickte zu Terry, um zu sehen, ob sie ihren Text richtig aufgesagt hatte. »Terry hat mir erzählt, was für dicke Freunde Sie –«

»Signier ihr Begleitheft, ja, Lew? Schreib, äh: ›Billy, ich hoffe, Du kommst bald wieder aus dem Krankenhaus und wieder aufs Spielfeld – Dein Freund, Lew Cassidy.‹ Der Junge stirbt, irgend so eine verfluchte Krankheit, ist ihr Bruder –«

»Er stirbt nicht, Terry. Er hat Polio . . .«

»Was auch immer, danke auch, Lew, Billy wird's toll finden.«

Cassidy signierte die Vorderseite des Begleithefts. Mit dem Näherrücken des Spielbeginns wurde die Zuschauermenge lauter. Leute aus den Logenboxen neben ihnen reckten die Hälse, um Lew Cassidy aus der Nähe zu sehen, ohne seinen ledernen Helm.

»Vielen Dank!« sagte Naomi. »Einen Touchdown für mich, ja?« Sie vollzog einen koketten Augenaufschlag und blickte ihn durch ein Netzwerk dichter, üppig mit Mascara nachgezogener Wimpern an.

»Was immer du sagst, Naomi.«

Terry umarmte sie aufgeräumt, besitzergreifend und paffte eine von

Max Baumans gigantischen Zigarren. Er beugte sich nach vorne wie ein Mann, der einen Streich ausheckt, und blinzelte. »Nicht zu viele Touchdowns, alter Junge. Ich habe fünfhundert Mäuse gewettet, daß die Giants mit euch den Boden wischen, mit mindestens einundzwanzig Punkten Vorsprung.«

Cassidy zuckte mit den Achseln. »Man kann nie wissen«, sagte er. Was glatt gelogen war, denn jeder in den Polo Grounds wußte, Terrys Geld war so sicher wie die Kronjuwelen. Alle waren sie gekommen, um zu sehen, wie die Giants die Bulldogs abzogen, aber sie waren auch gekommen, um zu sehen, wie Lew Cassidy ein paar Touchdowns erzielte. In den letzten drei Spielen hatte er acht geschafft, drei davon gegen die Bears, und er führte die Liste nach Punkt- und Raumgewinnen an. Er hatte eine höllische Saison gehabt, war als hängende Spitze ohne Unterlaß gerast wie ein Mack-Truck und hatte den Bulldogs ausreichend Druck in der Offensive gebracht, um die Aufmerksamkeit der Giants und aller anderen auf sich zu ziehen, aber die Verteidigung der Dogs war schon lange zusammengefallen wie ein Kartenhaus. Obwohl Cassidy unzweifelhaft ein kraftvoller, durchschlagskräftiger Läufer war, sein Spielverhalten in der Defensive und bei Ballverlusten zeichnete sich mehr durch Energie und Kampfgeist aus als durch echte Tacklings. Er hatte den für einen Abwehrspieler fatalen Fehler: Er war zu aggressiv, zu übereifrig, ins Spiel zu kommen, konnte nicht auf Sicherheit spielen und den ballführenden Spieler in die gut gedeckte Mitte des Spielfeldes drängen. Wieder und wieder nahm er sich zu viel vor und ließ sich durch einen freisperrenden Spieler aus dem Spiel drängen, während der Läufer den entscheidenden Durchbruch schaffte, indem er um ihn herum lief und an der Außenlinie entlang spurtete. In einem Artikel über Cassidy und die Tücken des weiten Flankenlaufs hatte Grantland Rice festgestellt, daß Cassidy »Herz und Seele des geborenen Gimpels hatte und daß es auf des guten Gottes grüner Erde nichts gab, was er oder die Bulldogs dagegen tun konnten«. Cassidy fand, es war immer nett, zur Kenntnis genommen zu werden. Und außerdem hatte ihn Rice »den härtesten Renner und Brecher der Liga im gegnerischen Viertel und in Richtung Endlinie« genannt.

»Selbst auch was gesetzt?« fragte ihn Terry mit einem unschuldigen, offenen Chorknabenblick. »Soll ich für dich –«

»Laß das, du weißt doch, ich setze grundsätzlich nur auf unseren Sieg. Anders herum fällt's auf einen zurück.«

Terry nickte. Cassidy hatte jeweils hundert auf die Redskins und Sammy Baugh drunten im kleinen Griffith-Stadion und auf Sid Luckman und die Bears gegen die Cardinals vom anderen Ende der Stadt im Spiel um die Stadtmeisterschaft von Chicago laufen. Er hatte keinen einzigen Cent auf das Spiel verwettet, das ihm gleich bevorstand.

»Hey, Cassidy, beweg deinen dicken Hintern hier rüber. Du mußt heute noch ein bißchen Football spielen!« Trainer Horse Farraday sah ihn stirnrunzelnd über seine Brillengläser hinweg an. Niemand wußte, warum man ihn Horse, das Pferd, nannte, denn er war ein kleiner Mann, der mit seiner langen Nase, den kleinen glänzenden Augen und dem fliehenden Kinn viel eher einer Ratte ähnelte als beispielsweise dem machtvollen Siegerpferd Seabiscuit.

Das Team mit den schwarzen Trikots und den rot-weiß-umrandeten Hosen versammelte sich zu einem letzten aufmunternden Wort um Farraday. Das Wort war immer das gleiche. »Okay, ihr Arschlöcher, geht da raus und macht sie nieder. Seid härter, fieser, schmutziger, laßt euch nur nicht dabei erwischen. Macht die Drecksäcke nieder, laßt sie keinen Finger auf den Ball bekommen . . .!« In dieser Art ging es weiter und weiter, und Cassidy hatte es jetzt schon sieben Jahre lang mit angehört, was eine verflucht lange Zeit war für einen Burschen, der den Ball dreißig-, vierzigmal pro Spiel führte. Heute würde sich in nichts unterscheiden, denn Farraday war ein typischer Macht-Sie-nieder-Trainer. Er hatte keinen neuen Einfall mehr gehabt, seit Amos Alonzo Stagg aus den Windeln stieg. Sieben Spielzeiten lang hatte er Lew Cassidy gehabt, der sie niedermachte. Gib Lew den Ball und laß ihn nur durchbrechen und die Drecksäcke niedermachen. Was den öffnenden Steilpaß anging, war Horse Farraday der Meinung, daß es drei Dinge gab, die dem Ball widerfahren konnten, wenn man erst einmal anfing, damit rumzuwerfen, und zwei davon waren schlecht. Er pflegte zu sagen, daß sich der ganze Kerl zeigte, wenn es hart auf hart ging, was Cassidy für gut und schön hielt, nur daß man es schwerlich fortwährend runterleiern konnte, wenn man nur ein Spiel gewonnen hatte und es weniger als drei Wochen bis Weihnachten waren.

Während Farraday weiter die Vorzüge des Drauf- und-dran-Spiels pries, sah Cassidy wieder auf die Zuschauer und stellte fest, daß sich jetzt Max Bauman zu Terry und Naomi gesellt hatte. Max trug einen schwarzen Chesterfield-Mantel mit Samtkragen und einen weichen Homburg. Bei ihm war eine Blondine im Nerzmantel. Ihr Name war Cindy, und sie gehörte zu Max. Cassidy hatte sie gestern nacht getroffen, und sie hatte – nein, er konnte jetzt nicht an gestern abend denken, mußte an Football denken. Und sie gehörte ohnehin Max. Aber just in diesem Augenblick sah sie aus wie ein Symbol von Schönheit und Keuschheit, für das der heilige Georg jederzeit eine beliebige Anzahl von Drachen erschlagen hätte. Entweder das, oder wie ein Vassar-

Mädchen im Yale-Stadion in einer Zigarettenreklame, obwohl das vielleicht nur eine andere Version derselben Sache war. Bei Symbolen wußte man das nie so genau. Schon schwerer fiel es, sich Max Bauman als den heiligen Georg vorzustellen, es sei denn, jemandes Vorstellung von einem Drachentöter ergab einen einen Meter fünfundsechzig großen Juden, kahlköpfig, tränenselig, ein Gangster großen Stils. Max war alle diese Dinge, und nach allem, was Cassidy wußte, war der Drachen noch nicht erschaffen, den Max nicht erschlagen konnte. Max erblickte Cassidy und gab ihm das Daumen-hoch-Zeichen, was beinahe alles Mögliche bedeuten konnte, weil Max auch der Haupteigentümer der Bulldogs war, auch wenn er nicht wollte, daß es allgemein bekannt wurde. Wenn sie mehr Siege aufzuweisen hätten, vielleicht, aber wie die Dinge standen, hielt er es für keinen großartigen Gedanken. Ein Footballfan, das war die Schwäche von Max, und die Bulldogs, jeder einzelne von ihnen, waren seine Spielzeuge. Der gehobene Daumen hätte bedeuten können, daß Lew da rausgehen und ihnen zeigen sollte, wie ein echter Mann dieses Spiel spielte; sie niedermachen und drauf und dran. Es konnte auch bedeuten: Geh da raus und sieh zu, daß du auf die Strafbank kommst, denn mein Kumpel Luciano hat halb Jersey darauf verwettet, daß die Giants mit einundzwanzig Punkten Vorsprung gewinnen. Man wußte es einfach nicht.

Hinter Max, wie einer der neuen Wolkenkratzer, war sein Schatten, ein schwerer Brocken namens Bennie die Bestie. Vielleicht würde Max so mit Drachen, Burgfräuleins und Rittern auf großer Fahrt umgehen. Einfach Bennie aufziehen und in die richtige Richtung stellen und eine Weile warten, bis das Schreien verstummte. Auf jeden Fall gaben sie ein Bild für die Götter ab. Der Cop und der Gangster mit ihren Zigarren, der Muskelberg, der hinter ihnen wachte, die kühle, alle Blicke auf sich ziehende Blondine am Arm des Gangsters und Naomi, die nur auf der Durchreise war, um Mister Touchdowns Autogramm bat und wieder aus dem Blickfeld verschwand, nachdem sie ihr Fußkettchen Terrys Sammlung beigesteuert hatte.

»So, verflucht noch mal, ihr elenden Mistkäfer«, konstatierte Farraday, als er mit vollster Lautstärke seine letzten taktischen Anweisungen vor dem Spiel zu Ende brachte: »Geht da raus und spielt echten Football, damit ihr eure Köpfe hochhalten und den anderen in die Augen blicken könnt, wenn ihr eure Lohntüte abholt!«

Er war ein so bewegender, inspirierender Führer. Cassidy konnte seinen Enthusiasmus kaum im Zaum halten. Er bezog sechstausend Dollar pro Saison, Farraday vier. Cassidy schätzte, er war seine sechs wert, und, wenn Lacher zählten, Horse vermutlich seine vier.

Es war immer dasselbe, als stünde man am Grunde eines tiefen Schachts, durch den der Lärm drang, und würde darauf warten, daß alles über einen hereinbrach.

Ein Sonntagnachmittag in den Polo Grounds, grauer Himmel ohne jeden Sonnenstrahl, nicht zu kalt, das Gras fleckig grün und braun, schwammig unter den Füßen. Er hatte nicht alle Gras- und Schlammklumpen abbekommen, die sich beim Aufwärmen zwischen seinen Stollen festgedrückt hatten, und jetzt war es zu spät. Er wartete jetzt, wartete nur, daß das Kaleidoskop zu beben begann und das Spiel seinen Lauf nahm.

Die Menge war auf den Beinen und johlte hinter einem Vorhang rauchigen Nebels. Das Banner der Rundfunkstation mit den großen, weißen Buchstaben WHN auf marineblauem Hintergrund hing von der Sendekabine auf den Mittelrang. Er warf einen kurzen Blick hoch zur Stadionanzeige, wo die anderen Spiele aufgeführt waren. Es gab noch keine Nachrichten aus Washington oder Chicago, aber er wußte, er würde im Verlauf des eigenen Spiels instinktiv darauf achten.

Sein Helm kniff am Ohr, das noch empfindlich war vom letzten Sonntag, als jemand bei einem Hechtsprung an der Torlinie den Helm heruntergeschlagen und ein anderer ihm höllisch gegen den Kopf getreten hatte. Seine Polster und sein Trikot stanken wie Schweiß aus einem anderen Jahrhundert. Zum Ende der Saison hin bekamen sie den Geruch nicht mehr heraus. Vielleicht hatten Gewinner mehr Spielkleidung zum Wechseln. Er konnte nicht glauben, daß die Giants so ranzig rochen.

Cassidy war der einzige Return-Spieler. Art Hannaford war kurz vor Halloween mit einem gebrochenen Bein ausgeschieden, was Cassidy als einzigen Kick-Returner übrig ließ. Jeder im Team hatte Art gratuliert und gelacht über das, was Lew bevorstand. Art war zu seinem Job in einer Flaschenabfüllfabrik in Hoboken zurückgegangen.

Weit entfernt, am Horizont, hinter dem Entwässerungshügel in der Spielfeldmitte, kam der Kicker nach vorne, und der Lärm wurde lauter, wie ein Schnellzug, der durch die Schlafzimmerwand donnert, und der Kicker brachte das Bein an den Ball. Der Ball stieg hoch in den stumpfen, verhangenen Himmel, sich drehend wie eine Fliege, die eine graue Wand hochklettert. Er wartete darauf, daß sein räumlicher Orientierungssinn sich einpendelte, damit er eine Idee davon bekam, wo zum Teufel der Ball wieder in Kontakt mit dem Planeten Erde kommen würde. Anstöße machten ihm immer angst. Er wartete, fragte sich, was er hier machte, mit neunundzwanzig, sieben Jahre nach dem Abschluß in Fordham, bei einem Kinderspiel . . .

Er fragte sich, was wohl passierte, wenn der Ball herunterkam.

Der Boden begann zu beben. Es war immer dasselbe, aber niemand, der nie bei einem Anstoß da draußen gewesen war, konnte es richtig glauben. Es war wie ein Erdbeben, das er einmal in einem Hotel in Los Angeles erlebt hatte. Und auch da hätte er fast vor Angst in die Hose gemacht.

Der Ball vollzog dort oben eine Trapeznummer, flatterte und drehte sich in den Windstößen, und er schien ewig lang an der Fünfyardlinie zu stehen und darauf zu warten, daß der Ball seinen Flug beendete. Die Giants kamen das Spielfeld herunter, schnaubend und pustend wie die Pferde, mit denen Karin immer in der Nähe von Princeton ausgeritten war . . .

Da stand er und wartete, daß der Anstoß herunterkam, und die Zuschauer waren auf den Beinen und grölten, und die Erde bebte, und er hatte einen höllischen Kater, und selbst jetzt konnte er nicht aufhören, an seine Frau zu denken.

Es war immer das gleiche.

Er lernte sie bei den Olympischen Winterspielen 1936 kennen. Sein Vater, Paul Cassidy, hatte ihn für die Reise auf die Gehaltsliste gesetzt. Er hatte ihn dort als Talentscout aufgeführt, seiner Buchhaltung und der Leute von der Steuer wegen. Die Footballsaison war vorüber. Es war die perfekte Zeit für die beiden Männer, sich miteinander zu amüsieren, Paris zu besuchen, anschließend gemächlich nach Nizza zu trudeln und die ganze Zeit über Ausschau nach neuen Talenten zu halten.

Das Talent, das Lew fast aus den Galoschen kippen ließ, war eine zwanzigjährige Schlittschuhläuferin, und die Geschichte, die in Garmisch-Partenkirchen, dem exklusiven deutschen Kurort, in dem die Spiele abgehalten wurden, die Runde machte, besagte, daß Adolf Hitler höchstpersönlich ein Auge auf sie geworfen habe. 1936 bedeutete der Name Adolf Hitler für Lew nicht viel, außer, daß er der Bursche war, der das ganze verfluchte Land regierte. Die Deutschen schienen verrückt nach ihm, und die Plakate von ihm an den Wänden waren ziemlich auffällig. Das Charlie-Chaplin-Bärtchen wirkte nicht komisch – nur irgendwie germanisch und respekteinflößend. Er schien Land und Leute in helle Aufregung versetzt zu haben, und alle hatten sie viel Spaß in Garmisch. Der Führer hielt die junge Schlittschuhläuferin, Karin Richter, für die Antwort auf die vierundzwanzigjährige Sonja Henie, die ihre Ballettausbildung in die Sportart eingebracht und sie revolutioniert hatte, als sie 1928 in St. Moritz und 1932 in Lake Placid die Goldmedaille gewann.

Die Deutschen hatten in diesem Winter 1936 gute Hoffnungen. Aber, so stellte sich heraus, Karin Richter war zwar eine gute Schlittschuhläuferin und ihr Aussehen exquisit, es reichte dennoch nicht aus, um eine Medaille zu gewinnen, ganz zu schweigen davon, Henie zu entthronen, die erneut gewann. Gerüchte besagten, daß Hitler einen Empfang, den er ihr zu Ehren im Falle eines Sieges geplant hatte, absagte, und vielleicht hatte er das. Sie fand das niemals ganz heraus, auch nicht, als sie Doktor Joseph Goebbels kennenlernte, der da schon eifrig damit beschäftigt war, seine eigenen Partys für sie zu arrangieren. Aber das kam später. Zu dieser Zeit ließ dann Cassidy seinen Charme spielen und sagte ihr, daß die Olympiade für sie keine völlige Pleite gewesen sei. Sie habe schließlich ihn kennengelernt. Sie hatte geduldig genickt, aber nicht gewußt, wovon er redete, als er ihr erzählte, daß er der Stürmerstar der Bulldogs sei. Was ihn nur dazu brachte, sie um so intensiver zu bearbeiten.

Obwohl er es war, der sie zuerst entdeckt hatte, als er sie eines Morgens beim Üben auf der Eisfläche direkt unterhalb des Fensters des Hotelspeisesaals, wo er gerade frühstückte, gut beobachten konnte, war es doch sein Vater, der sie ansprach. Paul Cassidy war Filmproduzent in Hollywood. Er betonte gerne, der erste mit der Idee gewesen zu sein, aus Sonja Henie einen Filmstar zu machen. Es stellte sich zwar heraus, daß er just in diesem Augenblick finanziell etwas schwach auf der Brust war, aber, na ja, so ist halt das Showbusineß. Wenn man in der Filmbranche war, dachte man nicht einmal daran aufzugeben. Paul Cassidy dachte, daß er vielleicht auf eine Goldader gestoßen war, als ihn Lew hinaus zur Eislauffläche zerrte, um durch den Morgennebel hindurch das prächtige Mädchen beim Ziehen ihrer Figuren zu beobachten.

Ihre Schlittschuhkünste waren auf jeden Fall ausreichend, um darum herum eine kleinere Filmkarriere aufzubauen, und, um die Wahrheit zu sagen, hatte Paul sie sich nie in der Rolle der Lady Macbeth vorgestellt. Seine Vorstellung ging allerdings schon über reine Eislauffilme hinaus, hinaus auch über ihre Beine, die für eine Eisläuferin ungewöhnlich lang waren, über diesen niedlichen kleinen Hintern, bei dem Lew kurz innehielt, um Luft zu holen und einen tiefen Seufzer auszustoßen. Seine Vorstellung betraf ihr Gesicht, denn wenn er sich auch vielleicht nicht mit Eislauf auskannte, so war es doch sicher wie die Hölle, daß er über Filme Bescheid wußte. Er wußte, es war das Gesicht, auf das es ankam. Eine Frau konnte einen schweren Sackhintern haben, flachbrüstig, o-beinig und übergewichtig sein, alle Federn ausgeleiert wie ein altes Bett, aber wenn sie das Gesicht hatte – nun, dann hatte sie das Gesicht, und das war es, was man brauchte, um beim Film abzuräumen. Und Karin Richter hatte das Gesicht. Klassisch hohe Wangenknochen, eine Nase, die ein klein wenig zu kurz war, um hochnäsig zu wirken, was sie nahbarer machte, gerade Augenbrauen über ernsten, ungewöhnlich hellbraunen Augen. Ihre Oberlippe war dünn, die untere voll, eine Art permanentes Schmollen andeutend, das glücklicherweise nicht in ihrem Wesen lag. Ein Gesicht, so dazu geeignet, im Gedächtnis zu bleiben, wie kein anderes, das er je gesehen hatte.

Lew fiel wie ein Stein in diese bodenlosen braunen Augen, das Äquivalent in Braun zu dem Blau, das man manchmal in reinen Bergseen sah. Er kam erst wieder zum Luftholen hoch, als er ihr zurück nach Köln gefolgt war, ihren Vater, einen gestrengen Wissenschaftler, und ihre leicht entgeisterte Mutter getroffen und sie dazu überredet hatte, ihn zu heiraten. Sie kamen zusammen zurück in die Staaten, Lew und Karin und Paul. Beinahe bevor sie es wußte, hatte sie einen Ehemann und einen Produzenten und bereitete sich auf Testaufnahmen vor.

Herr Doktor Goebbels, der Hitlers Propagandaexperte in Berlin war, mußte von Paul Cassidy konsultiert werden, was dessen Pläne für Karins Zukunft auf der Leinwand anging. Goebbels hatte großes Aufhebens darum gemacht und über die Vitalität der deutschen Filmindustrie und die Möglichkeiten, die sie schönen, jungen, deutschen Schauspielerinnen gewähre, gesprochen. An dieser Stelle hatte Paul angemerkt, daß dies zwar unzweifelhaft zutreffe und er selbst in seinem Respekt für das deutsche Kino niemandem nachstehe. Doch es entspreche auch der Wirklichkeit, daß Karin eine Eisläuferin und keine Schauspielerin sei.

»Nur mal rein hypothetisch, Joe – für dich Paul, Joe«, sagte Paul eines späten Abends nach einem Dinner mit Goebbels und seiner Frau beim Cognac, »nehmen wir mal an, das Mädchen kommt nach Hollywood, macht für mich Testaufnahmen, und sie wirkt gut auf der Leinwand. Diese Magie, der niemand von uns widerstehen kann. Aber sie ist immer noch eine Eisläuferin, verstehst du? Also lernt sie in ihren ersten fünf, sechs Filmen erst einmal, sich vor der Kamera zu bewegen. Wir sind das Risiko eingegangen, wir bleiben auf ihr sitzen, wenn sich mit ihr nichts tut. Du hast noch nie von ihr gehört, klar? Aber wenn sie spielen kann, wenn es hinhaut mit ihr, nun, dann schließen wir einen Handel. Wenn du willst, daß sie zurückkommt, hin und wieder einen oder zwei Filme macht, kein Problem. Verdammt, mit etwas Glück wird sie ein internationaler Star. Na, was ist los, Joe, warum läßt du uns nicht das Risiko für dich tragen?«

Goebbels lachte nur und grinste schurkisch. Er war ein dunkler, seltsam wirkender kleiner Sonderling mit einem Klumpfuß und trug seine verdammte Uniform sogar beim Abendessen. Er humpelte hinüber zu Cassidy, der dort unbequem auf einem spartanischen Stuhl saß, schüttelte seine Hand, sagte: »Für unsere amerikanischen Freunde, warum nicht? Wie kann ich ihr die Chance verweigern, nach Hollywood zu gehen? Ich würde es selbst gerne sehen; vielleicht läßt sich das eines Tages alles arrangieren. Wer weiß?«

Später geleitete Goebbels ihn zur Haustür, vor der ein ehrwürdiger Daimler-Benz samt Fahrer darauf wartete, den Filmproduzenten zurück ins Adlon zu bringen. »Jetzt hören sie mir zu, mein Freund«, sagte Goebbels und fuchtelte mit dem Finger unter der Nase seines Gastes, alles in gespieltem Ernst, »ich weiß Bescheid über euer Filmgeschäft. Alles Pelzhändler und Schrotthändler und Geldverleiher – allesamt Juden. Kümmern Sie sich gut um unser kleines Mädchen. Sie sind mir für sie verantwortlich. Lassen Sie sie nicht den Juden in die Finger geraten! Und machen Sie sie zu einem großen Star!« Sie schüttelten erneut die Hände, und Goebbels sagte: »Auf Wiedersehen, Paul.« Auf der Fahrt zurück zum Hotel dachte Cassidy an die Unmöglichkeit von Goebbels letzten Instruktionen. Sie sollte ein Star werden . . . aber es durften keine Juden involviert sein. Er schüttelte den Kopf. Ein Widerspruch in sich. Goebbels hatte also keinen blassen Schimmer vom Film, weder in Hollywood noch in Deutschland noch irgendwo anders, allem Anschein nach.

Als Lew und Karin 1938 in Lake Placid heirateten, machte sich der gute Doktor kurzzeitig davon frei, Hitler beim Verzehr Europas zu helfen, und schickte ein langatmiges, sehr teutonisches Telegramm aus der Reichskanzlei, in dem er ihnen zu ihrem beiderseitigen Glück gratulierte und ihnen ein langes und glückliches Leben zusammen wünschte und der Hoffnung Ausdruck verlieh, daß sie ihn bald im Vaterland der Braut besuchten. Außerdem schickte er Rosen im Wert von beinahe 500 Dollar, was die Vorräte aller Blumenhändler in weitem Umkreis der kleinen Kirche, in der die Zeremonie stattfand, ziemlich erschöpfte. Karin wurde rot und runzelte die Stirn. »Weiterer Beweis: Die Nazis haben keinen Geschmack, keinen Sinn für Takt«, sagte sie. Sie fand sie unerträglich vulgär, von den Manieren bis zu den Uniformen und den Fackelmärschen. »Der einzige, den ich je leiden konnte, war der fette Hermann«, hatte sie Lew einmal erzählt. Damit meinte sie Reichsmarschall Göring, den epischen Held des großen Krieges. »Er schaukelte mich auf seinen Knien, als ich einmal ein Kinderturnier gewann. Steckte die kleine Medaille an meine Bluse.« Das war das einzige Gute, das er sie jemals über die Nazis sagen gehört hatte. Lew dachte bei sich, daß der fette Hermann übermäßig Gefallen an kleinen Mädchen fand, aber er war vernünftig genug, den Mund zu halten.

Die Wärme von Goebbels Worten wie auch die schiere Anzahl von Rosen führten Lew zu dem Glauben, daß der Propagandaminister den ersten Karin-Richter-Film nicht gesehen hatte, den Paul Cassidy in seiner Weisheit nicht nur produziert, sondern auch geschrieben hatte. Der Film hieß »Mord auf Schlittschuhen«. Lew verstand nie, warum Stars wie George Brant und James Gleason sich einverstanden erklärten, zusammen mit Karin aufzutreten, aber allem Anschein nach kannten sie Paul schon sehr lange. Und es sprang ein Monat in Sun Valley für sie heraus. Irgendeinen Grund mußte es geben. »Mord auf dem Eis« folgte ein paar Monate später. Im wesentlichen mehr vom selben, obwohl diesmal Tom Tully mit von der Partie war. Ihr dritter Film, »Gesegnet seien eure Herzen«, war ein kleiner Weihnachtsschinken, und sie mußte nur in einer Szene die Schlittschuhe anlegen, in der sie Kinder in einem Waisenhaus im Eislauf unterrichtete und in der auch viele Nonnen aufs Eis gingen. Es war eine entschiedene Verbesserung. Karins Karriere wirkte mehr als vielversprechend. Zu dem Zeitpunkt war sie schon amerikanische Staatsbürgerin. Es war 1939.

Während die deutsche Wehrmacht große Happen aus der Landkarte von Europa biß, während Lew sein Kinderspiel spielte, während Karin Paul Cassidy bei dem Versuch gewähren ließ, einen Filmstar aus ihr zu machen, verschlechterte sich der Gesundheitszustand von Herrn Professor Ernst Richter, Karins Vater. Die Berichte, die er schickte, waren bruchstückhaft, zurückhaltend und stoisch, aber besorgniserregend. Es klang ernst: Es bedurfte schon etwas sehr Ernstem, seine Regierungsarbeit zu stören, und er hatte zugegeben, daß es dazu gekommen war. So wie es sich anhörte, ließ es auf Krebs schließen.

Karin entschied, sie müsse zurück zu ihm, um bei ihm zu sein, wenn er sie brauche, denn ihre Mutter war nicht lange nach ihrer Hochzeit mit Lew gestorben. Was konnte Lew sagen? Ein Vater war ein Vater, und hätte er nicht das gleiche gefühlt, wenn es um Paul gegangen wäre? Europa ging den Bach runter, so wie es aussah, aber jeder sagte, der Tiefpunkt sei schon erreicht. Hitler hatte den Lebensraum, nach dem er so lautstark krakeelt hatte, und jetzt würde sich alles beruhigen. Und überhaupt, es war ihr Vater.

Sie stach von Pier 42 auf dem Hudson in See, nach Lissabon, mit der American Export Line. Von dort würde sie mit der Lufthansa ins Herz des Dritten Reichs, Berlin, fliegen. Von da nach Köln, ins Heim der Familie.

Als sie erst einmal dort war, gab es nur ein großes Problem.

Sie wollten sie nicht mehr zurücklassen.

Keine brutale Nazigewalt, nur Doktor Goebbels, der der Meinung war, daß der Platz eines guten deutschen Mädchens bei ihrem sterbenden Vater war, wie sie ihm sicher zustimmte. Und solange sie wieder zu Hause war, hatte er das Gefühl, daß es nur logisch war, wenn sie einen oder zwei Filme drehte. Er lud sie in Berlin zum Tee ein, kam dann nach Köln, um sein Anliegen weiter vorzubringen. Die Truppen, sagte er, würden ihr zu Füßen liegen, während sie sich für den größeren Ruhm des Vaterlands aufopferten. Sie brauchten solche exemplarischen Modelle deutscher Weiblichkeit, um die Moral hochzuhalten. Er sagte ihr, daß ihr Vater sie an seiner Seite brauchte, wenn er seine Arbeit so lange wie möglich fortführen sollte. Goebbels erzählte ihr von den Speziallaboratorien, die für ihn errichtet worden waren, eines in Köln, eines in den Bergen. Er arrangierte Termine für sie bei den Ärzten ihres Vaters, die keine anderen waren als dieselben Männer, auf die er, Himmler, Bormann und – ja – selbst der Führer sich persönlich verließen. Er sagte ihr, daß ganz Deutschland ihr Können und ihre Schönheit auf der Leinwand brauchte. Er scherzte nicht, aber von einem Nazi Honig um den Bart geschmiert zu bekommen, war wie eine tödliche Drohung von jedem anderen.

Lew kam zu dem Schluß, es sei an der Zeit für den alten Footballhelden, den entscheidenden Spurt anzuziehen und sich aufzumachen, seine Frau zu retten.

Aber Karin flehte ihn in ihren Briefen an, nur ja nichts zu überstürzen. Sie flehte ihn an, in New York zu bleiben. Sie sagte, daß alte Freunde der Familie zu Nazisympathisanten geworden waren: keine Monster, schrieb sie, nur Freunde ihrer Eltern, die sie seit ihrer Kindheit gekannt und denen sie immer vertraut hatte. Sie versicherten ihr, es gebe keine Pläne für einen größeren Krieg, es sei alles vorbei, Friede in Europa stehe unmittelbar bevor. Sie sagten ihr, sie könne kommen und gehen, wie es ihr gefalle und wie es der Zustand ihres Vaters erfordere, wenn Goebbels ihr erst einmal einen Film abgerungen habe. Sie sagten ihr, ihr Vater bete sie an, sei von ihr abhängig, würde ohne sie wie ein Blatt im Winter fallen. Bleib, sagten sie, bis die Krankenwache vorüber ist. Mach den Film, Liebchen. Und mach dir nicht soviel Sorgen, sonst bekommst du Falten in deinem schönen Gesicht.

Der einzige Grund zur Sorge, sagten sie ihr, sei ein stürmischer amerikanischer Ehemann, der nicht begriff, wie die Dinge in Deutschland standen. Halt ihn nur schön zuhause, sagten ihr die alten Freunde der Familie immer wieder, und die Zeit wird verfliegen, und ihr werdet wieder vereint sein. Wie kleine Turteltäubchen. Aber wenn er hier in Deutschland hereinplatzt und Ärger macht, könnten sie unmöglich die Verantwortung für die Konsequenzen tragen. Konsequenzen für ihren Vater, für sie, für ihren Mann. Sie seufzten bedauernd und schüttelten die Köpfe und linsten durch ihre Monokel. Sie waren ein wahrer Ausbund an guten Ratschlägen.

Also ging Lew nicht.

Er wartete und spielte Football und las die Zeitungen und verfolgte, wie die Nazis Europa beinahe gänzlich zu Tode prügelten. Er verfolgte den Blitzkrieg und Dünkirchen und die Schlacht um England aus der Ferne und zählte die Briefe, die zu ihm durchkamen.

Er fand nie heraus, ob sie Goebbels'Film machte, aber er nahm an, der Reichsminister hatte in diesen Tagen eine ganze Menge am Hut, und vielleicht war er einfach nie dazu gekommen.

Paul sagte, der Film wäre vermutlich ohnehin beschissen geworden, denn alle guten Filmemacher der Krautfresser seien ohnehin nach Hollywood geflohen.

Samstagabend vor dem Spiel gegen die Giants.

Cassidys letzter Brief von Karin war im September angekommen, aufgegeben von einem Freund, der über Lissabon reiste. Sie sagte ihm, er solle sich keine Sorgen machen, der Zustand ihres Vaters habe sich stabilisiert – es hatte sich als Leukämie herausgestellt –, und es gehe ihr ganz gut, mehr oder weniger unbehelligt vom Krieg. Sie hoffte, er wisse, wie verratzt es mit der Post sei, wo doch Europa, Nordafrika und der Atlantik alle in irgendeiner Form in den Krieg einbezogen waren.

Er wußte natürlich, wie der Krieg war, vermutlich viel besser als sie. Und er glaubte, was sie über ihren gegenwärtigen Gefühlszustand schrieb, wie sehr sie ihn liebte, ihn vermißte und an ihn dachte. Aber da er so unregelmäßig von ihr hörte, konnte er nicht gegen ein Gefühl der Sinnlosigkeit ankämpfen, eine Leere; ein Mann, der halbherzig und mechanisch etwas tat, was ihm zunehmend sinnloser erschien. Er trank mehr, als für ihn gut war, hatte es sich angewöhnt, durch die Nachtclubs zu geistern, während er versuchte, die Leere, die Sorge, die Einsamkeit zu kaschieren.

Tatsache war, ohne Terry Leary hätte er es vermutlich nicht durch die Saison geschafft. Und verteufelt sicher hätte er nicht das beste Jahr seiner Karriere gehabt, nicht ohne Terry. Denn es war immer Terry, der da war, um ihn vor dem schwarzen Kater der Depression zu retten, um zuzuhören, wenn Lew die Schleusen öffnete und seinen Kummer heraussprudeln ließ. Terry verstand, auch weil er Karin kannte, oben in

Lake Placid Trauzeuge gewesen war und sich abgemüht hatte, all die verfluchten Goebbelsschen Rosen in den Griff zu bekommen.

Wann immer Cassidy zu tief am Boden war, machte es sich Terry zu seiner Aufgabe, ihn aufzumuntern. »Mußt raus aus dir«, sagte er dann, und niemand konnte das besser als Terry. Er wußte, was in New York lief: Es war sein Stil, seine Stadt. Ein anderer Cop sagte Cassidy einmal: »Dieser Terry, der hat Augen im Hinterkopf. Augen, die um die Ecke sehen können. Er weiß, was kommt, bevor's kommt. Dieser Terry, wenn du dem zuvorkommen willst, mußt du vor dem Frühstück aufstehen.«

An Samstagabenden, wenn das Spiel des nächsten Nachmittags dräuend heranzog, nahm Terry es auf sich, Cassidy aus allem Ärger herauszuhalten. Hölle, es gab immer jemanden, der einen Footballhelden unter den Tisch schlagen oder trinken wollte, und Cassidy war ein hochgewachsener Mann, gut sichtbar, ein leichtes Ziel. Aber Terry konnte um die Ecken sehen, und abgesehen davon war er von Beruf und von Haus aus ein harter Bursche. Ein Cop.

Manchmal wirkten Terrys magische Kräfte, und manchmal nicht.

Diesen Samstagabend begannen sie wie gewöhnlich mit Drinks im Taft Hotel, Ecke Siebte und Fünfzigste. Sie trafen sich in der Lobby, mächtig herausgeputzt mit frisch gereinigten Socken und blankgeputzten Schuhen. Terry war direkt von seinem allwöchentlichen Termin im Terminal Barber Shop gekommen, der nicht so ominös war, wie es klang. Er hatte ein breites Grinsen im Gesicht, alberte mit dem Zigarettenmädchen herum und zog die Pagen auf, immer dieses gelackte, selbstzufriedene, irische Aufschneidergrinsen im Gesicht, das ebenholzfarbene Haar von seiner hohen, eckigen Stirn glatt nach hinten gekämmt. Er war an und für sich sehr blaß, aber nicht mehr, seit er bei Terminal den *Sun Tan Shave* entdeckt hatte, wo man für einen halben Dollar zusätzlich zur Rasur eins von ihrem neuen Bräunungsgerät verplättet bekam. Er hatte letzthin einen leicht ins Rosa gehenden, sonnengebräunten Teint entwickelt, nicht ganz Palm Beach, aber näher daran, als es jedem anderen Cop lieb gewesen wäre. Die Bräune paßte gut zu seinem Polomantel aus Kamelhaar.

So schnell wie Terry hatte es kaum je ein anderer zum NYPD-Kriminaler gebracht, so sagte man sich wenigstens, und er mußte sich mit der Abneigung einiger älterer, traditionsbewußterer Kollegen abfinden. Er war nicht nur sehr schnell die Leiter hochgefallen, er hatte auch immer einen Haufen Geld – passend zu den gutaussehenden Frauen und den großen Zigarren. Es war offensichtlich, daß er weit über die Verhältnisse seines Polizistengehalts lebte, und lange Zeit ließ sich Cassidy von der Behauptung hinters Licht führen, seine Spezialität seien nicht nur schöne, sondern auch großzügige Damen. Wie auch immer, Cassidy dachte sich, es ginge ihn nichts an.

Terry hatte es immer gut verstanden, viel Geld zu haben, selbst damals in Fordham, wo das Gerücht die Runde gemacht hatte, er besorge sehr diskrete, äußerst zugängliche junge Damen für gesellige Treffen mit einigen der Priester. Er selbst pflegte zu sagen, er wünsche sich, selbst auf diesen Gedanken gekommen zu sein, wo doch sicher Geld damit zu machen sein müßte. Cassidy wußte nicht wirklich, woher das Geld für die Frauen und das Appartement in der Park-Avenue kam, aber er hatte so seine Vorstellungen. Es gab solche Dinge wie Zuwendungen einer dankbaren Öffentlichkeit, die einem verdienstvollen Cop gerne aushalf, insbesondere einer Cop-Berühmtheit, zu der er geworden war, als er Licht in den Mord von Sylvester Audrey Bean brachte und es dann kunstvoll wieder löschte. Es war eine meisterliche Vorstellung hinter den Kulissen, und jeder Schwule in New York war ihm dafür etwas schuldig.

Terry ging ihm voran ins *Tap*, sagte etwas zu Charlie Drew, der mit aller Kraft das Klavier beackerte, und ließ sich an der Bar nieder. Er bestellte zwei Rob Roys, und als sie kamen, stieß er mit Cassidy an. Die Eiswürfel klirrten.

»Auf abwesende Freunde, Lew«, sagte er. »Gibt's was Neues?« Der Trinkspruch und die Frage ergaben zusammen eine Art privates Ritual. Terry vermißte sie beinahe so sehr wie Lew. Er vermißte sie für Lew, weil er unter der Politur und dem aufschneiderischen Getue ein sentimentaler *Mick* war, voll von irischem Herz und Schmus.

»Doktor Goebbels sagt, das deutsche Volk müsse sich mit dem Gedanken an einen langen, harten Krieg anfreunden«, seufzte Cassidy. »Daß das stimmt, weiß ich, weil ich's in der *Times* gelesen habe. Er sagte, eine Niederlage wäre für das deutsche Volk schlimmer als ein Weltuntergang. Sie haben also gerade erst angefangen zu kämpfen. Macht mir keinen Mut.«

Terry nickte. »Sag das den Bolschies. Es wird noch schlimmer werden, bevor es aufwärts geht. Denk doch, Junge, vielleicht dreht sie jetzt gerade da drüben einen Film . . .« Terry war filmbesessen, war es immer gewesen. Er sagte immer, daß die Einführung des Tonfilms das bis dato wichtigste Ereignis seines Lebens gewesen sei. Er liebte es, mit komischen kleinen Detailinformationen aufzuwarten, bei denen sich Cassidy nie sicher war, ob er sie glauben konnte. Er sagte, Theda Baras richtiger Name sei Goodman, und

»Theda Bara« sei ein Anagramm für »Arab Death« – der arabische Tod –, das sich irgendein Genius in den Filmstudios ausgedacht habe. Selbst Paul Cassidy hatte das nicht gewußt, und er nahm für sich in Anspruch, sie um ein Haar flachgelegt zu haben, 1925, als sie fünfunddreißig und ihre Karriere beinahe vorüber war.

Über den zweiten Rob Roy hielt Terry die Konversation am Laufen, erzählte Lew viel zu viel über den Bob-Hope-Film, den er letzthin gesehen hatte, *Caught in the Draft.* Er hätte die ganze Nacht über Filme weiterreden können, aber er schaltete um und erzählte, daß er nachmittags bei Russeks für 2000 Dollar einen Nerzmantel gekauft hatte. Als Cassidy nach dem Namen der glücklichen Dame fragte, lachte Terry nur, glitt vom Hocker, winkte Charlie Drew auf Wiedersehen, der gerade für ein Paar aus Terre Haute, das einen Jahrestag feierte, »My Indiana Home« spielte. Terry fragte Cassidy, ob er hungrig sei.

Sie nahmen ein Taxi zur Innenstadt. Es war starker Nebel, und die Scheibenwischer schabten mühselig vor sich hin. Times Square sah aus wie ein billiger, bunter Weihnachtstraum. Die Leuchtschriftflächen glitzerten in der Dunkelheit. Lillian Hellman hatte einen großen Erfolg, *Watch on the Rhine.* Cassidy sah weg. Wieder Deutschland. Er kam nicht davon los.

Für die Jungs, die in *Keen's Chophouse* herumhingen, war er ein Held, und es dauerte ein paar Minuten, durch die Menge hindurch zu kommen, die ihm Glück gegen die Giants wünschte. Dann war ein Tisch bereit für den Mann, der in dieser Saison die meisten Touchdowns erzielt hatte, und sie machten sich über ein paar veritable Steaks her. Als er seins zur Hälfte verzehrt hatte, legte Terry Messer und Gabel nieder, betupfte seinen Mund mit der schweren Stoffserviette und zündete sich eine Dunhill Majors an, eine der neuen, langen Zigaretten. »Hör mal, Kumpel«, sagte er, »kann sein, daß ich demnächst mal deine Hilfe brauche.«

»Verschon mich mit den schlechten Nachrichten«, antwortete Cassidy und tunkte ein Stück Fleisch von der Größe eines Hockeypucks in die Lea & Perrins Steaksauce. »Was ist los?«

»Ich weiß nicht genau. Das ist ja das Problem. Manche Leute haben was munkeln hören, das ist alles. Ich bin auf der falschen Liste, so was Ähnliches erzählen sie mir wenigstens. Und dort ganz oben. Hölle, eine Nachricht von der Art hat mir glatt den Lunch verdorben. Ich war auch noch im Harvard-Club. Verdammt guter Lunch. Max lädt mich zum Essen ein, und dann bekomme ich diesen Anruf von einem Freund mit einem Taschentuch über der Sprechmuschel. Verstehst du? Konnte meinen Reispudding nicht zu Ende essen.«

»Was kann ich tun? Willst du, daß ich da raus gehe und sie für dich niedermache?«

Er lachte und schüttelte den Kopf. »Nein, bleib einfach mein Freund, Jocko.« So nannte ihn Terry manchmal, ein alter Spitzname aus Fordham-Zeiten, meistens, wenn er an die alten Tage dachte und sie beide dahin zurück wünschte. »Egal, vielleicht ist das ein Scherz. Oder falscher Alarm.« Er rauchte die Zigarette zu Ende und befaßte sich wieder mit dem zweifingerdicken Porterhouse-Steak.

»Max Bauman? Der war in Harvard?«

»Wo sonst?«

»Keine Ahnung. Nicht allzu viele Harvard-Leute kommen dazu, Fahrzeugkennzeichen zu fälschen und in Dannemora Zwangsquartier zu nehmen, das ist alles. Schwarzbrennerei, Mädchen, Waffen, Casino in Havanna, schmutziges Geld . . .«

Terry schüttelte den Kopf, amüsiert von dem Vortrag. »Alles nur Mißverständnisse. Und lange her. Du weißt doch, wie es während der Prohibition war. Hölle, ich hab doch selbst immer die Brühe für meinen Onkel in Jersey City ausgefahren, als ich gerade mal vierzehn war. Max, der macht in Speditionen, Altmetall, er hat den Club, er hat den großen Fehler gemacht, die Bulldogs zu kaufen, er investiert Geld ins Filmgeschäft.« Er zuckte mit den Achseln. Er trug heute einen grauen Anzug mit einem weißen *Chalk Stripe*, so breit wie die Außenlinie auf dem Footballfeld. Ein kastanienbraunes Seidentuch in der Brusttasche, passende Hosenträger, eine perlenbestückte Nadel an der gedrehten, kastanienbraunen Krawatte. Finchleys, Ecke Fünfte und Sechsundvierzigste, dreihundert Mäuse für alles zusammen.

»Was immer du sagst«, nickte Cassidy. »Du bist der Cop.«

»Max hat bei mir einen Stein im Brett. Würde keiner Fliege was zuleide tun.«

Von Keen's zogen sie weiter in ein paar andere Lokale, wo Leute aus der Sportwelt verkehrten. Zwei Rundfunkreporter, die das Spiel des nächsten Tages kommentieren würden, waren für eine weitere Runde Rob Roys gut, dann sagte Terry, sie sollten sich jetzt langsam wieder in Richtung Uptown hocharbeiten. Sie ließen sich dann im Savoy Room nieder und lauschten dort Hildegarde, die gerade »The Last Time I Saw Paris« sang. Cassidy hatte Paris das letzte Mal im Frühjahr '36 zusammen mit Karin gesehen, und ihre Herzen waren ganz bestimmt jung und unbeschwert gewesen, wie es im Lied hieß. Der Song und die Sängerin im Scheinwerferlicht stimmten ihn melancholisch. Also gingen sie weiter zum Heliotrope, das auf der West 52nd war, etwas unterhalb des Onyx, wo Count Basie residierte. Cassidy mußte nicht besonders bemüht nachdenken, um zu wissen, wer im Heliotrope residierte.

Max Bauman.

Er war die erste Person, die Cassidy ausmachen konnte, als sich seine Augen an die purpurne Dunkelheit und das indirekte Licht, dessen Quelle er nicht entdecken konnte, gewöhnt hatten. Er saß an einem Ecktisch mit Bennie der Bestie, der vermutlich ein Kommilitone in Harvard gewesen war und im Geheimen Jane Austen studiert hatte.

Bauman winkte Terry zu, und sie schlenderten zu ihnen und nahmen Platz. Max trug immer einen Frack in seinem Club. Desgleichen auch Bennie die Bestie, der darin allerdings wie der Welt größter Pinguin wirkte. Kurz darauf schlabberten sie alle Courvoisier aus Schwenkern vom Ausmaß eines Cowboystiefels. Max verteilte Havannas aus seinem Privatvorrat bei Dunhill. Erst schnupperten sie am Weinbrand. Dann schnupperten sie an den Zigarren. Cassidys Nase war seit Jahren nicht mehr so in Aktion gewesen.

Max war irgendwo in den Fünfzigern, ein Sportfan, der selbst niemals in den Genuß gekommen war, Sport zu treiben. Er stellte Cassidy viele Fragen über die Giants, und Cassidy tat so, als verrate er ihm zahlreiche komplizierte Insiderinformationen. Es war nur ein Kinderspiel, aber sie saßen hier und quatschten bei Weinbrand und Zigarren, was sollte es also. Der Großteil von Cassidys Gedanken war immer noch bei Karin und den Nachrichten aus Europa. Die Briten schienen immer noch die Schlachtschiffe der Krauts auf dem Atlantik herumzuhetzen. Das mußte man den Tommys lassen. Sie hatten Schneid.

Als Max dann von seinem Sohn Irving sprach, wurden seine Augen feucht. Außer Cassidy fiel es keinem auf. Irving hatte Harvard in seinem zweiten Studienjahr verlassen und war zur Marine gegangen. »Ein großartiger Junge, Lew«, sagte er, das Gesicht erfüllt von Vaterliebe. Cassidy sah den Jungen vor sich, beim Bar Mitzvah, wie er eine goldene Uhr und ein teures Schreibwerkzeug und viele, viele Schecks bekam. »Sagte, er rechnet mit einem Krieg und wolle dabei sein. Du weißt, was diese Nazidreckskerle dort drüben mit unseren Leuten machen? Sicher weißt du das, du bist ja ein schlauer Junge, bist auf dem College gewesen. Hölle, ich bin zu alt, um noch groß zu kämpfen, aber Irvie, er sagt, er will kampfbereit sein, wenn die Gelegenheit kommt . . . Meine Eltern, Polen, sie haben alles verloren, und jetzt sind sie einfach vom Erdboden verschwunden, puff, und mein Irvie sagt, zur Hölle damit, er geht zur Marine! Was hältst du davon, Lew? Hä?«

»Irvie hat Mumm, Max.«

Bauman wischte sich mit einem haarigen Finger einen Augenwinkel trocken, nickte. Saubere Maniküre. »Die *Yorktown.*« Er schluckte schwer. »Irving Bauman, Lieutenant ersten Grades, USN. Großartiger Junge, mein Irvie.« Er hielt inne, beobachtete eine junge Sängerin, die neben einem weißen Salonflügel Stellung bezog. Ihr silberblonder Pony schwang nach vorne und bedeckte ein Auge. Sie warf ihnen ein kaum wahrnehmbares Lächeln zu. »Funkoffizier.«

»Was?«

Bauman beugte sich nach vorne. Seine Augen wanderten ruckartig von dem Mädchen zu Cassidy. Er roch nach dem bestimmten Eau de Cologne, das Cassidy nie finden konnte. »Irvie. Mein Sohn. Er ist Funkoffizier auf der *Yorktown.*«

»Das ist großartig, Max. Du solltest stolz auf ihn sein.«

Aber Max hörte ihn nicht. Er beobachtete gebannt das Mädchen.

Bennie die Bestie stupste sacht an Cassidys Arm, als das Mädchen mit einer tiefen, fast heiseren Stimme zu singen begann. »Hör dir das an, Lew, sehr nette Stimme. Sehr stilvoll.« Er trug eine silberumrandete Brille mit dicken, kreisrunden Gläsern. Er hatte eine Nase wie eine Zucchini. Er trug immer eine getupfte Fliege, selbst zum Frack. Er war groß und freundlich und sanft, wie ein riesiger Hund, der einen, wenn er erst einmal in Fahrt war, in einem Übermaß guter Laune leicht auffressen konnte. »Ganz entzückend«, sagte er.

»Ganz entzückend«, stimmte Cassidy zu. Es bedurfte schon eines besonders guten Grundes, anderer Meinung als Bennie zu sein. Davon abgesehen, konnte das Mädchen wirklich singen.

»Miss Squires«, flüsterte Bennie. Auch sein Eau de Cologne war gut, aber seine Wirkung wurde durch die Fettucine in Öl und Knoblauch, die er zum Abendessen genossen hatte, etwas beeinträchtigt. »Miss Cindy Squires«, sagte er, wie ein Mann, der die Antwort auf die allein entscheidende Frage wiederholt. Sie sang »Chattanooga Choo Choo«, und alle applaudierten. Max Bauman machte einen sehr erfreuten Eindruck. Bennie flüsterte weiter. »Mister Leary hat uns von ihr erzählt. Mister Bauman hat sie sofort eingestellt, als er sie singen hörte. Er nannte sie eine Lerche. Mister Bauman hat ein feines, gebildetes Ohr.«

»Nun, immerhin besuchte er Harvard.«

Bennie nickte. Da gerade die Rede von Ohren war, Cassidy war einmal Zeuge gewesen, wie Bennie die Bestie einem Mann bei einem spätabendlichen Disput in Hell's Kitchen das Ohr feinsäuberlich abgebissen hatte. Ohne Muschelsauce, ohne Öl und Knoblauch, nur das Ohr, *al dente.*

Einen Moment bevor Cindy Squires »The White Cliffs of Dover« anstimmte, beugte sich Max Bauman über den Tisch und faßte Terry an den Arm. In dem schwachen Licht verschmolzen ihrer beider Profile, und Max wisperte: »Würdest du mir meinen Mantel holen, Terry?« Terry nickte, und Max tätschelte seinen Ärmel.

Sie sang von den Rotkehlchen über den weißen Klippen an einem besseren, glücklicheren Tag, wenn die Welt frei sein würde. Das Publikum war begeistert. Jeder hatte die Wochenschauen gesehen und die Zeitungen gelesen und wußte, was *Collier's* und die *Saturday Evening Post* und H. V. Kaltenborn und Ed Murrow und Bill Shirer sagten. Sie alle wußten von Churchill und den tapferen Luftkämpfern der RAF und den Spitfires und Hurricanes. Cindy Squires wußte, wie man den Song an den Mann brachte, hatte das Quentchen Magie, all diese Bilder vor ihren Augen heraufzubeschwören. Cassidy hielt sie für die wohl am meisten nach Klasse aussehende Frau, die ihm je unter die Augen gekommen war, aus gutem Hause, mit einem hochgestochenen Akzent. Vera Lynn wäre stolz auf sie gewesen. Alle waren stolz auf sie. Alle, außer Terry Leary, der gedacht haben mußte, daß er sein Konto bei Max damit ausgeglichen hätte, indem er sie für ihn fand. Terry wirkte gelangweilt. Nichtsdestotrotz verfolgte er ihren Auftritt über den Rand seines Cognacschwenkers hinweg. Terry entging nicht viel.

Nachdem sie ihr Set beendet hatte, erhob sich Cassidy, um zur Toilette zu gehen. Max sagte: »Der Alkohol gehört uns nie ganz, Lew. Wir mieten ihn nur.« Terry gähnte. »Durch diese Tür und dann links.« Max wies ihm den Weg. Der Korridor war in einem intensiven Heliotrope-Rotton gehalten. Wandleuchter, die Urwaldpflanzen nachgebildet waren, gaben schwaches Licht. Zwei, vielleicht drei Minuten war er auf der Toilette zugange, dachte sich, es sei an der Zeit heimzugehen, bevor der Nebel in seinem Kopf weiter zunahm. Es war nach Mitternacht. Zwölf Stunden noch bis zum gewohnten Erbrechen in der Umkleidekabine.

Er ging zurück in den Gang, mußte dort, nach den hellen Lichtern auf den glänzenden weißen Kacheln, erst wieder seine Augen an den düsteren Glanz gewöhnen. Er hörte etwas vom Ende des Korridors her, schüttelte sich den Alkohol aus dem Kopf. Eine Frauenstimme, zornig, gedrängt, außer Atem hinter einer geschlossenen Tür. »Verfluchter Mistkerl, du . . . verfluchter . . . Mistkerl!« Es war ein lautes Flüstern, und die R's waren kaum hörbar. Dann hörte er etwas gegen die Wand schlagen, und die Frauenstimme verstummte mitten in der Beschimpfung.

Die Tür war nicht verschlossen, und in Augenhöhe sah er einen goldenen fünfzackigen Stern. Er stieß sie auf.

Cindy Squires stand mit dem Rücken zum Spiegel ihres Ankleidetischs, das vollendete blonde Haar in Unordnung, und preßte einen seidenen Morgenmantel an ihren dünnen Körper. Sie faßte nach einer Vase voller Rosen hinter ihr. Ein großer Mann stand zwischen ihnen, mit dem Rücken zu Cassidy, und grabschte mit einer Hand nach der Vorderseite ihrer dürftigen Bekleidung. Als Cassidy durch die Tür trat, warf der Mann ihren Arm beiseite und riß den Mantel auf. Ihre kleinen Brüste, ihr zerbrechlicher Brustkorb fielen Cassidy auf: Noch nie hatte er solche Verletzlichkeit gesehen. Sie wischte dem Mann mit einer Krallenhand über das Gesicht, ihr vollendet herzförmiges Gesicht eine Maske der Entschlossenheit, furchtlos. Der Mann stieß einen schmerzerfüllten Schrei aus, und Cassidy sah Blut aus den Kratzern an seiner Wange treten. Er drehte sich wieder zu ihr, sah von seiner blutverschmierten Hand in ihr giftsprühendes Gesicht, knurrte tief und stürzte sich voller Wut auf sie. Er warf sie nach hinten, und sie krümmte sich gegen den Spiegel.

Cassidy packte ihn am Kragen der Smokingjacke, riß ihn nach hinten, wirbelte ihn herum. Dann schleuderte er ihn so hart gegen die Wand, daß er dort eigentlich kleben bleiben mußte. Wie Spaghetti. Die Augen waren glasig von zuviel Alkohol und gerade genug Verwirrung. Cassidy bedachte ihn mit einem mißbilligenden Stirnrunzeln und schlug ihm auf die Brust, direkt unter das Sternum. Der Mann hustete und verdrehte die Augen.

»Aus dem Weg, Miss Squires. Gleich kommt ihm das Abendessen hoch –«

»Wenn das mal kein Pech für ihn ist«, sagte sie. Sie hielt die Blumenvase über ihn.

»Sie hauen ihm das Ding da besser nicht auf den Schädel. Sie könnten ihn verletzen –«

»Gut!« Sie warf die Vase nach ihm. Er rutschte langsam an der Wand herunter, jedes Auge in einer anderen Richtung, und die Vase prallte über ihm an die Wand. Wasserdurchnäßt und übersät von Rosen erreichte er den Boden, schloß die Augen und kippte zur Seite.

»Die Trauerfeier findet auf dem Mount-Olivet-Friedhof statt.« Cassidy grinste.

Cindy Squires hatte ihren Morgenmantel geschlossen und zog den Gürtel fest. Ihre Brustwarzen schienen enorm, wie sie sich unter der Seide an ihrer jungenhaften Brust abzeichnete. »Blumen im Haar«, murmelte sie. »Schwein.« Sie biß sich auf die Lippe und sah auf zu Cassidy. »Ich schätze, ich schulde Ihnen Dank – also, danke.« Sie sah wieder zu Dornröschen. »Aber ich wäre schon mit ihm fertig geworden. Ich hatte ihn da, wo ich wollte. Nichtsdestotrotz, danke.« Ihr ernstes Gesicht deutete ein Lächeln an. Ihre Stimme war sehr weich und belegt.

»Passiert so was häufig?«

»Nie. Die meisten wissen von Max und der Lerche, wie man mich für gewöhnlich nennt unter solchen ... Leuten.« Sie ließ das letzte Wort wie ein Schimpfwort klingen. »Vielleicht ist der von außerhalb.« Sie ergriff Cassidys Arm und umarmte ihn spontan. »Wer sind Sie überhaupt?«

»Einer dieser Leute, schätze ich.«

»Nun, Sie sind mein Sankt Georg. Und Sie haben mehr oder weniger den Drachen getötet. Ein Freund in der Not –« Sie streckte sich hoch und drückte ihm einen schnellen Kuß auf den Mund. Sie zog ein Taschentuch aus der Manteltasche und wischte ihn schnell weg, beseitigte die Spuren. »Er scheint wieder zu sich zu kommen ...«

Der Mann hob versuchsweise ein Bein und besah es, als sei es ein ungewohntes landwirtschaftliches Gerät. Dann dachte er sich, was soll's, und ließ es lautstark wieder auf den Boden klatschen. »Völlig naß«, bemerkte er mit größter Würde. Seine Augen schlossen sich, und er seufzte wie ein Mann, der bereits mit zuviel fertig werden mußte.

»Was, zum Teufel, geht hier vor?« Max Bauman stand in der Tür. Er klang neugierig, nicht wütend. »Bist du in Ordnung, Liebling?« Er ging an Cassidy vorbei und legte einen schützenden Arm um sie, zog sie an sich. Ihr Gesichtspuder verschmierte das Revers seines Dinnerjacketts.

»Dieser betrunkene Flegel ist zudringlich geworden«, sagte sie sanft, kühl. Ihre Augen drehten sich zu Max, »und dieser nette Herr kam herein und nahm sich seiner an.«

Cassidy mußte darüber lächeln. *Nahm sich seiner an.* »Ich hab die Vase nach ihm geworfen. Es tut mir leid wegen der Rosen, Max –«

»Ich lasse ihr jeden Abend Rosen schicken«, sagte er zu Cassidy und blinzelte. »Wo die herkamen, sind noch viel mehr.« Er hielt Cindy Squires eine Armlänge von sich, besah sie von oben bis unten. »Du bist in Ordnung?« Sie nickte, strich ihr Haar mit langen Fingernägeln zurecht. »Braves Mädchen. Ein Glück, daß du in der Nähe warst, Lew. Das vergesse ich dir nicht.«

»Es war nichts, Max. Ich hab's gern getan.«

»Er hat's gern getan«, sagte Max mit einem leisen Lachen. »Das ist gut, Lew.«

Bennie die Bestie räusperte sich in der Tür. »Kann ich irgendwie behilflich sein, Mister Bauman?« Er brauchte eine größere Tür. Er sah aus, als hätte man ihn in diese gewaltsam hineinquetschen müssen.

Max nickte zu dem Mann am Boden. »Bring den Müll raus, Bennie.«

Bennie wischte die Rosen beiseite und lupfte den schlaffen Körper vom Boden. Er trug ihn in den Händen, wie ein Mann, der ein Kind zu Bett bringt. Er ging hinaus, und sie hörten das Geräusch einer Tür, die sich zur rückwärtigen Gasse öffnete, dann ein lautes Krachen, als Bennie eine der Mülltonnen füllte.

Cassidy beobachtete das Mädchen. Sie lächelte schüchtern und meinte, sie sollte sich jetzt eigentlich anziehen. Was für ein Mädchen, dachte er. Hatte ihn da, wo sie ihn haben wollte ...

»Gleich, Baby«, sagte Max. »Bist du unserem edlen Ritter schon vorgestellt worden?«

Sie schüttelte den Kopf und streckte die Hand aus. »Ich bin Cindy Squires ...«

»Lew Cassidy, Miss Squires. Es war mir ein Vergnügen ... mich unseres Freundes anzunehmen.« Er beobachtete ihre Augen, die ihn unverhohlen ansahen, eines durch einen hellen Haarvorhang hindurch.

»Lew arbeitet für mich«, sagte Max. Er klopfte Cassidy auf die breiten Schultern, ganz der stolze Besitzer. »Er muß morgen noch etwas für mich erledigen. Zeit, daß er ins Bett kommt.« Cindy Squires nickte höflich und löste sich von Max. Sie bürstete an dem Puder herum, das sie auf seinem Jackett hinterlassen hatte. »Nochmals danke, Junge«, sagte Max. Cassidy nickte und ließ die beiden allein. Cindy Squires hatte ihnen den Rücken zugewandt und löste den Gürtel ihres Morgenmantels.

Sie gingen schließlich kurz nach eins. Das neue Sperrstundengesetz sollte die Stadt besser auf Kriegsverhältnisse einstimmen, sollte dieser Fall eintreten. Niemand schien zu wissen, wie genau, aber andererseits schien sich auch niemand groß darum zu scheren. Die Clubs entlang der West 52nd umgingen es, blieben einfach länger offen. Terry gab dem Mädchen an der Garderobe ein Trinkgeld, und sie kicherte, als sie ihm in seinen schweren Kamelhaarmantel half. Ein großer Bursche erblickte Cassidy, erkannte ihn und trat grölend zu ihnen. Er brachte die Rede auf zwei Fangfehler, die Cassidy gegen die Bears unterlaufen waren.

»Verdammte Tunte«, brüllte er, »Vaselinefinger.«

Terry lachte.

Das dicke Großmaul folgte Cassidy nach draußen. Es war neblig und regnete. Der Kerl suchte Streit, er fühlte sich gut, und er würde sich nicht an eine einzige Einzelheit mehr erinnern, wenn er die Nacht heil überstand.

Cassidy sagte ihm, er solle sich verpissen, wandte ihm den Rücken zu, was ein Fehler war, und er schlug Cassidy mit einer autoschlüsselbewehrten Faust ins Genick.

Cassidy rutschte weg und fiel nach vorne, schlug sich die Lippe am Randstein auf. Er schmeckte Blut und eine zerfetzte Masse und wünschte, er wäre an einem anderen Ort unter einem anderen Namen.

Er mühte sich ungeschickt aufzustehen, und als nächstes sah er einen Blondschopf und ein Stück braunen Nerz vorbeizischen. Terry war im Regen die Straße entlang gegangen, um ein Taxi heranzupfeifen. Cassidy sah auf, schluckte dabei Blut, gerade noch rechtzeitig, um zu sehen, wie sich Cindy Squires von links auf den Burschen stürzte und ihm einen nerzverhüllten Unterarm ins Gesicht drosch. Die Nase brach, Blut spritzte auf den regennassen Gehsteig. Sie brachte ihr rechtes Bein hinter seine Knöchel und gab ihm einen Stoß. Er fiel wie von einer Kugel getroffen nach hinten, mit einem unguten, satten, feuchten Geräusch. Sein Kopf stieß gegen ein Eisengeländer.

Cassidy war wieder auf den Beinen und hielt die aufgerissene Lippe mit Daumen und Zeigefinger zusammen. »Was zum Teufel –«

»Reden Sie nicht mit vollem Mund, Mister Cassidy.«

»Wie denn? Was haben Sie mit –«

»Ich habe Ihnen doch gesagt, ich hatte diesen anderen Kerl da, wo ich wollte.« Sie nickte über ihre Schulter. »Ihn auch. Ich bin aus England, und da –«

»Ah, natürlich. Das erklärt alles.«

»In meiner Schule hat man uns Selbstverteidigung gelehrt, verstehen Sie nicht, für den Fall einer deutschen Invasion? Dann haben mich Mammy und Daddy hier rüber geschickt –«

»Um für Max Bauman zu arbeiten?«

»Selbstverständlich nicht. Seien Sie nicht albern. Das habe ich mehr oder minder alleine bewerkstelligt.« Sie zuckte mit den Schultern, sah dann herunter auf den Mann, den sie zu Boden geschlagen hatte. »Ich schätze ja wohl nicht, daß wir es hier mit einem Nazi zu tun haben. Nein, das wäre wohl zuviel erhofft . . .«

Max und Bennie traten heraus auf die Straße, standen da und starrten sie an. »Was geht denn jetzt hier schon wieder vor?«

»Miss Squires hat sich soeben für meinen Dienst revanchiert«, sagte Cassidy. »Hat mich gerettet. Schau mich nicht so an, Max. Die Welt ist so verrückt.« Er lachte, und seine Lippe platzte erneut auf. »Scheiße.«

»Cindy?« sagte Max.

»Ich konnte doch nicht zulassen, daß dieser Neandertaler deinen Starspieler zur Schnecke macht –«

»Ihr zwei«, sagte Max und begann dröhnend zu lachen, »müßt aufhören, euch so zu treffen.« Er stieß Bennie einen Ellbogen in den Bauch. Bennie gab ein tolerantes, schmerzliches Lächeln zum besten, und seine Fliege hüpfte auf und nieder. »Was macht die Lippe, Lew?«

»Geht so. Tut nur weh, wenn ich lache.«

»Das ist gut, Lewis. Tut nur weh, wenn du lachst . . .« Max' Schultern bebten vor Lachen. Er legte einen Arm um Cindy. »Gute Arbeit, Baby.«

Terry kam aus der Richtung der 5th Avenue zurück, ohne Taxi. Er zuckte mit den Achseln. »Ich habe alles gesehen, Max. Sie hat den Kerl fertiggemacht, als wäre sie dazu geboren.«

Cassidy setzte sich auf den nassen Randstein und merkte, wie betrunken er doch war. Der ganze verrückte Abend landete auf ihm wie die Bears. Als er aufhörte, über sein gestörtes Gleichgewicht nachzusinnen, und sich umsah, waren er und Terry allein mit Cindys Opfer. Er hatte den Abgang der anderen nicht mitbekommen. Er schloß die Augen und sah, wie Cindy ihn durch Strähnen gebleichtes Haar hindurch beobachtete. *Ich schätze ja wohl nicht, daß wir es hier mit einem Nazi zu tun haben* . . . Er lächelte vor sich hin. Seine Lippe platzte erneut auf. Dieses Mädchen, die war mal was Neues. Zur Hölle mit der Lippe. Er lachte laut auf.

Der Kerl auf dem Gehsteig regte sich nicht. Nur die Füße in den schwarzen spitzen Schuhen zuckten konvulsivisch. »Terry, der sieht tot aus, oder so was.«

»Geschähe ihm recht«, sagte Terry. Er stieß die schlaffe Gestalt mit der Zehe an, und sie stöhnte und sagte: »Scheiße.«

Terry zog den Fuß zurück, holte aus und trat in die Mitte der Gestalt, und sie krümmte sich mit einem Ruck. Es klang, als weine sie.

Terry brachte Cassidy mit einem Taxi heim, betrunken, aber friedlich. Er legte ihn wie einen Toten aufs Bett, und Cassidy hatte einen schrecklichen Traum, in dem er patschnaß in der Straße lag und ein Haufen Gangster in einem schwarzen Packard wie von Sinnen auf ihn zuraste und über seine Hand fuhr. Er erwachte schweißgebadet, nur zur Hälfte davon überzeugt, daß es wirklich nur ein Traum war.

Jesus. Was für eine Nacht.

Da war er schon wieder nüchtern, und der Himmel über dem Washington Square wurde allmählich grau, naß und traurig, wie ein alter Wintermantel, den man mit der Zeit hassen gelernt hatte. Bevor er wieder einschlief, dachte er wieder an Karin, und wie es gewesen war, als alles gut lief. Aber als er die Augen schloß, war es nicht Karin, die er sah. Zum ersten Mal war es nicht Karin . . .

Wenn sich der Ball dann senkt, tritt jeder voll durch, als hätte irgend jemand irgendwo einen Knopf betätigt, und man wäre in einem alten Film und rannte um sein Leben, hart verfolgt von den Keystone Kops.

Cassidy behielt ihn im Auge, und einen kurzen Moment lang vervielfältigte er sich durch den Druck des Katers, und auf einmal waren es zwei Bälle, die da nur ein paar Fuß voneinander entfernt auf ihn zukamen. Wenn er jetzt patzte, war kein Art Hannaford da, um den Fehler auszubügeln. Welcher war der echte Ball?

Er entschied sich für den linken.

Er traf ihn wie ein Brotkasten aus Zement, erst die Hände, dann knallte er gegen die Brust. Es war 1 Uhr 30, und die 'Dogs wurden den New York Giants zum Fraß vorgeworfen. Cassidy hatte das Gefühl, als packten sie ihn in ein Brötchen und taten ordentlich Senf darauf. Fordham hatte ihn nie wirklich auf das hier vorbereitet. Auf der anderen Seite, noch war er nicht in der Armee, und von irgend etwas mußte der Mensch ja leben.

Es schien, als würde er immer langsamer, je mehr er sich anstrengte, Tempo zuzulegen. Seine Luft war weg, vom Kater, von der Wucht, mit der er den Ball in den Wanst bekommen hatte, und bei der Fünfzehner-Linie hätte er ihn beinahe fallen lassen. Aber selbst mit einem Kater war er Cassidy, und in diesem Jahr war Cassidy der Beste, den es gab.

Körper huschten vorbei, und Männer brüllten, als er aus dem Augenwinkel etwas bemerkte, das an ein Wunder gemahnte. Danny Maidstone war soeben der erste erfolgreiche Block der Saison gelungen. Er lag auf dem Gras, ein schwachsinniges, überraschtes Lächeln auf seiner unschuldigen Visage. Er hatte einen kleinen Korridor entlang der Seitenlinie freigesperrt, und das war alles, was Cassidy brauchte. Er lief nach rechts, trat voll durch, dachte sich, was soll's, bekomme ich eben einen Herzinfarkt und verende auf dem Rasen, na und? Er raste los wie ein aufgemotzter Buick. Zur Hölle, sollten sie ihn doch unter dem Torpfosten begraben.

Er passierte die Dreißiger-Linie unversehrt. Er fragte sich, ob er wohl insgeheim darauf hoffte, daß ihn jemand abfing. Ein 95-Yard-Lauf vom Anstoß weg war eigentlich in seinen Plänen nicht vorgesehen. Spätestens in der Mitte des Feldes würde er ein Sauerstoffzelt benötigen.

Ihr Kicker erwartete ihn an der Fünfziger-Linie. Cassidy konnte nicht anders. Er begann, an einen Touchdown zu denken. Vom Anstoß direkt zum Touchdown – Jesus! Er hätte am liebsten darüber gelacht, wie verrückt das doch war – gegen die Giants! Er rempelte den Kicker beiseite und jagte an der weißen Seitenlinie entlang wie ein Projektil, das vom Gebrüll der Masse eingesogen wird.

Dann platzte die Seifenblase.

Irgend jemand hatte ihn von hinten gejagt. Cassidy fragte sich, wieso der Bursche so verflucht lange dazu gebraucht hatte – es mußte gewesen, als jage man einen Einbeinigen mit Krücke!

Und auf einmal saß ihm King Kong im Nacken. Er drängte Cassidy über die Seitenauslinie. Cassidy schien nicht dazu in der Lage zu sein, der langen Holzbank auszuweichen, von der die Giants höflich aufstanden und beiseite traten, um ihm Platz zu machen.

Dann lag er völlig verdreht auf dem Boden und spuckte Zähne und Blut, und das war noch das geringste seiner Probleme.

Sein Bein zeigte in die falsche Richtung.

Die ganz falsche Richtung.

Kapitel 2

Über seinem Kopf schwebte ein verschwommener Lichtkranz, und jedes Mal, wenn er die Augen zusammenkniff, wurde er heller, und seine Augen schmerzten, und so hörte er damit auf und schloß die Augen ganz. Er versuchte herauszufinden, wie es um seine restlichen Sinne stand. Ihm war übel im Magen. Das mußte vom Äther kommen. Schwach machte er eine Faust. So weit, so gut. Er versuchte, das leise Gemurmel von Stimmen zu entziffern, aber das ging weit über seine Kräfte.

Als er wieder erwachte, war das Licht immer noch da, hell und verschwommen. Vielleicht war es Gott. Eigentlich hatte er sich immer vorgestellt, Gott wäre ein alter Mann mit einem langen, weißen Bart und wohlgemuten, nachsichtigen Augen, froh, einen zu sehen, jetzt, wo man endlich keine Gelegenheit mehr hatte, sein Leben weiter zu verpfuschen. Wie der Weihnachtsmann, nur ohne das rote Kostüm und die Rentiere. Aber vielleicht war das alles ganz falsch. Er war kein Theologe. Vielleicht war dieses helle Licht Gott. Auf der anderen Seite, vielleicht war es keineswegs Gott. Vielleicht war es nur ein helles Licht. Solch gewichtiges Sinnieren erschöpfte ihn, und er schlief wieder ein.

Geraume Zeit später verdeckte eine dunkle Gestalt das Licht, und jemand sagte wiederholt seinen Namen. Er dachte, er würde antworten, aber das konnte nicht stimmen, denn sein Name schwirrte immer noch über ihm in der Luft.

»Jocko . . . hey, Jocko . . . bist du wach, Lew?«

»Genug, genug, ich höre dich, ich höre dich –«

Gelächter. »Er kommt zu sich.«

»Ich glaube, ich muß kotzen.«

Jemand schob eine kalte Metallschale an sein Gesicht. Er drehte den Kopf und erbrach den Äther und fühlte sich ein bißchen besser. »Es ist in Ordnung«, sagte er. »Der Weißwein kam mit dem Fisch.« Er sank zurück, auf einmal in kaltem Schweiß gebadet. Dann sackte er langsam wieder weg.

Als er das nächste Mal erwachte, war die Gestalt wieder da und verdeckte das Licht. Er leckte seine Lippen. Sie waren trocken und aufgesprungen, und seine Zunge fühlte sich an, als müßte sie einmal ordentlich mit einem Stemmeisen abgeschabt werden. Er fühlte eine Hand auf seinem Arm. »Du wirst nie wieder steppen, Fred.«

»Offen gesagt, Ginger, das ist mir scheißegal.«

Es war Terry. Cassidy hieß ihn einen alten Saukerl, und Terry pochte auf den Gips an seinem Bein und schüttelte den Kopf. Cassidy versuchte, auf den Gips hinunter zu blicken, aber von der Anstrengung wurde ihm sofort wieder übel, und er hielt inne. Der alte Terry. Immer da, wenn man ihn brauchte. Wenn es nicht Karin sein konnte, wollte er Terry. Terry konnte immer alles regeln. Er dachte daran, was Terry doch für ein prächtiger Bursche wäre, als er wieder einschlief.

Später (er hatte keine Vorstellung davon, welcher Tag es war) hörte er im Schlaf zwei Stimmen.

War es ein Traum? Irgendeines der Betäubungsmittel verursachte Halluzinationen? Sie sprachen über Terry, das dachte er wenigstens, über Terry und ihn, und die Stimmen kamen ihm entfernt bekannt vor. Sie klangen leise, gedämpft. Manches war über Terry, manches über ihn. Er wollte hören, aber es fiel ihm schwer, und er schien seine Augen nicht aufbringen zu können.

»Jetzt haben sie das Bein schon zweimal operiert, zweimal in sechs Stunden –«

»Knie, es war sein Knie –«

»*War* ist richtig.« Lachen.

»Der ist noch 'ne Weile weg vom Fenster. So ein Ärger aber auch.«

»Was macht das schon groß?«

»Mußte warten, bis Leary Dienst hatte. Er verbringt seine gesamte dienstfreie Zeit hier –«

»Ich verstehe.«

»Wär nicht so gut, wenn Terry jetzt hier wäre, oder?«

»Denkst du, er spielt mit?«

»Er muß, wenn er weiß, was für ihn gut ist. Sie sind Kumpel . . .«

»Cassidy steht verflucht gut da dieser Tage –«

»Nach dem hier steht er gar nicht mehr. Wenn's uns nicht paßt, wie er sich aufführt, liefern wir das andere Knie. Er wird schon mitmachen. Niemand steht *so* gut da. All diese Burschen, Leary, Cassidy, sie –«

»Ich weiß. Die denken alle, sie wären das Gelbe vom Ei.« Mehr bitteres Lachen.

»Muß mit Cassidy sprechen, bevor Leary ihn sich greift, bevor der alte Terry sich einen Reim macht –«

»Denkst du, er weiß es?«

»Verflucht, wer weiß das schon bei dem schlauen Hurensohn.«

Es mußte eine Art Traum sein. Er versuchte krampfhaft, einen Sinn in das Ganze zu bringen, und fand sich zurückversetzt in Keen's Chophouse. *Hör mal, Kumpel, kann sein, daß ich demnächst mal deine Hilfe brauche ...* Terry stand irgendwo ganz oben auf einer Abschußliste. Aber wessen Liste? Und wer waren die zwei Burschen, die in seinem Schlaf sprachen? Er hoffte, es war ein Traum.

Zwei Operationen? *War* sein Knie?

Was zum Teufel ging hier vor?

Meistens, wenn er aufwachte, war Terry da.

Manchmal lief das Radio, ganz leise, und er erinnerte sich, ein Bruchstück von Nat Cole's »If I Didn't Care« gehört zu haben, und etwas Big-Band-Musik, Tommy Dorsey aus dem Terrace Room im Hotel New Yorker. Er hörte die Stimmen von Helen O'Connell oder Marion Hutton und dachte sich, daß sein Bein gebrochen sei wie bei Hannaford, und daß die Saison damit für ihn zu Ende sei, aber die Saison war ohnehin fast vorrüber, und er würde schon wieder werden. So schloß er mit schöner Regelmäßigkeit die Augen, und seine Gedanken begannen zu wandern, aber aus irgendeinem Grund kamen sie immer wieder zurück zu Terry.

Terry stand also ganz weit oben auf irgend jemandes schwarzer Liste. Jemand hatte es auf ihn abgesehen. Wer? Aber zum Teufel, eigentlich hatte es immer irgend jemand auf Terry abgesehen gehabt. Wie damals mit Tony Morante ...

Während Cassidy das Spielfeld in Fordham landauf, landab gerannt war, war Terry so eine Art Managerassistent des Teams gewesen. Es gab noch einen Jungen, der den Spielern während der Spielunterbrechungen Milchflaschen voll Wasser aufs Feld brachte. Für Terry, das war einmal klar, kam solche Dreckarbeit nicht in Frage. Er war mehr der leitende Manager, führte die Tabellen, erledigte Dinge für die Trainer, sorgte dafür, daß die Trikots gereinigt wurden und die Bälle nach dem Training wieder in die großen Leinentaschen kamen. Gegensätze zogen sich an. Cassidy war ernsthaft, nahm das Spiel ernst, haßte es, wenn das teure alte Fordham verlor, wohingegen Terry sich dachte, gemessen an der Ewigkeit machte es nicht wirklich großartig etwas aus, ob es nun so oder so ausging. Komischerweise verstanden sie sich auf Anhieb. Es war so leicht, mit Terry auszukommen, der die besondere Gabe hatte, sich auf die Persönlichkeit des anderen einzustellen, als wäre sie ein Radiosender, den er mächtig gut kannte. Für ihn schien keine Sache jemals zu Schwerarbeit zu werden. Es war mühelos für Terry.

Terry war unabänderlich unbekümmert, ging Risiken ein, schön und einfach, weil's ihm grad so war. Er genoß den Nervenkitzel, am Rande des Abgrunds zu tanzen. Nicht, daß er keine Angst gehabt hätte. Das hätte seinen ganzen Lebensstil bedeutungslos gemacht. Terry dachte sich einfach, er könnte davonkommen, während Cassidy, der Athlet, sich der Gefahr des versprungenen Balls, des verunglückten Tacklings, des einen Fehlers, der einen am Ende das ganze Spiel kostet, immer bewußt war. Terry hatte diese regelrecht unheimliche Unschuld, die Cassidy angst machte und ihn dennoch in ihren Bann zog. Terry dachte sich, er könnte sie alle auf die Plätze verweisen, die Furcht, das Spiel, die Chancen, die gegen ihn standen.

Cassidy war ein großartiger Footballspieler, wurde in seinen letzten beiden Spielzeiten in die All-East-Auswahl berufen und war der achtbeste Collegespieler von 1934; aber wie man die Puppen tanzen ließ, lernte er von Terry Leary. Paul Cassidy hatte ihm zur Feier irgendeines erfolgreichen Filmgeschäfts einen Auburn-Sportwagen geschenkt, und der Wagen schien sie zu neuen Taten anzuspornen, noch weiter voran.

Wie damals, als sie mit zwei italienischen Schwestern aus der Klosterschule von Providence ausgegangen waren. Alle vier waren sie auf dem Wohnzimmersofa daheim zu Gange gewesen, als ein Bruder der beiden ziemlich bedröhnt vom Schwarzgebrannten nach Hause kam. Und was er sah, gefiel ihm gar nicht: Wie sich zwei Burschen, die er nie zuvor gesehen hatte, an vier der niedlichen kleinen Titten der Morante-Familie gütlich taten.

Ein hektisches Gerangel folgte. Terrys Hosen waren auf Halbmast, und auf den ersten Blick machte er nicht unbedingt den Eindruck, gefechtsfähig zu sein. Viel Gekreisch und abspringende Knöpfe und Gespringe und Hosenhochziehen ihrerseits und Blusenraffen und Kleiderherunterziehen von seiten der Mädchen. Tony Morante war nicht alleine zurückgekommen. Vier angetrunkene Italiener machten es auf der Stelle zu ihrer Sache, die Ehre der Mädchen zu verteidigen. Cassidy versuchte zur Tür zu kriechen, nachdem man eine Lampe an seinem Schädel krummgeschlagen hatte, als er einen Tritt in die Genitalien abbekam. Die Aussichten waren düster. Cassidy beklagte seine rapide sinkenden Chancen, jemals Kinder zu zeugen, als Terry mit einer Strategie aufwartete, die ihre Lage schlagartig verbesserte.

Er legte Feuer.

Feuerzeugbenzin auf die Couch, ein Schnipp mit dem Ronson, und alle ließen davon ab, Cassidy zu treten, und begannen zu husten und zu würgen und auf die lodernden Kissen einzuschlagen.

Cassidy kam auf die Beine und – gewissermaßen als stilvolle Fußnote – versetzte Tony Morante eine harte rechte Gerade auf den Kiefer, die ihn stehenden Fußes umwarf und den Großteil der Haut von Cassidys Knöcheln abschürfte.

»Zeit zu gehen«, sagte Terry und führte einen geordneten Rückzug die enge Treppe hinunter.

Von der Straße aus sahen sie die orangenen Flammen im Fenster flackern.

»Ich denke, sie haben es unter Kontrolle, du nicht?« Terry sah ein Café einen Block entfernt. Es schneite. Der Wind war kalt und feucht und blies schneidend vom Ozean her, so wie es in Providence im Januar sein soll. Sie stemmten sich dagegen und gingen zu dem Café. Die Fenster waren beschlagen.

»Terry?«

»Ja, mein Sohn?«

»Dein Hosenladen ist offen.«

Sie traten ein, und Terry bestellte für sie beide Kaffee und Kuchen. Cassidy rief die Feuerwehr.

Als sie im Auburn die Straße wieder in die andere Richtung entlang fuhren, war der Feuerwehrwagen bereits mit viel Getöse am Ort des Geschehens eingetroffen. Die Flammen waren verloschen. Das schwelende Sofa schien halb aus dem Fenster zu ragen.

Als Terry sich entschied, Cop zu werden – das war, nachdem er höchstwahrscheinlich eine Tänzerin vom Broadway geschwängert hatte und unbedingt fünfhundert Dollar aufbringen mußte, um die Sache zu regeln, wobei er die ganze Zeit über ihrem Freund, einem Produzenten, aus dem Weg gehen mußte, da dieser verkündet hatte, daß ein Riese auf denjenigen warte, der ihm »die Eier des Hurensohns, der Ritas warmherzige und zutrauliche Wesensart so schamlos ausgenutzt hat«, bringe –, konnte es Cassidy schlicht nicht begreifen. Terry als Cop, das schien eine Schnapsidee zu sein, bis er sich mit Cassidy hinsetzte und ihm erzählte, wie die Cops und die Burschen, die sie jagten, absolut gleich wären. Nun, beinahe.

Aber die Cops hatten die besseren Chancen. Die Sache war, daß für viele Burschen beides in Frage kam; sie hatten das Zeug zu guten Cops oder guten Schurken, und er wußte, wie Ganoven dachten. Was ihn zu einem verdammt guten Cop machen würde, wenn er es nur schaffte, einen angemessenen Lebensunterhalt damit zu bestreiten. Den Chancen nach war das die Crux, daß es sich eben einfach nicht lohnte, aber Terry dachte sich, das wären halt die Chancen, die gegen ihn standen. Kein Problem.

Sein Onkel Paddy – der Priester, nicht der Alkoholschmuggler aus New Jersey – erzählte ihm, daß man als irischer Cop in New York ein gutes Leben haben könne. Was immer das bedeutete. Terry sagte, so wie er es sehe, habe Paddy gemeint, es hätte alle Vorteile der Kirche, aber man konnte herumhuren, soviel man wollte.

In diesen Tagen war das New York Police Department sehr irisch, sehr katholisch, und es schien, daß die meisten der Herren aus der Führungsspitze Initialen wie F. X. hatten. Ein Francis Xavier nach dem anderen. Dann und wann hörte man das Rascheln in den Korridoren der Macht, ebenso in den Zellen und in den verschwitzten Verhörräumen. Pater Paddy leistete hilfreiche Fürsprache, und in Rekordzeit hatte es Terry vom Streifenpolizisten zum Detective in Zivil gebracht.

Es war der Beruf, für den ihn Gott geschaffen hatte, wenn auch Pater Paddy es etwas farbiger ausdrückte. Er sagte, Terry sei glücklich wie ein Schwein im Mist. Terry kannte alle Gangster und Ganoven. Er frequentierte die Clubs und kannte die extravaganten Frauen, die spät am Abend in extravaganten Appartements erwachten und im wesentlichen Geschöpfe der Nacht waren, in seidigen Kleidern, die sich wie unzüchtige Gedanken zwischen ihre Brustwarzen schmiegten. Wenn das Pater Paddys Vorstellung von Mist war, hatte er die Sache nicht hinreichend durchdacht.

Terry kannte also die ganzen Damon-Runyon-Charaktere, und sie kannten ihn. Sie verstanden den Job, den er zu erledigen hatte, und verlangten von ihm nur, daß er ihnen die gleiche Höflichkeit erwies. Leben und leben lassen. Terry verstand. Er war schnell von Begriff und war nicht ausgezogen, das Verbrechen in seinem Zuständigkeitsbereich auszulöschen. Er wollte es nur annähernd unter Kontrolle halten. Es war alles wahr gewesen, was er damals Cassidy erzählt hatte. Der Unterschied zwischen den Guten und den Bösen war minimal.

Komisch, wie Cassidy eigentlich in der Zeit, die er mit Terry verbrachte, mehr Gangster als Cops kennenlernte. Er machte sogar etwas Geld beim Wetten auf Footballspiele und auf Pferderennen und Boxkämpfe, weil Terry immer wußte, wenn Betrug im Spiel war.

Gangster und Cops, ein Spaziergang auf der Messerklinge ... und jetzt war wieder jemand hinter Terry her, hatte ihn auf der Abschußliste ... und im Kopf hörte Cassidy diese zwei Stimmen hinter dem Äthervorhang. Was zum Teufel hatte das bedeutet? Warum hatten sie so bedrohlich, so gefährlich gewirkt ...

Er erwachte mitten in der Nacht, die Tür zu seinem Zimmer halb offen, hin und wieder tapste eine Krankenschwester auf quietschenden Gummisohlen vorbei. Er trank einen Schluck Wasser, stieß mit dem Glas gegen den Gipsverband. Das verfluchte Ding ging bis ganz nach oben. Vom Knöchel bis zum Arschloch.

Er lag still da, lauschte dem Schnarchen von Terry, der ruhig und friedlich im Sessel am Fenster schlief. Das Schnarchen war angenehm und stetig wie die Brandung in den Hamptons im Sommer. Da kamen ihm die Burschen, die Terry beobachteten, in den Sinn ...

Es war der Abend gewesen, an dem sie ausgegangen waren, um den Joe-Louis-Kampf in den Polo Grounds zu sehen. Vor ein paar Monaten, im Oktober. Sechzigtausend Menschen an einem kalten Herbstabend. Er schloß die Augen, und alles kam ihm wieder, das Aufraunen der Masse erfüllte seinen Kopf, wie Terrys Schnarchen das Krankenzimmer erfüllte.

Lou Nova glänzte unter den Ringlampen, tänzelte in seiner Ecke, während sie seine Handschuhe zuschnürten. Er kaute an seinem Mundschutz herum. Er war glatt und glänzend vom Schweiß, seine Haut blaß, beinahe durchsichtig, mit pulsierenden Muskeln darunter. Warten auf die Glocke.

Alle waren da, und Cassidy und Terry kam es vor, als kannten sie alle. Sie saßen auf den Fünfhundert-Dollar-Plätzen, und die beiden berühmten Kommentatoren Graham McNamee und Ted Husing zogen Cassidy mit irgendeiner Untat aus seinen Collegezeiten auf, an die er sich selbst nur halb erinnerte, als ihn der Ringansager auf einmal laut vorstellte. Eine Menge Gestalten aus der Sportwelt wurde durch den abgetrennten Ring getrieben. Schon war Cassidy die wackligen Holztreppen hoch und kletterte zwischen den Seilen hindurch. »Und hier ist der druckvolle Rückraumstürmer der Bulldogs ... die Touchdown-Maschine ... Sie kennen ihn alle noch aus seiner Zeit in Fordham ... Lllew Casss-ssidy!« Ein Lärmschwall ertönte, und Cassidy drehte sich winkend unter den hellen Scheinwerfern. Er ging in jede Ecke und wünschte den Kämpfern Glück. Louis hatte die Augen auf Nova, und Nova schien in Trance zu sein, und Cassidy kletterte aus dem Ring nach unten, während der Jockey, der das letzte Kentuckyderby gewonnen hatte, hochkraxelte, um seinerseits vorgestellt zu werden.

Sie waren ein Trio an diesem Abend: Cassidy, Terry und eine Type namens Marquardt Cookson, nur geringfügig umfangreicher als der Rundfunkstar Kate Smith. Er mußte ungefähr dreihundertzwanzig Pfund wiegen. Er trug grob zwei Hektar blauen Serge und schnieke graue Handschuhe. Er hatte kleine spitze Füße, der Typ, der denen in Roseland noch einen oder zwei neue Tanzschritte zeigen konnte, trotz seines Umfangs. Eigentlich war da noch ein vierter gewesen. Cookson hatte einen kleinen Burschen dabei, niedlich wie eine Wanze im Teppich, mit gebleichtem Haar, der ihm fortwährend Dinge reichte. Zigaretten, ein goldenes Feuerzeug, Hotdogs, Taschentücher, um das schweißtriefende Gesicht abzuwischen. Wie er auch heißen mochte, der schnuckelige Junge hatte eine Menge zu tun, und es war alles von höchster Gewichtigkeit für Marquardt Cookson. Die ganze Sache erinnerte Cassidy an die Sylvester-Aubrey-Bean-Affäre und die Hexenjagd auf Homos, die Terry verhindert hatte, indem er den sensationsträchtigen Aspekt des Falles so diskret wie möglich behandelt hatte. Markie Cookson war sehr erleichtert gewesen, und die Tickets für den Kampf waren vermutlich nur ein weiterer Teil seiner Dankbarkeit. Man sagte Markie nach, gewisse Drogenverbindungen zu haben. Vielleicht war das der Grund, daß die Augen des Wasserstoffgebleichten so komisch aussahen und daß Markie so viel schwitzte.

Paul Cassidy saß mit Max Bauman und Cindy Squires mehrere Reihen hinter seinem Sohn. Sie wurden flankiert von Bennie der Bestie, ein paar Rechtsanwälten und zwei anderen Burschen, die sich aufgrund des ganzen Schwermetalls, das sie mit sich herumschleppten, nur langsam bewegten. Das Publikum eines Meisterschaftskampfes dieser Tage hätte vermutlich der Wehrmacht getrutzt. Paul Cassidy mußte am nächsten Tag nach Chicago, um als Zeuge im Willie-Bioff-Prozeß auszusagen. Irgendwelche üblen Tricks aus dem Filmgeschäft. Max Bauman verhandelte gerade mit Paul über die Finanzierung einer Reihe von Filmen. Die Kanonenschwinger waren da, weil einige von Bioffs Schlägern Paul hatten mitteilen lassen, wo er enden würde, wenn er zur Aussage in die Windy City käme: im Fundament einer Brücke über den Chicago River. Daraufhin hatte Max ein paar Schwergewichtler geschickt, die Paul im Zug Gesellschaft leisten und Willies Jungs von ihrem Vorhaben abbringen sollten. Lew hatte die Geschichte am Abend zuvor in Jake & Charlie's gehört, aber es war alles verwirrend und schwer zu kapieren, wo es doch so viele harte Burschen gab und er am Sonntag gegen die Green Bay Packers spielen mußte.

Es war ein besonders großer Kampf. Selbst nach den Maßstäben des

Champs. Louis' zuständige Musterungskommission in Chicago hatte ihn volltauglich eingestuft, und jeder dachte bei sich, es würde sein letzter Kampf sein. Im Mai hatte er drunten in Washington mit Buddy Baer viel Mühe gehabt, den schweren Ochsen aber schließlich doch in der sechsten Runde gefällt. Dann hatte er einen Monat später den großen Schreck seines Lebens bekommen, von einem dreiundzwanzigjährigen Jungen aus Pittsburgh namens Conn, der ihm zwölf Runden lang eine wahre Boxlektion erteilt hatte. Nur drei Runden trennten Billy Conn vom Weltmeistertitel, als er sich entschloß, es mit Joe auszufighten. Er machte es nicht bis zum Ende der dreizehnten. Und jetzt hatte Cassidy fünfhundert Dollar darauf gesetzt, daß Nova zumindest fünf Runden durchhielt.

Es wurde von Minute zu Minute kälter, aber Cookson schwitzte dennoch. Terry war rastlos, sah sich dauernd im Publikum um, wo er doch normalerweise sein Augenmerk stur auf die Kämpfer gerichtet hätte, so wie er die Gäule in Saratoga oder die Tänzerinnen am Broadway studierte. Nach einer ereignislosen zweiten Runde fragte Cassidy ihn, was ihm denn auf der Seele läge.

»Nichts, Kumpel, gar nichts. Drei Runden noch, Baby, nur noch drei Runden.« Dann zupfte Cookson an seinem Ärmel und kicherte wie ein Mann, der gerade in die Hose gemacht hatte. Er unterhielt sich mit Harry Madrid, der niemals einen Kampf verpaßte, und Harry gestikulierte mit seiner rechten Hand, zeigte ihm, was Nova hätte machen sollen. Markie hörte zu, aber der Ausdruck auf seinem Gesicht besagte, daß er auf dem Weg zum Mond war. Der süße blonde Bursche reichte ihm das Taschentuch, und Cookson wischte sein Gesicht. Er sah aus, als erwäge er, Harry Madrids Gesicht zu tätscheln. Das wäre vielleicht was gewesen.

Cassidy fröstelte und beobachtete, wie sich Nova bewegte, ein paarmal mit der Geraden führte, wegtauchte, die Schläge von Louis mit den Unterarmen blockierte. Er kam durch die dritte Runde, und niemand atmete schwer, außer Marquardt Cookson. Die vierte verging, ein bedächtiges Menuett.

»Wenn er's nur nicht macht wie Conn«, sagte Cassidy.

»Sie beobachten mich, Kumpel«, sagte Terry mit einem Grinsen. Cassidys Kopf fuhr herum. »Ja. Ohne Scheiß. Sie beobachten mich die ganze Zeit.« Terry grinste erneut. »Das ist ein Kompliment, oder? Ach, zur Hölle damit. Komm schon, Lou Baby, noch eine Runde!«

»Wer beobachtet dich die ganze Zeit?«

»Beobachtet dich jemand, Terence?« fragte Cookson. Er nieste.

»Vergiß es, Markie. Ich hab Lew nur ein bißchen aufgezogen. Alles in Butter. Kein Grund zur Besorgnis. Kein Grund, in Schweiß auszubrechen, Markie.«

»Guter Rat, aber viel zu spät«, murmelte Cassidy, und Terry lachte.

Lou Nova war nicht nur ein ziemlich guter Boxer. Er praktizierte Yoga. So stand es in allen Zeitungen. Er hatte eine bestimmte Gelassenheit, und die brachte ihn durch die Fünfte. Cassidy hätte ihn küssen können.

»Joe hat ihn also fünf Runden lang durchgeschleppt«, sagte Terry. »Er hat deine Wette für dich gewonnen, Lew. Paß auf, was jetzt passiert.« Er blinzelte, als wüßte er etwas, das Cassidy nicht wußte.

Nova kam in die sechste Runde und versuchte, den Champ mit einem rechten Haken zu treffen.

Am Ring hörte Cassidy die Stakkatostimme von Clem McCarthy den Kommentar ins Mikrofon und zur wartenden Welt hinauszubrüllen.

Louis geht in den Mann –
Mit der Geschwindigkeit und der Wucht eines Buick –
Und er ist am Boden! Nova ist in der Mitte des Rings am Boden.
Und es ist vorbei! Die sechste Runde, und alles ist vorbei
Hier in den Polo Grounds!

Es kam alles so tödlich jäh, wie ein gelungenes Tackling, so hart, daß man es gar nicht richtig spürte. Man lag einfach da. Fühlte keinen Schmerz. Nova lag einfach da, und es war, als wäre er in eine unvorhergesehene Trance gefallen. Es war Joe Louis, und alle hatten sich mittlerweile an die Spezialtrance des Braunen Bombers gewöhnt. Und Cassidy bemerkte, daß die Brust seines eleganten Hemdes und die weiße Nelke am Revers seines Fracks mit Lou Novas Blut bespritzt waren.

Aber das, was noch ein paar Monate später in Cassidys Gehirn haften blieb, war nicht, wie Louis Nova auf die Ringmatte drosch. Es waren auch nicht die fünfhundert, und es war auch nicht das Blut auf seinem Hemd. Es war Terry Learys Gesicht, das besorgte Glänzen seiner Augen, der neue, strichdünne Schnurrbart, der ihm das verwegene Aussehen eines Filmstars verpaßte, und etwas, das er noch nie zuvor in Terrys Stimme gehört hatte.

Sie beobachten mich, Kumpel. Sie beobachten mich die ganze Zeit . . .

Er lag im Krankenbett, Schmerzen im Bein, und ihm kam, was er vor diesem Abend noch nie in Terrys Stimme gehört hatte.

Furcht.

An dem Abend, als Joe Louis in den Polo Grounds Lou Nova in der sechsten Runde k. o. schlug, hatte Terry Leary vor irgend etwas Angst, und er wußte, daß sie ihn beobachteten.

Am Montag ließ Cassidy den Nebel endgültig hinter sich. Die Sonne war hell, und draußen sah es wintrig aus. Dürre, bloße Äste und an den Fenstern kleine braune Vögel, die wirkten, als wollten sie hereinkommen. Die Bettwäsche war frisch und weiß, und im Mund hatte er einen Geschmack, der dem Geruch seines Trikots am Tag zuvor verdächtig ähnelte.

Terrys Sessel war leer, aber sein Kamelhaarmantel war über einen anderen Stuhl geworfen. Seine Zigarre lag kalt im Aschenbecher. Cassidy hörte ihn mit einer Schwester im Flur scherzen, und dann kam er herein, in der Hand die *New York Times.* Die Bügelfalte in seinen schokoladenfarbenen Gabardinehosen war rasiermesserscharf. Er trug braun-weiße Budapester. Die Absätze klackten laut. Cassidy versuchte, die großen Schlagzeilen zu entziffern, aber seine Augen waren immer noch nicht ganz in Ordnung. Er dachte an den Sportteil.

»Hey, er lebt! Möchtest du, daß die Schwester dir den Nachttopf bringt? Das würde ich ungern verpassen – wie geht's dir denn so, du vermaledeiter Glückspilz?«

»Schönes Glück.«

»Der Arzt sagt, du wirst vielleicht für den Rest deines Lebens hinken«, sagte Terry vergnügt. Er grinste, und was er sagte, wurde in seiner Tragweite nicht ganz deutlich.

»Haben wir gewonnen?«

»Ich weiß nicht, aber es würde mich doch verdammt überraschen. Ich bin runter in die Umkleidekabine gekommen, als du dein Schläfchen unter der Bank der Giants angetreten hast. Bin dann gleich mit dir ins Krankenhaus gefahren. Und dann mußte ich für ein Weilchen zur Arbeit und das Verbrechen bekämpfen.« Er blätterte durch die Zeitung. »56-14, verloren. Bild von dir, wie sie dich auf der Bahre raustragen. Sieht dir nicht sehr ähnlich. Das ganze Gesicht ist voller Blut. Wie auch immer, mit dem Football ist's vorbei, Jocko. Und, das muß ich sagen, dein Spiel interessiert momentan niemanden einen feuchten Kehricht, nicht jetzt. Sonntag erwies sich nämlich als ein ganz besonderer Tag.«

»Verflucht, Terry, wovon redest du –«

»Du hast ein Ein-Millionen-Dollar-Bein, du mußt nicht kämpfen.«

»Kämpfen? Gegen wen?« Nichts davon ergab einen Sinn.

Er zuckte mit den Achseln. »Die Japse, die Deutschen, gegen die mußt du nicht kämpfen.«

»Terry, Terry, red doch verständlich.«

»Okay. Gestern haben die Japse Pearl Harbour – das ist irgendwo auf Hawaii – in Einzelteile zerlegt. Ungefähr zur selben Zeit, als die Giants versuchten, dein Bein abzubrechen. Es ist Krieg, Lew und wir sind drin. Du bist draußen . . . und FDR hält heute eine Rede zum Thema.« Er zündete eine große Havanna an, eine von Max Baumans. Sie roch wunderbar. »Du bist draußen«, wiederholte er. »Jetzt müssen wir mich rausbekommen.«

Cassidy versuchte aus all dem schlau zu werden. Hauptsächlich dachte er an das 56-14. Jesus. Schlimmer, als erwartet. Jetzt diese Pearl-Harbour-Sache, was zum Teufel war das?

Auf dem Tisch waren Blumen. Terry deutete auf jede einzelne Vase und sprach. »Rosen sind von Max und seiner blonden Schlägerin, Cindy Squires. Die Chrysanthemen sind von Bennie der Bestie. Der Bursche hat eine Schwäche für dich, Lew. Ich glaube, er würde es aufrichtig bedauern, wenn er dich umlegen müßte. Und dieses üppige Schnittblumenbouquet ist von der Mara-Familie im Namen der Giants.« Er glitt in seinen Polomantel und schnippte an die Krempe seines dunkelbraunen Huts. »Ich bin auf dem Sprung. Ich komme heute abend wieder, wenn ich alle bösen Buben gefangen habe.« Er warf die Zeitung auf das Bett. »Lies es und weine, Jocko.«

Als er alleine war, sah Cassidy auf die Titelseite.

JAPAN IM KRIEG MIT US UND GB:
BLITZANGRIFF AUF HAWAII:
SCHWERE KÄMPFE ZUR SEE GEMELDET

Da kam es ihm. Während er zum Aufwärmen auf dem Feld gewesen war, um 1 Uhr 05, waren die japanischen Bomber aus der Morgensonne gekommen. 7 Uhr 35 auf Hawaii. Und die japanische Armee war an der Ostküste von Malaysia gelandet, hatte Singapur bombardiert und war in Thailand einmarschiert.

Roosevelt würde kurz nach zwölf vor dem Kongreß reden. Es wurde im Radio übertragen.

In Washington hatte sich eine Menschenmenge von mehr als tausend Personen still und leise vor der japanischen Botschaft versammelt und zugesehen, wie das Personal ein Freudenfeuer aus allen Akten und Unterlagen veranstaltete. Auf der West 93rd in New York hatte die Polizei den Nippon Club geschlossen. Der Leitartikel der *Los Angeles Times* war noch einmal abgedruckt. »Japan wollte es so haben. Jetzt wird es sein Fett bekommen. Das war der Akt eines tollen Hundes, eine gangsterhafte Verhöhnung jeden Prinzips internationaler Ehre.«

Nehmt das, ihr Dreckskerle! Er fand einen kleinen Bericht aus Berlin. Das Oberkommando der Wehrmacht verkündete, daß sie es ihrer Schätzung nach 1941 schließlich doch nicht bis Moskau schaffen würden.

Er rief Paul an. Er war in Los Angeles gerade aufgestanden. Sie sprachen über den Krieg, und Lew vergaß, seinem Vater von seinem Bein zu erzählen. »Wir werden uns jetzt auch bald im Krieg mit Deutschland befinden, Sohn«, sagte Paul Cassidy. »Und was das dann für Karin bedeutet, müssen wir erst einmal abwarten.«

»Ich weiß, Dad, ich weiß.«

»Ich werde dir nicht sagen, daß du dir keine Sorgen machen sollst.«

»Ich mache mir schon so lange Sorgen – bis jetzt ist nichts passiert, um das zu ändern.«

»Wir werden herauszufinden versuchen, was mit amerikanischen Staatsbürgern da drüben geschieht. Vielleicht wird es ein Heimführungsabkommen geben.«

»Ach, die werden einfach sagen, sie ist Deutsche. Die sagen, sie zieht es vor, bei ihrem Vater zu bleiben. Das weißt du genauso wie ich. Hölle, vielleicht ist es sogar wahr – wie auch immer, wir werden uns ohnehin in kürzester Zeit im Krieg mit Deutschland befinden. Sie ist in ihrer Hand, wenn es ihr nicht gelingt zu fliehen.«

»Nun, darauf würde ich nicht zählen, es sei denn, das Leben ist tatsächlich ein Warner-Brothers-Film.«

»Es gibt nicht allzuviel, auf das ich überhaupt zähle. Schau, Dad, ich rufe dich heute abend an, wenn wir wissen, was Roosevelt sagt. Dann haben wir eine bessere Vorstellung davon, was hier läuft.«

»Okay, Sunny. Geht's dir gut?«

Cassidy lachte. »Sicher, sicher. Mir geht's gut.«

»Grüße an Terry«, sagte Paul Cassidy und legte auf.

Er war gerade zum Sportteil gekommen, als er die unverwechselbarste vertraute Stimme seines Lebens hörte.

»Mister Vice President, Mister Speaker, Angehörige des Senats und des Repräsentantenhauses.

Gestern, am 7. Dezember 1941 – ein Datum, das als Tag der Infamie in die Geschichte eingehen wird –, wurden die Vereinigten Staaten unvermittelt und vorsätzlich von See- und Luftstreitkräften des japanischen Kaiserreichs angegriffen . . .«

Der Sportreporter schrieb, der Endstand des Spiels hätte wohl anders sein können, hätte die Touchdown-Maschine der Bulldogs, Lew Cassidy, in der gewohnten Rückraumposition durchgespielt, aber der unglückliche Cassidy wurde im unmittelbaren Anschluß an den Anstoß verletzt und konnte das Spiel nicht fortsetzen. Am Gewinner habe es jedoch auch dann nie den geringsten Zweifel gegeben, denn die Giants entfachten ihrerseits einen furiosen Angriffswirbel, blah, blah, blah. 56-14. Gütiger Gott!

»Gestern abend griffen die japanischen Streitkräfte Hongkong an.

Gestern abend griffen die japanischen Streitkräfte Guam an.

Gestern abend griffen die japanischen Streitkräfte die Philippinen an.

Gestern abend griffen die japanischen Streitkräfte Wake Island an.

Und heute morgen attackierten die Japaner Midway Island . . .

Egal wie lange es dauern mag, diese vorsätzlich geplante Invasion niederzuschlagen, das amerikanische Volk, in seiner wahrhaftigen und aufrechten Stärke, wird sich glorreich durchsetzen bis zum totalen Sieg . . .

Ich verlange, daß der Kongreß erklärt, daß wir uns seit dem unprovozierten und niederträchtigen Angriff vom Sonntag, dem 7. Dezember 1941, im Kriegszustand mit dem japanischen Kaiserreich befinden.«

Es war keine lange Rede, aber der Mann mit den Gehhilfen an den Beinen hatte sein Anliegen vorgebracht.

Cassidy saß da in seinem Krankenbett, sein eigenes Bein pochte, sein Hirn immer noch nicht voll funktionsfähig, mit Aussetzern, Überspringern, viel Rauschen, *Karin, Karin, Karin*, als es an der Tür klopfte.

»Sind Sie manierlich, Mister Cassidy?«

Er erkannte die Stimme nicht. »So manierlich, wie's eben geht«, sagte er.

Die Tür schwang auf, und ihm gegenüber stand Cindy Squires. Sie sah nicht unbedingt freundlich aus: Da war dieselbe Attitüde, die sie ausstrahlte, wenn sie sang, eine Art Distanz zwischen ihr und dem Rest der Welt, als wäre sie auf Dauer an zwei Orten gleichzeitig und der andere Ort ein kleines bißchen wichtiger. Aber vielleicht war es auch diese besondere Arroganz, die davon kommt, wenn man tief verletzt wurde und es überstand. »Hi«, sagte sie, begleitet von einem kleinen Winken mit einer Hand. Sie trug einen Pelzmantel und perlgraue Hosen und einen grauen Rollkragenpullover. »Erinnern Sie sich noch an mich? Oder meinen Sie, ich habe mich im Raum getäuscht?«

»Ich erinnere mich an Sie. Sie sind schwer zu vergessen. Haben Sie in jüngster Zeit wieder jemand grün und blau geschlagen?«

»Ich habe meine Laufbahn ungeschlagen beendet, Mister Cassidy.«

Ihre Stimme war immer noch tief und irgendwie heiser. »Hui, das ist aber ein Verband.« Sie starrte auf das in weißen Gips gelegte Bein. Sie trat näher und pochte mit ihren roten Fingernägeln darauf. Der hohle Klang entlockte ihr ein sachtes Lächeln. »Wie fühlen Sie sich?«

»Ungefähr so, wie ich aussehe, schätze ich.«

Ein verspieltes Lächeln zog über ihr ernstes Gesicht. »Ich habe sie nicht vor diesem Schläger gerettet, nur damit Sie sich am nächsten Tag in Stücke reißen lassen. Als ich sah, wie Sie fielen, und die Sie dann auf einer Bahre wegtrugen ... mir schien, als hätte ich ein gewisses persönliches Interesse. Jetzt möchte ich sehen, wie schlimm die Ware beschädigt wurde.« Sie warf ihm einen aufreizenden, abschätzenden Blick zu.

»Ich werde nie wieder Tango tanzen. Diese abrupten Drehungen ...« Er zuckte hilflos mit den Achseln.

»Sie werden lernen, ohne den Tango zu leben.«

»Niemals! Tango ist mein Leben!«

»Die Verletzung hat offensichtlich ihr Gehirn beeinträchtigt. Sie haben in Ihrem Leben noch keinen Tango getanzt.«

»So? Nun werde ich's nie mehr tun. Das ist die Art von Nachrichten, die einen Mann ziemlich schwer trifft. Aber Sie machen's mir leichter, es zu ertragen. Wenn Sie noch jeden Tag wiederkommen könnten, wer weiß? Eine Wunderheilung, alles ist möglich.«

»Sie sind ein Schwerenöter, Mister Cassidy. Ich dachte, das wäre Terrys Ressort.«

»Ist es, ist es. Ich bin nur ein gefallener Krieger, hinweggekarrt auf dem eigenen Schild, auf der Suche nach ein klein wenig Sympathie.«

»Schwerenöter.«

»Kommen Sie wieder«, sagte er. »Besuchen Sie mich wieder. Der liebe Gott wird's Ihnen lohnen.« Auf einmal hatte er das Gefühl, es gäbe nichts Wichtigeres, als sie wiederzusehen. Es hatte seit Karin keine andere Frau gegeben, keine, der er einen zweiten Gedanken geschenkt hätte. Aber die blonde Bombe – es klang wie einer der Filme seines Vaters – war ein Pferd anderer Couleur. Er wollte sie einfach ansehen, ihre Stimme hören.« Sie könnten es als karitative Arbeit ansehen, Miss Squires, eine gute Tat. Sie könnten mir vorlesen ...«

»Mmmmh«, nickte sie. Sie warf einen schnellen Blick auf die Tür hinter sich. An ihren Augen war etwas Kindliches. Schnell, abrupt, umherwandernd, als ob sie fürchtete, bei etwas Verbotenem ertappt zu werden. Er fragte sich, wie alt sie war. Zwanzig? Fünfundzwanzig? Er konnte es nicht sagen. Sie hatte riesige Augen, unter Brauen, die gerade waren, dann an der Außenseite scharf nach unten abfielen, formvollendet passend zur Knochenstruktur. »Max kommt«, sagte sie und wich von dem Verband zurück: »Er hat nur kurz angehalten, um mit irgendeinem Arzt zu reden, den er kennt. Das war schrecklich gestern . . .«

»Anscheinend haben sie ohne Warnung angegriffen, haben uns an einem verschlafenen Sonntagmorgen kalt erwischt –«

»Nein, nein, ich meinte, mitanzusehen, was mit Ihnen geschah . . .« Sie zuckte mit den Achseln, und die Perlen bewegten sich auf dem Rollkragen unter dem Nerz. »Max hat sich so aufgeregt . . . Sie haben die Blumen bekommen –«

»Sehr aufmerksam von Ihnen.«

»Oh, das war Max' Idee. Und Bennies natürlich. Er hat Sie ja so gerne. Ich denke nie daran, Blumen zu schicken . . . Hören Sie mal, Terry sagt, man kann Ihnen trauen. Hat er recht damit?«

»Ich weiß nicht.« Er verstand nicht, worauf sie hinauswollte. Irgend etwas schien ihr auf der Seele zu liegen, aber sie brachte es nicht richtig heraus. Sie sah zurück zur Tür, und Max trat ein.

»Lew«, sagte er, wie er da stand und den Kopf schüttelte. »Lew, was für eine Schande! Höllische Sache. Cindy. Schau dir das Bein dieses Mannes an. Du wirst hinken, das weißt du. Aus mit dem Football. Ist dir das klar?«

»Wir werden sehen. Danke für die Blumen, Max.«

»Cindys Idee. So ist sie halt, erinnert mich an Dinge.«

Sie sah aus dem Fenster. Vielleicht errötete sie bei Max' Kompliment, aber Cassidy konnte es nicht sehen. Sie drehte sich weg und ging zurück zu Max, hakte ihren Arm bei ihm ein. Ihr Profil bestand gänzlich aus geraden Linien. Einen Moment lang erinnerte sie ihn an Karin, und das wollte er nicht. Sie zu beobachten, machte ihn nervös.

»Wir kümmern uns um dich, Lew. Du verstehst, was ich meine?«

»Ich weiß das zu schätzen, Max. Aber ich komm schon wieder hin.«

»Das sage ich doch auch, du kommst schon wieder hin. Erst müssen wir einmal zusehen, daß du aufstehst und läufst, dann sehen wir weiter.«

»Ich werd schon wieder. Alles wird schon wieder werden, Max.«

»Hörst du diesen Burschen, Cindy?«

»Ich höre ihn, Max.«

»Schau ihn dir gut an. Er ist einer der ganz Großen, gib ihm den Ball und er schmeißt die Sache. Ein echter Profi.«

»Max«, sagte Cassidy, »um Himmels willen. Du klingst, als wär ich tot.«

»Ich werde Bennie jeden Tag vorbeischauen lassen, damit er sich um dich kümmert. Was du auch brauchst, sag es, Bennie besorgt es.« Max schüttelte wieder den Kopf, den Gips betrachtend.

»Geben Sie schon nach«, sagte Cindy ernst. »Max setzt seinen Kopf ohnehin durch, sträuben Sie sich nicht dagegen.«

»Du bist ein prächtiger Kerl, Max.«

»Ich bin nur fair. Du hast alles gegeben. Das gefällt mir. Du bist ein Gentleman und –«

»Ein Gelehrter, stimmt's, Max?« Sie zog an seinem Arm. »Komm schon, Max, du machst Mister Cassidy ja ganz verlegen. Er versteht deinen Wink, sozusagen.«

Max nickte. Cassidy suchte Augenkontakt zu Cindy Squires, aber es gelang ihm nicht. Bald darauf gingen sie, und Cassidy fühlte sich unerklärlich erschöpft. Im Raum war viel zu viel Spannung gewesen, und er fragte sich, woher sie gerührt hatte. Aber er fragte sich nicht lange. Tatsache war, er selbst war ihre Quelle. Er war nicht fähig gewesen, seine Augen von ihr zu nehmen. Als sie weg war, konnte er immer noch ihr blondes Haar über den Kragen ihres Nerzes fallen sehen. Er konnte immer noch ihre rauchige Stimme hören. *Terry sagt, man kann Ihnen trauen. Hat er recht damit?* Was zum Teufel war das für eine Frage?

Er wollte nicht weiter an sie denken. Er konnte sich buchstäblich nicht daran erinnern, wann er das letzte Mal an eine andere Frau als Karin gedacht hatte. Er wollte erst gar nicht anfangen, an Cindy Squires zu denken, weil ... weil ... es einfach eine saublöde Idee wäre. Aber er fragte sich, ob sie zurückkommen würde, um ihn zu besuchen. Hölle, jeden Tag Bennie. Wunderbare Aussichten.

Terry. Er wollte mit Terry reden. Mit Terry konnte er über Karin reden. Die Erinnerung an sie würde lebendig werden, und er würde nicht mehr an Cindy Squires denken. Das war der richtige Weg. Er wollte herausfinden, wer es auf Terry abgesehen hatte und warum und wie nah sie waren ...

Aber Terry kam an diesem Abend nicht wieder.

Jemand hatte ihn niedergeschossen.

Kapitel 3

Es war kurz nach zehn am selben Abend, als Schwester Sylvia, Herrin der Nachttöpfe, mit Schlaftabletten auf einem kleinen Tablett auf Zehenspitzen in sein Zimmer trippelte und ihm sagte, daß sein Freund, Detective Leary, gerade eben von der Ambulanz in der Notaufnahme angeliefert worden war.

»Da war sehr viel Blut«, flüsterte sie, als sie ihm ein Glas Wasser eingoß, »aber ich hörte ihn reden. Er lebte, will ich damit sagen. Er ist angeschossen worden ... Er ist Polizeibeamter, ich schätze, solche Sachen passieren manchmal, aber es ist eine Schande. Sie operieren ihn gerade. Ich dachte mir, Sie würden das gerne wissen wollen, Mister Cassidy.«

»Wird er durchkommen? Sie können das doch nicht so in der Schwebe lassen.«

»Detective Leary befindet sich selbst in der Schwebe, Mister Cassidy«, sagte sie mit der obligatorischen Dienstbeflissenheit einer Krankenschwester. »Ich kann Ihnen nicht gut sagen, was ich nicht weiß, oder? Er ist vor fünfzehn Minuten in den OP gekommen. Nehmen Sie jetzt Ihre Pillen.«

»Würden Sie herausfinden, was Sie können?« Die Nachricht hatte ihn getroffen, wie der mit voller Wucht in seinen Bauch gerammte Helm eines Abwehrspielers. Terry mit einer Kugel im Leib ... Hinter seinen Augen dräute roter, hoffnungslos niedergeschlagener Zorn. Hoffnungslos und niedergeschlagen wegen Karin, wegen des verfluchten Krieges, wegen der dummen Sauerei mit seinem Bein und nun wegen des guten alten Terry, der eine Kugel im Leib und viel Blut verloren hatte ... Wenn Terry etwas passierte, würde er einen Weg finden, etwas zu unternehmen. Er konnte vielleicht nicht nach Deutschland gehen und Karin den Händen der Nazis entringen, aber das hier war New York. Cassidy kannte New York, und er konnte die Ratte finden, die eine Kugel in Terry gepumpt hatte ...

»Natürlich«, sagte sie sittsam. »Ich komme später wieder.«

Ihm war schwummrig von den Pillen, und sein Bein fühlte sich an, als hätte Dumbo darauf ein Tänzchen vollführt, als sie um ein Uhr zurückkehrte. Sie rüttelte an seiner Schulter. »Er kam gerade aus dem OP. Er ist noch nicht tot.« Sie hatte so eine bestimmte Art, sich auszudrükken. »Sie haben eine der Kugeln aus seiner Lunge entfernt, so wie ich es verstanden habe, ist da noch eine zweite, ganz nah an der Wirbelsäule, aber sie wollen erst einmal abwarten, ob er die Nacht durchsteht. Sie wollten ihn nicht mehr länger unter Narkose halten. Er hat soviel Blut verloren ...«

Cassidy wollte wach bleiben, aber die Pillen entschieden den Kampf für sich. Seine Gedanken schweiften umher. Wieviel Blut konnte man verlieren und trotzdem noch durchkommen ... *Hör mal, Kumpel, kann sein, daß ich demnächst deine Hilfe brauche* ... Aber er war nicht da gewesen, als Terry ihn brauchte. Er hatte Terry im Stich gelassen. Er gähnte automatisch, und seine nachlassende Sehkraft ließ die Straßenlaterne draußen verschwimmen, ein schmelzender Lichtschneeball am Fenster. Terry war immer da gewesen, wenn Cassidy ihn gebraucht hatte . . . Scheiße. *Vielleicht ist es ein Scherz . . . ein falscher Alarm* . . . Nun, es war kein Scherz gewesen. Nicht, seit Terry niedergeschossen worden war, eine Kugel in der Lunge und eine, die sie nicht herausgeholt hatten.

Die zwei Stimmen, die er durch die Betäubungsmittel hindurch gehört hatte, trieben durch sein nachlassendes Bewußtsein. *Mußte warten, bis Leary Dienst hatte. Er verbringt seine gesamte dienstfreie Zeit hier . . . Wär nicht so gut, wenn Terry jetzt hier wäre, oder . . . Muß mit Cassidy sprechen, bevor Leary ihn sich greift, bevor der alte Terry sich einen Reim macht . . .*

Eins war sicher: Wer immer es auf Terry abgesehen hatte, er hatte ihn erwischt.

Am nächsten Tag statteten zwei Detectives dem Hospital einen Besuch ab und erzählten Cassidy, was sie über die Schüsse auf Terry wußten. Cassidy hatte Harry Madrid schon früher einmal mit Terry getroffen. Bert Reagan war ein ihm Unbekannter, der sagte, er sei Footballfan und es sei doch eine wahrhaftige Schande mit dem Bein. Madrid sagte, an der Sache mit Leary sei einzig und allein ein anderer Bursche schuld. Eine Null namens Mark Herrin.

»Weißt du, Cassidy, Terry ist 'n ziemlich guter Schütze. Übt regelmäßig auf dem Schießstand.« Harry Madrid trug einen schiefergrauen Zweireiher und braune Schuhe, billige Klamotten, die gut zu dem billigen Zirkoniaring paßten, der einen grünlichen Fleck an seinem Finger hinterließ. Er war seit fünfundzwanzig Jahren Polizist. Er war an die fünfzig. Sein Gehalt lag so ziemlich an der Spitze dessen, was ein Detective verdienen konnte, aber er war immer noch an die fünfzig, und seine braunen Schuhe waren nicht gerade der letzte Schrei. »Nun, diese Type, dieser Herrin, wartete an der Ecke 72. und Park auf Terry. Einen Block von Terrys Wohnung. Terry kam heim, stellte seinen Wagen in der Tiefgarage ab, tratschte ein paar Minuten mit dem Parkwächter, lief dann die Einfahrt zurück zur Straße hoch. Warum er von der Garage nicht den Aufzug genommen hat – wer weiß?« Harry Madrid sprach es *Garasche* aus. »Er geht also die 72. in Richtung Park hinunter, 's ist ein schöner Abend, er hält kurz, um sich einen dieser dicken Stumpen, die er raucht, anzuzünden, beschließt, 'n bißchen lustzuwandeln. Warum das? Frag mich nicht, die Leute machen solche Sachen halt.«

»Menschliche Natur«, sagte Bert Reagan. Er lehnte an der Wand, Hut in der Hand, und kaute an einem Zahnstocher, während sein Kopf einen Fettfleck an der Wand hinterließ. »Man weiß es nie.« Er lachte leise. »Geht er nicht spazieren, lebt er immerdar.«

»Aber er macht ihn, diesen Spaziergang«, sagte Harry Madrid, »und eine kleine Schwuchtel knallt ihn nieder. Schicksal, Cassidy. Bert hat recht. Man weiß nie, was da draußen auf einen wartet.«

Harry Madrid schüttelte den Kopf, pulte sich eine Kaywoodie aus der Tasche und stopfte sie mit Tabak voll. Er riß ein Streichholz an seinem Daumennagel an, wie die harten alten Männer in den Filmen. Er paffte seine Pfeife. Sie roch wie Kirschhustensaft. Der Geruch ließ Cassidy würgen. Harry setzte sich, legte den Knöchel übers Knie. Er trug hohe braune Schuhe, deren Senkel bis zu den Knöcheln hochreichten. Dann folgte ein Streifen blassen Beins, und die langen grauen BVD-Unterhosen begannen. Terry hatte einmal die Geschichte erzählt, wie er Harry Madrid einem Drogenkopf den Arm brechen sah, so wie man einen Faber-Bleistift Nummer zwei entzweibricht. Harry zog ein paarmal an seiner Pfeife und steckte forschend einen riesigen Finger in ein Ohr, aus dem üppig graues Haar sproß.

»Schicksal«, sagte er wieder. »Genug, einen Mann ins Philosophieren zu bringen. Terry steht also da an der Ecke, bearbeitet seinen Stumpen, und auf einmal springt diese kleine Schwuchtel hinter einem Briefkasten hervor und beginnt herumzuballern.« Schmauch, Schmauch. »Er trifft Terry einmal vorne, dann, als Terry sich wegdreht, noch mal in den Rücken. Terry fällt zu Boden wie ein Stück Rindfleisch, und unser Mister Herrin geht rüber zum Rinnstein, schaut runter auf Terry, der größte Fehler in seinem verschissenen kleinen Leben.« Er lächelte versonnen und lutschte an der Pfeife.

»Was geschah?«

»Hölle, er nimmt also Terry in Augenschein, wie er da so im Rinnstein liegt, will wohl noch ein oder zwei Kügelchen in ihn pumpen. Stell dir bloß seine Überraschung vor, als sich der Kerl im Rinnstein auf dem Ellbogen aufstützt und es ihm besorgt. Scheiße, ich wünschte, ich hätte das gesehen, der alte Terry blutet seinen Millionen-Dollar-Mantel voll und ist schon zwei Drittel tot, aber den einen Volltreffer bringt er noch an . . . Hat den Großteil vom Gesicht dieses Arschlochs quer über die Windschutzscheibe eines vorbeifahrenden Lincoln gefetzt, Wham, bang, totes Fleisch.« Er seufzte zufrieden, paffte.

»Und wie geht's Terry?«

»Du kennst doch Krankenhäuser und Ärzte. Wir hören nur, er lebt noch, aber niemand nimmt Wetten für oder gegen ihn an. Sie würden sich gern die zweite Kugel holen, aber die liegt direkt oben an der Wirbelsäule, und es wäre ihnen doch lieber, wenn er ohne Querschnittslähmung davon käme. Höllische Sache, hä?« Er klopfte mit dem Pfeifenstiel an Cassidys Gips. »Schönes Paar, ihr zwei.« Er lachte leise in sich hinein, wie ein Mann, den außer Tod und existenzbedrohenden Problemen eigentlich niemals etwas wirklich amüsiert hatte.

»Das kannst du noch mal sagen«, sagte Bert Reagan, immer noch emsig damit beschäftigt, die Wand zu stützen. »Cassidy und Leary, zwei Erbsen in einer Schote.« Er lachte ein dünnes, hohes Lachen, das nicht zu seiner Statur paßte. Er und Madrid ließen einen an ein paar trainierte Elefanten denken, ganz in grau, mit großen Füßen. »Ein schönes Paar.«

Da kam es Cassidy, daß er sie schon einmal reden gehört hatte. Dieselben beiden Stimmen, dasselbe dünne Lachen.

Wär nicht so gut, wenn Terry jetzt hier wäre, oder?

Denkst du, er spielt mit?

Er muß, wenn er weiß, was für ihn gut ist. Sie sind Kumpel . . .

Zwei Erbsen in einer Schote.

Verflucht. Cassidy sah vom einen zum anderen, und die zwei großen Männer grinsten zu ihm herunter. Ganz Mundgeruch und penetranter Tobak und fettiges Haar. Ein Paar Cops, die geredet hatten, als er schlief. Er erwiderte das Grinsen, wartete darauf, daß sie ihren Zug machten, aber warum die Eile? Vielleicht kam Terry ja nicht durch . . . Keine Eile, schienen sie zu sagen. Wir können warten.

Aber warum zum Teufel sollten die Cops hinter Terry her sein?

Die Rechnung stimmte nicht. Aber eigentlich hatte seit dem Anstoß am Sonntag nichts mehr sonderlich gestimmt. Das war vor achtundvierzig Stunden.

Die Schüsse auf Detective Terry Leary hatten ihren Ursprung im Drama um Sylvester Aubrey Bean und waren zweifellos dessen letzter Akt.

Mark Herrin, so stellte sich heraus, machte Terry Leary für die ganze Katastrophe verantwortlich. Er teilte nicht die Ansicht der homosexuellen Gemeinde, man schulde Terry Dank für seine Diskretion und Rücksicht. Es war eine verworrene Geschichte, aber Harry Madrid, bisweilen allein, bisweilen in Begleitung von Bert Reagan, sah im Lauf der Woche immer wieder bei Cassidy vorbei und setzte ihn über die Einzelheiten ins Licht. Harry Madrid brachte nie zur Sprache, worüber er und Reagan geredet hatten, während er unter dem Rest der Narkose halb bewußtlos vor sich hindämmerte, aber Cassidy wußte, es war nur eine Frage der Zeit, bis Harry darauf zurückkam.

Die Bean-Sache war ziemlich häßlich gewesen; die Art von Geschichte, die ein gefundenes Fressen für die Öffentlichkeit gewesen wäre, wäre sie jemals in ihrer Gänze herausgekommen. Sylvester Aubrey Bean war ein vollendeter Ästhet der zwanziger Jahre. Samtschal und samtenes Smokingjackett und brokatverzierter Morgenmantel und kunstvolle Möbel und purpurne Vorhänge und eine Kunstsammlung und mehr Maskara, als man mit einem Auge heben konnte. Das Alter war gnädig zu ihm gewesen, und er hatte sich von einer Beardsley-Zeichnung in eine Tunte mittleren Alters verwandelt, die hinter sich eine kleine Wolke kosmetischen Puders herzog, ungerührt von der Weltwirtschaftskrise. Das Bean-Vermögen war sehr alt. Der Stammbaum seiner Familie war von Holländern gesetzt worden, die New York besiedelten, als es noch New Amsterdam hieß.

Es gab immer Gerüchte um ihn und seinen Kreis, aber die meisten Leute zischelten nur hinter vorgehaltenen Opernhandschuhen und tolerierten ihn ansonsten als einen unartigen Jungen, ein lieber, liebenswürdiger Exzentriker. Was Geschichten über Bean anging, so gab es deren reichlich und nach jedem Gusto. Da gab es immer die herkömmlichen Geschichten über Drogenorgien, pikanter gemacht durch ein Quentchen Nekrophilie. Und die unvermeidlichen Erzählungen von satanischen Ritualen und schwarzen Messen. Sadismus, Peitschen und Ketten, Henkersmasken, Sexfoltern. Alles, was das Herz begehrt. Aber zu guter Letzt war Bean ein braver Steuerzahler und spendete allen richtigen Wohltätigkeitsvereinen und Museen und der Oper und fand immer großes Vergnügen daran, sich für einen guten Zweck mit Frack, Zylinder und weißer Krawatte herauszuputzen. Seine Ganymede schienen sich zu amüsieren und zeigten keine Narben von allzu roher Behandlung. Terry behauptete immer, daß New York Bean und seinesgleichen brauche. »Lokalkolorit«, sagte er. »Ohne die Irren wie Bean ist diese Stadt auch nur ein überdimensionales Kuhkaff.«

Dann kam es eines Tages zu dem nach Meinung mancher unvermeidlichen Ende. Zumindest für Bean. Eines Tages, wie der Dichter sagte, mußte es ein Ende haben mit den Küssen.

Die Entdeckung der Ereignisse nahm ihren Lauf, als Bean zu einem Kostümball unten in Village nicht erschien. Seinen Freunden fiel seine Abwesenheit sofort auf, denn er hatte ihnen erzählt, daß er als Marie Antoinette erscheinen würde. Eine Zeitlang konstatierten sie nur sein Fehlen, aber dann verstummten die bissigen Bemerkungen, und sie begannen, sich um ihn Sorgen zu machen. Aber hauptsächlich waren es seine Mutter und sein Vater. Sie kamen herunter von ihrem Schloß am Hudson und ließen ihren Fahrer mit einem Stemmeisen das Penthouse ihres Sohnes in der 5th Avenue aufbrechen. Sein Vater, ein rotgesichtiger *Coupon Clipper* und Stützpfeiler seiner methodistischen Gemeinde, warf einen Blick hinein und erlitt auf der Stelle einen

Schlaganfall. Er fiel ins Koma und starb eine Woche später. Damit hatte er es geschafft, seinen Sohn um ganze zehn Tage zu überleben. Sylvesters Mutter war aus härterem Holz geschnitzt, aber die Szene, die sich ihnen bot, bekam auch ihr nicht gerade gut.

Kein Wunder, daß die Pumpe des alten Hiram Bean verrückt spielte.

Sylvester Aubrey Bean lag nackt auf dem Parkettboden seines Kartenzimmers, sein Marie-Antoinette-Kostüm achtlos über eine Stuhllehne geworfen. Außerhalb der Fenster hing das Flirren brütender Hitze über den Baumspitzen des Central Park. Im Raum war es drükkend heiß. Sylvester Aubrey Bean hatte sich aufgebläht und war geplatzt. Der Kadaver lag mit dem Gesicht nach oben, leichenschwarz und wuselnd vor Bakterien und Maden. Er lag im Zentrum eines Pentagrams, das mit seinem eigenen Blut gezeichnet worden war. Seine Hände und Füße waren mit Nägeln am Boden fixiert worden. Der schwere Hammer lag unweit entfernt.

Die Hälfte der Cops, die am Tatort eintrafen, trugen prompt zu der Sauerei bei, indem sie sich erbrachen.

Nicht Terry Leary, allerdings, und nicht Harry Madrid. Harry sah sich um und fächelte die Luft von seiner Nase weg. »Gut abgehangen«, sagte er, als er die sterblichen Reste betrachtete. »Rufen wir Ellery Queen.«

Terry leitete die Untersuchung. Er gab den Ton an, und Harry Madrid tat, was man ihm sagte. Sie gingen ohne Umschweife an die Arbeit. Terry sorgte dafür, daß die Einzelheiten des Falls unter Verschluß gehalten wurden und nicht an die Reporter gelangten, die wie die Fliegen vom Mord an einer solch bizarren Figur angezogen wurden. Harry Madrid scheute sich nicht, Terry wissen zu lassen, daß es ihm nicht paßte, die Dinge mit Stillschweigen zu behandeln, nur um es einem Haufen Warmer leichter zu machen, und Terry sagte ihm, daß er sicherlich ein Recht auf seine eigene Meinung habe, solange er nur Terrys Anweisungen nachkomme. Harry Madrid war schon lange dabei. Er wußte, wie der Hase lief, und er wußte, wann er auf den rechten Augenblick warten mußte.

Terrys Vorgehensweise hatte Erfolg. Sie machten für den Mord den Diener/Geliebten von Sylvester Aubrey Bean dingfest, einen willenlosen Handlanger namens Derek Boyce, der es ihnen sehr erleichterte, da er sich schon seit Jahren als Hexe bezeichnet hatte. Es schadete der Sache auch nicht, daß er einst Highschool-Lehrer gewesen war, entlassen, weil er in der Umkleidekabine beiläufig den Schwanz des Kapitäns der Footballmannschaft gepackt hatte. Die halbe Mannschaft hatte gesehen, wie er es getan hatte, und Boyce sagte, er wisse einfach nicht, was über ihn gekommen sei. Der Hammer war mit Fingerabdrücken von Derek Boyce übersät. Nach zwei Tagen dessen, was die Zeitungen »intensive Befragung« nannten, war Derek Boyce dann nur noch ein sehr elendes Häufchen Hexe. Sie sagten, er habe gestanden. Das einzige, worauf es ankam, war, daß er das Geständnis unterzeichnete und daß es so nicht zu einem langwierigen Prozeß kommen mußte, der die ganze Geschichte auswalzte.

Terry blieb Herr der Lage, hielt die Schotten dicht, und Harry Madrid sagte Bert Reagan, man müsse das dem Hurensohn zugestehen. Wenn Terry auf irgend etwas einen Deckel drückte, dann bleibe der drauf. Reagan sagte, er schätze doch, Terry habe einen verdammt guten Grund für seine Handlungsweise gehabt, so wie es ihm erschien.

Während die Bean-Sauerei auf kleiner Flamme vor sich hin brutzelte, sah Terry in heißen, stickigen Nächten, in denen die Sirenen wie Todesfeen heulten und die Leute die Nase voll hatten von der Hitze und einander nur so spaßeshalber die Schädel einzuschlagen begannen, immer wieder mal über seinen Gin-Tonic zu Cassidy und sagte: »Gott sei Dank gibt es DiMaggio.«

In diesem Sommer war das Radio allgegenwärtig, in der ganzen Stadt, und man konnte gar nicht anders, als von DiMaggio zu hören. Der Yankee Clipper, so nannten sie ihn. Der Rest der American League schien ihn einfach nicht aus dem Spiel bringen zu können . . . Seine Serie endete schließlich nach 56 erfolgreichen Spielen. Als Jim Bagby von den Indians ihn endlich stoppte, waren Derek Boyce und Sylvester Aubrey Bean aus den Zeitungen verschwunden. Terry sagte, er sei nicht absolut sicher, daß es Boyce gewesen war, aber es sehe verflucht danach aus, und wenn er es nicht gewesen sei, dann habe er sicherlich etwas noch Schlimmeres getan, zu dieser oder jener Zeit. Oder er hätte es noch getan. So wie er es sah, hatte die große Stadt eine ihrer häßlichen kleinen Perversitäten herausgekotzt, aufgestoßen und sich dann wieder dem Alltag zugewandt. Nachdem Bagby seine Serie unterbrochen hatte, ließ DiMaggio sofort weitere *home-runs* folgen, und die Yankees setzten ihren würdevollen Durchmarsch fort, und die Welt war wieder in Ordnung . . .

Die Geschichte war schon lange aus den Zeitungen verschwunden, als einer seiner Mithäftlinge Derek Boyce erschlug.

Die Wahrheit war, niemand scherte sich noch um ihn.

Niemand außer Mark Herrin, der Derek Boyce von Herzen geliebt hatte. Er brauchte eine Weile, um genug Mut aufzubringen, aber als er soweit war, wußte er genau, wen er töten wollte.

Terry hatte natürlich recht gehabt. Jemand hatte ihn beobachtet, jemand hatte es auf ihn abgesehen gehabt. Und am Abend des 8. Dezember 1941, an dem die ganze Welt sich dem Unterfangen hingab, es überall gehörig knallen zu lassen, hatte ein Kerl mit einer Waffe Terry heimgesucht.

Aber Mark Herrin war nicht der einzige gewesen, der Terry beobachtet hatte.

Es waren die anderen, die aufs Ganze gesehen den Ausschlag gaben. Herrin war nur ein Detail.

Später entschieden die Doktoren, es lohne das Risiko nicht. Sie ließen die Kugel, die Terry an der Wirbelsäule trug, wo sie war. Die Röntgenaufnahmen zeigten, daß sie sich eng an den Wirbel schmiegte, zu nahe, als daß man sie herausholen konnte, insbesondere weil sie ihm keine Beschwerden verursachte. Noch nicht. Die Lunge war vom Blut befreit worden, ventiliert, zugenäht, und abgesehen von einer höllisch großen Narbe würde Terry wieder ganz in Ordnung sein, wenn er wieder bei Kräften war.

Als Cassidy zum ersten Mal den Korridor hinunterrollen durfte, um ihn zu besuchen, sah Terry ungefähr so von Leben erfüllt aus wie ein gerupftes Hühnchen. Er grinste schwächlich und hob die Hand zum Gruß. »Dreh ihnen nie den Rücken zu, Lew. Irgendein Arschloch schießt dir immer in den Rücken.« Er hustete und schloß die Augen.

Es fiel ihm schwer zu reden und leicht zu schlafen, und so saß Cassidy nur still da und lauschte den leisen Stimmen im Radio, während der Nachmittag langsam das Licht preisgab. Er ließ *Terry and the Pirates* und *Hop Harrigan* und *Captain Midnight* über sich ergehen, und er ließ die Schwester sein Abendessen auf Terrys Zimmer bringen. Dann hörte er sich *Mister Keen, Vermißtenabteilung* an oder vielleicht war es auch *David Harding, Agent der Abwehr*, er war sich da nicht so sicher, weil er krampfhaft über Terry und Harry Madrid und Bert Reagan nachdachte, versuchte, das Gespräch zu dekodieren, das er jenseits des Äthers gehört hatte. Er würde es gegenüber keinem von ihnen zur Sprache bringen. Besser einfach warten, daß es wieder auftauchte, wie ein verräterischer Holzscheit, der unterhalb der glatten Wasseroberfläche trieb. Alles, was Cassidy tun mußte, war bereit sein. Er wußte, es war irgendwo da unten. Er und Terry hatten sich den Dingen immer gemeinsam gestellt, und wenn irgend jemand auf ein Stück von Terry aus war, würde er sich erst durch den gesamten Lew Cassidy durcharbeiten müssen.

Er döste mit Unterbrechungen in dem Sessel am Fenster. Draußen heulte der Winter. Er dachte an Cindy Squires und Max Bauman und fragte sich, warum sie ihre jeweiligen Geschichten, wer denn nun die Blumen geschickt hatte, nicht richtig hinbekamen, und dann wandten sich seine Gedanken Karin zu, die in den zwei Jahren, die er sie nicht gesehen hatte, zu einer Art Traum geworden war. Zwei Jahre. Und doch sehnte er sich jetzt mehr denn je nach ihr, verging keine Stunde, ohne daß er an sie dachte, wünschte, er wüßte, was sie jetzt gerade tat. All die Fantasievorstellungen, daß sie ihm auf einmal die Nachricht zukommen ließ, sie komme jetzt zurück, waren vom Kriegseintritt der Vereinigten Staaten gründlich zerstört worden. Wie so viele andere Dinge, von denen man dauernd hörte, würde die Kluft zwischen ihnen nicht überbrückt werden, bis der Krieg endete. Er mußte es bis zum Ende aussitzen.

Im Zwielicht des Halbschlafs dachte er an sie, erinnerte sich an das erste Mal, als er sie ausgezogen hatte, ganz, erinnerte sich, wie sie beinahe den Atem angehalten hatte, erinnerte sich, wie ihr Bauch jedes Mal gezuckt hatte, wenn sie etwas Luft schnappte. Als sie nackt war, hatte er sie umgedreht und ihre Beine gespreizt, die Rückseiten ihrer Schenkel massiert, die langen, trainierten Muskeln, die vom Eislaufen herrührten, gefühlt, die Kraft darin. Sie stöhnte leise und gab sachte Laute von sich, deutsche Worte, die er nicht verstand. Als er die Finger in ihre Hüften sinken ließ, versuchte, sie weit zu machen, widerstand sie ihm mit dieser Kraft, die ihn verblüffte und erregte. Dann entspannte sie sich, als habe sie ihn wissen lassen wollen, daß sie ihm Einhalt hätte gebieten können, aber bewußt entschieden habe, es nicht zu tun. Ihr ganzer Körper zitterte, als sie behutsam ausatmete. Er küßte ihr Ohr und ihre weiche Wange. Ihr Atem war warm und feucht. Der Bezug ihres Kissens war naß, wo sie drauf gebissen hatte, während er sie berührt hatte, tiefer und tiefer. Langsam glitt er an ihrem Rücken herunter, küßte die glatten Erhebungen ihrer Wirbelsäule, küßte sie bis ganz nach unten, spreizte ihre Beine, küßte weiter, bis er das seidige Schwarz dazwischen schmeckte und ihr Englisch mit dem Akzent hörte ... *hör nicht auf, bitte hör nicht auf* ...

Zwei Jahre lang hatte er nicht aufgehört, an sie zu denken. Einen Großteil der Zeit war es ihm, als habe er sie gestern gesehen. Er hatte immer gehört, daß Menschen nach einer Weile die Gesichter derer, die sie liebten, vergaßen, und vielleicht mochte das für die meisten zutreffen. Aber nicht für ihn. Er konnte immer noch die Augen schließen und ihr kompaktes, diamantförmiges Gesicht mit den hohen Wangenknochen, den großen Edelsteinaugen, dem kurzgeschnittenen dunklen Haar sehen, das glatt und dicht an ihrem Kopf lag, wenn sie über das Eis flog, voll konzentriert, ein Loch in die Luft rammte, fern der ganzen

Welt außer den Kufen und dem kalten, glatten Eis, das unter ihr und unter der behenden Kontrolle ihres Körpers aufspritzte ...

Und er konnte ihre Stimme hören, zuerst sehr deutsch und dann zunehmend mit einem eigenen amerikanischen Akzent, er konnte hören, wie er sich um die Worte legte ... *hör nicht auf, bitte hör nicht auf* ...

Er hatte nichts vergessen. Gar nichts. Er würde es nie tun.

Manchmal fragte er sich, ob er vielleicht langsam ein bißchen verrückt wurde. Manchmal dachte er, vielleicht wäre es leichter, wenn sie tot wäre, wenn er wüßte, daß er sie niemals wiedersah.

Aber das *war* verrückt. Er würde sie wiedersehen, egal, wie lange es dauerte. Er würde sie halten und in die Augen sehen, die ihn geschluckt hatten wie ein Geheimnis, für ewig.

Eines Tages, ungefähr eine Woche vor Weihnachten, draußen fiel Schnee und sammelte sich auf seinem Fenstersims, wo Tauben winzige Fußstapfen hinterließen, hörte er eine Frauenstimme seinen Namen sprechen. Er döste vor sich hin, schwebte durch weiche Wolken, wie man es im Krankenhaus so tut, und ein Engel kreiste über seinem Kopf. Ein Engel erkannte ihn sogar. »Mister Cassidy«, sagte sie, und er lächelte zustimmend. Der Engel insistierte. Er fühlte, wie er an seinem Pyjamaärmel zupfte. »Lewis ... Lewis«, flüsterte sie. »Wach auf, für mich.«

Er öffnete die Augen und sah ihr ins Gesicht, die Augen wie Edelsteine, das Weiche unten an ihren Wangen. »Oh, Gott«, sagte er, »schlagen Sie mich nicht.«

Ein kleines Kichern entwich ihrem Katzenmund.

»Ich werde Sie nicht schlagen, wenn Sie aufwachen. Sie lächelten. Süße Träume?«

»Engel. Ein Engel sprach zu mir. Wußte meinen Namen.«

»Ich habe keine Blumen oder Süßigkeiten mitgebracht ...«

Er konnte nicht aufhören, sie anzulächeln. »Haben Sie Terry gesehen?«

»Ich werde es noch, bevor ich gehe ... Bennie ist erkältet. Ich hab ihm gesagt, ich würde seine Krankenhausrunde heute für ihn erledigen.« Sie sah weg, als sei sie bei einer Indiskretion ertappt worden. »Max sagte, es wäre in Ordnung, wenn ich komme –«

»Da bin ich aber erleichtert.«

»Machen Sie sich nicht über mich lustig. Was Max für wichtig hält ...«

»Selbstverständlich.«

»Etwas habe ich Ihnen mitgebracht ...«

»Ist es ein Geheimnis oder was?«

»Dickens. Leute im Krankenhaus sollten immer Dickens lesen.«

»Sie haben es also behalten, Miss Squires. Werden Sie mir vorlesen?«

»Ja.«

»Ziehen Sie sich einen Stuhl her, Miss Squires.« Er sah zu, wie sie den Nerz über das Bettende warf. Sie trug eine schwere Strickjacke mit Lederknöpfen und ein dunkelblaues Kleid mit Gehfalte. Sie schob einen Stuhl ans Bett heran, setzte sich und öffnete ein dickes Buch.

»Leben und Abenteuer von Nicholas Nickleby«, las sie, »von Charles Dickens. Erstes Kapitel. Hören Sie auf, so rumzuzappeln. Und legen Sie sich schön brav hin wie ein artiger Junge. Einst lebte in einem abgeschiedenen Teil des Landstrichs Devonshire ein Mister Godfrey Nickleby: Ein ehrwürdiger Gentleman ...«

Sie las ihm den ganzen Nachmittag vor, bis es hinter den Fenstern dunkel war. Er beobachtete sie unter beinahe geschlossenen Lidern hindurch. Er streckte den Arm und nahm eine Praline aus einer Schachtel, die Marquardt Cookson geschickt hatte. Cindy lehnte sich mitten im Satz nach vorne, Mund offen, und er steckte ihr ein Karameltoffee zwischen die Lippen. Eine seiner Fingerspitzen streifte ihre Unterlippe.

Weihnachten kam und ging wieder wie ein Gerücht. Sie waren immer noch im Krankenhaus, und Weihnachten, das erste in Kriegszeiten, war nicht dasselbe wie früher. Er hatte jetzt drei Weihnachtsfeste ohne Karin verbracht. Er hatte schon beinahe vergessen, wie es früher gewesen war.

Doktor Christensen erzählte ihm, was mit seinem rechten Bein passiert war. Der Doktor zeigte ihm Röntgenaufnahmen und zeichnete auf einem Schmierblock mit einem dicken marmorierten Bleischreiber kleine Diagramme. Nicht genug, daß es mit dem Football vorbei war. Er würde hinken, und der Doktor wußte nicht, für wie lange. Sechs Monate, ein Jahr, immer, man konnte es einfach nicht sagen. Und in der Zwischenzeit würde er einen Stock brauchen. Das machte ihm die eigene Sterblichkeit doch sehr bewußt. Er hatte noch nie irgendeine Phase körperlicher Schwäche durchleben müssen. Ein Meter neunzig groß und hundertfünf Kilo schwer, hatte er es immer vorgezogen, durch die Dinge hindurch zu rennen und nicht um sie herum. Und jetzt brauchte er einen Stock. Der Arzt sagte ihm, er solle es nicht so schwer nehmen, es könnte viel schlimmer sein. Er könnte draußen auf dem Pazifik sein und Wake Island oder Corregidor verteidigen. Wie üblich hatte der Arzt damit recht.

Sie brachten Neujahr hinter sich. Ein paar der Ärzte und Schwestern, die mit dem Feiertagsdienst hängengeblieben waren, brachten Kaviar und Champagner in Terrys Zimmer, und sie lauschten den Swingorchestern aus den Hotels der ganzen Stadt im Radio. Um Mitternacht stimmte Guy Lombardo »Auld Lang Syne« an, und sie küßten die Krankenschwestern und stießen auf das neue Jahr 1942 an. Der Krieg stand schlecht, aber was konnte man am Anfang erwarten, nach einem heimtückischen Angriff? Sie stießen auf den Sieg an, und einer der Ärzte schwor, bis der Schnee im Central Park schmolz, würden die Japse erledigt sein. Hölle, die Deutschen froren sich bereits im russischen Winter zu Tode. Der Arzt sagte, er habe gehört, die deutschen Soldaten verzehrten ihre eigenen Toten, um zu überleben. Eine Schwester verzog das Gesicht und sagte damit genug, und Cassidy erinnerte sie daran, daß der Krieg die Hölle war.

Bennie die Bestie kam Anfang Januar vorbei, um sie nach Hause zu bringen. Terry bestand darauf, daß Cassidy sich mit ihm in seiner Wohnung auf der Park Avenue erholte. »Zusammen genommen«, sagte er, »ergeben wir beinahe einen normalen ausgewachsenen Mann. Wenn noch einer auftaucht, der den Wunsch hegt, mich abzuknallen, könntest du dich vor mich werfen, gewissermaßen als menschliches Schild die Schüsse abfangen. Oder sie mit deinem Stock in die Flucht schlagen –«

»Oder ich könnte einfach da rausgehen und sie niedermachen.«

»Aber ich meine es ernst, Lew. Mir gefällt der Gedanke nicht, allein zu sein. Sie sind immer noch da draußen und warten auf mich. Ich weiß es, aber ich denke nicht, daß sie wissen, daß ich es weiß – ich weiß nur nicht, wer sie sind. Aber es ist sicher wie die Hölle, daß die sich das zweimal überlegen, wenn sie auch mit dir fertig werden müssen, selbst mit dem kaputten Bein.« Er war immer noch schwach und bleich.

Cassidy sagte: »Verdammt richtig«, und grinste. Er versuchte, zuversichtlicher zu klingen, als er in Wahrheit war. Er war sich nicht sicher, ob er einen verkrüppelten Zeitungsjungen in die Flucht schlagen konnte, ganz zu schweigen von Harry Madrid und Bert Reagan. Aber dann, warum den Ärger suchen? Madrid und Reagan waren alte Freunde von Terry, oder? Und sie hatten in keinster Weise verdächtig agiert. Tatsache war, Cassidy und Terry hatten von beiden Weihnachtskarten bekommen. Weise auf der Straße nach Bethlehem, einem Stern folgend.

Bennie karrte sie also in Max Baumans riesigem Chrysler heim und half ihnen, sich in Terrys Wohnung einzurichten, die aussah, wie aus einem George-Raft-Film und nicht wie die bescheidene Bleibe eines Polizisten. Was sie zu einem angenehmen Ort machte, den Winter zu verbringen. Wie auch immer Terry es bewerkstelligte: Schmiergelder, Geldanlagen der reichen Damen, mit denen er ausging, was es auch sein mochte.

Die meiste Zeit waren sie allein. Ein paar von Cassidys Teamkameraden schneiten herein, um einen Drink zu schnorren, und ein oder zwei Cops kamen vorbei, um Terry zu erzählen, wie das Leben in der Mordkommission ohne ihn seinen Gang nahm. Marquardt Cookson und sein kleiner Freund brachten Leckereien zum Essen und Trinken und gelegentlich etwas Puderzucker für die Nase. Bennie sah alle paar Tage nach, ob es ihnen an irgend etwas mangelte. Ein paarmal begleitete ihn Cindy Squires, unterhielt sich nervös mit ihnen und bereitete Lunch und rauchte zuviel und ging wieder, wirkte weder erleichtert zu gehen, noch glücklich, gekommen zu sein. Cassidy fand sie verwirrend, rätselhaft, ziemlich unerreichbar, und er fragte sich, warum. Aber er unternahm große Anstrengungen, sich nicht allzu intensiv zu fragen. Eines Tages, nachdem er *Leben und Abenteuer des Nicholas Nickleby* beendet hatte, brachte ein Botenjunge *Bleak House*. Kein Brief, keine Notiz, nichts.

Paul Cassidy rief häufig an, um sich nach ihrer Genesung zu erkundigen und um von seiner eigenen Arbeit zu erzählen. Er organisierte Propagandaveranstaltungen mit Filmstars, die dazu aufforderten, Kriegsanleihen zu kaufen. Jedermann leistete irgendwie seinen Beitrag zum Krieg. So schien es jedenfalls den beiden Ausgemusterten, die da unten auf der Park Avenue zusahen, wie die Welt an ihnen vorüberzog. Am Tag, als sie aus dem Krankenhaus gekommen waren, brachte Carole Lombard, die Paul Cassidy noch aus den Tagen kannte, in denen sie mit William Powell verheiratet war, bei einer Veranstaltung in Indianapolis zwei Millionen Dollar auf. Spät an diesem Abend hatte sie ein Flugzeug bestiegen. Das Flugzeug verschwand in der Nähe von Las Vegas. Eine Suchaktion begann in den nahegelegenen Bergen, in tief verschneiten, dichten Wäldern. Ihr Ehemann flog von Los Angeles herauf, um sich der Suche anzuschließen. Zu diesem Zeitpunkt war sie mit Clark Gable verheiratet. Nach vierzehn Stunden fanden sie das Wrack des Flugzeuges. Carole Lombard war tot. Paul Cassidy nannte sie Hollywoods ersten gefallenen Helden, was typisch für ihn war. Er hatte nie einen Film mit ihr gemacht, aber er hatte sie gemocht. Er hatte immer gesagt, daß sie ihn zum Lachen bringen konnte, egal wie beschissen er sich fühlte. Alle stellten sich auf den Krieg ein.

Draußen schneite es, aber das spielte für sie keine Rolle. Sie sahen zu, wie der Schnee wie ein schwankender Bühnenvorhang zwischen ihnen und der Welt herunterfiel, wenn man Park Avenue die Welt nennen konnte. Sie hinkten im Zimmer umher und machten Feuer im Kamin und schalteten das neue *Capehart Panamuse*-Rundfunkgerät ein und sanken in ihre Sessel wie zwei alte Knacker in ihrem Club. Cassidy las alle Zeitungen, begann bunte Nadeln in Kriegslandschaften zu stecken. Terry spielte Schallplatten, als versuche er, den Krieg zu verdrängen. Cassidy las William Shirers *Berlin-Tagebuch*, und Terry legte Platten auf wie »Bewitched« aus dem John O'Hara Musical *Pal Joey*, und beide rauchten Max Baumans gigantische Havannas.

»You'd be so nice to come home to«, sang das Mädchen, »You'd be so nice by the fire«, und manchmal gingen die Songs Cassidy ein bißchen zu nahe, erinnerten ihn zu sehr an Karin. Manchmal waren es auch die Kriegsnachrichten aus Europa. Und er griff sich dann seinen Stock und holte sich eine neue Flasche aus der Heimbar und trank daraus in seinem Zimmer, bis er weder an sie noch an irgend etwas anderes mehr denken konnte, und er erwachte dann mit der kalten grauen Dämmerung, steif und voll bekleidet und mit einem Kater. An manchen Morgen erwachte er in Panik, die Brust zugeschnürt von der Furcht, sie nie mehr wiederzusehen, sie nie wieder dabei zu beobachten, wie sie ihr glänzendes Haar bürstete, nie wieder ihre Lippen zu berühren, nie wieder ihr kehliges, herzhaftes Lachen zu hören. Er dachte weiter: Wir sind auf demselben Planeten, die gleiche Sonne scheint auf uns beide . . . aber er konnte sie nicht erreichen, ein Krieg stand zwischen ihnen, und jetzt konnte er in diesem verfluchten Krieg nicht einmal kämpfen. Er begann zu beten, zum ersten Mal seit seiner Kindheit, und er kannte nur ein Gebet.

»Now I lay me down to sleep
I pray the Lord my soul to keep
If I should die before I wake
I pray the Lord my soul to take.
God bless Dad and Terry . . .
And O God bless Karin.
And keep her save . . .«

Eines Nachts Anfang Februar jagte jemand den großen französischen Linienkreuzer *Normandie* an seinem Liegeplatz an der West 48th im Hudson in die Luft. Alle dachten sofort, daß es das Werk von Saboteuren war. Die Bilder in den Zeitungen zeigten ihn nach einer Seite gekentert, rauchend. Eine große prähistorische Kreatur, zu Tode gehetzt, unter den Strahlen der Feuerwehrschläuche dampfend, wie sie da so halb untergetaucht dalag. Vierundzwanzig Stunden nachdem sie hochgegangen war, spritzten die Schläuche immer noch Wasser über die schwelende Ruine.

Nicht lange danach kamen Harry Madrid und Bert Reagan vorbei, um Cassidy zu sehen. Es war ein verschneiter Morgen, und Bennie hatte Terry zu weiteren Röntgenaufnahmen von seinem Rücken ins Krankenhaus gebracht. Cassidy stand am Wohnzimmerfenster und starrte hinaus in den wehenden Schnee, als weit unten der Wagen hielt. Er sah sie beide aussteigen. Selbst aus dieser Höhe konnte man sie nicht verfehlen.

Cassidy lächelte vor sich hin. Es war auch an der Zeit.

Kapitel 4

Harry Madrid stand in einem schweren, schwarzen Mantel, der beinahe bis zu den Knöcheln reichte, in der Tür. Die breiten Schultern waren weiß vom Schnee. Er sah aus, als habe er Schuppen. Er lächelte breit, die Augen versunken in grauen, fleischigen Säcken, in einem Mundwinkel eine Pfeife, die für einen Mann seiner Größe zu klein war. Sein Hut war zu tief in die Stirn gezogen, was die Ohren abstehen ließ. Bert Reagan stand hinter ihm und nuckelte an einem Zahnstocher. Sein Mantel war kariert wie eine Pferdedecke. Sie traten ein und trampelten Schnee in den Teppich.

»Na, wie geht's denn immer, Lew?« Harry Madrid sah sich um, fertigte in Gedanken eine Liste an von der Opulenz in Terrys tiefer liegendem Wohnzimmer mit der hellen Hausbar, hinter der ein leistengerahmter Spiegel war, und sein Gesicht gab nichts preis.

»Mir geht's gut.« Cassidy winkte schulterzuckend mit dem Stock. Er konnte ohne ihn immer noch nicht richtig gehen. »Verkauft ihr Jungs Karten für den Polizeiball? Mit meiner Tanzerei ist's nicht weit her dieser Tage, und Terry ist grad weg, um sich noch mal röntgen zu lassen.«

»Was du nicht sagst?« Madrid schüttelte den Kopf. Er war nicht überrascht. Er erforschte sein borstiges Ohr mit einem Zeigefinger von der Größe einer Gurke.

»Tut uns echt leid, daß wir ihn verpaßt haben«, sagte Reagan. Er blickte durch die lange Fensterfront. Die Wohnhäuser auf der anderen Straßenseite verschwanden hinter dem Schnee. »Schöne Aussicht.« Er beugte sich zur Scheibe hin und sah stadteinwärts. Er bearbeitete seinen Zahnstocher wie ein Hund seinen Lieblingsknochen.

»Aber Tatsache ist, wir sind wegen dir gekommen«, sagte Madrid.

»Wir machen eine Spazierfahrt mit dir. Holen dich mal hier raus. Is' nich' gut, immer so im Käfig. Wird dir gut tun, mal rauszukommen, da kriegst du wenigstens ein bißchen rote Wangen.« Die Haut in seinem Gesicht – hatte man sich einmal von den Augen gelöst – war so straff gespannt, daß er aussah, als sei er wie ein Ballon durch den Hemdkragen angeschwollen. Die Wangen waren rot von der Kälte, aber je näher man diesen Augen kam, desto weniger Leben konnte man finden.

»Im Ernst, Harry?«

»Du kennst mich doch, Jüngelchen. Ich bin kein großer Witzbold vor dem Herrn.« Er stupfte Cassidys Arm leicht an. »Los, komm, hol deinen Mantel.«

»Kidnappt ihr jetzt dieser Tage Krüppel? Was ist, wenn ich lieber daheim bliebe?«

»Komm schon, Lew. Sei nicht so. Da sind ein paar Burschen, die mal mit dir reden wollen. Sie sind dir durchaus wohlgesinnt, stimmt's, Bert?«

»Aber sicher doch. Ein bißchen frische Luft kann dir nicht schaden, Lew.«

»Ich denke allerdings nicht, daß ihr Jungs mir so wohlgesinnt seid. Ich denke, ich bleibe lieber hier –«

Plötzlich war Harry Madrid ganz nahe bei ihm, schnell, wie große Männer sein können, und Cassidy fühlte einen Schraubstock seinen Arm packen. Harry Madrid war immer ein Cop gewesen, der das Grobe gut beherrschte. Jetzt hatte er Cassidys Arm fixiert und stramm hoch gedreht, und er grinste zurechtweisend. »Leg dich nicht mit mir an, Lew. Leg dich um Himmels willen niemals mit mir an.« Ein Ruck, und der Arm würde brechen wie trockenes Reisig. »Ich kämpfe nie fair, wenn's auch anders geht. Hast du mich verstanden?« Das Grinsen erstreckte sich straff über große, abgenutzte Zähne. In diesem Augenblick sah er aus wie eine Kreatur, die zur Nahrungsaufnahme an Kadavern nagte. »Kommst du jetzt mit, Lew?«

Cassidy lachte leise und schüttelte den Kopf wie Bogart in den Filmen. »Zwei schüchterne Galane. Was für ein Paar. Sicher doch, sicher, ich komme mit. Aber zuerst mußt du mir meinen Arm zurückgeben, Harry.«

Sie standen alle da und lachten wie Idioten, um Zeit zu schinden, während Madrid Reagan Cassidys Stock reichte und ihm den Chesterfield-Mantel hielt. »Wußte nicht, daß Brooks solche Mäntel in dieser Größe herstellt«, sagte Madrid.

»Sie machen sie für große, reiche Männer –«

»Was machst du dann in einem?« Madrid lachte.

»Wenn du's drauf anlegst, sprühst du ja regelrecht vor Witz.«

»Das meint meine alte Dame auch.« Im Aufzug sagte Madrid: »Das wird dir gefallen, Lew. Du würdest nie drauf kommen, wer mit dir reden will. Nie im Leben.«

»Das kannst du aber noch mal sagen«, sagte Reagan und hinterließ auf dem Teppich im Foyer riesige nasse Fußabdrücke. Der Türsteher nickte Cassidy zu. Der Zahnstocher war nicht mehr in Bert Reagans Mund. Cassidy fragte sich, wo er wohl abgeblieben war.

Die Cadillac-Limousine war schwarz und glänzte wie ein Riesenkäfer im frischen Schnee. Sie schien auf dem Chassis eines Leichenwagens gebaut zu sein, und an den hinteren Fenstern waren schwere Vorhänge. Reagan quetschte seinen karierten Wanst hinter das Lenkrad. Harry Madrid hielt die hintere Tür auf, und Cassidy kletterte vorsichtig auf den geräumigen Rücksitz. Die Trittbretter waren hochgeklappt. Madrid ließ sich neben ihm nieder und zündete die kleine Pfeife wieder an. Der Innenraum füllte sich mit nach Kirsche riechendem Rauch. Es war wenig Verkehr, und der Schnee überdeckte gänzlich die normale Geräuschkulisse der Stadt.

»Wohin fährt Reagan?«

»Nur die Straße runter. Nichts Kompliziertes. Keine Sorge, der Gaul kennt seinen Weg.« Madrid lachte leise. Rauch perlte aus seinen Nasenflügeln wie bei einem Drachen. »Als ich klein war, waren Pferde und Kutschen auf der Park Avenue. Jetzt ist es, als fahre man in einem gottverfluchten Wohnzimmer umher. Sag mir, daß es ein Fortschritt ist, Lew.« Er paffte versonnen und blickte auf die Weihnachtspostkartenszenerie draußen. Kindheitserinnerungen. Er war nicht der Mann, der jemals eine Kindheit gehabt haben konnte. Die Vorstellung von Harry Madrid in kurzen Hosen, mit Mutter und Vater bei einer Kutschfahrt, verblüffte Cassidy. Er hatte an Harry Madrid niemals als ein, genau gesagt, menschliches Wesen gedacht. Er war ein Cop alter Schule. »Die Zeiten ändern sich, Lew. Jetzt denke ich daran, mich in ein paar Jahren zur Ruhe zu setzen, irgendwo in den Norden hoch zu gehen. Familie meiner Frau, weißt du? Kleinstädter. Ehrliche, hart arbeitende Menschen.«

»Fällt mir schwer, mir dich in einem kleinen Kaff vorzustellen, Harry.«

»Ich könnte Sheriff werden, in irgend so einem Loch, wo's nur ein Pferd gibt und sie das Wasser noch mit dem Pumpschwengel hoch holen. Wär doch ein Gedanke, nein? Harry Madrid, Sheriff. In den Stiefeln sterben. Ich kannte Bat Masterson, als er nach New York kam, nach den ganzen Sachen in Dodge City. Hat als Reporter gearbeitet. Er sagte mir, der Wilde Westen wäre tot, es wäre alles vorbei. Ich sage ihm: ›Bat, da täuschst du dich aber gewaltig. Ich bin mein ganzes Leben im Wilden Westen gewesen.‹ Er schaut mich so ein bißchen stutzig an und sagt, ich wüßt doch gar nicht, wovon ich rede. Ich sage: ›New York ist der Wilde Westen, der original Wilde Westen. War's immer, wird's immer sein, solange es dieses Land gibt.‹ Er dachte drüber nach, dann nickte er und sagte, vielleicht hätte ich ja recht, wenn man so drüber nachdenkt. Nun, Lew, ich bin solange im Wilden Westen gewesen, daß ich allmählich anfange, mich wie der Marshall von Abilene zu fühlen.« Er hustete und keuchte, dröhnend vor Lachen.

Reagan brachte den Wagen beim Privateingang der Waldorf Towers ruckelig zum Halten, um die Ecke des Haupteingangs an der Park Avenue. Ein Mann mit ausreichend Goldbrokat am Leibe, um irgendwo Kommandeur einer Flotte oder zweier zu sein, öffnete die Tür, und sie stiegen alle aus und sogen die frische Luft in sich auf. Harry Madrid sprach mit dem Türsteher. Dann betraten sie das Gebäude und fuhren im Aufzug beinahe ganz hoch, dahin, wo nach Cassidys Wissen die Domäne von Filmstars, Industriemogulen und hochrangigen Politikern war.

»Wette, hier oben warst du noch nie«, sagte Reagan.

»Nun, du würdest verlieren«, sagte Cassidy.

»Wann?« In Reagans Stimme klang Zweifel.

»Empfang für Lindbergh. Irgend jemand dachte sich, wir würden Gefallen aneinander finden.«

»Lucky Lindy?« Reagans Mund stand offen.

»Höchstpersönlich. Und seine Frau. Die macht was her, Bert. Kleine Dunkelhaarige.«

»Ja, ich hab gehört, sie wär ein steiler Zahn.«

Cassidy wartete, während Harry Madrid klopfte. Heute würde es nicht Charles Lindbergh sein. Aber wer befand sich hinter dieser Tür?

Tom Dewey stand alleine am Fenster und beobachtete, wie der Schnee auf die Grand Central Station hinunter trieb. Er mußte einer der zwei oder drei Männer in New York sein, die jeder sofort erkannte. Zum einen war da La Guardia, und dann DiMaggio, und da war Tom Dewey, der, als er sich umdrehte, wirklich, so wie man sagte, aussah wie der Marzipanbräutigam auf einer Hochzeitstorte. Der Adlatus, der sie hereingebracht hatte, verschwand irgendwo in den schattenverhangenen Regionen des mit Antiquitäten eingerichteten Wohnzimmers, und Dewey kam auf sie zu. Ein unbeschwertes Politikerlächeln ließ seinen berühmten dichten schwarzen Schnurrbart zucken. »Mister Cassidy«, dröhnte er mit einer tiefen, rollenden Stimme, die ganz und gar nicht so war, wie man es von einer Hochzeitstortenverzierung mit Groucho-Marx-Oberlippe erwartete. »Ich bin Tom Dewey. Ich bin überaus erfreut, daß sie heute morgen vorbeischauen konnten. Kommen Sie hier herüber. Ich habe uns Frühstück bringen lassen.« Er verpaßte Cassidy einen fantastisch männlichen Händedruck und führte sie nach hinten zu einem für vier Personen gedeckten Tisch. »Bitte, bedienen Sie sich doch alle.«

Cassidy nahm Platz, und während Dewey von silbernen Warmhaltegedecken Eier und Schinken schöpfte und mit Orangensaftkrügen und Kaffeekannen zugange war, fragte er sich, was Dewey wohl von ihm wollte. Er wußte, was jeder über Tom Dewey wußte. Vor fünf oder sechs Jahren hatte er eine erfolgreiche Anwaltspraxis aufgegeben und war Sonderstaatsanwalt in der Kampagne gegen das große organisierte Verbrechen geworden. In Nu war er zu einem Kreuzritter für alles Rechte und Gute geworden, ein Mann, auf den man in der Politik achten mußte. Er ließ sich von den Morddrohungen der Gangsterwelt nicht im geringsten einschüchtern und stürzte sich in den Kampf gegen den Mob. Und wurde ein Volksheld. Jetzt war er adrette und frische neununddreißig, und sein Name tauchte immer wieder auf, wenn die Rede auf einen republikanischen Kandidaten kam, der 1944 gegen FDR antreten konnte und sollte. Er war nicht sehr groß, aber Cassidy spürte seine Präsenz, das, was sein Vater Starqualität genannt hätte. Er wirkte fit, aber irgendwie unwirklich. Es war dieser Schnurrbart. Er machte den Eindruck, als könne man hinüberfassen und ihn in den Orangensaft klopfen. Aber er mußte sich damit abfinden. Der Bart war sein Markenzeichen.

»Langt zu, Jungs«, sagte er und legte Eier und Schinken auf und schob den Toastständer über die weiße Leinentischdecke, die so tief war wie der Schnee draußen. »Es ist mir ein großes Vergnügen, Sie zu treffen, Mister Cassidy. Ich bin ein großer Bewunderer von Ihnen. Sie haben eine tolle Saison gehabt – ich war im Stadion, als Sie Ihr Bein verletzten.« Er wischte sich ein Stück Ei aus dem Schnurrbart. »Pearl Harbour. Ich schätze, dieser Tag wird Ihnen in mehr als nur einem Sinn als Tag der Schande im Gedächtnis bleiben. Wie steht's mit Ihrer Genesung?«

Cassidy nickte und schluckte seinen Schinken. Es war ein gutes Frühstück. »Mir geht's gut. Dauert lange, bis so was verheilt.«

»Ich habe gelesen, Ihre Footballtage wären vorbei. Ist das wahr?«

»So sagt man es mir.« Er nippte am heißen Kaffee. Madrid und

Reagan aßen wie zwei Männer, die Angst hatten, nie mehr ein Ei zu sehen.

»Erzählen Sie mir, was sind Ihre Pläne? Beruflich, meine ich.« Dewey biß krachend auf ein Stück Toast und hinterließ ein kleines Fleckchen Butter in seinem Schnurrbart. Cassidy versuchte, nicht darauf zu sehen.

»Ich habe noch nicht so recht darüber nachgedacht. Irgend etwas sollte sich schon ergeben.« Er zuckte mit den Achseln. Er trug ein schwarz-weißes Fischgrätenjackett und ein weißes, am Hals offenes Hemd. Sein Hals hatte einen Durchmesser von sechsundvierzig Zentimetern, weshalb er nicht gerade oft eine Krawatte trug.

»Nun, bevor Sie irgendwelche anderen Verpflichtungen eingehen, möchte ich, daß Sie mich im Kopf behalten. Ich werde von jetzt an gute Männer brauchen, solide Männer, auf die ich mich absolut verlassen kann. Sie haben vielleicht von meiner eventuellen politischen Zukunft gehört.« Er lächelte. Er war voller Selbstvertrauen, trug es genauso bequem wie den blauen Nadelstreifenanzug. Es war ihm egal, ob Cassidy ein strammer Demokrat war, weil er den Footballstar abgeschätzt hatte und zu dem Schluß gekommen war, Cassidy sei clever, ein Mann, der die große Chance erkannte, wenn er sie sah. All das stand in diesem Lächeln. Tom Dewey wußte, er war die große Chance. Cassidy dachte, es sei es nicht wert, darüber zu streiten. »Nun, was Ihnen zu Ohren gekommen ist, ist keine große Spekulation. Ich werde der nächste Gouverneur von New York sein – bitte, behalten Sie das im Gedächtnis, Mister Cassidy –, und ich habe das Gefühl, Sie sind ein Mann nach meinem Geschmack.«

»Ich hörte, Sie wollten Präsident werden«, sagte Cassidy.

»Eins nach dem anderen«, sagte Dewey. »Ich schätze Ihre Offenheit. Sie *sind* ein Mann nach meinem Geschmack.«

»Ist das der Grund für unser gemeinsames Frühstück? Vielleicht könnten Harry und Bert Wahlkampfplakate ausfahren . . .«

Dewey verpaßte keinen Einsatz. Er lachte und drehte sein großes, schwarz überdachtes Lächeln Madrid und Reagan zu, die lange genug mit dem Essen innehielten, um sich mit ausgestreckten Pfoten auf den Rücken zu wälzen. Deweys Lache ließ jegliches Glas im Raum erbeben, und als die Echos langsam verebbten, saß er da und starrte Cassidy an, bis auch das Lächeln verschwunden war.

»Sie erinnern sich vielleicht daran, daß ich mir vor ein paar Jahren einen gewissen Namen gemacht habe. Tom Dewey, der *Bandenknakker.*«

So wie er es sagte, ließ es einen denken, daß man genauso gut zur

Venus zurückkehren konnte, wenn man sich nicht erinnerte. »Jetzt betreibe ich wieder eine Privatkanzlei –«

»Wo es schwerer ist, die Aufmerksamkeit der Öffentlichkeit zu erregen«, bemerkte Cassidy. »Sie haben, wie heißt er doch, Luciano ins Loch gebracht, richtig?«

Dewey nickte. »Auf Dauer, möchte ich hinzufügen. Richter McCook gab ihm fünfzig Jahre. Sehen Sie, ich habe seine Achillesverse entdeckt – Prostitution –, und damit habe ich ihn dran gekriegt. Denken Sie sich, fünfzig Jahre, das ist dasselbe wie lebenslänglich, und ein halbes Jahrhundert in Dannemora ist in der Tat ein halbes Jahrhundert sehr harter Haft. Wenn Lucky rauskommt, ist es 1985, und bis dahin« – er spreizte die Hände – »ist es ihm und auch allen anderen egal. Hatten Sie jemals Grund, die Anstalt von Dannemora zu besuchen, Lew?«

»Das kann ich erfreulicherweise verneinen.«

»Das ist ein unfrohes Fleckchen Erde. Im Winter ist es kälter als am Arsch eines Brunnengräbers, und die Nordwände sind mit Eis bedeckt. Im Sommer ist es ein Glutofen. Die Häftlinge dort nennen es Sibirien. Und dahin habe ich Luciano für den Rest seines Lebens gebracht.« Der Gedanke stärkte seinen Appetit, und er hieb von neuem in Eier und Schinken.

»Großartig, Tom, mächtig große Leistung von Ihnen.« Cassidy schob seinen Teller weg. Bert Reagan befand sich, zumindest den Geräuschen nach zu urteilen, immer noch beim Essen. Madrid fummelte an seiner Pfeife. »Aber ich sehe nicht ganz, was das alles mit mir zu tun hat.«

Dewey sah auf, mit großen Augen, als sei er überrascht, daß er noch nicht zur Sache gekommen war. Er bedeckte seinen Mund mit einer schweren Serviette und rückte lächelnd damit heraus. »Ah! Warum Sie hier sind! Nun . . . weil ich mit den Gangstern noch nicht fertig bin. Mir bleibt noch Arbeit zu tun, bevor ich ruhen kann.« Sein Gesicht war jetzt sehr gefaßt und ernst. Er lehnte sich zurück und überkreuzte die Beine und faltete die Arme vor der Brust. Er wählte seinen Tonfall sorgfältig, hielt ihn ganz knapp unterhalb des pathetischen Jammerlauts religiöser Fanatiker. Er verkaufte hier nicht den *Wachturm.* Er war ein Mann, der Präsident werden wollte und für den Albany eine Station auf dem Weg dahin war. »Was ich mit Luciano gemacht habe«, tönte er und hob den Zeigefinger, um zu verdeutlichen, daß er es verflucht noch mal meinte, »das mache ich jetzt auch mit . . . Max Bauman!« Er blinzelte unter Augenbrauen, die zusammen mit dem Bart im passenden Set gekommen zu sein schienen. »Max . . . Bauman.« Er stand auf und schritt einmal um die drei Männer am Frühstückstisch herum, Hände hinter dem Rücken verschränkt. Bei den Fenstern blieb er stehn. Er sah hinaus in den wehenden Schnee, als suche er dort Eingebung, dann drehte er sich um und blickte sie an. »Max Bauman ist ein sehr böser Mann. Wußten Sie das, Lew?«

»Nun, nein, ich würde Max nicht gerade böse nennen. Ich denke, er hat eine etwas fragwürdige Vergangenheit. Nicht schlechter als viele andere. Ohnehin hat man mir gesagt, das läge alles weit zurück.«

Cassidy zuckte mit den Achseln. Er wußte nicht, wovon er sprach, und es paßte ihm nicht, daß Dewey ihn dazu gebracht hatte, Bauman zu verteidigen.

»Nun, man hat Sie falsch informiert, Lew. Sagen Sie nichts, lassen Sie mich raten. Baumans Fürsprecher war Terry Leary. Habe ich recht?«

»Das ist richtig. Terry kennt Max schon lange.«

»Das tut er in der Tat. Man könnte ihn kaum eine objektive Stimme nennen, Lew, das ist das Problem.«

»Wollen Sie mich glauben machen, Sie wären eine unvoreingenommene Stimme, Tom?«

»Lassen Sie mich etwas über Max Bauman erzählen. Ich werde mich kurz fassen.« Er sah auf seine Uhr und straffte seine Manschetten. Dabei sah man kurz seine onyxbesetzten Manschettenknöpfe und vier Zentimeter gestärkte Baumwolle. »Es ist die Geschichte von vier Männern. Jungen Immigranten, die nach New York kamen und in den Straßen des Gettos aufwuchsen. Charlie Luciana, der seinen Namen zu Luciano änderte, weil das andere ihm zu effeminiert klang. Seine Eltern stammten aus einem sizilianischen Dorf namens Lercara Friddi. Benjamin Siegel, dessen Familie aus Kiew stammte. Maier Sucholjansky aus Grodno, Polen. Max Bauman aus dem Getto von Warschau. Ein Italiener und drei Männer jüdischen Glaubens. Altersgenossen, mehr oder weniger. Als Kinder begingen sie gemeinsam Taschendiebstähle, ihre Armut, ihr mangelhaftes Englisch, ihre Entschlossenheit, dieses neue, feindselige Heimatland zu erobern, all das brachte sie einander nahe. Schon früh entdeckten sie, daß man mit Geld sein Geschick kontrollieren kann, dieses neue Land zur Heimat machen konnte. Charlie Luciano hatte ein sizilianisches Sprichwort, das er immer zum besten gab. *Cu avini dinari e amicizia teni la giustizia*. Wer Geld und Freunde hat, dem wird auch Gerechtigkeit widerfahren.«

Dewey kam zurück zum Tisch und goß sich Kaffee ein, dann füllte er Cassidys Tasse nach. Er ging zurück zum Fenster, nahm einen Schluck aus seiner Tasse, wischte den Schnurrbart mit einem Knöchel und fuhr fort.

»Diese vier Knaben beraubten zunächst Einzelpersonen, vorzugsweise in Türeingängen, stiegen dann auf zu Banken und Juwelieren, dann bauten sie Organisationen auf, die Restaurants, Ladeninhabern, Buchmachern Schutzgeld abpreßten. Sie kamen gerade erst richtig in Schwung, als ihnen der *Volstead Act* ganz neue Möglichkeiten eröffnete. Mit Eintritt des Alkoholverbots begannen unsere vier – zusammen mit all den anderen großen und kleinen Gangstern –, die überaus durstige Bevölkerung zu beliefern. Sie schmuggelten Scotch aus Schottland, Rye aus Kanada, Rum aus Nassau, aber sie konnten immer noch nicht einmal annähernd den Bedarf stillen. Also begannen sie hier in den Staaten Lagerhäuser zu übernehmen, um ihre eigene Ware zu destillieren und abzufüllen. Aber es gab ein Problem – die Banden verbrachten genausoviel Zeit mit territorialen Machtkämpfen und gegenseitigem Abschlachten wie mit dem Verkauf der Ware. Luciano hatte die Antwort ... Die Vereinigung der Banden zu einer riesigen ineinandergreifenden Organisation. Luciano sagte ihnen die Wahrheit – je größer die Organisation, desto größer die Profite. Er rief die Gangs zu einem Treffen in Chicago zusammen, zu dem er seine drei jüdischen Leutnants mitbrachte, und legte seine Pläne dar. Nun, sie wurden enthusiastisch aufgenommen; man beschloß, das Land in Territorien einzuteilen. Es war die Geburtsstunde des organisierten Verbrechens. Man beschloß, einen alten, fast vergessenen Namen dafür wiederzubeleben, zu Ehren von Luciano. Unione Siciliano. Das Komische war, Lucky selbst nannte es nie so – er verwendete seinen eigenen Namen dafür ... die Firma.«

Dewey hielt inne, um das Interesse seines Publikums zu überprüfen, und war erfreut über das Resultat. »Jetzt waren sie in der Tat dick dabei«, sagte er. »Zwanzig, vielleicht dreißig Millionen pro Monat. Alkohol, Glücksspiel, Erpressung, Mord, Bestechung, Prostitution, Drogen, alles Erdenkliche. Ich weiß nicht, vielleicht waren es sogar fünfzig Millionen Dollar pro Monat. Vielleicht konnte man es gar nicht zählen. Luciano war der Mann an der Spitze, Maier Sucholjansky zuständig für alle Geldfragen. Er hieß jetzt Meyer Lansky. Benjamin Siegel war ein *Enforcer* – ein Durchsetzer mit einem Ruf für das, was wir ein künstlerisches Temperament nennen würden ... was ihm einen Spitznamen einbrachte. Er war ›bughouse‹, wie sie sagten meschugge. Bugsy Siegel. Und Max Bauman war immer noch Max Bauman, und die Gebiete, auf die er sich konzentrierte, waren Prostitution und Drogen. Und Bestechung. Max hatte für gewöhnlich Zugang zu einer Million Dollar in gebrauchten kleinen Scheinen, um die Cops, Anwälte, Richter und Juroren zu schmieren. Max hatte auch einen Ruf als Durchsetzer; man nannte ihn einen *Backshooter* – man ließ ihn nie hinter sich kommen, das war damit gemeint.« Thomas Dewey seufzte und sah wieder auf seine Uhr. »Was uns dann so ziemlich zur Gegenwart bringt, Lew. Nur daß jetzt, wo Lucky in Dannemora sitzt, Max einen größeren Anteil des Ladens schmeißt. Der Krieg war für Max Bauman eine Gottesgabe. Man sagt, er kontrolliere über eintausend Tankstellen, von Maine bis Texas ... und er fälscht Benzinmarken – allein das könnte all den anderen Kram wie Kleingeld aussehen lassen. Und dafür krieg ich Max Bauman dran. Ich werde ihn einlochen, für ewig und drei Tage, Lew ... glauben Sie mir!«

Dewey ließ das Politikerlächeln wieder an die gewohnte Stelle treten, ließ den Kreuzritter in ihm in einem Augenblick verlöschen und faßte Cassidys Hand, schüttelte sie noch einmal inniglich. »Lew, darf ich sagen, wie verdammt gut es ist, Sie in unserem Team zu wissen. Verdammt gut. Ich weiß, wie es Sie verzagen muß mit Ihrem kaputten Bein, wo Sie doch sonst in Uniform wären und für Ihr Land kämpften. Aber« – er erhob einen Zeigefinger und stieß Cassidy an die Brust – »nichts, was Sie in irgendeinem Dreckloch im Pazifik ausrichten könnten, würde unserem Land mehr Gutes tun können, als dabei zu helfen, Max Bauman dorthin zu bringen, wo er hingehört –«

»Einen Augenblick mal, Tom«, unterbrach Cassidy. »Vielleicht bin ich ja ein bißchen begriffsstutzig, aber ich weiß nicht, was ich Ihrer Meinung nach tun werde, um Ihnen zu helfen ... hab ich was verpaßt?«

»Lew, ich würde liebend gerne noch bleiben und mit Ihnen plaudern«, sagte Dewey, »aber ich bin schon spät dran. Harry und Bert würden Sie gerne noch mit einem anderen Mann zusammenbringen, dann wird man Ihnen alles erklären.« Sein Adlatus war aus dem anderen Zimmer aufgetaucht und hielt Deweys Mantel. »Wenn Sie mich jetzt entschuldigen würden – nehmen Sie sich doch noch Kaffee, oder was immer Sie sonst mögen. Harry, Bert, danke, daß Sie mir behilflich waren.« Er war beinahe bei der Tür, als er sich noch einmal zurückdrehte. »Beinahe hätte ich's vergessen, Lew. Baumans letzte Unternehmung. Sie haben doch von der *Normandie* gelesen? Es war Sabotage. Die Nazis, hier in New York auf unseren Docks. Und wissen Sie, wer es für sie erledigt hat? Ihr Kumpel Max Bauman.«

Thomas Dewey winkte kurz und munter, setzte den Homburg auf seinem sorgfältig frisierten Kopf zurecht und war zur Tür hinaus.

Cassidy saß hinten im Cadillac. Er nahm den stockenden, vom Schnee behinderten Verkehr am Times Square nicht wahr und fragte sich, wie sich Tom Dewey denn nun seinen Anteil am Ende Max Baumans vorstellte. Glaubte Dewey einfach, daß Cassidy Bauman besser kannte, als es der Fall war? Deweys Auftritt war so sorgfältig in Szene gesetzt gewesen, daß Cassidy weder Spielraum noch Zeit gehabt hatte, seinen Senf dazuzugeben. Es war eine Rolle mit ausgesprochen spärlich geschriebenem Dialog gewesen, wie sein Vater gesagt hätte. Nur Tom Dewey, der einen Vortrag über einen Mobster hielt. Für einen Footballspieler. Für einen ehemaligen Footballspieler.

Und wieviel davon war nun wahr?

Was hatte überhaupt Deweys Jagd auf Max ausgelöst? Sicherlich war dem ehemaligen Sonderstaatsanwalt nichts von Max Vergangenheit neu gewesen, was machte sie also auf einmal so wichtig? Warum war er Max nicht an den Kragen gegangen, als er Luciano zur Strecke brachte? War es der Kauf all dieser Tankstellen? Die gefälschten Benzinmarken? Und warum, zum Teufel, sollte Max die *Normandie* für die Nazis in die Luft jagen? Irgend etwas stimmte da nicht ... und was war mit Max' Jahren in Harvard?

Die Geschichten und Gerüchte, die über die *Normandie* die Runde machten, waren unvermeidlich. Die meisten Leute machten deutsche Saboteure dafür verantwortlich, da das große französische Passagierschiff gerade zu einem Truppentransporter umgebaut wurde, der in der Lage sein sollte, eine ganze Division nach Europa zu bringen. Gebaut 1935, hatte es unerhörte 56 Millionen Dollar gekostet, und man sagte, daß kein Schiff zur See luxuriöser sei. Das Silberbesteck für die Speisesäle hatte mehr als 150 000 Dollar gekostet. Die Wände der dreistökkigen Main-Lounge waren mit gigantischen Quadern aus algerischem Onyx bestückt, und die Türen aus Bronze wogen sechs Tonnen. Der Boden war bedeckt vom größten Aubusson-Teppich der Welt, so groß wie mehrere Tennisplätze, und die 2170 Passagiere hatten in zahllosen Pariser Boutiquen einkaufen können, die Promenaden von der Breite der Madison Avenue einsäumten. Und jetzt, nachdem sie von 2000 Dockarbeitern in harten Rund-um-die-Uhr-Schichten teilweise umgebaut worden war, lag sie im Hudson, eine rostige, verkohlte schwelende Ruine.

Jemand hatte sie in Brand gesetzt, und sie hatte zwölf Stunden lang unkontrolliert gebrannt und dabei so viel Rauch entfacht, daß der Tag zur Nacht wurde und die Nacht zu einer glühenden, dampfenden, lodernden Höllenvision. Die Metallaufbauten schmolzen und verbogen sich, und flüssiger Stahl rann in den Hudson. Und dann hatte sie sich auf die Seite gelegt und war verendet.

Und das sollte Max Bauman getan haben?

Terry Leary hatte gesagt, Max sei solide, seine Gangstertage nur Beiwerk der Prohibition. Er hatte nie gesagt, daß Max ein Genosse von Luciano, Siegel und Meyer Lansky war ...

Terry hatte viel mit Dewey gemein, wenn man darüber nachdachte. Den Sinn für Stil, das Selbstvertrauen, die Präsenz. Aber sein Schnurrbart war besser, wenn man schon auf Teufel komm raus einen Schnurrbart haben mußte. Wenn Dewey Jobs in seiner Politmaschinerie verteilte, hätte er besser daran getan, sich an Terry zu wenden, nicht an Cassidy, der nicht so gewieft war. Cassidy sah den Mann vor sich, bereit, ihn zu Boden zu reißen, und sein natürlicher Gedanke war, zuzulegen und ihn in Grund und Boden zu laufen. Politik bestand nur aus Taktieren, und niemand konnte das besser als Terry. Dewey hatte seine Fühler nach dem falschen Mann ausgestreckt.

Reagan hatte sich Stück für Stück durch Schnee, Matsch und Verkehr hindurch gekämpft, und es war schon gut nach zwölf, als sie nordwärts am Hudson hochfuhren, hoch zu ihrer Rechten die *Cloisters*, Gipfel verdeckt von schweren Wolken.

Cassidy löste sich aus seinen Überlegungen und sah hinüber zu Harry Madrid, der eine Zeitung las, den Sportteil, über eine große Basketballveranstaltung im Garden. Er hatte seine Lesebrille aufgesetzt, und die Pfeife, immer noch zwischen die Hauer geklemmt, steckte dort vergessen, tot, kalt.

»Was war das jetzt?«

»Dewey? Nun, ganz einfach, Dewey braucht die Hilfe der Polizei, um Bauman festzunageln. Vielleicht ist es dir ja aufgefallen, daß Bert und ich Cops sind –«

»Aber warum Ihr, warum nicht zwei andere?«

Harry Madrid lachte leise, faltete seine Zeitung zusammen. »Hörst du das, Bert? Warum wir? Nun, ich werde es dir sagen, Lew. Weil wir Terry Leary am besten kennen.« Der Gedanke schien ihn zu amüsieren.

»Terry? Aber Terry ist einer von euch. Wenn Dewey Bauman will, warum geht er nicht zu Terry? Der kennt Max am besten –«

»Damit du mich richtig verstehst, Cassidy.« Madrids glänzende kleine Augen tauchten aus ihrem Versteck auf. Er rupfte die Pfeife aus dem Mund und deutete mit dem Stiel, auf dem man die Zahnabdrücke sah, auf Cassidy. »Terry ist keiner von uns. Nie gewesen. Er ist nicht aus demselben Holz, verstehst du? Er hat schon vor langer Zeit auf Max gesetzt. Sieht so aus, als wär's vielleicht ein Fehler gewesen –«

»Harry, ich sag es dir nur ungern, aber du jagst mir keine Angst ein. Und außerdem hast du den Arsch offen. Terry kennt den Kerl, na und? Kein Verbrechen. Ihr solltet Dewey wirklich mit Terry bekannt machen, nicht mit mir.«

»Hörst du das, Bert? Lew hat da oben viele hübsche Ideen. Lew, Dewey kennt Terry bereits. Sie haben mal, gewissermaßen, zusammengearbeitet . . .« Er nahm davon Abstand, diesen Faden weiter zu spinnen. »Deshalb ist er ja zu dir gekommen. Er kann nicht zu Terry gehen, weil Terrys Loyalitäten in erster Linie bei Max liegen. Terry wird ihm nicht helfen, Max festzunageln. Punkt. Und jetzt hör auf zu fragen. Wir sind noch nicht fertig. Sei schön artig.«

Eine halbe Stunde später sagte Cassidy: »Wohin fahren wir?«

»Einen Mann sehen. Genieß einfach die Fahrt, Lew. Ist eine Überraschung, wie ein Geburtstagsgeschenk.«

Kurze Zeit später erreichten sie Sing-Sing. Selbst durch den Schnee hindurch schlug einem der beißende Geruch von Desinfektionsmittel in die Nase. Es war der Geruch von Gefängnissen allerorten und verflucht weit weg von den Waldorf Towers.

»Mister Luciano«, sagte leise ein Mann von der Gefängnisverwaltung, der einen zu seinem käsigen Zuchthausteint passenden grauen Anzug trug, in einem Ton, als spräche er mit einem Kirchenfürsten, »das ist Mister Cassidy. Sie kennen ja die Detectives Madrid und Reagan.«

»Sicher, sicher«, sagte Luciano. Er drückte hart Cassidys Hand und zeigte ein bitteres Lächeln, mit ironisch herunterhängenden Mundwinkeln. »Schlimm, das mit Ihrem Bein, Junge. Ich hab das Spiel im Radio gehört. Schlimm.« Er war ein ganzes Stück kleiner als Cassidy, kräftig und muskulös – wie ein Pit Bull mit breiten Schultern, der keinen Zentimeter zurückwich, auch wenn er dem Gegner nicht gewachsen war. Cassidy warf einen Blick auf ihn und schätzte sich glücklich, daß sie nicht in den Ring stiegen, um sich zu messen. Luciano hatte ein leicht dreieckiges Gesicht mit einem spitzen Kinn, einer langen Nase mit breiten Nasenflügeln, dichtes schwarzes Haar mit einer Teufelskappe wie Dick Powell. In mittlerem Alter hatte er Lachfältchen in den Mundwinkeln gehabt, aber sie waren mit der Zeit ein bißchen versauert. Cassidy fragte sich, was Lucky Luciano zum Lachen brachte. Aber es war immer dasselbe: Man hörte von einem Burschen, all die Sachen, die er getan hatte, gut oder schlecht, ob es nun Lucky Lindy war oder Lucky Luciano, und dann traf man ihn, und er war auch nur ein Mensch. Vielleicht hatten sie diese gewisse Präsenz. Vielleicht hatten sie einen bestimmten Blick, der den Raum erfüllte, aber dann setzte man sich und begann zu plaudern, und sie waren normale Menschen. Cassidy wußte, was Lucky Luciano zum Lachen brachte. Amos und Andy. Jack Benny. Fibber McGee und Molly. Groucho. Dieselben Dinge, die jeden zum Lachen brachten.

»Schon zu Mittag gegessen?« fragte Luciano.

»Noch nicht, Lucky«, sagte Harry Madrid.

»Nun, Sie haben mich heute morgen von Dannemora hierher gebracht, bei Sonnenaufgang, und ich hatte ein paar Haferflocken, bevor es hell war, das war's auch schon, und ich bin so verdammt hungrig, ich könnte ein Pferd fressen und den Reiter jagen.« Luciano führte sie aus einem Vorzimmer in einen privaten Besprechungsraum, in dem ein Eßtisch, Stühle und eine Anrichte aufgestellt worden waren. Im Raum stand ein kleiner, dunkler Mann in geschäftsmännischem Anzug, der als einer von Lucianos Anwälten vorgestellt wurde. Luciano wandte sich zu dem Mann, der sie einander vorgestellt hatte, und sprach sanft, ihm dabei auf den Rücken klopfend. »Okay, Al, mach 'ne Fliege. Du auch, Tony. Ich lasse es euch wissen, wenn wir fertig sind.« Die zwei Männer nickten und gingen. Sie schlossen die Tür zum Eßzimmer hinter sich.

»Ihr Jungs habt also mit Mister Dewey gefrühstückt.« Luciano betrieb nur Konversation, während er den auf der Anrichte aufgetischten Lunch in Augenschein nahm. Der Tisch war mit feinem Linnen gedeckt, und die Gerichte hätten aus der Küche des Waldorf stammen können. »Wie geht's Tommy?« Da waren drei geöffnete Flaschen Chianti und Kristallkelche, chinesisches Porzellangeschirr und am Ende des Tisches zwei Flaschen Doktor Browns Gesundheitssaft, offensichtlich für den Gastgeber bestimmt.

»Gut«, sagte Harry Madrid, »er ist selbstverständlich etwas aufgeregt –«

Lucianos Lachen war sanft, verständnisvoll. »Ist das alles? Er ist immer etwas aufgeregt, unser Tommy. Wenn ihr mich jetzt entschuldigen würdet, ich stehe hier nicht aus förmlichem Anlaß.« Er nahm einen Teller und belud ihn mit Hummer, Roastbeef, kaltem Huhn, Linguine mit weißer Muschelsoße, dickkrustigem Brot, Butter, Salat. Er füllte zwei Teller und trat dann beiseite, damit die anderen es ihm gleichtun konnten.

Als jeder seinen Platz bei Tisch gefunden und er den gröbsten Hunger gestillt hatte, nahm Luciano einen großen Schluck seines Gesundheitssaftes und lehnte sich in seinem Stuhl zurück, um seine Magensäfte zu ein wenig Schwerarbeit antreten zu lassen. »Es ist nicht immer so«, sagte er. »Nur damit ihr nicht auf falsche Gedanken kommt. Das ist was Besonderes. Das verdanken wir alles dir, Cassidy. Ist, wie wenn du der Hauptzeuge der Anklage in einem Edward G. Robinson-Film wärst.«

Er lächelte wieder leise in sich hinein. Beim ersten Blick sah man sie nicht, aber sie waren da, all die Narben auf seinem Gesicht, all die Nähte, die ihn zusammenhielten.

Cassidy sagte: »Ich fühle mich ein bißchen wie ein Truthahn vor Weihnachten.«

»Nein, nichts in der Art. Aber so wie wir uns das denken, bist du eine Schlüsselfigur, und Tommy und ich, wir dachten uns, daß wir dich ganz sanft ins Bild setzen, nett und sacht. Daß es auch Spaß macht. Hast du Spaß, Mister Touchdown?« Seine Augen waren groß, glänzend, dunkel, wie Valentinos. Sie waren erfüllt von einer eigenartigen Mischung aus Grausamkeit, Humor und argwöhnischem Mißtrauen.

»Ich bin nicht gerade aus dem Häuschen«, sagte Cassidy. »Aber immer noch besser, als den ganzen Tag zuhause zu sitzen und *Die Romanze von Helen Trent* zu hören –«

»Hey, eine meiner Lieblingsserien«, sagte Luciano. »Ich habe ziemlich viel Zeit totzuschlagen. Diese Helen Trent muß ja mächtig was hermachen. Ein bißchen steif, aber nackt sicher ein wahrer Tiger. Schau, ich bin jetzt seit sechs Jahren im Bau. Das ist nicht das große Leben, Cassidy, nicht einmal, wenn man Lucky Luciano ist. Im wesentlichen ist es langweilig. Nix los. Nun willst du wissen, ob ich die Zügel draußen noch in der Hand habe – ich sage, ein wenig ja, ein wenig nein. Die Firma ist groß, an manchen Tagen leitet sie sich von selbst, wie General Motors, weißt du.« Er spießte ein großes Stück Hummer auf, tat etwas Mayonnaise darauf und aß es nachdenklich.

»Worauf's hinausläuft, ist, daß ich hier raus muß. Ich kann in dieser Kriegszeit viele Dinge für mein Land tun. Etwa die Häfen sichern. Du hast von dieser Sache mit der *Normandie* gehört. Ich will ehrlich mit dir sein, Lew. Ich war das. Ja. Ohne Scheiß, Lew. Und willst du wissen, warum? Taktik. Ich kontrolliere immer noch die Docks. Nazisaboteure auf meinen Docks? Ein Witz, Junge. Aber ich mußte dafür sorgen, daß sie zu mir kamen. Ich lasse die *Normandie* hops gehen, sie kommen zu mir. ›Lucky‹, sagen sie, ›wir bräuchten eine Gefälligkeit, für uns, für dein Land. Kannst du die Docks sicherer machen?‹ Sicher, sag ich ihnen, kein Problem.« Er blinzelte Cassidy zu. »Schluß mit den Nazis auf meinen Docks.« Er lachte leise beim Gedanken an die eigene Findigkeit. »Und die Jungs von der Regierung schulden Lucky was, und das nicht zu knapp. Ein Bursche, der im verschissenen Dannemora festhängt, macht die Docks sicher. Sie wissen, daß man auf Luckys Wort zählen kann. Ich würde dich nicht anscheißen, Lew. Von Lucky bekommst du die Wahrheit, die ganze Wahrheit, nichts als die Wahrheit.

Ich kann auch drüben in der alten Heimat helfen. Der Mussolini hat es für unsere Leute dort sehr schwer gemacht, aber wenn die Zeit für die Invasion in Italien kommt, glaube mir, dann kann ich helfen, den Weg zu ebnen. Ich kann im Landesinneren eine Armee mobilisieren, die sich den Alliierten anschließt . . . allerdings möchte ich hier raus, klar? Eine Hand wäscht die andere, wie man sagt.« Er leerte die erste Flasche Doktor Browns, butterte ein Stück Brot und fuhr kauend fort. »Jetzt, wie komme ich raus? Ich bin hier für verdammte fünfzig Jahre, Mister Touchdown. Lange Zeit. Mann meines Alters, da is' nix mehr mit rauskommen. Ich brauche also eine Begnadigung. jetzt, wo mich die Dreckskerle hier drinnen haben, gibt es nur einen Weg, begnadigt und auf Bewährung entlassen zu werden. Ich brauche meinen Mann in Albany. Kannst du mir soweit folgen, Kumpel?«

Cassidy nickte. Madrid und Reagan fuhren fort zu essen wie zwei verhungerte Armenier.

»Jetzt ist Tommy der einzige Gouverneur, den ich kriegen kann, derselbe Kerl, der mich aufs Kreuz gelegt und hier herein gebracht hat. Wir verstehen einander, Tommy und ich. Müssen dieselben Lehrbücher gelesen haben, als wir klein waren. Versteh mich richtig, er ist ein mieser Lump, aber ein mieser Lump, den ich verstehen kann. Wir brauchen einander. Er ist ein smarter kleiner Bursche, nicht so blöde, wie er mit seinem Schnurrbart aussieht. Tommy kommt also vor einem Weilchen zu mir, sagt, er hat einen Vorschlag, der mir gefallen wird, ich sollte ihn anhören. Okay, ich hör es mir also an, und er erzählt mir, er will Max Bauman und Terry Leary an den Wickel, ob's mich interessiert? Ich sage, sicher, ich bin interessiert –«

»*Sie* wollen *Terry* ans Leder?« Cassidy schüttelte den Kopf. »Irgendwo hab ich da wohl ein Kapitel –«

»Hör mir zu. Bin ich irgendein Idiot, den man so einfach unterbricht? Iß dein Hühnchen und trinke deinen Wein und hör dir an, was Lucky sagt, Mister Touchdown. *Ich will Bauman und Leary*. Du willst wissen, warum? Du fragst Luciano nach Gründen?« Mit einem Mal verebbte die aufbrausende Heftigkeit. Seine Schultern entspannten sich, die Züge lösten sich, und er zuckte mit den Schultern. »Okay. Leary ist dein Kumpel. Ich sag dir die Gründe. Kannst jeden fragen, Luciano ist ein ehrenwerter Mann. Es gibt Dinge, die ich tue, und Dinge, die ich nicht tue. Lansky und ich, wir haben vor langer Zeit beschlossen: keine Huren, keine Drogen. Huren machen mehr Ärger, als sie wert sind, Drogen sind schlecht. Ein Mann von Ehre verkauft keine Drogen . . . Ist, als verkaufe man Giftgas. Meine Jungs wissen, was geschieht, wenn ich herausfinde, daß einer von ihnen sich mit Huren und Drogen einläßt. Es ist nicht schön, was dann geschieht, Mister Touchdown. Was macht also Tommy, als er sich dazu entschließt, Luciano fertigzumachen? Er hat keinen Fall, keinen ehrlichen Fall, mit dem er überhaupt eine Anklage zusammen bekäme, ganz zu schweigen von einer Verurteilung ... also muß er mir was in die Schuhe schieben, muß es so drehen. Da ist er gut, Tommy, er wußte, zu wem er gehen mußte – er ging zu meinem schnieken Harvard-Freund Maxie Bauman. Maxie, sagt Tommy, du oder Lucky, einer von euch muß für lange Zeit in den Bau, wer wär dir lieber? Maxie schätzt, daß ihm Lucky lieber wäre. Das ist gut für Maxie, egal, wie man es dreht. Maxie hat die Huren und die Schläger. Er setzt sechzig seiner Tomaten unter Druck, gegen *mich* auszusagen ...« Seine Stimme bebte, die Knöchel seiner Fäuste auf dem Tisch waren weiß. »Mich, Luciano, legen sie rein ... und alle Welt denkt, Luciano ... führt ... Bordelle!« Eine vollendet manikürte Faust knallte auf den Tisch. Die leere Flasche Doktor Browns sprang hoch und zerschellte am Boden. Bert Reagan blies sich vor Schreck ein halbes Pfund Roastbeef in die Nase, und Harry Madrid blickte nervös, wie ein Mann, der gerade festgestellt hat, daß er in einem Gorillakäfig eingesperrt ist.

»Darum will ich Bauman und Leary an den Kragen, verstanden? Okay. Ich bin reingelegt worden, das will ich denen heimzahlen. Ich helfe Dewey, Bauman zu bekommen, wenn er Leary als Dreingabe dazulegt ... aber das ist nur der Anfang des Geschäfts. Tommy und ich wollen ihn beide – ich meine Dewey – in Albany. Als er mit seinen Plänen für Max zu mir kam, bat er noch um etwas anderes.« Luciano hielt inne, um das zweite Doktor Browns zu öffnen, und benetzte seine Lippen. »Dewey ist Republikaner, und jeder Republikaner, der Gouverneur werden will, hat Schiß vor New York City. Es gibt nur einen sicheren Weg, wie er die Stadt hinter sich bekommen und einen Wahlsieg garantieren kann – er kann mich dazu bringen, die Firma seinen Wahlkampf stützen zu lassen. Ich kann ihm die Stadt holen, ohne wenn und aber. Wenn er Bauman bekommt, bringt ihn das wieder in die Schlagzeilen, macht wieder den großen Helden aus ihm ... und die Firma sorgt für den Wahlsieg in der Stadt. Was kriege ich jetzt? Um sich das zu denken, braucht man keinen Collegeabschluß, eh? Gouverneur Dewey begnadigt mich.«

Luciano sank zurück in seinen Stuhl. Er trug ein weißes Hemd mit offenem Kragen, und es verlor jetzt langsam die Stärke. Schweißflekken breiteten sich unter seinen Achselhöhlen aus.

»Klingt, als hätten sie ein gutes Geschäft gemacht«, sagte Cassidy. »Aber für mich fällt nichts davon auf Terry zurück ...«

»Oh, das.« Lucianos Stimme war so leise, daß sich Cassidy vornüber lehnte. »Terry war ein junger Cop, und Max kaufte ihn, mit Haut und

Haaren, für immer. Terry war der Bursche, der für ihn den Nutten die Daumenschrauben anlegte, für ihn und Dewey. Alle drei dabei bei der Schweinerei. Zwei Ganoven und Dewey. Dewey ist der einzige, der für mich jetzt von Nutzen sein kann. Zur Hölle mit den anderen beiden.«

»Terry Leary ist mein Freund«, sagte Cassidy. »Sie? Sie sind nur ein Knastbruder, der mir nicht das geringste bedeutet. Also, Lucky, zur Hölle mit Ihnen.«

Harry Madrid murmelte leise, »Oh, Scheiße« und besah sich die Reste seines Mittagessens. Bert Reagan bekam einen weiteren Hustenanfall. Lucky Luciano starrte Cassidy an. Cassidy starrte zurück und konnte sich ein Lächeln nicht verkneifen.

»Ganz schön große Klappe, Touchdown«, sagte er endlich, »ganz schön groß. Schätze, hältst dich für einen großen, harten Mann. Ich weiß nicht so recht. Du bist auch ein Krüppel.«

»Du bist ein kleiner, spaghettifressender Mistkerl«, sagte Cassidy, »und sitzt hier bis zum Sankt-Nimmerleins-Tag fest. Wir könnten hier sitzen und uns den ganzen Abend gegenseitig beschimpfen. Aber ich habe nicht danach verlangt, dich zu sehen, und, was das betrifft, habe ich eigentlich genug gesehen. Wenn's nicht irgendeinen überwältigenden Nachtisch gibt, bin ich dafür, es gut sein zu lassen und in die Zivilisation zurückzukehren. Harry? Was sagst du?« Cassidy schob seinen Stuhl zurück, stand auf.

»Jetzt spiel hier nicht den edlen Ritter«, sagte Luciano. »Wen willst du damit beeindrucken? Sind irgendwelche Damen im Raum, die ich nicht bemerkt habe? Du bist also loyal zu deinem Freund. Du bist ein Pfadfinder.« Er begann langsam in die Hände zu klatschen, applaudierend. »Du bist ein netter, stattlicher Junge. Loyalität ist eine schöne Eigenschaft, solange man zu den richtigen Leuten loyal ist. Ich will mal unterstellen, daß Terry deiner Loyalität nicht ganz so würdig ist, wie du denkst. Ich verlange von dir, darüber nachzudenken.« Er nippte wieder an seinem Gesundheitssaft. »Komm schon, Junge, setz dich. Wir sind ohnehin fast fertig. Ich bekomme Blähungen, wenn Leute wütend auf mich werden, wirklich. Ich bin sehr harmoniebedürftig. Setz dich.« Cassidy ließ den Stuhl nach vorne gleiten, nahm Platz. Madrid seufzte tief und schloß die Augen.

»Weißt du«, sagte Luciano, »dieser Krieg wird ja nicht ewig dauern. Die Krauts sind so bescheuert, sie wissen es zwar nicht, aber sie sind angeschissen, sie pissen gegen den Wind und kriegen es voll in die Fresse. Als die Japse Pearl Harbour bombardierten, war's vorbei mit ihren Chancen. Nach unserem Kriegseintritt läuft ihre Zeit ab. Zwei, drei Jahre noch und von Deutschland ist nicht mehr genug übrig, um ein Katzenklo damit zu füllen. Das wird hart werden dort drüben. Entweder verwandeln wir Deutschland in einen einzigen großen Bauernhof, oder wir bauen das ganze verfluchte Land neu auf, um zu verhindern, daß die Roten ganz Europa erobern. Egal was, auf jeden Fall wird den Krauts die Scheiße rausgeprügelt. Und wenn's vorbei ist, wird's da drüben einen Boom geben, den du dir nicht mal im Traum vorstellen kannst. Mehr Geld, mehr Leute, die's ausgeben wollen, und ich werde mir meinen Anteil holen. Casinos, Reisen, Urlaubsorte, Fluglinien, Geld, das nur darauf wartet, eingesammelt zu werden –«

»Hey, ich weiß wirklich nicht, warum Sie mir das erzählen –«

»Ich denke dabei an deine Zukunft, Touchdown. Wenn wir Max und Terry erst mal da haben, wo sie hingehören, bist du immer noch ein smarter, beredter junger Bursche mit einem intelligenten Blick. Du magst noch keinen Gefallen an mir gefunden haben, aber ich denke, du bist in Ordnung. Du wirst mir helfen, ich werde dir helfen. Ist der Krieg erst mal vorbei, liegt all das hier hinter uns, lasse ich dir vielleicht etwas zukommen . . . ein Casino oder eine Reiseagentur oder etwas anderes. Weißt du, was groß rauskommen wird? Pro-Football. Vielleicht kaufe ich mir ja ein Footballteam. Da bräuchte ich einen Manager, nein?«

»Jeder will mir einen Job geben –«

Luciano lachte. »Höre nicht auf Dewey, der ist ein Betrüger.«

»Was hält ihn also davon ab, Sie um den Straferlaß zu betrügen?«

»Daß ich im Detail bekannt werden ließe, wie er zu mir kam, um gewählt zu werden. Du brauchst dir keine Sorgen um Luciano machen. Aber behalte im Gedächtnis, daß du mir vertrauen kannst, daß ich tue, was ich sage, und daß du Dewey überhaupt nicht vertrauen kannst. Ich bin ein ehrenwerter Mann, dieser miese Lump will Präsident werden . . . das sagt alles. Tommy Dewey im Weißen Haus.« Er schüttelte den Kopf und lachte lauter. »Das ist der Moment der Wahrheit, Touchdown. Du schaust in den Kristall, und vor dir liegt dein restliches Leben. Du kannst mit Bauman und Leary im Loch verschwinden. Oder du betätigst dich an der Spülung und gehst mit Lucky und Dewey. Der lausige Pimpf wird Präsident. Ich werde auf jeden Fall König. Denk drüber nach, Touchdown.«

Cassidy nickte. »Okay, okay, ich werde darüber nachdenken. Aber in der Zwischenzeit, Sie haben kein Wort darüber gesagt, was Sie von mir wollen.«

»Du bist dicke mit Leary, Leary ist eng mit Max liiert. Ich will wissen, was Max im Schilde führt. Mir egal, was es ist, gefälschte Benzinmarken, Schmiergelder, selbstgedruckte Zwanziger, Kriegsgeschäfte ... Leary muß auch drin stecken. Du findest das raus. Du kannst gar nicht anders, als es rausfinden, wenn du aufpaßt ... und wir melden uns bei dir, Harry und dieser Kerl mit dem Zahnstocher. Du hörst von uns. Ganz einfach.«

»Was ist, wenn ich es nicht tue?«

»Denk dir, du wärst ein Fleck. Denk dir, ich wäre der Fleckenentferner. Wie ich schon sagte, ganz einfach.«

Er bedachte Cassidy mit einem Lächeln, als wäre er aufrichtig erfreut, sich mit einer knochenharten Morddrohung endlich wieder im angestammten Territorium zu befinden.

Es schneite nicht mehr, aber der Schnee blies immer noch über den Highway, scharf und schneidend vom Fluß her. Bert sagte, er wolle anhalten und die Schneeketten anlegen, bevor sie in den verdammten Fluß schlitterten. Er hielt an einer Tankstelle, zu der ein Café gehörte. Der wehende Schnee umschwirrte die Leuchtreklame wie Mückenschwärme das Licht im Sommer. Sie gingen auf einen Kaffee hinein, während der Tankwart sich an die Ketten machte.

Harry Madrid bestellte drei Kaffee. Sie saßen in einer Nische am Fenster. Eine Neonreklame ließ ihre Gesichter rötlich schimmern. Sie nahmen alle die Hüte ab, ließen aber die Mäntel an. Cassidy stierte stumm auf den letzten, verschwindenden Fetzen Tageslicht. Scheinwerferlicht stocherte nervös über den verschneiten Highway. Er versuchte, aus den Ereignissen des Tages schlau zu werden. Je mehr er darüber nachdachte, desto weniger gefiel es ihm. Er fühlte sich wie ein Mann, den man in einen sehr kleinen Käfig gezwängt hatte. Bei jeder Bewegung stieß er sich und tat sich weh.

»Also, Lucky, zur Hölle mit dir«, flüsterte Harry Madrid. »Wenn das mal nicht die vermaledeiteste Sache war, die ich je mit eigenen Augen habe ansehen müssen ... jessas, Cassidy, du hast wohl nicht das geringste Fünkchen Verstand ... also, Lucky, zur Hölle mit dir! Wenn das nicht alles übertrifft ...«

»Du kannst dich glücklich schätzen, daß er gute Laune hatte«, bemerkte Reagan.

»Was hätte er denn schon tun können, mich niederschießen?«

»Oh, Lucky hat so seine Mittel und Wege«, sagte Reagan. »Was war denn mit der *Normandie*? Aber wie er sagte, du bist für ihn in Ordnung. Du kannst ihm vertrauen. Wie er sagte, Dewey ist ein Lügner.«

»Und wo steckt ihr in dieser ganzen Scheiße?«

»Bis zum Hals drin«, sagte Harry Madrid, »wie üblich. Aber Bauman ist fällig, das kannst du drehen und wenden, wie du willst.«

»Aber warum zieht ihr mich da mit hinein?«

»Weil Max' Laden absolut wasserdicht ist. Wir bekommen niemanden hinein. Max vertraut nicht vielen Leuten. Terry, dem vertraut er –«

»Dann geh zu Terry –«

»Zum einen will Lucky auch Terry. Und Terry wird nicht die Hand beißen, die ihn füttert.«

»Gebt Luciano Max, und er vergißt Terry.«

»Lucky hat ein langes Gedächtnis«, sagte Reagan und schüttelte den Kopf.

»Denkt ihr etwa, daß ich da mitspiele?«

Harry Madrid hielt ein Streichholz an seine Pfeife. »Jaa, das denke ich. Wenn du's nämlich nicht tust, nun, du hast Lucky ja gehört. Ein Fleck wird entfernt. Und Terry holt er sich trotzdem. Das bringt nichts, Kumpel. Unfaire Wette. Wer weiß, wenn du Dewey und Luciano zur Hand gehst und Bauman ins Loch wandert, vielleicht kannst du dann um Terrys Kopf feilschen.« Er legte seine Hand um den Kopf seiner Pfeife und paffte mächtig. »Kein anderer Weg, Lew. Sie haben dich am Sack. Und glaub ja nicht, daß es Dewey einen feuchten Kehricht schert, wenn Lucky dich umnieten läßt. Tut's nämlich nicht. Er braucht Lucky.« Er schüttelte seinen massigen Kopf. »Heut tut dir keiner schön. Den ganzen Tag nur harte Wahrheiten.«

Die Schneeketten an den Hinterreifen schlugen an die Innenseite der Kotflügel, und der Wind schubste den großen Cadillac wie ein Spielzeug auf der Straße herum. Die Wolkenansammlung am Himmel löste sich vor ihnen langsam auf, und das Leuchten der Stadt war sichtbar geworden.

Zum Zeitvertreib erzählte Harry Madrid Cassidy, wie Charlie Luciano zu seinem Spitznamen gekommen war. Das war 1929. Ein gerissener sizilianischer Kollege von ihm namens Salvatore Maranzano wollte von Luciano, daß dieser einen weiteren Sizilianer, den Bandenchef Giuseppe Masseria, tötete. Maranzano vereinbarte ein Treffen in einem leeren Lagerhaus auf Staten Island.

Die Sache war nun, Luciano war genauso schlau wie Maranzano. Er kannte die Gepflogenheiten der sizilianischen Mafia, einen Mann, der einen Höherstehenden tötete, nicht unmittelbar dessen Platz einnehmen zu lassen. Luciano wollte an die Spitze der Firma und durchschaute Maranzanos Plan, ihm den Zugang zu verwehren. Nix da, sagte er zu Maranzano.

Bevor Luciano wußte, was geschah, war das Lagerhaus voll von Maranzanos Männern, die zu allem bereit waren.

Sie fesselten Luciano an die Wand und schlugen mit Knüppeln und Gürteln auf ihn ein. Sie drückten Zigarettenstummel auf seinem Rükken aus. Sie wechselten einander dabei ab, sein Gesicht mit Rasiermessern in kleine Streifen zu schneiden. Vielleicht, schlug Maranzano vor, würde er es sich jetzt anders überlegen und Masseria umlegen. Aber nein, mit der letzten ihm verbliebenen Kraft sagte Luciano, er denke nicht, daß er das tun würde.

Schließlich schnitten sie ihn ab. Er sah aus wie der Kunstfehler eines Metzgers. Sie stopften ihn in einen Wagen und warfen ihn bei voller Geschwindigkeit auf die Straße. Sie dachten sich, der Aufprall auf den Asphalt würde ihn nicht nur töten, sondern auch die Leiche so zurichten, daß niemand die Spuren der Folter bemerkte.

Etwas später fanden ihn die Cops. Sie glaubten nicht, daß sie den armen Hund noch lebendig ins Krankenhaus bringen können würden, aber sie ließen es auf einen Versuch ankommen. Fünfundfünfzig Stiche waren nötig, um allein das Gesicht wieder zusammen zu bekommen. Und irgendwie überlebte er.

Meyer Lansky kam zu Besuch, fragte, wie er sich fühle.

Luciano flüsterte durch die Bandagen hindurch. »Glücklich, am Leben zu sein.«

»Glücklich«, schwärmte Meyer Lansky. »Der glückliche Luciano – Lucky Luciano. Das bist du.«

Und so war es.

Kapitel 5

Der Winter wurde zu einem kalten, nassen Frühling. Der Schnee schmolz, und das Eis im Central Park war verschwunden, und die Japaner hatten sich nicht ergeben, was nur zeigte, daß sich auch Ärzte täuschen konnten. Was allerdings Cassidy und Terry anging, da lagen die Ärzte goldrichtig. Beide näherten sich langsam wieder annähernd ihrer alten Form. Terry spielte mit dem Gedanken, seinen empfindlichen Rücken auf die Probe zu stellen und die Arbeit wieder aufzunehmen, und Cassidy gewöhnte sich allmählich an den Umgang mit dem Stock. Die wiedergewonnene Kraft in seinem Bein deutete an, daß eine Wiederherstellung durchaus möglich schien, aber es würde ein langer, langsamer Heilungsprozeß sein. Er lebte immer noch bei Terry, und die Tage waren lang und ruhig. Terry hatte dem Strom weiblicher Bewunderer Einhalt geboten, die es sich zur Gewohnheit hatten werden lassen, sie zu besuchen. Es war, als brauche er Abgeschiedenheit, um nachzudenken, aber er brachte seine Verfolger nie zur Sprache. Cassidy fragte sich, ob er es möglicherweise einfach vergessen hatte, aber nein, das hätte ihm nicht ähnlich gesehen. Was hier vor sich ging, war eher wie der berühmte »Phony War«, der Sitzkrieg, der Europa beschäftigt hatte, während Hitler sich ausgeruht und gewartet hatte. Cassidy und Terry saßen beide ein kleines Interludium aus und warteten darauf, daß die Hölle wieder losbrach. Es war verflucht zuviel Zeit zum Nachdenken, zumindest was Cassidy anging. Es war beinahe, als wären ihm Tom Dewey und Lucky Luciano in einem verrückten Traum erschienen. Er hatte nichts von Harry Madrid gehört, gar nichts. Er dachte an Luciano, wieder in Dannemora, der der *Romanze von Helen Trent* lauschte und daran dachte, endlich die Rechnung mit Max Bauman und Terry Leary zu begleichen. Er fragte sich, ob Lucky wohl langsam ungeduldig wurde. Diese Aussicht war nicht gerade tröstlich.

Da ihn Harry Madrid nicht drängte, konnte Cassidy es vermeiden, sich dem Problem Max und Terry zu stellen. Niemand hatte von ihm verlangt, Informationen zu liefern, was das Dilemma ein klein wenig auf Distanz hielt. Eines wußte er sicher: Er konnte Terry nicht verraten. Mit Glück würde ihn niemand zum Handeln zwingen. Aber was war, wenn er ihn verraten mußte, um ihn zu retten?

Er verfolgte aufmerksam die Kriegsberichterstattung in den Zeitungen, las alles, versäumte nie die Berichte der Korrespondenten im Radio. Alles in der Hoffnung, etwas zu finden, das in irgendeiner Form erhellen konnte, wie es Karin in Köln ergehen mußte. Die Bombardierung Deutschlands hatte Köln bis dato ignoriert. Gott sei Dank. Es war eine fruchtlose Suche, und er wußte es. Aber er suchte weiter. Er wußte nicht, ob er nicht doch auf irgendeinen Hoffnungsschimmer stieß, egal wie schwach der auch sein mochte. Eine Nachricht. Irgend etwas. Aber da war nichts. Und er wußte, das war das Beste, was er sich erhoffen konnte. Wenn Köln in die Zeitungen kam, dann ohnehin nur mit schlechten Nachrichten. Das war die einzige Art von Nachrichten, die dieser Tage aus dem Vaterland kam. Sie war da drüben, das war alles, was er wußte. Und so schlief er jede Nacht mit dem Gedanken an sie ein, mit dem Gebet, daß es ihr gut ging.

Aber wenn er die Augen schloß, wurde es schlimmer. Was er am meisten gefürchtet hatte, wovon er sich eingeredet hatte, daß es unmöglich geschehen konnte, das begann. Es war wie eine voller Furcht erwartete Krankheit, die lange auf sich warten ließ, um dann endlich doch ihren Lauf zu nehmen. Er konnte sie nicht mehr so klar umrissen sehen. Die Erinnerung an sie tat die eine Sache, von der er gewußt, *gewußt* hatte, daß sie sie nie machen würde. Sie begann zu verblassen.

Ganz langsam, aber sie verblaßte. Nur er wußte das. Wenn er mit Terry von ihr sprach, waren seine Worte nicht anders als früher. Er liebte sie so sehr wie je. Das war nicht der Punkt. Er liebte sie, aber die Zeit stahl sie ihm. Mit jedem Tag geschah das Schlimmste, geschah immer wieder. Karin entglitt ihm. Jede Nacht sah er sich der Dunkelheit gegenüber und der Tatsache, daß das Feuer der Liebe langsam erlöschte, endlich. Es wurde nicht schwächer, es ging nur zurück. Stück für Stück wurde ihm bewußt, daß er nicht länger eine Frau liebte. Er liebte eine abstrakte Vorstellung, die Karin hieß. Ein Symbol . . . Karin war einfach nicht mehr wirklich. Er wußte nicht, was er dagegen tun sollte. Vielleicht gab es da nichts, was er tun *konnte.*

Die Bataan-Halbinsel fiel Anfang April an die Japaner. Sie machten 36 000 Gefangene. Cassidy dachte, wer Glück hatte, war im Kampf gefallen.

Die Nachrichten vom Kriege waren schlecht, und mit der Zeit waren Terry und Lew beide der Isolation überdrüssig und ruhelos geworden. Cassidy sah sich zu vielen Frustrationen gegenüber. Er war zu dem Schluß gekommen, daß er lange genug auf Harry Madrid gewartet hatte: Was bedeutete das Schweigen? Hatten sie beschlossen, ohne ihn gegen Bauman und Terry vorzugehen? Das war die schlechteste aller Möglichkeiten, denn sie beraubte ihn der Chance, Terry rauszuhalten. Cassidy war es egal, was mit Max Bauman geschah, wenn es letztlich zutraf, was man ihm erzählt hatte. Aber Terry . . . er mußte verhindern, daß Terry mit Max' Schiff unterging. Und was die Sache noch weiter komplizierte, wenn er Terry erzählte, was vorging, weiß der Himmel, was Terry dann anstellte . . . Eins war sicher. Terry durfte nicht herausfinden, was lief. Es wäre, als zünde man die Lunte an einem Dynamitstab, während man in einer Besenkammer eingeschlossen war.

Eines Abends erwähnte Terry beiläufig, daß es doch nicht schlecht wäre, eine Party zu schmeißen, um ihre Rückkehr ins Land der Lebenden zu verkünden. Cassidy war begeistert von der Idee. Als sie die Gästeliste erörterten, tauchte der Name von Harry Madrid auf: Cassidy bemerkte, Harry habe auf jeden Fall ausreichend Krankenhausbesuche abgeleistet, um sich eine Einladung zu verdienen. Terry stimmte zu, fügte noch die Namen einiger weiterer Kollegen von der Mordkommission hinzu, eingeschlossen Bert Reagan, der unabänderlich dahin zu gehen schien, wohin Harry Madrid ging.

Paul Cassidy war zum ersten Mal seit dem Louis-Nova-Kampf vom vergangenen Herbst in der Stadt. Terry sorgte dafür, daß Max Bauman und Bennie die Bestie kamen. Und Max sorgte dafür, daß Cindy Squires einen Abend vom Heliotrope freibekam. Charley Drew ließ sich einen Abend im Tap at the Taft entschuldigen, um vorbeizukommen und Klavier zu spielen. Terry arrangierte die Anwesenheit von mehreren überaus dekorativen, ungebundenen Frauen. Paul Cassidy brachte ein paar umherreisende Drehbuchautoren und einen Presseagenten mit, der bei der Werbekampagne mitgearbeitet hatte, die Jane Russell zu einem der größten Stars Amerikas gemacht hatte, obwohl niemand sie jemals hatte spielen sehen. Es war, nach den Worten von Herman Redwine, dem Presseagenten, der den eigens angefertigten Hartschalenauslagebüstenhalter, den Miss Russells Schutzherr Howard Hughes entworfen hatte, der wartenden Welt vorgestellt hatte, der Triumph der Titten. »Diese Titten müssen gar nicht schauspielen«, bemerkte Redwine mit der weggetretenen Zuversicht eines Mannes, der die Zukunft gesehen hat und sie erkannt hat als – Titten. »Die müssen einfach nur irgendwie so dahängen und einen munteren Eindruck machen. Der Büstenhalter macht's, glaubt mir.« Sein Hemd war zu eng, dafür der Kragen zu groß, und er sprach mit einem Glimmstengel im Mund. Seine Augen waren blutunterlaufen. Paul Cassidy sagte, Herman Redwine sei zwischen Hughes und dem Busen von Miss Russell nicht mehr derselbe wie früher.

Dreißig, vielleicht fünfunddreißig Leute arbeiteten sich durch den White Horse und den Old Granddad und die Rippchen und all die Warmhaltegedecke voller Eßwaren, die Terry von Longchamps hatte herüberschicken lassen. Etwas davon war braun und schmeckte wie Chili. Etwas davon war gelb und schmeckte wie Hummer-»Newburg«. Es war alles sehr festlich. Cassidy versuchte, nicht an Karin und die 3 6000 Männer auf Bataan zu denken. Unglücklicherweise war die vorrangige Alternative – Harry Madrid, Tom Dewey, Lucky Luciano und Max Bauman – nicht viel besser.

Harry Madrid kam früh, gesellte sich aber sofort zu Terry in der Nähe der Hausbar, trank tüchtig Bourbon pur und gab einige Geschichten aus dem Polizeialltag zum besten. Harrys Gesicht wurde rot, und Terry lachte, und zwei weitere Cops schlossen sich der Gruppe an, und Cassidy stand da und sah ihnen zu, verwundert über die große Kameraderie. Harry war ein erstaunlicher Schauspieler.

Paul Cassidy hatte einen Filmprojektor und eine Kopie des Robert-Montgomery-Filmes *Here Comes Mr. Gordon*, den er in Bälde im großen Schlafzimmer zeigen wollte. Lew gab es auf, Madrid beim Dicketun mit Terry zuzusehen, und ging mit seinem zweiten Drink in das Schlafzimmer, wo sein Vater gerade den Film einlegte. Paul blinzelte ihm zu und fuhr fort in seiner Unterhaltung mit den hübschen Frauen, die sich im Pulk um ihn scharten und sich fragten, wieviel Einfluß er wohl hatte, wenn es darum ging, einen zum Film zu bringen. Cassidy lächelte. Er erinnerte sich daran, welches Vergnügen es seiner verstorbenen Mutter bereitet hatte, ihren Ehemann dabei zu beobachten, wie er die hoffnungsfrohen Damen in seinen Bann zog. Darin war er schon immer gut gewesen, aber sie hatte gewußt, er war völlig monogam, Produzent oder nicht. Als sie gewußt hatte, daß ihr nicht mehr sehr viel Zeit blieb, hatte sie die Hand ihres Sohnes gehalten und trotz des Schmerzes gelächelt und ihm aufgetragen, erwachsen und ein Mann wie sein Vater zu werden. Sie würde es wissen, sie würde von oben zu ihm herunter sehen und auf ihn stolz sein. Sie sagte ihm, er solle Verständnis dafür haben, wenn sich sein Vater wieder verliebe, denn ein Mensch brauche jemanden, mit dem er die guten und die schlechten Zeiten teile. Er hatte es ihr versprechen müssen und dieses Versprechen gehalten, aber Paul Cassidy hatte sich nie wieder verliebt. »Ich bin ein Glückspilz, Lew«, hatte er ihm Jahre später gesagt. »Ich bin auch jetzt verliebt. Ich habe immer eine Frau geliebt, und gar nicht mehr so lange, dann bin ich wieder bei ihr. Mach dir also keine Sorgen, Junge. Mir geht es blendend.«

Jetzt erzählte er den Damen, wie Hollywood sich Krisen und Kriegszeit vorstellte. MGM mochte mehr Sternchen gehabt haben, als da am Himmel sind, aber sie hatten auch ein Eleanor-Powell-Musical mit dem Titel *I'll take Manila* – ich nehme Manila, und betretenes Schweigen hatte die Führungsetagen ergriffen.

Eine sehr hübsche Blondine schlug die Augenlider nieder und flötete: »Was macht das denn? Ist doch egal, ob Vanille, Schokolade oder Buttercreme.«

Paul warf seinem Sohn einen resignierenden Blick zu. »Manila. Auf den Philippinen, mein Kind. Nicht Vanille wie in Schraffts Eissalon. Die Crux ist, Eleanor Powell wird nicht mehr dazu kommen, Manila zu nehmen. Die einzigen, die dazu momentan noch in der Lage sind, sind die Japse«, und die Blondine lachte wie Billie Burke. Sie hatte keinen blassen Dunst, wovon er redete. Vielleicht hatte sie noch nichts vom Krieg gehört.

Er erzählte ihnen, Lombards Tod habe Gable sehr schwer getroffen. Er rechnete damit, daß Gable sich jeden Moment zur Armee meldete. Weibliche Augen füllten sich und glänzten feucht beim Gedanken an einen trauernden Rhett Butler. Cassidy dachte immer noch an die armen Schweine auf Bataan. Aber Paul tat, was er konnte, und rettete so die Ehre der Familie. Er stellte gerade eine weitere Propagandatour zusammen mit vielen Stars, Bogart und Tracy und Mary Astor und Loretta Young und vielen anderen. Gedenkt Pearl Harbour. Das war es, was jeder sagte.

»Tut mir leid, das mit deinem Bein, Lew.«

Er drehte sich um und sah einen Mann in einer perfekt geschnittenen Offiziersuniform, einem braunen Mantel und tadellos gebügelten Offiziershosen mit einem wundervollen Abnäher über den gleißenden Cordovan-Stiefeln. Er war groß, kräftig und füllte die Tür. Er hielt in einer Hand eine Zigarette in einer schwarzen Spitze, in der anderen ein einfaches Glas. Er hatte einen schmalen Mund, der jetzt lächelte, und hellgrüne Augen. Sein Name war Bryce Huntoon. Er war Verteidiger in der Mannschaft von Harvard gewesen, als Cassidy in seinem letzten Jahr in Deerfield war. Er hatte versucht, seinen Laufstil dem Huntoons nachzubilden. Viel Rempeln mit dem ausgestreckten Arm. Cassidy hatte ihn in den letzten fünf Jahren nur ein paar wenige Male gesehen, aber von Zeit zu Zeit tauchte er in den Klatschkolumnen auf. Teilzeitweiberheld, Vollzeitspitzenanwalt an der Wall Street.

»Berufsrisiko, Bryce. Geschieht einem recht, wenn man dauernd mit einem Football rumrennt. Schön, daß du kommen konntest. Was zum Teufel ist das für ein Aufzug?«

»Ach, das«, sagte Huntoon kopfschüttelnd. »Ich trage das nicht gerne. Da fühle ich mich, als kämpfe ich diesen Krieg, oder würde so auszusehen versuchen wie einer, der's tut, und ich tu's ja nicht.« Er war ein eitler Fatzke, aber kein schlechter Kerl. Die Zigarettenspitze war allerdings ein bißchen viel. »Vortäuschung falscher Tatsachen. Aber solange bin ich erst mal Soldat. Jedenfalls offiziell. Die bestehen darauf, daß ich dieses Affenkostüm trage –«

»Haben sie dich auch bewaffnet?«

»Machst du Witze? Nein, keine Waffen. Auch keine Grundausbildung, Gott sei Dank. Ich bin bei der Armee, aber im wesentlichen sitze ich an einem Schreibtisch und tue das, was ich am besten kann. Ich jongliere mit Papieren. Was ich immer schon gemacht habe. Verträge für Kriegsmaterialien. Momentan arbeite ich mit Mr. Bauman. Altmetall, Frachttransporte . . . Jeder muß sich dieser Tage für irgendwas einsetzen.«

Sie gingen nach hinten in Richtung der Musik. Das Wohnzimmer war überfüllt und verraucht. Charlie Drew spielte »Don't Sit Under the Appletree«.

»Was ist dein Rang, Bryce?«

»Colonel. Frag mich nicht, warum –«

»Machst du mit der Uniform Eindruck bei den Damen?« Terry stellte die Frage. Er lächelte und begutachtete mit Befriedigung die Party.

»Terry, alter Knabe, ich mache immer Eindruck bei den Damen, war dir das nicht bekannt?«

»Nun, dann viel Glück heut abend«, sagte Terry. Er trennte sich von ihnen, um Max Bauman, Bennie die Bestie und Cindy Squires zu begrüßen. Ihre Mäntel waren naß vom Regen.

»Schau an, da ist ja Mr. Bauman gerade«, sagte Huntoon. »Wer ist denn das da bei ihm?«

»Der Gentleman, der den Mond verschwinden ließe, gäbe es hier einen Mond, ist bekannt unter dem Namen Bennie die Bestie –«

»Nein, nein, das Mädchen. Die Schnecke, wie Terry zu sagen pflegte.«

Cassidy sah nach hinten. Sie orientierte sich gerade, sah sich im Raum um. Sie wirkte ein wenig unsicher, so wie damals an der Tür von Cassidys Krankenzimmer.

»Cindy Squires. Sie arbeitet in Max' Club.«

»Und? Red weiter.«

»Sängerin«, fügte Cassidy hinzu.

»Nun, Glück steh mir bei.«

Cassidy verfolgte, wie er sich seinen Weg durch den tiefer gelegenen Wohnraum bahnte. Der Mann hatte einen verteufelt guten Schneider.

Cassidy war langsam an einigen Pärchen vorbeigetrudelt, die langsam in der Nähe des Pianos tanzten, und machte sich gerade einen weiteren Drink, als er merkte, daß Harry Madrid sich neben ihm an der Bar niederließ. Sein graues Haar war mit Pomade geglättet, und der blaue Anzug spannte über den breiten, fleischigen Schultern. Er grinste fies und sprach aus dem Mundwinkel, wie ein Mann, der eine schmutzige Geschichte erzählt. »Schnieke«, sagte er, in Richtung des Raums blikkend. »Kann nicht sagen, daß der alte Terry nicht zu leben versteht.« Er zog eine Zigarre aus der Brusttasche. »Terry gab mir die, eine von Max. Babe Ruth hätte einen Home-run mit einem dieser Dinger schlagen können. Gib mir doch bitte mal Feuer, Cassidy.«

»Gib dir selbst Feuer, Plattfuß. Mir scheint's, als hörte ich dieser Tage nicht allzuviel von euch, Harry. Erst führt ihr mir diese Hund-und-Pferd-Show vor, und dann ist auf einmal Funkstille, nicht nett, Harry.«

»Was ist denn auf einmal mit dir los. Bist du auf einmal ein harter Bursche? Ein harter Bursche mit Krückstock?« Er runzelte die Stirn und riß ein Streichholz an.

»Ich war schon immer ein harter Bursche. Nimm dich in acht, sonst steck ich dir diesen Stock in die Nase.« Er nippte an Scotch und Soda und sah in Harrys kleine schwarze Augen. Es fiel schwer, zu glauben, daß sie Fenster zur Seele oder zu irgend etwas anderem waren. Sie waren wie Spiegel, in denen man alle seine eigenen schlechten Eigenschaften sah.

»Entspanne dich, Lew, wir sind doch hier alle Freunde. Es ist eine Party.«

»Ich bin ein bißchen gereizt, Harry. Es macht mich immer ein bißchen gereizt, wenn ich meinen besten Freund verpfeifen soll. Und so, wie es mir momentan vorkommt, ist es ganz und allein dein Fehler.«

»Bis jetzt hast du noch niemanden verpfiffen, Lew. Entspanne dich. Hölle, vielleicht vergißt du die ganze Sache einfach, läßt Terry zusammen mit Max ins Loch wandern . . . Harry Madrid ist das einerlei.« Das Streichholz verbrannte seine Finger, und er ließ es fallen. Es schwelte auf dem hellen Teppich.

»Heb es auf, Harry.«

»Also komm, jetzt hör mal –«

»Heb das verfluchte Streichholz auf, Harry.« Beiläufig setzte er die Spitze seines Stocks auf Harry Madrids Schuh und drückte ein wenig.

»Du führst dich auf wie ein Arsch, Lew –«

»Das Streichholz . . .« Er verstärkte den Druck ein wenig.

Harry Madrids Gesicht rötete sich, als er sich bückte und das Streichholz aus dem Teppich pulte. Es zerbrach und schwärzte seine Fingerspitzen. Er keuchte und ließ das Streichholz in den Aschenbecher auf der Bar fallen.

»Mach keine solchen Sachen, Lew, du könntest es schwer bereuen.« Er riß ein weiteres Streichholz an und bekam die Zigarre in Gang.

»Sicher, sicher, ich werde mich vorsehen, Harry. Terry hat kein Wort über Max, Tankstellen oder Benzinmarken gesagt. Was kann ich schon tun? Ich kann ihn ja schlecht –«

Harry Madrid unterbrach. »Du hast Terry doch nichts wissen lassen?«

»Machst du Witze? Sag ich Terry, was Dewey und Luciano und du im Schilde führen, holt er seine Knarre und benutzt euch als Zielscheiben.«

»Das meine ich.« Er nickte heftig. »Er ist ein verflucht empfindlicher Hurensohn.«

»Empfindlich? Du willst ihn ins Zuchthaus bringen, und da paßt es dir nicht, wenn er darin empfindlich ist? Du verlangst zuviel, Plattfuß. Aber, nein, ich habe ihm nichts gesagt. Du wirst's erfahren, wenn ich es tu.«

»Wir müßten ihn töten. Und du wärst verantwortlich, stolzer Ritter. Sobald er auch nur das geringste Anzeichen von sich gibt, daß er etwas über Toms und Luckys Pläne weiß . . .« Er hob die Augenbrauen, ein Paradigma durch schmerzliche Erfahrungen entwickeltes Mißtrauen. »Dann ist er toter als das Lindbergh-Baby, verstehst du mich? Schweigen ist Gold.«

»Und so schön formuliert«, sagte Cassidy.

Harry Madrid zuckte mit den Achseln und warf einen angestrengten Blick in den Raum. Er schwitzte. »Wir haben andere Quellen. Du bist nicht der einzige. Das ist was ganz Großes, Lew. Du bist nur ein verpißt mickriger Teil des Ganzen . . . Wir kriegen Max –«

»Du rauchst Max' Zigarren, trinkst Terrys Schnaps. Was für ein Kerl bist du?«

»Ein durstiger Kerl, der etwas Gutes zum Rauchen schätzt. Was für ein Kerl bist du, Cassidy?«

»Immer noch hart«, sagte Cassidy. »Hab ich deinem Fuß weh getan, Harry?«

»Ja, du Dreckskerl.«

»Gut. Das ist gut. Das war der Sinn des Ganzen.«

»Du machst da einen Fehler, Lew. Ich bin die einzige Chance für deinen Kumpel. Wenn wir Max festnageln, nun, dann vielleicht –« er zuckte mit den Schultern. Alles war möglich, vielleicht sogar Terrys Hals zu retten.

»Dann ist er arm dran, würde ich sagen.«

»Das mag wohl sein. Eine kleine Chance ist besser als gar keine.«

»Ich hoffe, daß sie das ist«, sagte Cassidy, »um deinetwillen.«

»Ich komm schon zurecht, mach dir keine Sorgen um Harry Madrid. Und Terry – der bleibt im dunkeln. Was er nicht weiß –«

»Laß mich diesmal nicht solange warten, Harry. Laß mich wissen, was vor sich geht.« Er lächelte Madrid an, der kurzzeitig verwirrt dreinblickte. »Entspann dich, Harry. Wir stecken da zusammen drin. Du und ich und Lucky und Tom Dewey. Ich war grad eben nur ein bißchen überempfindlich. Hey, zeig doch mal ein Lächeln, schließlich ist's ja eine Party, nein?«

»Du übernimmst dich gewaltig, Lew.« Er begann sich wegzubewegen.

»Amüsier dich«, sagte Cassidy. Er würde sein Temperament im Zaum halten müssen. Es lag da in seiner Höhle immer auf der Lauer und rasselte gelegentlich an den Ketten, mußte sich austoben. Der Football hatte geholfen. Aber es würde keinen Football mehr geben. Er sah zu, wie Harry sich zu den anderen gesellte, durch die Menge bewegte.

Er machte nicht den Eindruck, als gehöre er dazu. Er wirkte wie ein Mann von einem privaten Sicherheitsdienst, angeheuert für den Abend. *Wir haben andere Quellen. Du bist nicht der einzige.* Wovon zum Teufel redete er? Jemand anders, der Max nahestand? Max stand niemandem nahe. Vielleicht bluffte Harry nur.

Marquardt Cookson mußte immer Mittelpunkt sein. Was bei seiner Größe und der hohen Stimme und dem immerwährenden Glanz seiner riesigen, schwitzenden hohen Stirn ohnehin unausweichlich war. An diesem Abend betrat er die Szenerie in einem purpurumrandeten Operncape, in der Hand ein großes rechteckiges Paket, ungefähr zehn Zentimeter dick. Sein kleiner Freund trug den übergroßen, regennassen Schirm und eine Magnum Dom Perignon 1927. Er bahnte sich durch die Menge, griff sich Terry mit einer großen, feuchten Umarmung, dann schuf er sich Platz auf der großen, cremefarbenen Couch. Er streckte die Hand nach dem Taschentuch aus und tupfte die Stirn. Dann sah er hinunter auf seine kunstledernen Tanzschuhe. Es war ihm unmöglich, an sie heranzureichen. Er deutete auf sie, gab dem hübschen Jungen das Taschentuch, und er ging auf die Knie und wischte feinsäuberlich die Regentropfen von dem glänzenden Lack. Terry stellte einen silbernen Eiskübel auf den Cafétisch und drehte die Sektflasche, schraubte sie förmlich in das kleingehackte Eis. Cassidy trat näher und sah ihm zu. Harry Madrid stand am Rand des Menschenkreises und warf bitterböse Blicke auf die sich anbahnende Szene.

Cookson nahm die Champagnerflasche aus dem Eimer und preßte mit den Daumen geschwind den Korken hoch. Er schoß heraus und prallte gegen einen langen, chromgerahmten Spiegel. Feierlich füllte Cookson mehrere Gläser und reichte sie herum. Er bedeutete einer Person, näher zu kommen, hielt ihr ein Glas hin. Harry Madrid nahm es ungerührt. Bei dem Louis-Kampf hatte Cassidy nicht den Eindruck gehabt, daß sie einander kannten, aber jetzt taten sie es. Harry Madrid schien herumzukommen.

Cookson hob sein Glas. »Auf mich! Und meine größte Errungenschaft!« Er klopfte auf das Paket. Alle tranken. Die Gruppe formte eine kleine Insel im Mittelpunkt der Party, die das Interesse an ihnen verloren hatte und munter ihren eigenen Lauf nahm.

»Was ist das, Markie?« fragte Terry.

»Ein Exemplar des *Necronomicon*!«

Harry Madrid lachte. »Wie er schon sagte, was ist das?«

Marquardt Cookson erklärte, die fleischigen Hände zärtlich um den neuen Besitz gelegt. Er lebte gänzlich in seiner eigenen Welt, einer

Welt, in der es keinen Krieg, kein Bataan, keinen gewöhnlichen Alltag gab. In dieser Welt gab es nur Marquardt Cookson, zeitlos, ewig und von gigantischem Ausmaß.

Charley Drew spielte sehr laut direkt hinter ihnen »Tonight We Love«, eine Komposition von Freddy Martin, die dieser wiederum von Tschaikowsky abgekupfert hatte, aber Cassidy schloß aus dem wenigen, das er mitbekam, daß das *Necronomicon* irgendeine Art altertümliches Buch der Toten war, voller Zaubersprüche, die bei korrektem Aufsagen dazu in der Lage waren, die Toten herbeizurufen und mit ihnen alle furchterregenden Mächte aus dem dunklen Jenseits. Cookson plapperte weiter, und der Champagner floß, wie es Champagner eben tut, und allmählich bekam Cassidy Kopfschmerzen. Er wollte sich gerade von dem exzentrischen Treiben davonmachen, als er eine Hand auf seinem Arm spürte. Es war wieder Harry Madrid.

»Florida«, sagte er.

»Was?«

»Florida. Da sollen so ein paar Burschen aus Florida hier hoch kommen. Halt die Ohren auf, laß es mich wissen, wenn du was hörst. Könnten Johnny Roccos Jungs sein.« Harry Madrid stierte wieder mit düsterer Miene auf Cookson. »Der Fette fliegt höher als ein Schmetterling. Solche Burschen machen mir angst. Ich sehe in meine Kristallkugel, und da ist nichts. Keine Zukunft. Sylvester Bean war genauso. Hatte seit zwanzig Jahren von geborgter Zeit gelebt, wenn du mich fragst.« Er blinzelte Cassidy an. Er sah müde aus, älter, als er war. Er grub einen Finger in sein haariges Ohr. »Nimmst du Drogen, Lew?«

»Nein.«

»Braver Junge.« Er beugte sich ganz nah an ihn, nahm die Zigarre aus dem Mund. »Kein böses Blut, Lew?«

»Kein böses Blut, Harry.«

»Ein Mann muß tun, was ein Mann tun muß«, sagte Harry Madrid. »Florida? Laß es mich wissen, wenn du was läuten hörst.«

Charley Drew war zu »Cabin in the Sky« übergegangen, einem Vernon-Duke-Song. Terry hatte Cassidy einmal erzählt, Vernon Dukes wirklicher Name wäre Vladimir Dukelsky. Er wußte eigenartige Sachen wie diese. Konnte sie nicht vergessen. Er sagte, es sei ein Fluch.

Hinter ihm sprach eine Frau. »Finden Sie diesen Mann nicht auch – wie soll ich sagen? Unheimlich? Furchteinflößend?«

Er sah zu ihr. Ein Katzengesicht mit einer Oberlippe, die sich beim Sprechen kaum bewegte. Ihr Haar war wie weißes Gold. Sie strich es mit einem langen Fingernagel, der bräunlich-rot wie getrocknetes Blut lackiert war, aus dem Auge. Sie trug ein tiefausgeschnittenes schwarzes Cocktailkleid. Ihr Busen war winzig. Ihre Schultern mit den fadendünnen Trägern waren zart, zerbrechlich, feinknochig. Ihre Augen hatten diesen weitentfernten Blick, glänzten, als wären sie voller Tränen. Sie hatten die Form von Mandeln, wie die einer Katze.

»Harry?« sagte er. »Ja, doch wohl. Furchteinflößend auf jeden Fall. Bißchen zu hart, um unheimlich zu sein. Harte Männer sind furchteinflößend. Ich wußte nicht, daß Sie ihn kannten.«

»Max kennt jeden«, sagte Cindy Squires. »Aber ich meinte nicht Harry Madrid. Den da« – sie neigte den Kopf – »den Dicken. Mit seinem Freund. Schauen Sie doch mal in seine Augen. Er ertrinkt in Drogen, bringt sich selbst um –«

»Ach, Markie«, lächelte Cassidy. »Er ist auf Dauer ein wenig anstrengend, aber er hat seine guten Seiten.«

»Wirklich? Irgendwie bezweifle ich das. Ich wünschte, Max würde ihn nicht so gut kennen.«

»Die zwei geben allerdings ein seltsames Paar ab. Max kennt ihn vermutlich nur ganz beiläufig.«

»Ach, denken Sie?« Sie zuckte mit den Schultern. »Max kennt jeden«, sagte sie wieder. »Das werden sie noch auf seinen Grabstein schreiben. ›Hier liegt Max Bauman. Er kannte jeden, aber er hatte keinen Freund.‹ Und irgendeiner, den er kennt, der wird auch sein Tod sein.«

»Ich würde doch sagen, daß Max ziemlich auf der Hut ist«, sagte Cassidy. Er gab ihr Feuer, sah, wie die Zigarette in ihren Fingern zitterte, ihr Lippenstift hinterließ einen Schmierfleck auf dem Papier.

»Nicht vorsichtig genug. Eines Tages, wenn er's am wenigsten erwartet ...« Sie formte eine Pistole aus Zeigefinger und Daumen. »Peng, peng«, sagte sie und feuerte. »Das wär's dann für Max ...«

Er folgte ihren Augen und sah Bauman in seinem Frack neben dem Kamin stehen und mit Terry reden. Sie wirkten ernst. Ob sie davon sprachen, daß Rocco von Florida hoch kam? Rocco hatte ein Lokal auf Key Largo, ein Kanonenboot oder zwei, handelte mit Mädchen und Geld und Drogen von Havanna aus. Jeder wußte, wer Rocco war, einer der alten Gangstergarde aus Chicago. Man hatte in den Zeitungen davon lesen können, wie er mit seinen Kanonenbooten vor der Küste von Florida Jagd auf deutsche U-Boote gemacht hatte. Irgend jemand hatte vorgeschlagen, ihm einen Orden zu geben. Kam Rocco aus Key Largo, um Max zu sehen? Beteiligte Max ihn an den Tankstellen und Benzinmarken?

Als er sich wieder zu Cindy Squires wandte, war ein Auge übergelaufen, und eine große, einzelne Träne hing an einer Wimper, kurz davor, den Kampf gegen die Schwerkraft zu verlieren. Sie streckte die Unterlippe vor wie ein kleines Mädchen, das Streit sucht.

»Sind Sie in Ordnung?«

»Natürlich. Ich weine immer auf Partys.«

»Hören Sie, ich weiß nicht, ob Sie's ernst meinen oder sich über mich lustig machen oder was. Sie müssen schon ein bißchen langsamer tun, wenn Sie wollen, daß ich Ihnen folgen kann.«

»Wer sagt denn, ich will, daß Sie mir folgen oder sonst was? Warum gehen Sie nicht und gießen Ihrem fetten Freund etwas Champagner nach, spielen den guten Gastgeber, legen ihm etwas Kokain auf . . . Ah, verflucht!« Tränen strömten über ihr Gesicht. Er nahm sacht ihren Arm. »Nein, nein. Sie dürfen mich nicht anfassen. Er wird es sehen . . . ich werd schon wieder.« Er zog seine Hand zurück, sah ihr hilflos zu. »Schauen Sie« – sie unterdrückte ein Schluchzen – »kann man sich auf Sie wirklich verlassen? Wie Terry sagt? Oder rennen Sie mit allem, was Sie hören, zu Max?«

»Das fragen Sie mich dauernd.«

»Seien Sie nicht albern. Ich kenne Max, das ist alles.«

»Er ist der arme Bursche, dem die Bulldogs gehören, daher tut er mir leid. Kommen Sie, das ist doch Grund zum Lächeln.«

Sie schniefte, lächelte. »Es ist nicht gerade eine tolle Mannschaft«, gab sie zu und wischte mit einem Knöchel ihr nasses Auge. »Ich muß mit jemandem reden, dem ich trauen kann . . . Ich habe Angst. Oh, verflucht, ich kann nicht mit Weinen aufhören. Er wird mich sehen – wo ist das Bad?«

Er ging vor, den Gang hinunter, vorbei an dem Film im großen Schlafzimmer, in sein eigenes Zimmer. Der Regen klatschte gegen die Fenster, und es war dunkel im Raum, bis auf das Leuchten der Straßenlaternen. Das Bett war über und über bedeckt mit Mänteln. Er deutete auf die Badezimmertür. Sie ging los durch den Raum, doch dann drehte sie sich zurück, rückhaltlos schluchzend, und lehnte sich an ihn, ihren Kopf an seiner gekochten und gestärkten Hemdbrust. Er fühlte, wie sie zitterte und legte die Arme um sie. Sie machte sich klein, er roch ihr Haar und küßte es. Es schmeckte blond.

»Cassidy«, flüsterte sie einige Augenblicke später. Sie hatten sich nicht von der Stelle gerührt. Er fühlte sich wie betäubt, eine Frau im Arm und das Gefühl ihres Körpers und ihrer Wärme. Ihr Weinen hatte aufgehört. »Tut mir leid. Das alles ist irgendwie so traurig – ich kenne Sie nicht einmal, und trotzdem sind Sie es, zu dem ich komme, wenn ich verängstigt bin . . .«

»Wovor haben Sie Angst?«

»Ich kann jetzt nicht darüber sprechen. Er wird sich schon fragen, wo ich abgeblieben bin, ich muß wieder zurück.« Sie stand an der Badezimmertür. »Können wir uns irgendwo treffen? Ich muß mit irgend jemandem reden, mit Ihnen, schätze ich. Ich brauche Hilfe.« Sie kehrte um und nahm seine Hand. »Bitte . . .«

»Sicher, wir können reden. Und was die Hilfe angeht, da ist immer noch Terry –«

»Nein«, stieß sie hervor. »Nicht Terry. Jeder außer Terry. Sie dürfen Terry um keinen Preis etwas davon erzählen. Versprechen Sie es –«

»In Ordnung. Kein Terry.«

Sie drückte seine Hand. Er ließ nicht los, zog sie an sich, küßte sie. Er fühlte ihren warmen Atem in seinem Mund, ihre feuchte Zunge, die Membran hinter der Zunge. Sie erzitterte an seinem Körper, und schließlich ließ er sie los. Sie wandte sich schnell ab, zog sich ins Bad zurück. Er wartete, bis sie wiederkam.

Als sie aus dem abgedunkelten Raum in den Gang traten, standen sie im Schatten einer riesenhaften Gestalt, größer und breiter als Cassidy.

»Ah, da sind Sie ja, Miss Squires.« Es war Bennie. Hinter den Brillengläsern wirkte er besorgt, beinahe verletzt. Sein Frack saß perfekt. Auch ein Werk von Max' Schneider. Er trug seine gewohnte getupfte Fliege. Seine Augen wanderten von ihr zu Cassidy. Seine riesige Nase zuckte, als rieche er eine Ratte. »Lew«, sagte er.

»Was ist, Bennie?« sagte sie.

»Mister Bauman sucht Sie. Ich konnte Sie nicht finden.« Er war etwas außer Atem. Es war sein Job, Leute für Mr. Bauman zu finden, und es plagte ihn, wenn er es nicht konnte.

»Mr. Cassidy zeigte mir das Bad, Bennie. Ich fühlte mich nicht so besonders. Jetzt geht es mir wieder gut.«

»Ich habe nur gewartet, um sicherzugehen, daß es ihr gut geht.« Cassidy erklärte sich Bennie, denn niemand zog sich gerne den Unwillen von Bennie oder Max zu. Er lächelte Bennie an.

»Gehen wir und suchen Max«, sagte sie.

»Gute Idee«, sagte Cassidy.

Cindy Squires bewegte sich weg, zurück zur Party. Bennie sah Cassidy an. Er runzelte die Stirn. Er nahm die Brille ab und begann sie mit seinem gefalteten Taschentuch zu polieren.

»Amüsierst du dich gut, Bennie?«

»Lew«, sagte Bennie, besah sich die Gläser und justierte die Brille wieder hinter den riesigen Ohren, »du hast Lippenstift auf dem

Mund.« Er reichte Lew ein vollendet weißes Taschentuch. Bennie schüttelte bedächtig den Kopf. »Sei bloß vorsichtig, Lew. Sei bloß vorsichtig. Verstehst du, was ich meine?«

»Es ist mir immer ein Vergnügen, von dir bedroht zu werden, Bennie.«

»Ich würde dir niemals drohen, Lew. Wir sind Freunde. Ich dachte nur laut, sozusagen.« Er sah betrübt aus, beinahe trauernd. Es lag im wesentlichen an den Augenbrauen. »Es gibt schon so viel Kummer in der Welt, warum also selbst noch dazu beitragen.«

»Ich verstehe dein Argument.«

»Sei vorsichtig, Lew.« Bennie wandte sich ab. »Ich gehe mal besser und sehe zu, daß Miss Squires nicht noch einmal verloren geht. Frauen, Lew, trau ihnen nie.«

Cassidy ging zurück in sein Schlafzimmer, stand an der Stelle, wo Cindy Squires sich an ihn gedrückt hatte. Er rief sich den Duft ihres Haares ins Gedächtnis, die schwache Erinnerung an einen Veilchenduft. An ihrem Hals waren Saphire und Diamanten gewesen, und auch an ihren Ohrringen waren Saphire gewesen, passend zu ihren Augen, beinahe leuchtend blau.

Als er zur Party zurückkehrte, stand Bennie mit einem vollen Teller da. Er aß und beobachtete Max Bauman, der mit Marquardt Cookson sprach. Cindy stand still an der Seite von Max.

»Amüsierst du dich gut, Bennie?«

»Sehr gut, Lew. Eine in jeder Hinsicht angenehme Zusammenkunft.«

Bauman und Cindy Squires traten zu ihnen. Bennie sah von Max auf Cindy. »Mr. Bauman fragte sich vorher, ob Sie vielleicht ein oder zwei Lieder mit Mr. Drew singen würden . . . würden Sie das tun, Miss Squires?«

Max blickte Bennie liebevoll an, wie ein Mann, der stolz auf sein wohlabgerichtetes Haustier ist.

»Oh, herrje, Max, ich weiß nicht –«

»Ich würde es zu schätzen wissen, Darling«, sagte Max Bauman. »Charley sagte, er würde liebend gern für dich spielen.«

»In Ordnung«, seufzte sie. Ihre Augen trafen Cassidys, und das Licht hinter den Saphiren wurde schwächer, als ginge ihr langsam der Strom aus, verebbte langsam ihre Widerstandskraft.

Sie ging zum Klavier, wo Charley Drew auf sie wartete. Terry stand mißmutig am anderen Ende des Raums, bei den Fenstern. Er sah zu, wie der Regen über die Terrasse peitschte. Bennie stand neben Cassidy, der beobachtete, wie Bauman erneut in ein eigenartiges Dreiecksgespräch mit Marquardt Cookson und Harry Madrid gezogen wurde. Bennie stierte geradeaus, als er sprach. »Mr. Bauman hat das Mädchen sehr gerne. Man könnte sagen, er hat großes persönliches Interesse an ihr. Verstehst du, was ich meine, Lew?«

»Hey Bennie, was denkst du denn, mit wem du redest? Ich bin's, Lew. Ich war auf dem College. Ich bin kein Vollidiot. Ich habe Augen, ich sehe, was vorgeht.«

»Freut mich, das zu hören. Sie wohnt jetzt auch draußen im Haus, weißt du. So steht es. Ich wußte, du würdest mich nicht enttäuschen. Mr. Bauman hat nämlich auch an dir großes persönliches Interesse.«

Cookson hatte begonnen, irgendeinen ominös klingenden Singsang vorzutragen. Max Bauman schüttelte den Kopf. Harry Madrid betrachtete das Ganze, als wäre es Fütterungszeit im Zoo. Ein beiger Umschlag rutschte langsam aus Cooksons Tasche, und sein kleiner Freund schob ihn wieder hinein.

Die Finger von Charley Drew streichelten die Tasten, und Cindy Squires sang »Fools Rush In«, ihre blauen Augen irgendwo verankert, wo sie ganz allein und ungestört war. Die Emotionen, die ihre Stimme nur ganz sachte andeutete, waren irgendwie greifbar. Reichten durch den Raum hindurch zu Cassidy, sprangen ihn an. Sie sang »The Nearness of You«.

»It's not the pail moon that exites me
That thrills and delights me
Oh no, it's just the nearness of you.

Sie war so zart, so zerbrechlich, aber ihre Hüften waren breit und weiblich und stark, die stämmigen Beine weit auseinander hingestellt, als sie sang. Sie bewegte beim Singen kaum einen Muskel. Keine Theatralik, kein Fuchteln mit den Armen, kein Flattern mit den Händen. Es war alles in der Stimme. Sie hatte eigentlich keinen großen Stimmumfang. Sie war keine singende, swingende Nachtigall wie Martha Tilton. Aber ihre Interpretation des Songtextes war makellos. Cassidy fragte sich, woher sie stammte, wie sie das, was sie tat, gelernt hatte: die eigene Persönlichkeit in den Song einfließen zu lassen, um so aus dem Song und sich eine neue, dritte Sache zu formen. Sie sang »I'll Remember April«, und Cassidy konnte nicht mehr hinsehen.

Er begehrte sie.

Sie war die erste Frau, die er begehrt hatte, so ganz tief von innen, seit Karin, und als ihm das klar wurde, traf ihn gleichzeitig eine Wagenladung plötzlicher Schuld und Leid und Sehnsucht. Seit Karin weg war, hatte es niemanden gegeben. Oh, ja, ein paar schnelle Nummern unterwegs, aber nichts Ernstes. Jetzt brauchte er jemanden, den er an sich drücken konnte, wollte seinerseits gehalten werden, und es konnte nicht Karin sein, und er wollte, es wäre Cindy Squires ...

Er stand knapp innerhalb der Tür des abgedunkelten Raumes. Sieben oder acht Leute waren auf Terrys Bett ausgestreckt oder saßen am Boden, während der Lichtstrahl des Projektors die Schwaden von Zigarettenrauch durchbohrte. Er nippte Scotch mit Wasser und hielt das kalte Glas gegen seine Stirn. Der Regen trommelte gegen das Fenster. Robert Montgomery war gefangen in einer wundervollen Fantasie von Tod, Liebe und der Macht der Erinnerung. Er war unvorhergesehen gestorben, ein himmlischer Irrtum, und man hatte ihm gestattet, als jemand anderes auf die Welt zurückzukehren, und er traf das Mädchen, das er einst in seinem früheren Leben geliebt hatte. Sie war eine Fremde, aber doch, da war irgendein Funke ... als habe er sie gekannt, oder jemanden, der ihr sehr ähnelte, früher einmal ...

Er stand im Dunkeln und versuchte, Cindy Squires Gesicht und ihre Stimme und ihren Duft aus seinem Kopf zu vertreiben. Es gelang ihm nicht. Sie war unerreichbar. Sie war Max Baumans Mädchen. Das machte sie gefährlicher als Axis Sally und Tokyo Rose zusammen. Und auf wie viele Arten konnte man einen Mann verraten? Man konnte ihn der Willkür Harry Madrids preisgeben, ihn ausspionieren, ihn verpfeifen ... und man konnte ihn mit seiner Freundin betrügen. Viele Männer hatten zweifellos beides getan.

Aber nicht gegenüber Max Bauman. Nicht Männer, die noch lebten, um davon erzählen zu können. Es war ein verflucht gefährliches Spiel, genau das war es.

Und Cindy Squires brachte wie ein Parfüm eine Der-Raum-knistert-vor-Spannung-Qualität mit sich. Es war etwas an ihr, das in ihm den Drang erweckte, die Rüstung anzulegen, das Streitroß zu erklimmen und zum Angriff zu blasen, eine Eigenschaft, wie bestimmte Filmmusik, etwas, das einen dazu brachte, sie zu begehren, obwohl er gleichzeitig wußte, daß manche Leute es nicht überleben würden und daß ihr Blut das Speigatt zum Überlaufen bringen würde. Vielleicht war es ihm einfach egal. Die ganze Welt troff vor Blut, warum sollte er immun dagegen sein? Er schloß die Augen, und da war sie, die Saphiraugen, die Art, wie sie die scharfen Nägel so nah an ihrem Auge vorbeistreichen ließ ...

Dann hörte er hinter sich, außer Sicht im Gang, zwei Männer reden.

»Sag mir also, Harry, was macht unserem Terry Kummer? Er ist gar nicht er selbst, ganz und gar nicht.« Es war Pater Paddy, der Onkel von Terry.

»Kann nicht sagen, daß ich weiß, wovon Sie reden, Padre.« Und das war Harry Madrid. Cassidy roch schwach den Kirschtabak. Er mußte die kleine Pfeife angesteckt haben.

»Er ist mächtig besorgt, unser Terry«, sagte Pater Paddy.

»Jemand hat ihn gerade erst mit Blei vollgepumpt«, gestand ihm Harry zu. »Kann einen schon nervlich zerrütten, denk ich mir, Sie etwa nicht?«

»Es ist nicht nur das. Er hat immer wieder gesagt, jemand hätte es auf ihn abgesehen, bevor ihm dieses Mißgeschick widerfuhr. Nun, ich dachte, damit wäre es vorrüber – Sie wissen schon, ich dachte, dieser Herrin wäre es gewesen, der es auf ihn abgesehen hatte, aber nein, er macht sich immer noch Sorgen. Nicht, daß er's die ganze Welt wissen läßt. Aber, tausend Höllenfeuer, ich bin sein alter Onkel Paddy. Vor mir kann er nicht viel verbergen ...«

»Aber er sagt niemals, wer, ist's das? Sie würden's mir sagen, Padre, oder? Sie würden es mich wissen lassen, wenn Terry überhaupt irgendwas sagt... Ein Mann fängt sich 'ne Kugel ein, manchmal kriegt er danach allerhand komische Gedanken, ich hab's schon erlebt.« Harry Madrid paffte, der Duft kam um die Ecke, stieg ins Schlafzimmer. »Ich könnte in der Lage sein, was dagegen zu tun. Sie wissen, was ich meine, Padre?«

»Jawohl, und Sie sind ein feiner Bursche, Harry Madrid.« Sie hatten sich allmählich weiter den Gang hinunter bewegt. »Ich werde Sie's wissen lassen, sollte er noch weitere Hinweise von sich geben. Ich schätze Ihre Anteilnahme, Harry. Ich werde eine Kerze für Sie anzünden.«

Harry lachte leise. »Aufrichtigen Dank.« Und dann waren sie verschwunden.

Als der Film zu Ende war, ging Cassidy zurück in den Wohnraum. Bryce Huntoon stand an der Bar und unterhielt sich mit Cindy Squires. Er war einer dieser Burschen, die andauernd zwischen New York und Washington hin und her pendelten. Sie schienen alle Antworten zu haben und stürzten sich darauf wie Bluthunde, die an einer mittelalterlichen Tafel Fleischbrocken aufschnappen. Tratsch war die gültige Währung dieser Tage, und jeder hatte irgendwo eine Quelle. Er fragte sich, ob Cindy Squires sich von Huntoon und seiner Uniform und seinen Verbindungen beeindrucken ließ. Er hoffte, nicht. Er war schon eifersüchtig, und dabei redete der arme Hund doch nur mit ihr. Aber er war auch ein Schürzenjäger . . .

Etwas später begann der große Aufbruch. Die Party war vorüber. Es war nach Mitternacht. Terry und Cassidy standen an der Tür und klopften den Leuten zum Abschied auf den Rücken. Terrys Gesicht war bleich und verkniffen. Lew nahm an, sein Rücken mache ihm vielleicht Ärger.

Paul Cassidy, die Drehbuchautoren, den Presseagenten und ein paar Mädchen im Schlepptau, hielt kurz an, um seinem Sohn mitzuteilen, daß er darauf hoffe, Filme für die Armee produzieren zu können. Es würde bedeuten, daß er nach Übersee reisen mußte. Vielleicht Nordafrika, wo Rommels Panzerkorps die Wüste beharkte, als gehöre sie ihnen. Er war ganz aufgeregt von der Aussicht.

Charley Drew spielte weiter spätnächtliche Melodien, und dann waren fast alle weg. Cassidy machte einen letzten Drink, lehnte mit dem Rücken zum Spiegel an der Bar, so daß er das ganze Zimmer überblikken konnte. Cindy Squires ging langsam im Raum umher und löschte den Großteil der Lampen, bis es friedlich und fast dunkel war. Das Klavier spielte leise weiter. Der Regen rann in Strömen von den Fenstern, von denen aus man die Park Avenue, die da unten im Nebel lag, übersah. Bennie die Bestie saß zurückgelehnt in einem tiefen Sessel, legte seine langen Beine überkreuz, zerrte an seiner Fliege, bis sie vor der Hemdbrust herunterbaumelte. Cassidy berührte beiläufig den Lippenstiftfleck auf seinem Hemd. Max Baumans Gesicht war in sich zusammengefallen. Wie er so in den Regen hinausstarrte, sah er auf einmal alt aus. Cindy Squires setzte sich auf den Boden, die Beine unter sich, lehnte ihren Kopf an die Couch und schloß die Augen. Ihre runden Schenkel spannten gegen ihr schwarzes Kleid, und ihr Bauch war ein ganz klein wenig gewölbt. Cassidy beobachtete sie und nippte an seinem Drink und versuchte sich darüber klarzuwerden, was er tun sollte, wie er es anstellen sollte. Da war einmal Rocco, der aus Florida hochkam, dann war da Max, der es mit Dewey und Luciano und Harry Madrid zu tun hatte, und dann war da Lew Cassidy, mit einer Ehefrau, zu der er nicht kommen konnte . . . unfähig, seine Augen von Cindy Squires abzuwenden . . . der Angst hatte und glauben wollte, daß er so vertrauenswürdig war, wie Terry sagte.

In dieser Reglosigkeit, begleitet vom schwachen Klimpern des Klaviers, Charley Drew tief über die Tasten gebeugt, eine eigene Welt erforschend, begann Max Bauman zu sprechen.

»Nun, es ist eine komische alte Welt, nein, Leute? Nette Party, Terry,

Lew. Sehr nett.« Er sah herum in ihre Gesichter und hob die Hände, massierte seine Schläfen. »Ich habe heute einen Anruf bekommen. Ich habe noch niemandem davon erzählt. Nicht einmal Bennie und Cindy hier. Von einem Marinefreund meines Sohns Irvie. Auch Offizier. Hatte eine Geschichte zu erzählen. Irvie ... großartiger Junge, mein Irvie, viel Mumm, du hast das gesagt, Lew, Mumm.«

Cassidy nickte, aber Max sah ihn nicht. Er sah niemanden an. Er saß auf der Couch, die Hände auf den Knien geballt.

Funkoffizier. Schiff bekam einen Torpedo in den Rumpf ... Irvie war mit einem Kameraden unten in der Funkkabine, als sie getroffen wurden ... höllisches Chaos, nach der Erzählung seines Freundes. Feuer. Das Schiff begann, auf die Seite zu kippen ... seht ihr, die Sache war, sie konnten nicht raus, Irvie und sein Freund, also begannen sie Poker zu spielen. Poker! Könnt ihr das glauben? Ungerührt vom Beschuß. Wißt ihr, woher das dieser andere Bursche wußte? Ich werd es euch sagen. Er war auf dem Zwischendeck, und sie konnten mit Irvie und seinem Kumpel da unten reden. Die ganze Zeit, die sie in der Funkkabine festsaßen, redeten sie mit den Jungs auf dem Zwischendeck. Mumm, Lewis ... Mumm! Es gab keinen Weg, sie rauszuholen, seht ihr, alle wußten es, sie würden es nicht schaffen ... das Schiff neigte sich weiter, Wasser trat ein, der Druck auf die Schotten nahm zu, die Luft wurde dünner, das Atmen schwerer ... und Irvie und sein Kumpel pokerten einfach weiter ... sie *wußten*, daß sie es nicht schaffen würden, aber sie fielen nicht in Panik, redeten weiter mit den Jungs oben ... dann war es Zeit, Lebewohl zu sagen ... Irvie sprach als letzter, er sagte, sagt meinem Vater, ich fürchte mich nicht, ich weiß was geschieht, wir müssen uns jetzt abmelden, sagt Dad, ich liebe ihn, sagt ihm, ich war mit zehn Mäusen vorne ... und dann wurde nicht mehr geredet. Zehn Mäuse vorne, ein großartiger Junge, mein Sohn Irvie ...«

Tränen stiegen aus den Falten in Max Baumans Gesicht, traten hervor, aber er gab keinen Laut von sich.

Charley Drew hatte die Geschichte nicht gehört. Er spielte ein hübsches Lied, sang leise vor sich hin. »I saw you last night ... and got that old feeling ...«

Cassidy stellte seinen Drink auf etwas, das er bei flüchtigem Hinsehen für ein Geschirrtuch gehalten hatte. Es war statt dessen ein beiger Umschlag. Der gleiche, den er in Markie Cooksons Tasche gesehen hatte. Er war dick, und es stand kein Name darauf. Cassidy hob ihn vom Tresen auf und öffnete die unverschlossene Litze. Alle saßen still im Halbdunkel und dachten an Irvie Bauman. Cassidy ließ aus dem

Umschlag zehn Eintausend-Dollar-Noten gleiten. Seine Kehle wurde trocken, und er nahm einen Schluck von seinem Drink. Er steckte das Geld wieder in den Umschlag und legte ihn wieder auf den Tresen, stellte sein Glas darauf. Cookson hatte ganz beiläufig zehn Riesen hinterlassen. Für Terry. Was eine verflucht eigenartige Art war, sich für eine ziemlich mittelmäßige Party zu bedanken.

Cindy Squires drehte langsam den Kopf, bis sie Cassidy ansah. Ihr Gesicht war ausdruckslos, aber ihre Augen ließen nicht ab, bis er den Blick erwiderte. Max Bauman faßte nach vorne und legte seine Hand um ihre zarte weiße Hand.

Lucky Luciano sagte, Max erledige die Schmutzarbeit der Nazis auf den Docks. Und die Nazis verwandelten Max' Familie in der Heimat zu Seife. Und eventuell kam noch Johnny Rocco nordwärts, um sich seinen Anteil an einem von Max' Kriegsgeschäften zu sichern. Jeder war hinter Max her, und Cassidy wollte seine Freundin, und Harry Madrid stand im Schatten wie das erbarmungslose Schicksal, und Terry hatte zehn frische Scheine von dem fetten Mann . . .

Aber in seinem Kopf sah Cassidy eine andere Schlagzeile.

GANGSTERSOHN STIRBT HELDENTOD

Kapitel 6

Ein paar Wochen später erschien Bennie die Bestie mit einer Einladung von Max Bauman. »Ich soll ausrichten, es tut ihm leid, euch an dem Abend seinen Privatkummer aufgebürdet zu haben«, verkündete Bennie gewissermaßen als Vorwort. »Ich soll euch ausrichten, daß es eine feine Party war, und er hofft, daß er euch die Stimmung nicht verdorben hat. Er würde euch gerne zum Abendessen unten an der Küste von Jersey einladen. Übermorgen.«

Terry nickte und sah zu Cassidy. »Sicher«, sagte er, »von mir aus gerne.«

»Wie trägt es Max?« fragte Terry.

»Schwere Zeit für ihn«, vertraute ihnen Bennie an. »Wird ihm gut tun, so ein kleiner Ausflug. Kriegt's nicht aus dem Kopf, was mit dem Jungen geschehen ist. Wacht nachts auf und ruft ihn. Denkt, er wäre auf dem Zwischendeck und kann nicht nach unten, den Jungen retten, und er hört immer den Jungen, wie er ihn um Hilfe anfleht . . . Offengestanden, mir wird's ganz bibbrig zumute, wenn ich ihn so schreien höre.« Er schüttelte den Kopf bei dem Gedanken. Cassidy tat es ihm gleich. Die Vorstellung, daß Bennie die Bestie bibberte, ließ einen doch kurz innehalten. »Er hat da was, das würde er euch gerne zeigen. Feuerwerk, so nennt er es. Aber ihr müßt nach Jersey kommen, um es in seiner ganzen Pracht zu sehen. Ich kann ihm also sagen, daß ihr beide kommt, ja?«

»Sonst noch jemand dabei?« Terry schnippelte das Ende einer großen Havanna ab.

Bennie zuckte mit den Achseln. »Kleine Gesellschaft. Das ist alles, was ich weiß –«

»Geht's Max wirklich schlecht?« fragte Cassidy.

»Schlimme Zeit für ihn, das ist alles. Es war auch schlimm, als '34 die alte Dame starb, aber damals hatte er zumindest noch Irvie und die Tochter, die ihm beistanden. Jetzt ist da keine Arlene, sie ist verheiratet und lebt in Phoenix, weil ihr Mann Asthma hat, und jetzt auf einmal kommt Irvie niemals wieder. Schlimme Zeit für Mr. Bauman.«

»Nun«, sagte Cassidy, »er hat Miss Squires. Das muß ihm zumindest etwas Trost sein.«

»Sag ihm, wir würden sein Feuerwerk um keinen Preis versäumen«, sagte Terry.

Als Bennie gegangen war, saß Cassidy lange Zeit in der zunehmenden Dunkelheit eines verschwommenen Nachmittags und dachte an das Haus, von dem aus man Oyster Bay übersehen konnte. Ein Haus, das Jay Gatz würdig gewesen wäre. Und er dachte an Max Bauman. Wie er mitten in der Nacht aufwachte und nach seinem toten Sohn rief. Wie Bennies Füße in den Hausschlappen hallten und durch den Gang schlappten, als er an die Seite seines Meisters eilte. Vielleicht saßen sie zusammen in Max' Bibliothek, umgeben von Büchern, die meterweise gekauft und nie gelesen worden waren, nippten Scotch, warteten auf das erste Licht des neuen Tages. Er fragte sich, wie Cindy Squires ins Bild paßte. Und er fragte sich, warum sie ihn nicht angerufen hatte, warum sie nicht zu ihm gekommen war. Was doch ihr Wunsch gewesen war . . .

Aber am nächsten Tag hatte sich Max eine Brustfellentzündung zugezogen und war bettlägerig. Er war draußen gewesen, auf Küstenpatrouille, mit einer Flinte in Kälte und Regen. In ganz Long Island hatte die Bürgerschaft Abteilungen gebildet, die nachts Wache schoben und Ausschau hielten nach deutschen Saboteuren, die von U-Booten an Land gesetzt wurden. Es war kein Witz, ein paar waren gefangen worden, und keiner wußte, wie viele durchgekommen waren und sich in den Schluchten der Stadt verloren hatten. Max war seine Schicht mit großem Enthusiasmus angegangen, und zu viele hintereinanderfolgende Nächte des unfreundlichen Wetters hatten ihn niedergeworfen.

Bennie erschien mit der Nachricht, daß Max nicht kommen konnte, der Ausflug zum Feuerwerk aber dennoch stattfinden sollte. Es war immer noch klamm und feucht wie ein übler November, und Cindy Squires trug einen schweren Trenchcoat mit Gürtel und ein Barett, in dem sie wie eine wunderschöne französische Widerstandskämpferin aussah. Oder vielmehr, wie sich Paul Cassidy solch ein Geschöpf in seinen Filmen vorstellte. Als Partnerin von Errol Flynn, Brücken und Munitionslager in die Luft jagend.

Der große Chrysler trug einen Aufkleber mit einem großen E am Fenster, jetzt wo die Rationierung in vollem Gang war. Mit einem A bekam man nur eine Marke, die einen zu fünf Gallonen Benzin pro Woche berechtigte. Ein B war für Pendler. C war für Fahrzeuge, die zur Arbeit benötigt wurden, für Vertreter und ihresgleichen. Ein E war schwer zu bekommen. Man mußte immer noch Marken verwenden, konnte aber so viele bekommen, wie man wollte. Sie waren für Noteinsatzfahrzeuge. Reporter hatten sie, Abschleppfahrer, Cops, einflußreiche Politiker. Und, allem Anschein nach, Gangster.

Terry saß vorne bei Bennie; Cassidy hinten bei Cindy Squires. Bennie sah immer wieder in den Rückspiegel, nervös, so, als wolle er Cassidy nicht wirklich dabei ertappen, wie er sie küßte, müßte aber der Verantwortung gegenüber seinem Arbeitgeber Genüge tun. Er hätte sich keine Sorgen machen müssen. Cassidy und Cindy saßen in entgegengesetzten Ecken und starrten zum Fenster hinaus.

Als Terry das Radio einschaltete, schien sie sich von ihren Gedanken zu lösen und begann zu reden. Sie erzählte ihm, Max habe ihr gesagt, Karin sitze in Deutschland fest. Sie wollte alles darüber hören, und Cassidy erzählte es ihr. Sie fragte ihn, ob er ein Bild habe, und er fingerte ein Foto aus seiner Brieftasche. Sie sagte: »Sie ist wunderschön. Aber sie sieht traurig aus.«

»Sie hatte Zahnschmerzen an dem Tag. Sie ist sonst nicht so.«

»Du mußt einsam sein –«

»Sie fehlt mir, wenn du das meinst.«

»Ich schätze, das meine ich.«

»In dem Sinne, ja, ich bin einsam. Ich bin immer ein Einzelgänger gewesen, aber sie hat es geändert. Es ist gut zu lieben.«

»Es muß so sein«, sagte sie.

Sie redeten über den Krieg. Es stellte sich heraus, daß ihr Vater Engländer war, ihre Mutter Amerikanerin und daß sie beide noch in England waren. »Mein Vater ist im Foreign Office und Mummy pflegt den

Garten. Sie organisiert die Wohltätigkeitsbasare der Kirche und ist bei der Freiwilligen Feuerwacht. Sie hat sich fantastisch gehalten, als das Bombardement richtig schlimm war. '38 haben sie mich hierher geschickt, weil sich der Krieg anbahnte und sie uns das ersparen wollte. Meinem Bruder Tony und mir. Er ist vierzehn, und ich bin zweiundzwanzig. Tony geht auf eine Schule, die Deerfield heißt. Die Familie meiner Mutter stammt aus Boston. Eine Zeitlang sind wir bei ihnen geblieben. Was ist mit dir, Lew? Bevor du Football gespielt hast?«

»Davor war eigentlich nichts. Ich war auch in Deerfield.«

»Wirklich? Die Welt ist so klein! Aber du mußt irgendwo geboren sein –«

»Los Angeles. Mein Vater ist in der Filmbranche. Meine Mutter starb, bevor ich ins College kam. Wir haben auch in New York gelebt. Keine Geschwister. Football, Terry, Karin.« Er zuckte mit den Achseln. »Der Krieg.«

Sie waren jetzt in Jersey. Wenn man über den Hudson zurückblickte, war es ein regelrechter Schock zu sehen, wie dunkel die Stadt aussah, jetzt, wo die neuen Verdunkelungsgesetze in Kraft getreten waren. Die Lichter am Broadway waren bereits Vergangenheit. Sie waren im Krieg.

Auch sie blickte zurück über den Fluß.

»Ich war da«, sagte sie, mit dem Finger deutend, »in der Nacht, als die *Normandie* brannte.«

»Wirklich?« Vor seinem Auge sah er kurz noch einmal Luciano. In seinem Gedächtnis vermischten sich der Geruch des Desinfektionsmittels mit dem Duft des üppigen Lunches. »Warum das?«

Sie rückte vom Fenster weg, und er roch sie, sah ihr Profil in der Dunkelheit, vergaß das Gefängnis und Luciano. Dann sah er Bennies Augen im Spiegel flackern. Beobachtend.

»Max wollte es sehen, da sind wir zum Pier hinuntergefahren. Du weißt, wie jeder Max kennt, wir kamen also ganz nah ran ... Es war wie ein Blick in Dantes letzten Kreis. Der Rumpf war rotglühend ... *rot.* Und all diese Schläuche spritzten Wasser darauf, und das Wasser zischte nur und wurde zu Dampf. Das Feuer prasselte, es war laut, und so ein unglaubliches Zischgeräusch, wie eine Million Schlangen. Das Feuer war so hell in der Nacht. Und da waren all diese Scheinwerfer auf das Schiff gerichtet. Es war jenseits aller Vorstellungskraft. Diese schönen Regenbögen –«

»Mitten in der Nacht?«

»Das machte es ja so ... unirdisch. Die Scheinwerfer waren so hell, daß die Schläuche mit dem Wasser Regenbogen bildeten. Dann drehte sie sich einfach auf die Seite und sank.« Ihre Stimme verebbte.

Den Rest der Fahrt sprachen sie nicht viel. Es gab keinerlei Bezug zu ihrem vorherigen Gespräch. Er sah ihre blasse Hand auf dem Sitz zwischen ihnen. Er legte seine Hand darauf, schloß seine Finger um ihre. Sie unternahm keinen Versuch, sie wegzuziehen, sah nur weiter aus dem Fenster. Die Stille machte Bennie nervös. Er fuhr beinahe in den Graben, während er versuchte, den Rücksitz nicht aus dem Spiegel zu verlieren.

Auf dem Weg zu dem Gasthof war eine putzige kleine Polizeisperre. Ein Streifenwagen, in den sich zwei überalterte Beamte vor dem Wind verkrochen hatten, der vom Wasser her peitschte. Bennie hielt dem einen, der ausstieg und zu ihnen trat, ein Blatt Papier unter die Nase. Der Mann trug einen gelben Ölmantel. Sand prasselte durch das Fenster, das Bennie öffnete. Dann ging der Mann im Licht der Scheinwerfer nach vorne und rückte die Holzblöcke, die die einsame Straße sperrten, zur Seite.

»Alle diese Straßen sind jetzt gesperrt«, sagte Terry.

»Warum?« fragte sie.

»Deutsche Saboteure. Sie setzen sie mit U-Booten an der ganzen Küste an Land. Miami Beach, Cape Hatteras, bis ganz hoch nach Nova Scotia. Mein ganzes Mitleid für die, die auf diese zwei Größen hier stoßen.« Er lachte sarkastisch und nickte dem Burschen zu, der den Holzblock in der Hand hielt und sie durchwinkte.

Sie bogen von der Straße auf einen sandverwehten Pfad, der hoch zu einem hervorstehenden Kap führte, das über dem Strand hing wie der Bug eines verlassenen Segelschiffs. Der Wind blies kalt und salzig, und der Sand rasselte gegen die Seitenflächen. Über dem einstmals leuchtend hellen Eingang hing eine einzelne schwache, rote Glühbirne. Die Fenster waren mit Verdunklungsvorhängen bedeckt. Der Chrysler war der einzige Wagen auf dem Parkplatz.

Terry stieg aus, zog die Hutkrempe herunter gegen den Wind. Er hielt die Tür für Cindy Squires auf, und Cassidy rutschte mit seinem Stock herüber und stieg hinter ihr aus.

»Sicher hart, den Laden zu halten«, sagte Cassidy, als er die Leere begutachtete.

Terry sagte: »Er hat eine gut ausgewählte, loyale Klientel. Max, ein paar andere Geschäftsleute.« Er blinzelte Cassidy zu. Cindy war an ihnen vorbeigeschritten, hatte Bennies Arm ergriffen und stemmte sich gegen den Wind, ging in Richtung der Tür. Dort stand ein Mann. Er wischte sich die Hände an einer voluminösen weißen Schürze. »Sie benutzen den Laden für besondere Treffen. Wie einen Club, könnte man sagen.«

»Aber nicht wie die Elks und die Rotarier«, sagte Cassidy. Terrys Lachen wurde vom Wind davongeweht. Die Brandung pochte auf den Strand unter ihnen wie der langsame, stetige Herzschlag des Planeten. Unter ihren Füßen war ein konstantes Beben. Cassidy rechnete schon beinahe damit, jetzt aufzublicken und die Giants auf sich zustürzen zu sehen. Terry warf seinen Arm um Cassidys Schulter.

»Paß auf meinen Stock auf. Was machen wir überhaupt hier, Terry? Was für ein Feuerwerk?«

»Wir kriegen Sand in unsere Schuhe, das machen wir.« Er hustete, ein kleines, abgehacktes Geräusch, wie ein erstickter Schuß.

»Die Vorstellung beginnt später, essen wir erst mal.« Er hustete wieder. »Verfluchte Lunge.« Er zuckte zusammen. »Und der Rükken meldet sich auch.« Er faßte Cassidys Arm, und sie marschierten unverdrossen voran.

Zuerst war es ruhig, als wären sie zu einer Party am falschen Abend aufgetaucht.

Selbst die Jukebox, die »O sole mio« spielte, war leise. Sie ließ den Laden nur noch leerer erscheinen. Der fette Mann in der Schürze gab Bennie einen beidhändigen Händedruck, stellte sich Cassidy als Giuseppe vor. Sein italienischer Akzent war so stark, daß Cassidy ihm kaum verstand. Giuseppe watschelte herum und grüßte alle, dann führte er sie zu einem großen runden Tisch an einem Seitenfenster, das zum Meer hinauszeigte. Das Fenster war mit einem schweren schwarzen Vorhang bedeckt. Er sagte, sie seien die ersten, aber die anderen hätten angerufen und kämen später. Da waren wohl dreißig Tische, auf jedem ein rot-weiß-kariertes Tischtuch und eine Kerze in einer wachsbedeckten Chiantiflasche. Der Raum war die Lagerstatt für die Hälfte aller Kerzenwachsvorräte der Welt. Es war verflucht gespenstisch, nur sie vier an dem großen, für acht gedeckten Tisch, die ganzen flackernden Kerzen, ansonsten Finsternis, die Fenster verhüllt, wie eine leere Kirche, das Begräbnis eines ungeliebten Mannes.

Giuseppe bestand darauf, daß sie mit dem Essen begannen, ohne auf den Rest der Gesellschaft zu warten. Fritierte Calamari, Muscheln, Casinò, Fettucine in roter Soße, Kalbfleisch in Marsala, unaufhörlich kamen die Gerichte. Es war das gottverlassenste Dinner, das Cassidy je erlebt hatte, das ganze Essen, die vor sich hinschluchzende italienische Musik, die ganze schattenbefallene Leere, Giuseppe, der zur Küche hin und zurück trottete, bis ihm der Schweiß auf der Stirn stand. Und sie, die sie alle nicht viel zu sagen hatten.

Dann hörte Cassidy durch den Wind hindurch, der an den Fenstern heulte, einen weiteren Wagen kommen, schlagende Wagentüren, Männerstimmen. Bennie erhob sich geschwind. Sein Tweedjackett fiel auf, und man sah den Kolben seiner .45er Automatic über dem Schulterhalfter. Die Tür sprang auf, und vier Männer zwängten sich herein, Sand von den Mänteln bürstend. »Bennie! Bestie, alter Hundesohn!« Der größte der Männer trat durch den Raum und nahm Bennie in eine gewaltige Umarmung. Bennie sah irgendwie peinlich berührt aus, lächelte selbstgefällig, sagte: »Leonard, immer noch der alte.« Er trat zurück, und Leonard molk seine Hand, drehte sich zu den drei Männern um, die sich fächerförmig hinter ihm aufgestellt hatten. Ihre Hutkrempen warfen Schatten auf ihre Gesichter. »Bennie, du erinnerst dich doch sicher an Artie und Marvin und Chicago-Willie –«

»Sicher, sicher«, sagte Bennie. »Wie geht's euch denn so, Jungs? Ihr hattet eine lange Fahrt. Ihr seid sicher hungrig.« Er wirkte wie ein Lehrer, der sich an einen Haufen Gestrauchelter wendet. »Legt die Mäntel ab, macht's euch bequem.« Der kleinste Mann, Marvin, stellte ein großes Diplomatenköfferchen auf einen Tisch und glitt aus seinem Trenchcoat. Er trug einen taillierten braunen Anzug.

»Havanna hab ich dich das letzte Mal gesehen, Bestie«, sagte Chicago-Willie, seine Stimme ein heiseres Flüstern, als habe er nicht mehr die ganze Kehle. »Bist immer noch verdammt groß, Bestie.«

Sie lachten alle, und Artie sagte: »Immer noch verdammt groß«, sein Gesicht eine unbewegte, dünne, hohlwangige Maske.

Leonard strahlte. »Der Mann is' nicht geschaffen, der Bestie in einem fairen Kampf alle machen kann.«

Marvin sagte: »Das letzte Mal hab ich einen fairen Kampf gesehen in Pocatello, Idaho, 1919.«

»Pocatello, Idaho, 1919«, sagte Artie.

Sie kamen zum Tisch, und Bennie stellte sie vor. Artie hatte einen Schnurrbart wie Terry, dünn und sorgfältig gepflegt. Alle vier waren tief sonnengebräunt, dunkler als es Terry mit seiner Höhensonne je schaffte. Leonard sagte: »Cassidy? Lew Cassidy? Ich will verdammt sein! Hast mir gut Geld gebracht, im letzten Herbst, Lew. Diese Touchdown-Serie von dir, icn hab einfach immer weiter drauf gesetzt, gesagt, du machst so weiter, und der Teufel soll mich holen, wenn du's nicht getan hast! Verflucht gut, dich zu sehen . . . tut mir leid mit dem Bein, Lew.«

»Braucht es nicht«, sagte Cassidy. »Ich hatte eine gute Serie. Viele Jungs verletzen sich, bevor sie je gute Zeiten gehabt haben.«

Artie sah ihn über die Kerzen hinweg an. »Viele Jungs verletzen sich, bevor sie je gute Zeiten gehabt haben. Lew ist ja ein wahrer Philosoph, Lennie.«

»Ist sehr praktisch«, sagte Cassidy, »solltest es auch mal versuchen.«

Sie nahmen alle Platz, und Giuseppe vollführte von neuem seinen Auftritt. Cassidy saß stumm da, hörte dem Geplänkel zu, beobachtete die vier sonnengebräunten Gesichter. Er fragte sich nach dem Anlaß. Terry schien sie ganz entfernt zu kennen und beteiligte sich an der allgemeinen Konversation, die sich im wesentlichen um Sport drehte. Cindy Squires lehnte sich in ihrem Stuhl zurück und sah in den Kaffee. Lennie sagte, am Morgen würden sie mit einer Fuhre nach Montreal gehen. Heute nacht blieben sie hier. »Giuseppe hat oben Zimmer für uns«, sagte Lennie, »das heißt, wenn wir nicht die ganze Nacht aufbleiben und uns Lügen über die alten Zeiten erzählen, hä, Bestie?« Lennie redete gerne über die alten Tage in Havanna. Seine Nadel schien dort hängengeblieben zu sein, an seiner Lieblingsstelle.

»Wie geht's denn Johnny dieser Tage?« Terry zündete eine Zigarre an und sah zu, wie der Rauch über den Tisch in Arties Gesicht zog. »Ich höre, er macht gerne Jagd auf U-Boote –«

»Johnny«, sagte Lennie. »Er will wissen, wie's Johnny geht! Großartig, sonst wär er nicht Johnny!« Das viele Essen und der Wein ließen sein Gesicht glänzen.

»Johnny geht's blendend«, sagte Marvin.

»Yeah«, wisperte Chicago-Willie durch einen Mund voller Kalbfleisch. »Blendend.«

»Ich dachte, er käm' mit euch auf diesen Trip.«

»Nun, er kam mit bis Philly«, sagte Lennie, »dann mußte er nach New York, um jemanden aufzusuchen. Geschäfte. Tut ihm ehrlich leid, daß er dich verpaßt, Bestie, hat mir persönlich aufgetragen, das auszurichten.«

Bennie nickte, und Terry sagte: »Nicht tragisch. Schließlich konnte Max auch nicht kommen. Komisch, daß beide so ihre Pläne ändern.« Er grinste.

Artie sagte: »Komisch. Zwei Schiffe, die einander in der Nacht passieren.«

Nach der Zabaglione und dem Kaffee blickte Terry in die Runde. »Wie wär's, wenn wir uns ein bißchen an den Glücksautomaten vergnügten? Bennie? Warum nicht, Artie? Kitzelt dich das Glück in den Fingern, Willie?«

»Sicher«, flüsterte Chicago-Willie. Er war ein dünner Mann unbestimmten Alters mit dichtem, rötlichem Haar, das in der Mitte gescheitelt war. Er wirkte wie ein Trampel vom Land. »Es kitzelt mich.« Egal wie sie aussehen mochten, keiner von Johnny Roccos Jungs war ein Trampel vom Land.

Cassidy schüttelte den Kopf. Cindy Squires gähnte. Bennie sagte etwas zu ihr, sie nickte, und alle anderen standen auf und gingen durch einen Deckenbogen in ein Hinterzimmer. Jemand schaltete das Licht an, und Cassidy sah die Spielautomaten. Sie begannen zu surren und klingeln. Die Obstbilder drehten sich. Marvin hatte sein Diplomatenköfferchen mitgenommen. Sie klangen wie lärmende Jugendliche.

»Wirst du daraus schlau?« Cindy Squires sah Cassidy an, in ihren Augen etwas wie Furcht oder vielleicht Entsetzen. Sie drehte sich nervös zu den Verdunklungsvorhängen, zupfte an einem Eck, um hinauslinsen zu können.

»Ich bin mir nicht sicher, ob es da überhaupt einen Sinn gibt.«

»Du meinst doch nicht im Ernst, das hier ist nur ein zwangloses geselliges Treffen, oder? Du bist doch nicht von gestern, oder, Lew?« Sie nagte kurz an ihrem Daumennagel. »Max hat irgendein Geschäft mit diesen Kerlen am Laufen, aber dann tauchen in letzter Minute weder er noch Rocco auf.«

»Was kann er dafür, wenn er sich eine Brustfellentzündung holt.«

»Hat er das gesagt? Er hat keine Brustfellentzündung.« Sie seufzte. »Es ist, als habe er uns für diese Nacht aus der Stadt haben wollen.«

»Was für Geschäfte macht er mit diesen Kerlen?« Zum Teufel, dachte Cassidy, ich frage einfach. »Redet er mit dir über solche Sachen?«

Sie sah ihn lang und forschend an. Dann ignorierte sie die Frage. »Ich mache mir Sorgen um ihn, ist das nicht das letzte? Im ganzen Haus sind Waffen, große, kleine. Und er ist so niedergeschlagen seit der Sache mit Irvie.« Sie bearbeitete ihren Daumennagel noch ein wenig. »Ich habe Angst, daß er ... du weißt schon.« Sie legte ihren Zeigefinger an die Schläfe wie eine Pistole. »Hör mir zu – warum sollte ich mir Sorgen machen? Es würde alle Probleme lösen ...«

»Cindy, du wolltest mit mir reden, du wolltest mich alleine sehen –«

Sie sprach eilig weiter, schüttelte den Kopf. »Er ist so traurig, und er denkt, er wird alt. Er sagt, er sieht die Zeichen, er ist nicht mehr so jung wie früher ... ich sage ihm, er ist verrückt, was macht er sich solche Sorgen, das kann jedem passieren, auch jungen Männern. Ich wünschte, du würdest mir den Mund verbieten, Cassidy. Ich sollte dir das nicht erzählen.« Sie hatte diese feierliche, tonlose Art zu sprechen, die einen kalt erwischte, des eigenen Sinns für Humor beraubte, weil sie selbst so wenig zu haben schien.

»Redest du von seiner Depression oder von seinen sexuellen Fähigkeiten?«

»Wo ist da der Unterschied? Wenn ein Mann so traurig und niedergeschlagen ist, da ist es nicht überraschend, daß er seinen Penis nicht hoch bekommt. Ach, was weiß ich schon von Männern? Hör nicht auf mich, ich rede Unsinn.« Sie lächelte hoffnungslos.

»Er hat Bennie. Und er hat dich. Bennie ist loyal bis zum letzten Blutstropfen. Du bist so wunderschön ... was mehr könnte ein Mann wollen?«

»Eine Ehefrau, die er sein ganzes Leben lang geliebt hat, einen Sohn, in den er alle Hoffnungen gesetzt hat, eine Tochter, die nahe genug lebt, um ihn zu besuchen und ihm seine Enkel zu zeigen ... er könnte all diese Dinge wollen.« Sie starrte in die leere Kaffeetasse. Ihr Gesichtsausdruck, ihr Gesicht, er hatte das Gefühl, sie wären nicht anders gewesen, wenn sie gerade hier hereingekommen wäre und den Jüngsten Tag verkündet hätte. Vielleicht hatte sie das, auf eine seltsame Art und Weise. Der Jüngste Tag von Max. »Was meinst du damit, er hat mich?«

»Das kannst du besser beantworten als ich. Du bist diejenige, die mit seinem Penis vertraut ist.«

Sie sah ihn an, und er dachte, sie würde ihn gleich schlagen. Ihr Gesicht verriet nichts, aber da war etwas in ihren Augen.

»Angemessener Kommentar«, sagte sie zu guter Letzt, »und ich bin selbst schuld dran. Ich brachte den Penis ins Spiel.« Der Anflug eines Lächelns zuckte über ihre Mundwinkel. »Oder vielmehr nicht, was die Sache schon eher trifft. Hab ich gerade einen Witz gemacht?«

Cassidy nickte. »Einen kleinen.«

Sie lachte und bedeckte ihre vollendet weißen Zähne mit ihrer Hand. »Jetzt hast du einen gemacht. Oh, armer Max, arme Cindy.« Sie seufzte. »Du hast im Wagen meine Hand gehalten. Warum?«

»Ich bin mir nicht sicher.«

»Willst du mich?«

»Ja, ich will dich.«

»Das wußte ich«, sagte sie. »Das ist einer der Gründe, weshalb ich wissen wollte, ob man dir vertrauen kann. Ob ich dir trauen könnte, wenn wir eine Vereinbarung träfen.«

»Was für eine Vereinbarung?«

»Du kannst mit mir machen, was immer du willst, mußt aber als Gegenleistung mir helfen ... aber das kann nur funktionieren, wenn du tapfer und vertrauenswürdig bist.«

»Ich glaube nicht, daß ich es so leicht will, nicht auf diese Art – und ich bezweifle, daß du es auch wirklich so willst.«

»Ich weiß genau, was ich will. Und wenn du denkst, es wäre leicht, dann denkst du besser noch mal drüber nach. Du hast recht, Max *hat*, besitzt mich, ich gehöre ihm. Nichts, was mit mir zu tun hat, wäre also leicht. Ich schätze, am Ende läuft es darauf heraus, wie sehr du mich willst –«

»Ich hatte eigentlich nicht an solch eine geschäftsmäßige Vereinbarung gedacht.«

»Das ist alles, was ich anbieten kann.« Sie biß sich auf die Lippe und sah weg.

»Ich denke doch, daß es da Probleme geben könne. Bennie beispielsweise. Jedesmal, wenn ich einen Blick auf dich werfe, zückt er praktisch schon die Kanone. Ich zöge mir nur äußerst ungern Bennies Unwillen zu –«

»Nun, vielleicht ist es besser, wenn du mich vergißt. Du kannst noch rechtzeitig raus, das Geschäft abschreiben, deine Tugend bleibt unversehrt. Überhaupt bist du ja verheiratet –«

»Das war unnötig grausam.«

»Ich weiß. Es tut mir leid. Es war gemein von mir, das zu sagen. Ich bin ein wahrer Experte, wenn es darauf ankommt, jemanden mit Worten zu verletzen, selbst wenn ich es nicht so meine. Und ich will dich wirklich nicht verletzen.« Sie sah auf, ihm in die Augen. »Wirklich, wahrhaftig, ich will dich nicht verletzen, aber ich werde es tun. Es ist bei mir immer so. Ich habe Max wehgetan. Ich werde ihm noch mehr wehtun, bevor es vorbei ist. Ich weiß das. Ich bin Max' feste Hure, ist dir das klar? Er gab mir einen Job, den ich wollte, weil er mich wollte. Am Anfang war's ganz einfach. Er hörte mich singen, dann nahm er mich in sein Büro, sagte mir, ich hätte den Job, wenn, wenn ... er sagte mir, ich solle mich gleich ausziehen. Er erzählte mir, er habe ein kleines Problem und sei sicher, ich könne es beheben, wenn ich es auf einen Versuch ankommen ließe. Er war nicht brutal, ich will es nicht so klingen lassen ... er war nett, irgendwie traurig. Als ich nackt war, verlangte er von mir, bestimmte Dinge zu tun, während er mir zusah, und dann kniete ich vor ihm nieder und bearbeitete ihn eine Stunde lang, und als die Stunde vorüber war, wußte ich, ich hatte den Job *und* Max. Max und ich, wir hatten einander, wir waren in gewisser Hinsicht aneinander gefesselt, aber egal, egal wie ich es versuche, ich kann ihm jetzt nicht mehr helfen, aber er sagt, ich müsse es versuchen, er braucht mich, sagt, er habe keine Hoffnung ohne mich ... es wäre hoffnungslos für ihn ... und auch für mich ... aber ich hasse es jetzt, ich hasse, wozu er mich zwingt, ich hasse mich dafür, daß ich es tue, dafür, daß ich versage, und ich hasse ihn ... aber er will mich nicht gehen lassen. Daß er mich braucht, davon kann ich mich nicht losreißen. Verstehst du das? Gott, ich vertraue dir schon viel zu viel an. *Er wird mich nicht gehen lassen.* Oh, Cassidy, ich bin eine Hure, wirklich. Und das ist die einzige Art von Handel, die ich tätigen kann, das ist alles, was ich bieten kann ...«

Sie saß eine Weile still, die Hände im Schoß gefaltet. Die Burschen an den Spielautomaten machten immer noch viel Lärm. »Manchmal«, sagte sie schließlich, als habe sie es in Gedanken durchgekaut, »denke ich, es ist einfach meine Natur, vielleicht sollte ich diejenige sein, die stirbt, die eine seiner Waffen benützt. Vielleicht wäre es besser für mich. Ich weiß es nicht.«

»Cindy ...« Es war, als sitze sie im Beichtstuhl, und er, ein säkularer Priester, hörte zu, wie sie ihm ihre Sünden aufsagte, und konnte sich oder ihr nicht helfen, begehrte sie um so mehr, je mehr er hörte, wollte sie mit all ihrer Berechnung und Verzweiflung.

»Das ist es also. Ich muß eine Hure sein.« Sie fröstelte. »Du darfst nicht denken, daß ich immer so rede – ich habe diese Dinge noch nie zuvor jemandem gesagt.«

»Warum mir?«

»Du hast einfach Glück, schätze ich.« Sie lächelte zaghaft, fragte sich, ob er immer noch etwas mit ihr zu tun haben wollte.

»Das wird alles vergehen, du wirst schon sehen.«

»Du bist Optimist, Cassidy. Du willst mich nicht als das erkennen, was ich bin. Tatsache ist, in mir ist etwas Kaltes, dem es Vergnügen bereitet, eine Hure zu sein. Es nimmt den Dingen jedes Risiko. Ich denke, ich war schon beim allerersten Mal eine. Ich war siebzehn. Er war der Chorleiter einer kleinen Kirche ... ich wollte sehn, ob ich seine Züchtigkeit durchbrechen konnte. Es war so leicht. Oh, gute Güte«, sagte sie, auf die Weinflasche deutend. »In vino veritas.«

Die Spielautomaten surrten und klingelten. Gelegentlich brüllte jemand ausgelassen.

»Komm, wir tanken ein bißchen Seeluft«, sagte Cassidy. »Ich wünschte, ich wüßte, warum zum Teufel wir hier sind –«

»*Feuer*werk.«

»Ja, Feuerwerk. Nun, du hast deinen Teil geleistet. Ich begreife es nicht. Wenn Max nicht krank ist, warum hat er uns dann alleine hierher geschickt?«

Sie schlüpfte in ihren Mantel und setzte das Barett auf. »Max hat immer seine Gründe.«

»Wußtest du von vorne herein, daß er nicht kommt?«
Sie schüttelte den Kopf. »Es war mir neu.«

Sie standen auf dem Balkon vor dem Speisesaal, oben beim Anfang einer langen Treppe, die in den Sand hinunter führte. Der Wind peitschte vom Ozean her, als hege er einen persönlichen Groll. Vereinzelte Regenspritzer und Sandbröckchen trafen sie. Sie zog den Kragen hoch vor ihr Gesicht, drehte sich, um bei ihm Schutz zu suchen. Er fühlte die feuchte Wolle ihres Baretts an seiner Wange. Hunde heulten und kläfften irgendwo dort unten, wo die Brandung auf und nieder rollte. Ein paar schwache rote Signalleuchten steckten im Sand wie Wunderkerzen am vierten Juli. Von Zeit zu Zeit streifte der Schatten eines Mannes mit einem großen Hund bei Fuß durch den schwachen roten Schein. Freiwillige Küstenwache auf der nächtlichen Runde.

Ihr kompaktes Gewicht drückte sich an ihn. »Der Krieg ist eine verdammte Sache«, sagte sie. »Ich kann nicht glauben, warum sie nicht einfach damit aufhören ... Irvie Bauman, Verdunklungsvorhänge, im Dunkel der Nacht an Land gehende Saboteure, Leute, die in den Krieg ziehen müssen, ob sie nun wollen oder nicht. Es ist alles so völlig lächerlich, wenn du meine Meinung hören willst.« Sie grub ihre Fäuste in die Vorderseite seines Trenchcoats. »Krieg ist verdammter Unsinn.«

Sie zitterte, und er legte seinen Arm um sie, hielt sie fest. Der Sturm pfiff im Dachvorsprung. Markisen flatterten, als versuchten sie, mitsamt Giuseppes Haus von einer Startbahn abzuheben. Aus dem Nichts zischte ein Jeep durch den Kokon der Dunkelheit unter ihnen und raste an den Leuchtfeuern vorbei, war schon wieder verschwunden.

»Cassidy, fühlst du dich jemals nutzlos?«

»Jeder tut das«, sagte er. »Bisweilen. Kommt vom übermäßigen Grübeln.«

»So wie ... da ist kein größeres Konzept hinter unserer bloßen Existenz? Es ist alles völlig willkürlich, und die Zeit verwischt all die kleinen persönlichen Tragödien, und nichts davon spielt auf Dauer eine Rolle? Weder das Leben, noch das Sterben ... das ist alles nur jetzt, und jetzt dauert gerade eine Minute, und dann ist es einfach vorbei.«

»Hey, das sind Ängste, die jeder hat.«

»Nun, das ist die Entschuldigung, die ich für alles verwende. Was für einen Unterschied macht es schon? Als kleines Mädchen bin ich immer auf dem Friedhof des kleinen Dorfes in den Cotswolds gesessen, wo wir den Sommer verbrachten. Und ich fragte mich, wer waren diese Menschen, die jetzt unter mir ruhten? Ihr Leben war wichtig für sie – mein Gott, Hardy schrieb seine Romane über sie –, und dann waren sie nicht mehr da, und ein kleines Mädchen saß auf ihren Grabsteinen . . . was hatte es ausgemacht, daß sie gelebt hatten? Was macht es aus, daß ich eine Hure bin und Max ein Gangster und dein Bein völlig kaputt und Irvie tot? Wir werden alle so bald tot und vergessen sein . . . herrje, ich fühle mich wie ein kompletter Idiot, daß ich dir diesen ganzen Unfug erzähle. Das sind alles nur meine Entschuldigungen dafür, daß ich nur ein billiges Flittchen bin. Können wir so tun, als hätte ich es alles nicht gesagt, ist das möglich, Cassidy?«

»Vermutlich nicht.«

»Nein, ich glaube auch nicht. Nun, mein Pech.«

»Es ist nicht wichtig.«

»Wer sagt das?«

»Schriftsteller, Scott Fitzgerald. Er sagte, es gibt nicht viele Dinge, die wichtig sind. Und die sind nicht sehr wichtig.«

»Das muß ich mir merken.«

»Warum? Es ist nicht wichtig.«

Sie lachte. »Er hatte recht. Es ist alles völlig belanglos.«

»Das macht der Krieg«, sagte er.

»Ich wünschte nur, so wär's.«

»Weißt du, ich glaube wirklich, ich habe mich in dich verliebt, Cindy.«

»Das glaube ich wohl. Es liegt nicht an mir. Das macht der Krieg.«

»Ich fürchte, es liegt an dir. Ich weiß es schon eine ganze Weile. Ich glaube, ich war verloren von dem Augenblick an, als du in mein Krankenzimmer kamst und mir vorgelogen hast, daß die Blumen Max' Idee gewesen seien . . . Ich denke, genau da begann ich, dich zu lieben.«

»Du wirst es bereuen, das weißt du.«

»Oh, das glaube ich nicht.«

»Du kannst jetzt nicht klar denken. Du hast dich in ein nichtswürdiges kleines Flittchen verliebt.«

Er packte sie, drehte sie, so daß sie Angesicht zu Angesicht mit ihm war, starrte in ihr bleiches, verwundetes Gesicht. Er hatte nicht bemerkt, daß sie die ganze Zeit mit den Tränen gerungen hatte. Er küßte ihre Wange, schmeckte die salzige Wärme, dann küßte er ihren Mund, und sie gab nach, öffnete sich und gewährte ihm Einlaß.

Atemlos lehnte er sich zurück, hielt sie immer noch. »Du sollst nicht so reden. Ich muß darüber nachdenken, was ich tun werde . . . aber keine geschäftlichen Abmachungen zwischen uns, keine Geschäftsbeziehung. Was wir füreinander tun, das tun wir halt. Ohne Haken. Kein Geschäft, keine Abmachungen. Hast du das begriffen?«

»Vergiß mich, Cassidy. Es muß schlecht enden. Es wird alles ganz schiefgehen, und warum solltest du mit mir in den Abgrund gezogen werden –«

»Hör auf, Cindy. Du machst mir keine Angst –«

»Ich versuche nur, dich zu warnen –«

»Warum? Es spielt doch alles keine große Rolle –«

»Weil ich dich lieben würde, wenn ich überhaupt jemanden lieben könnte.«

»Du kannst. Du liebst mich doch schon –«

»Ich weiß, ich weiß«, flüsterte sie. »Küß mich ein einziges Mal. Nur zu bald wird es ohnehin nichts mehr ausmachen. Nur ein anderes Mädchen, das eines Tages auf einem Friedhof grübeln wird, auf einem Grabstein sitzt und sich fragt, wer wir waren . . .«

Er hielt sie und wollte sie halten, bis sie nicht länger Angst hatten, bis geschah, was immer geschehen würde, und sie ihren Platz in der langen Prozession eingenommen hatten und die Geschichte erzählt war, und hielt sie in seinen Armen und fühlte Tränen in sich, zum ersten Mal seit Jahren und Jahren und Jahren, seit seine Mutter gestorben war, und nur einen Augenblick lang dachte er, es wäre wegen des beißenden Windes in seinem Gesicht, oder vielleicht wegen des Krieges, aber nein, er wußte natürlich, was der Grund war. Es war Cindy Squires.

Die Tür hinter ihnen schlug auf, und Terry und Giuseppe traten heraus, gefolgt von Bennie, der Cindy ansah, dann Lew, hinter seinen Gläsern argwöhnisch blinzelnd. Giuseppe deutete hinaus in die Dunkelheit. »Schaut nur einfach nach draußen, dann werdet ihr das Feuerwerk schon sehen. Nicht jede Nacht, meist Nächte.« Er zuckte mit den Schultern, Handflächen nach oben gekehrt, als sei er nicht verantwortlich dafür. »Nur immer raussehen.« Er ging wieder nach drinnen. Cassidy wünschte, sie würden alle nach drinnen gehen und ihn mit Cindy alleine lassen. Sein Herzschlag ging rasend schnell. Er durfte sie auf keinen Fall anblicken, nicht, solange Bennie hier war.

Sie löste sich von seiner Seite, lehnte sich an das Geländer. Terry holte einen Feldstecher hervor und erforschte die Nacht. »Hölle«, sagte er, »das kann Stunden dauern. Wir sollten Schichten machen. Ich halte als erster Wache. Eine Stunde. Dann bist du dran, Lew.«

Bennie hielt die Tür für Lew und Cindy. Wieder im Speisesaal, machten sich die anderen daran, eine Kartenrunde aufzuziehen. Bennie beteiligte sich daran. Er saß gegenüber von Cassidy und Cindy. Sie wickelte sich in ihren Mantel, kuschelte sich auf zwei Stühlen zusammen und schlief auf der Stelle ein. Cassidy beobachtete sie. Ihr Mund stand ungefähr einen Zentimeter weit offen, und sie begann sehr leise zu schnarchen, wie ein Kind. Er betrachtete sie eine Stunde lang und dachte an das, was gerade zwischen ihnen geschehen war, und was er in der Sache unternehmen sollte. Dann kam Terry herein und reichte ihm den Feldstecher. Er war kalt wie Eis. »Laß es uns wissen, wenn sich irgendwas tut«, sagte er. Dann schloß er sich der Pokerrunde an.

Eine halbe Stunde nach Beginn seiner Wache tat sich was.

Zuerst sah es aus wie das Aufspringen der rosa-orangenen Papierblume eines Zauberers, die sich in der schwarzen Leere des Ozeans und der Nacht entfaltete. Einen Moment lang vergaß er, daß er den Feldstecher hatte, und mühte sich einfach nur zu sehen, was sich da draußen tat. Der Farbball wurde größer und heller, leuchtete, schuf einen Lichtkranz um das dunklere Zentrum.

Er legte den Feldstecher an die Augen und stellte die Schärfe ein, jetzt, wo er etwas hatte, auf das er die Schärfe einstellen konnte.

Feuer. Eine immense Feuerexplosion, so weit weg, daß sie in der Brandung und dem Wind geräuschlos war.

Er pochte an die Tür. »Kommt raus!«

Hastig eilten sie alle hinaus. Cindy rieb die Augen mit den Fäusten, wie ein Kind, das man an Weihnachten geweckt hatte, um den Weihnachtsmann oben am Himmel vorbeirauschen zu sehen.

»Höllenfeuer!« wisperte Lennie. Cassidy reichte ihm den Feldstecher.

»Was ist das?« Cindy gähnte in ihre Faust.

Bennie lehnte seine riesigen Hände auf das Geländer und pfiff. Er nahm den Hut vom Kopf, wischte sich mit der Hand über die hohe Oberseite seines kahlwerdenden Kopfes. »Außerordentlich . . .«

»Was ist das?« Sie klang schläfrig und ungeduldig.

»Handelsschiff«, sagte Terry. »Eines der unseren. Das ist der Krieg, direkt vor New York. Die U-Boot-Geschwader sind die ganze Küste entlang auf der Jagd.«

»Die Nazis«, sagte sie voller Staunen.

»Nun, sie hängen es nicht an die große Glocke«, sagte Terry. »Die Leute würden durchdrehen, wenn sie merkten, wie schlimm die Lage wirklich ist. Mehr als hundert Schiffe sind schon versenkt worden.«

»Es ist eine Ohrfeige«, sinnierte Bennie.

Das Feuer hatte nachgelassen und brannte entlang einer imaginären Linie. Die Wasserlinie. Nicht so imaginär. Die Trennungslinie zwischen einer Todesart und der anderen.

»Da müssen doch Männer draußen im Wasser sein«, wisperte Cindy. »Ertrinkende, Verbrennende . . . und Schreiende . . .«

Cassidy hielt ihren Arm, zog sie in der Dunkelheit an sich.

»Das ist richtig«, sagte Terry.

»Warum unternehmen wir nichts dagegen? Was ist mit unserer Marine?« Ihre Stimme war kleinlaut, mit einem Zittern.

»Die Marine ist nicht groß genug«, sagte Terry.

Da war eine weitere lautlose Explosion. Zwei Handelsschiffe.

Stimmen riefen am Strand.

»Küstenwachpatrouillen. Sollen dafür sorgen, daß die große Öffentlichkeit nicht allzuviel von der Gratisshow mitbekommt –«

»Dazu gehören auch wir«, sagte sie.

Die Feuer brannten unkontrolliert, breiteten sich mit dem Öl und dem Benzin, das auf dem Wasser trieb, aus.

Eine Stunde später brannte es immer noch.

Cindy ging nach drinnen, und Cassidy folgte ihr. Die anderen blieben draußen und reichten sich die Gläser hin und her. Es regnete jetzt in einem fort, aber sie konnten sich nicht von dem Anblick losreißen.

Sie saß am Tisch, den Kopf auf dem Arm.

»Verdammt, all das ist so wahnsinnig, Cassidy.« Ihre Stimme klang erstickt. »Feuerwerk. Menschen, die sich da draußen mit Salzwasser und brennendem Öl füllen. Und wir unternehmen einen zwanglosen Ausflug hierher, um zuzusehen. Das ist wie meine Großeltern, die ganz Europa durchquerten, um zum Krimkrieg zu gelangen. Ihr Lager auf den Hügeln oberhalb des Schlachtfeldes aufschlugen. Frauen in feinen Kleidern. Diener, die die Tee-Tabletts anrichteten. Sie konnten die Schreie der Sterbenden hören . . . Bring mich heim, Cassidy, oder gib mir jede Menge zu trinken. Dieser ganze Abend ist einfach zu daneben.«

»Ich glaube nicht, daß unsere Freunde schon gehen wollen.«

»Oje, na, dann müssen wir in Gottes Namen bleiben. Während Terry und der unverrückbare Gegenstand und ihre grausigen Gangsterkumpel sich daran ergötzen. Zur Hölle mit ihnen. Zur Hölle mit uns allen . . .«

Er setzte sich neben sie, um zu warten. Sie wußte es wahrscheinlich nicht, aber sie brauchte Gesellschaft. Oder brauchte er welche?

Nun, wie Fitzgerald sagte, es war nicht wichtig.

Der Morgen brach an, grau und unendlich und verregnet. Die graue Wolkendecke verschmolz am östlichen Horizont mit der ehernen See, und eine große Nebelbank schwebte da draußen. Sie bewegte sich landeinwärts. Giuseppe machte Kaffee, und seine Frau huschte geschäftig mit Körben voller heißer Brötchen und mit gebuttertem Brot hin und her. Die Verdunklungsvorhänge waren hochgerollt und mit

Haken gesichert. Cindys Augen waren rot, und sie trank Schluck für Schluck ihren Kaffee, die Augen stumpf auf den Nebel gerichtet. Sie war frisch geschrubbt und jungmädchenhaft aus dem Badezimmer gekommen. Sie verzog das Gesicht und sagte: »Ich habe meine Zähne mit Toilettenpapier geputzt. Fahren wir denn nie mehr heim? Stecken wir für alle Ewigkeit hier fest? Wie in *Outward Bound*?« Die Jukebox spielte »Come Back to Sorrento«.

Mit dem Morgenlicht löste sich die Pokerrunde auf. Lennie stand auf und streckte seine langen, affenartigen Arme. Sie hatten alle die Jacken ausgezogen, und man sah die Pistolen in den Schulterhalftern. Marvin tunkte ein Brötchen in seinen Kaffee und kaute daran. Artie trug eine zitronengelbe Krawatte zu einem dunkelblauen Hemd und gelben Hosenträgern und sah haargenauso aus wie bei der Ankunft. Sein Bart war kein bißchen nachgewachsen, während Stoppeln die Gesichter der anderen verdunkelten. Artie war aus anderem Material. Cassidy beobachtete Artie und kam zu dem Schluß, daß er der wirklich harte Bursche des Quartetts war, so eiskalt und abgeklärt, wie die anderen nur taten.

»Kommt schon, Jungs«, sagte Lennie. Er wedelte mit den Armen durch die übelriechende Wolke aus Zigarren- und Zigarettenrauch. »Schnappen wir ein bißchen frische Luft. Holen die Taschen rein, damit wir uns zumindest ein bißchen frisch machen können. Kommt schon, gehn wir's an.«

Lennie schwang die Tür, die zum Parkplatz führte, weit auf und holte tief Luft. »Los, los«, sagte er, und die anderen drei folgten ihm über die feuchte Holzveranda. Der Regen hatte nachgelassen, der Nebel hatte die Küste erreicht. Bennie und Cassidy standen in der Tür und genossen die kühle, feuchte Brise. Cassidy machte einen Schritt durch die Tür, doch da fühlte er, wie sich Bennies Hand um seinen Arm schloß. Der Stock entglitt seinen Fingern und knallte auf den Boden.

»Warte«, sagte Bennie leise, »warte mal kurz . . .«

Wie Roboter tauchten mehrere Köpfe, gefolgt von Schultern, hinter dem sandverwehten Gestrüpp auf, das den Parkplatz umgab. Sie kamen langsam hoch, beinahe in Zeitlupe, als seien sie eine verlorene Legion, die, Phantomen gleich, dem Meer entstieg. Ihre Hüte waren gegen den schlierigen Regen und den Nebel tief ins Gesicht gezogen, und ihre Trenchcoats waren durchnäßt. Sie kamen geräuschlos, fünf an der Zahl, in einer Reihe entlang der letzten Erhebung der Düne.

In den Händen hielten sie Thompson-Maschinenpistolen.

Auf halbem Weg über den Parkplatz zu dem langen, glänzenden Lincoln Continental, der von zahllosen Regentropfen wie mit Perlen verziert war, sah Chicago-Willie sie. Er brüllte etwas Unelegantes, hey, wer zum Teufel sind diese Burschen ... Lennie drehte sich um, um zu sehen, hatte im selben, kaum sichtbaren Moment die Waffe in der Hand, hatte sich flach zu Boden fallen lassen, hatte einmal gefeuert, die Automatik im ausgestreckten Arm, ein Aufbrüllen, das die Morgenstille zerriß ...

Ein Sandwölkchen stob vor einem der Männer aus dem Meer in die Höhe.

Artie rannte los wie ein Hundertmetersprinter in Richtung des Zielbandes, erreichte den Lincoln, riß die Tür auf, schnappte eine Schrotflinte vom Vordersitz ...

Eine kurze Salve aus einer der Maschinenpistolen traf Chicago-Willie in Kniehöhe, riß ihn auf der Stelle zu Boden. Er lag schreiend in einer größer werdenden Blutlache, bekam seine Waffe frei, und eine weitere schnelle Salve stanzte seine Grabinschrift in seine Brust ...

Marvin versuchte zurück zur Tür zu flitzen, und wieder hob einer der Männer mit den Tommy-Guns die Mündung ...

Einen Sekundenbruchteil, bevor sie von Kugeln bestrichen wurde, schlug Bennie die Tür zu. Marvin stieß einen angsterfüllten Schrei aus, und sie hörten ihn schwer auf der Holzveranda aufschlagen, hörten, wir er schwach an die Tür hämmerte, hereinzukommen versuchte ...

Cassidy trat ans Fenster und sah gerade noch, wie Artie den Abzugshebel der Schrotflinte durchzog und mit der Ladung einen der Maschinenpistoleros nach hinten über den Rand der strauchbewachsenen Düne warf, dessen Waffe eine letzte Salve in den dichter werdenden Nebel knatterte ...

Ein großer Mann von quaderhafter Statur erschien unvermittelt unterhalb des Gipfels der Düne, so als habe er den Gefechtsbeginn abgewartet, und nahm den Lincoln unter Beschuß, fräste eine lange Reihe gewalttätiger Löcher quer über die lange Haube, füllte den Nebel mit zerspringendem Glas, riß riesige Löcher in das Stoffverdeck, schoß eine Serie von Löchern in die Tür, hinter der Artie mit dem Gewehr Schutz gesucht hatte ...

Splitter und Bruchstücke des Parkplatzes flogen Lennie um die Ohren, der flach ausgestreckt am Boden lag und das Feuer erwiderte, wissen mußte, daß es keine Hoffnung gab, daß alles vorbei war ...

Bis dahin waren fünf oder sechs Sekunden vergangen.

Terry stand neben Cindy, mit aschfahlem Gesicht, auf ihren Stuhl aufgestützt. Sie hielt sich die Ohren zu.

Bennie stand stockstill am Fenster. Die riesige .45er wirkte in der gewaltigen Faust wie der Derringer eines Kartenhais ...

Cassidy sagte: »Los, alle, machen wir, daß wir hier rauskommen!« Er packte seinen Stock, riß Bennie weg vom Fenster, unmittelbar bevor weitere Kugeln in die Holztäfelung des Gasthofes schlugen und das Fenster nach hinten über den Tisch in seine Einzelteile zersprang.

Cassidy packte Cindy, zog sie auf die Beine und rannte zu der Tür, die zu dem hinteren Balkon hinausführte, von dem sie die brennenden Schiffe beobachtet hatten. Terry folgte lahmen Fußes, schwächer, als er es erwartet hatte, das Gesicht nahezu blau vor Schmerz und Schwäche. Er sah zu Cassidy. »Mein Rücken . . . los, Jocko, ich schaffe es.« Bennie folgte.

Cassidy drehte sich zurück, sah Marvins wohlgehüteten Diplomatenkoffer auf dem Tisch, drängte die anderen vor, raste wieder hinein, um den Koffer zu holen. Auf dem Parkplatz wurde immer noch geschossen. Er hörte Artie wieder mit dem Schrotgewehr dröhnen. Sehr bald würde Artie tot sein. Da draußen schrien Männer. Er nahm den Koffer und verließ das Gebäude wieder. Die anderen waren schon die Treppe hinunter. Er hinkte abwärts, spürte die Belastung höllisch im Knie und fiel die letzten drei Stufen. Aber Bennie war da und fing ihn auf.

Sie rannten über den nassen Sand, ums Eck in Richtung der ersten Düne zwischen ihnen und dem Wasser. Jeder Ruck durchzuckte schmerzhaft sein Knie, und der Stock war im Sand nutzlos. Er schleuderte ihn von sich, in den Nebel. Terry fiel über ein halbbegrabenes Stück Treibholz, Cassidy hielt an, half ihm auf. »Komm schon, Schöner«, sagte er.

»Ein erholsamer Tag am Strand«, keuchte Terry.

Bennie hatte Cindy über den oberen Rand der Düne gewischt und rollte auf der anderen Seite mit ihr hinunter.

Cassidy stolperte weiter, Terrys Arm um seinen Hals, sich festhaltend, und dann hatten auch sie den Gipfel der Düne hinter sich, und er ließ Terry nieder, so sachte er konnte.

»Bringt mir die Bahre«, wisperte Terry. »Ich bin ziemlich am Ende. Laßt mich hier, ich habe eine Waffe . . . ich kann die Dreckskerle aufhalten – lauft weiter.«

»Nein, bis hierher ist genug«, sagte Cassidy und sank neben ihm auf den nassen Sand. »Hör mal, Kumpel, ich bin auch nicht gerade der Frischeste.« Er saß still, schnappte nach Luft und roch den Nebel, der sie verschlungen hatte. Er linste in den Dunst. Bennie und Cindy krabbelten mühsam die Steigung zu ihnen hoch. Treibholz, nasser Sand, Dünengras, dichter Nebel vom Wasser her. »Verschanzen wir uns hier und warten ab, was geschieht. Der Nebel ist auf unsrer Seite. Hölle, ich glaube nicht, daß die es auf uns abgesehen haben.«

»Wer sind *die*?« fragte Terry. Er hatte die Zähne zusammengebissen und verlagerte sein Gewicht, um den Schmerz in seinem Rücken zu lindern.

»Ich weiß nicht ...« Aber Cassidy hatte den letzten Mann auftauchen sehen, den großen, eckigen Mann, der gewartet hatte, und er hätte schwören können, daß er ihn erkannt hatte. Er war sich beinahe sicher. Beinahe.

Er hielt den Diplomatenkoffer fest. Cindy schmiegte sich an ihn, fröstelnd. Bennie beugte sich über Terry: »Bist du okay?«

Terry nickte langsam, mit geschlossenen Augen. »Noch nicht ganz in Bestform, schätze ich.« Er lachte leise, öffnete die Augen und blinzelte Cassidy zu. Er faßte in seinen Mantel und zog einen .38 Special hervor. »Hier, Lew. Den nimmst besser du. Ich bin schwach wie ein nasser Hund ...« Cassidy nahm den Revolver.

Sie saßen da und hörten einander schnaufen und die rollende, plätschernde Brandung. Cindy sagte: »Es hat aufgehört«. Sie reckte den Kopf, bürstete mit einer sandigen Hand das Haar beiseite. »Hört, das Schießen ist vorbei ...«

»Dann sind sie alle tot«, sagte Bennie.

Gewissermaßen als Schlußpunkt des Feuergefechts ertönte ein erstickter Donner, wie eine plötzliche Explosion, ein lautes Zisches und ein Krachen, dann nichts mehr.

Sie warteten weitere fünf Minuten, dann sagte Cassidy, er werde nachsehen gehen. Sie konnten nicht ewig auf dem nassen Sand sitzen bleiben.

Cindy seufzte. »Sei bitte vorsichtig.«

Er sah hinunter zu ihr, versuchte sich davon zu überzeugen, daß die letzte Nacht wirklich gewesen war. Sie lächelte zögernd. Er erhob sich und hinkte über die Schwelle der Düne und weiter. Als er zurückblickte, war die Düne im Nebel verschwunden. Er steckte in der Mitte, mühte sich weiter, nicht länger in der Lage zu sehen, was vor ihm lag. Einen Moment lang bildete er sich ein, er rieche Rauch, brennendes Öl. Was zum Teufel sollte er tun? Sollte er anfangen, Leute niederzuschießen? Sollte er seinen Paso doble mit Dewey und Luciano und den Cops fortsetzen? Sollte er weiterhin Max Baumans Mädchen sagen, er liebte es? Er irrte in dem gottverfluchten Nebel umher ...

Auf einmal erschienen drohend über ihm die Konturen des Gasthofes. Er stand auf Holzpfählen, die in Betonfundamente gesetzt waren, und da waren die Treppen, die sie heruntergestiegen waren. Er lehnte sich gegen einen der Holzpfeiler, um zu Atem zu kommen und seinem Knie etwas Ruhe zu gewähren. Er hörte keine Geräusche von oben, und so ging er zum letzten Pfeilerpaar. Schließlich erreichten ihn die Stimmen, drangen durch Wind und Nebel. Er konnte nicht verstehen, was sie sagten. Er hielt den Atem an, lauschte, versuchte, die eine, bestimmte Stimme zu identifizieren. Er bewegte sich vorsichtig näher an das Eck des Gebäudes. Der Parkplatz war jetzt über ihm, die Düne machte einen Bogen vor ihm, kein Schutz mehr außer dem Nebel.

Auf einmal wurden die Stimmen klar, unmittelbar vor ihm, und er erstarrte.

Sie atmeten schwer, wie sie da die steile Sandbank heruntenglitten und rutschten. Er wartete, bis er sie vorbeikommen gehört hatte, bis er das schwer, metallische Klatschen hörte, als ihre Maschinenpistolen aneinanderschlugen. Er bewegte sich langsam weiter nach vorne und sah die Konturen der Männer von hinten.

Sie bewegten sich wie Geister im Nebel.

Der große, eckige Mann bildete die Nachhut. Er konnte hören, wie auf dem Parkplatz etwas knisternd brannte. Einer der anderen drehte sich um, rief einfach in den Nebel: »Kommst du? Bist du in Ordnung?«

»Nein, du blöder Sack, ich bleibe hier zum Frühstück! Natürlich komme ich . . .«

Ein Bootsmotor wurde angelassen, und das Geräusch drang schneidend durch den Nebel.

»Wo ist die verschissene Anlegestelle?« brüllte der eckige Mann. Er hielt an, drehte sich herum, versuchte sich zu orientieren.

»Hier rüber, geh einfach meiner Stimme nach . . .« Dann waren sie weg, schwache Geräusche, wie die Maschinenpistolentruppe von der Anlegestelle ins Boot kletterte.

Er hatte recht gehabt, was den rechteckigen Mann anging, aber es verbesserte die Lage keineswegs, zu wissen, daß er auf dem Parkplatz ein paar Gangster niedergemäht hatte.

Harry Madrid.

Cassidy hinkte über den Sandstreifen zurück, seinen eigenen Spuren folgend, erklomm die Düne, und da waren sie, Bennie, der Wache hielt, Terry und Cindy auf halber Höhe der Düne gekauert. Cassidy setzte sich neben sie, sein Bein gerade von sich gestreckt. Terry hatte sich wieder ein bißchen erholt, obwohl der fahle Schimmer unter der künstlichen Bräune ihn verriet. Er stützte sich auf einen Ellbogen auf, fummelte in seiner Manteltasche, holte eine lederne Schachtel hervor, ließ den Deckel heruntergleiten. Darunter waren drei von Max' Havannas. »Ich glaube doch wohl, die Gefahr ist vorüber. Da ist eine Zigarre fällig. Bennie«, rief er über seine Schulter, »willst du eine Zigarre?« Bennie kam gemächlich die Düne herunter und kauerte sich neben sie. »Hätt' nichts dagegen«, sagte er. Terry legte seine Hände schützend um sein Feuerzeug und wartete, bis alle drei ihre Zigarren in Gang gebracht hatten.

Cindy lehnte sich gegen Cassidy, machte sich klein.

»Sie sind weg«, sagte Cassidy, »motorisierte Barkasse.«

»Aber was ist passiert?« fragte Terry. »Konntest du was sehn?«

»Oh, ja, ich hab sie gesehen . . .«

»Und? Wer war es?«

»Es war Harry Madrid.«

Terry machte ein böses Gesicht. Bennie, der sich erhoben und ein paar Schritte entfernt hatte, ließ davon ab, weiter das Meer zu betrachten, das langsam hinter dem aufbrechenden Nebel sichtbar wurde.

Cassidy sagte: »Harry Madrid kam gerade aus dem Nichts, um eine von Johnny Roccos Divisionen auszulöschen, rat-tat-tat. Ich frage mich, ob Max darüber glücklich sein wird . . . vielleicht, vielleicht auch nicht. Die Frage ist«, fuhr Cassidy fort, »woher wußte Harry, daß sie hier sein würden. Und wußte er, daß Max nicht kommt?«

Der Nebel hatte sich verzogen, und die Sonne schien zaghaft hinter den langen Regenwolken. Sie gab wässeriges Licht, ein schwacher, gelber Strich über dem grauen Ozean.

Bennie deutete in Richtung der Wasserlinie. »Was ist das? Was da mit der Brandung hereinkommt?« Er polierte seine Gläser mit einem Taschentuch und hakte sie wieder hinter seine Ohren.

Cassidy stand, half Terry auf. »Was macht der Rücken?«

»Tut nicht mehr so weh. Ist diese Kugel, die wandert hin und her.«

Cindy erhob sich, in einer Hand ihre hochhackigen Schuhe. Bennie hatte sich aufgemacht, das Strandstück hinunter, immer auf das Wasser zu. Sie folgten ihm, versprengte Überlebende eines Schlachtfeldes, die durch Wind und Dunst wanderten. Cindy ging auf Strümpfen, hinterließ winzige Spuren.

Der Ölgeruch hing schwer in der Luft, Schlick, der von den Handelsschiffen stammte, wurde an Land geschwemmt und beschmutzte den zementartigen Sand. Aus dem Nichts waren ein paar Hunde aufgetaucht, die wütend die über ihnen kreisenden Möwen und die toten, geschwärzten Fische, die vor ihren Pfoten landeten, verbellten. Treibgut tauchte in der schäumenden Brandung auf und blieb im Sand hängen, umspült von salzigem Schaum, der daran sog, als habe die See es sich noch einmal anders überlegt und fordere es zurück. Hölzerne Kistchen, zerbrochene Planken von Rettungsbooten, eine von Schußlöchern durchsiebte Rettungsweste. Das U-Boot war aufgetaucht, um die Überlebenden im Wasser unter Maschinengewehrfeuer zu nehmen. Ölfässer trieben an Land wie Grabsteine, die das Ende der Welt bekundeten. Welle auf Welle war voll von dem Zeug.

Es sah so aus, als kämen danach hölzerne Pfähle. Sie stießen aneinander, trieben auf den Wellen zwischen den Ölfässern und den Decken und den zerfetzten Planken.

Als sie näher trieben, sah man, was sie in Wahrheit waren.

Die Pfähle hatten Arme und Beine und Gesichter. Sie waren durchtränkt von Öl und Blut und Salzwasser. Hatte es ihnen ihre letzten, schutzlosen Augenblicke erleichtert zu wissen, daß sie für ihr Land starben?

Cindy Squires schnappte nach Luft und wandte sich ab. »Das war's«, sagte sie. Sie biß die Zähne zusammen, drehte dem Meer den Rücken zu und ging den Strand zurück in Richtung der Dünen.

Bennie und Terry standen am Wasserrand und starrten die Leichen an, die zu ihren Füßen angetrieben wurden.

Cassidy sah hernieder in eins der Gesichter. Das Fleisch war bläulich und gummiartig. Die Augen waren immer noch offen. Wasser sammelte sich in einem Mundwinkel. Eine Seite des Gesichts war verbrannt und offen und weiß, das ganze Blut aus der Wunde gespült. Cassidy drehte sich weg, um nicht erbrechen zu müssen.

Er hatte bereits sechs Leichen gezählt. Okay, für sie war es ein immenses Spektakel, aber für die Jungs in Übersee, die im Pazifik von Insel zu Insel hüpften, vermutlich ein gewöhnlicher Tag wie jeder andere. Der Regen war wieder schärfer geworden und tropfte langsam von seiner Hutkrempe.

Bennie und Terry waren weitergegangen. Er beobachtete sie, fragte sich, wann sie genug haben mochten. Er wollte gerade umkehren, als es geschah.

Ein unproportioniert großer Körperklumpen, wie eine prähistorische Kreatur aus dem Meer, trieb oben auf einer Welle und landete mit einem lauten Platsch im Sand. Er war schwarz vom Öl wie die anderen. Terry ging darauf zu. Die Möwen scharten sich, kreischten die Hunde an, versuchten, an den toten Fisch zu kommen. Die Hunde heulten, schnappten nach ihnen.

Terry hielt abrupt inne, sah zurück zu Bennie, bewegte sich dann näher an die monströse Körpermasse.

Er beugte sich nieder, Hände auf den Knien, stierte in das Gesicht. Erhob sich, sah hinaus auf den Ozean und die tauchenden Möwen.

Dann fiel er. Kippte einfach um. Wie ein Sack.

Bennie pflückte ihn aus der Luft, als sei er ein herunterfallendes Blatt. Er berührte den nassen Sand nicht einmal. Bennie hielt ihn in seinen Armen wie ein Kind.

Cassidy rannte zu ihnen, so schnell er konnte.

Bennie schürzte seine Lippen, sagte sehr von oben herab: »Er ist in Ohnmacht gefallen, Cassidy. Du hast ihn gesehen.« Er hätte von einer jungfräulichen Dame in Barchester Towers reden können.

Cassidy sah hinunter auf den überdimensionalen Haufen, der da achtlos ausgestreckt im Sand lag.

Es war kein Mann.

Es waren zwei Männer. Sie waren zusammengebunden. Von beiden Köpfen war nicht mehr viel übrig. Und sie waren auch keine Seeleute. Es gab keinen Sinn. Aber natürlich mußte es irgend jemandem sinnvoll erscheinen.

Sie waren in den Kopf geschossen worden, zu einem großen Bündel zusammengeschnürt und irgendwo vor der Küste abgeladen worden. Als er die Leichen betrachtete, wie sie in der strudelnden Gischt hin und her ruckelten, kroch ein winziger, nervös dreinblickender Sandkrebs aus dem schlaffen Mund des größeren Leichnams.

Cassidy hatte das Gefühl, als stürze sein Magen einen Liftschacht hinunter.

Er kannte sie beide.

Markie Cookson und sein kleiner blonder Freund.

Endlich zur See.

Kapitel 7

Als Cassidy um vier Uhr am selben Nachmittag erwachte, brauchte das Innere seines Mundes eine Rasur, und das lädierte Bein war so bedient wie W. C. Fields an einem Samstagabend. Er lag mehrere Minuten einfach so im Bett und versuchte, die Träume von der Realität der Geschehnisse an der Küste zu trennen. Die Träume konnten nicht mithalten. Dann hoppelte er ins Bad, drehte die Brause an, putzte seine Zähne acht- oder neunmal mit dem letzten Rest Zahnpasta, gurgelte eine Flasche Listerine und duschte so heiß er konnte. Kurz darauf setzte er sich auf den kleinen dreibeinigen Holzhocker in der gläsernen Duschkabine und weckte seine Lebensgeister. *Sen-Sen.* Er brauchte einen Mundvoll Sen-Sen-Mundwasser mehr als alles andere auf der Welt.

Marquart Cooksons halbzerstörter Kopf schwebte drohend über

ihm, wenn er die Augen schloß. Er hatte immer noch den beißenden Geruch der schwarzen, öldurchtränkten speckigen Masse auf dem Strand in der Nase. Dann stürzte Terry durchs ewige Nichts, sein Hut trudelte ins Wasser, Bennie fing ihn auf . . .

Bennie hatte den Toten nicht erkannt. Die beiden Toten. Es war leicht, den hübschen Jungen, eine Art Hofdame, zu vergessen. Bennie war viel zu beschäftigt damit gewesen, Terry aufzufangen, um die Identität des fetten Mannes wahrzunehmen. Aber Terry, der hatte den armen Schwitzer Markie gut sehen können und war auf der Stelle in Ohnmacht gefallen. Er war wieder zu sich gekommen, noch während Bennie ihn von den Toten wegtrug. Er hatte darauf bestanden, gehen zu können, und Bennie hatte ihn sacht niedergelassen, als könne er zerbrechen. Terry schwankte ein bißchen, dann nahm er sich zusammen, grinste Cassidy an und zog einen Finger über seinen Schnurrbart, als hätte der abfallen können, während er bewußtlos war. »Ein Blick auf kaltes Fleisch«, sagte er, »und dem alten Leary schwinden die Sinne.« Er schüttelte den Kopf. »Ich kann mir solches Gerede nicht leisten.« Er runzelte die Stirn. »Behaltet es für euch, Gentlemen.«

Cindy Squires saß auf dem Trittbrett des Chrysler und starrte ihre Fingernägel an. Das war besser, als auf den Parkplatz zu sehen, der mit toten Gangstern übersät war. Der Lincoln Continental brannte, ein elegantes kleines Beiwerk, das Harry Madrid sich nicht hatte verkneifen können. Eine schwarze Rauchsäule schraubte sich durch den Nebel. Flammen knisterten, orangenfarbene Feuerzungen stachen durch den Rahmen des Stoffverdecks wie Bilder vom Wüstenkrieg in Nordafrika.

Auf der Rückfahrt in die Stadt hatte niemand viel zu sagen. Sie waren alle in sich abgekapselt von Schock und Müdigkeit, aber Cassidy dachte zu intensiv nach, um schlafen zu können. Da waren zu viele Haken und Ösen, die er verbinden mußte, aber was ihm besonders wichtig erschien, war die Gewißheit, daß Terry in Ohnmacht gefallen war, weil er Markies Gesicht erkannt hatte. War es nur die Überraschung, gepaart mit seiner allgemeinen körperlichen Schwäche? Bei der Betrachtung toter Matrosen der Handelsmarine rechnete man nicht damit, unvermittelt mit seinem gleichfalls verblichenen gesellschaftlichen Umgang konfrontiert zu werden. Vielleicht war es, weil man nicht erwartete, einen Freund zu sehen.

Vielleicht war es aber auch etwas anderes. Vielleicht war es der Umschlag auf der Hausbar, das ganze Geld . . . Markie würde nicht länger seinen Beitrag zu Terrys Lebensunterhalt leisten.

Die Verbindung zwischen den beiden Männern war Cassidy immer komisch vorgekommen, aber der Umschlag auf der Bar schien doch eine Menge zu erklären. Markie blieb jedoch weiterhin ein Rätsel. Was hatten er und sein Freund getan, daß sie mit den Seeleuten an Land gespült wurden?

Und was hatte überhaupt Harry Madrid da draußen zu suchen gehabt?

Und wenn Max Bauman nicht wirklich krank war, mußten er und Rocco sich an einem anderen Ort getroffen haben . . . und der Ausflug zur Küste war eine großangelegte Irreführung gewesen. Was ihn zu der Frage brachte, ob überhaupt jemand gewußt hatte, was, zum Teufel, letzte Nacht vor sich ging. Vielleicht waren alle vom Unerwarteten gelackt worden. Hölle, vielleicht hatte Max das Massaker inszeniert. Aber nein. Harry Madrid war nicht Max' Mörder vom Dienst . . .

Schließlich dachte er sich, er sei jetzt so sauber, wie es überhaupt ging. Er trocknete sich ab, widmete sich eine Weile der Körperpflege, gab es schließlich auf als zu wenig, zu spät, zog sich an und wagte sich aus seinem Zimmer, bewegt von der Frage, was wohl als nächstes geschehen würde, und der Erkenntnis, daß es ihn ohnehin kalt erwischen würde.

Terry war bereits aus dem Haus. Cassidy machte frischen Kaffee und setzte sich in die Eßnische. Er starrte den Diplomatenkoffer an, den er in seinem Zimmer behalten hatte, während er geschlafen hatte. Ein mitgenommener Lederkoffer, abgewetzt und verkratzt, mit Messing beschlagen. Nur ein Schloß. Er seufzte, gab seiner Neugier nach und nahm einen Schraubenzieher aus der Krimskramsschublade in der Küche. Er steckte die Spitze unter das Metallscharnier und drückte, bis es aufsprang.

Er besah sich den Inhalt, lief unruhig in der Küche umher und schaltete das tragbare Radio an, das neben dem Brotkasten auf der Arbeitsfläche stand. Er ging zurück zu dem Koffer und stierte hinein.

Es hatte keinen Sinn, es zu zählen. Bündelweise Zwanziger, frisch und neu. Dem Aussehen nach war die Druckerschwärze noch naß. Zwanzig, fünfundzwanzig Bündel in Papiermanschetten, vierzig oder fünfzig Scheine per Bündel. So um die fünfundzwanzigtausend Dollar. Flott wie Dicks Hutband, wie die alten Käuze zu sagen pflegten.

Jemand unten in Florida hatte eine Druckerpresse.

So wie es aussah, führte Rocco schwunghaften Handel mit Zwanzigern. Und Cassidy hatte sich die Warenprobe gegriffen. War Max an Zwanzig-Dollar-Noten interessiert?

Er schloß den Koffer und trug ihn zurück in sein Zimmer. Ein weiteres loses Ende.

Als Terry zurückkehrte, war sein dunkelblondes Haar frisch geschnitten, glatt nach hinten gekämmt, und sein dünner Schnurrbart hatte einen weiteren Besuch im Terminal Barber Shop überlebt. Er war auch der Blässe mit der Höhensonne zu Leibe gerückt. Cassidy kam in die Küche und fand ihn in der Eßnische sitzend. Er rauchte eine Zigarette und sah aus dem Fenster in den Lüftungsschacht. Cassidy nahm sich Kaffee und ihm gegenüber Platz.

»Hast du irgendwelche Antworten auf all das, Sportsfreund?«

Terry sah auf. »Wie könnte ich? Das reinste spanische Dorf für mich.«

»Ist dir der Gedanke gekommen, daß weder Markie noch sein Gespiele Mitglieder unserer Handelsmarine waren?«

»Da draußen ist eine beliebte Abladestelle, Lew«, sagte er ungeduldig. »Kerle, die andere umlegen, bringen die Toten da raus und laden sie ab wie Sperrmüll. Manchmal kriegen sie eine Zementkrawatte, manchmal lassen sie sie einfach an die Küste spülen. Das machen sie, wenn sie jemandem eine Nachricht zukommen lassen wollen.«

»Aber warum bringen sie die Leichen da raus?«

»Lew, Lew, was ist denn das hier, eine Klassenarbeit? Vielleicht haben sie's im Kino gesehn. Vielleicht ist es ein glorreicher alter Brauch. Gewerkschaftsbestimmung. Ich habe nie gefragt. Sie tun es einfach. Die Sache ist, wenn's eine Botschaft ist, dauert's eine Weile, bis sie ihren Adressaten erreicht. Ist ziemlich verwirrend da draußen, mit all den Leichen.« Er steckte die Kaffeemaschine aus und füllte seine Tasse von neuem. Er löffelte Zucker in die Tasse.

»Was für eine Botschaft?«

Terry schüttelte den Kopf. »Das gibt mir auch zu denken. Wem soll der Arsch auf Grundeis gehen, wenn's sich rumspricht? Oder wenn Markie nicht zur wöchentlichen Auspeitschung auftaucht?«

»Was für Feinde hatte er?«

»Ein Bursche wie Markie, vermutlich Dutzende. Tunten streiten sich andauernd bis aufs Messer. Eifersüchtige kleine Arschlöcher.« Er dachte laut.

»Wirst du es melden?«

Er sah aus dem Augenwinkel auf Cassidy. »Oh, ich denke nicht. Die sind vollauf damit beschäftigt, sich Sorgen um die Küste von Jersey zu machen. Warten wir einfach mal ab und sehen, was passiert.« Er inspizierte seine Nägel, biß auf einen. Das tat er sonst nie. Er ging sonst regelmäßig einmal pro Woche zur Maniküre. »Hör zu, Lew. Ich will offen sein. Die verdammte Nachricht ist für mich. Für mich. Persönlich. Vielleicht war die Nachricht für den alten Terry . . .«

»Wovon redest du?«

»Verlange nicht von mir, daß ich es erkläre. Hör mir nur zu. Wenn es für mich gedacht war, war sicher nicht vorgesehen, daß ich es so bald erfahre. Das reinste Idiotenglück, daß ich da war. Aber es bedeutet, daß ich einen kleinen Vorteil habe. Und das ist alles, was ich brauche.« Seine Augen leuchteten, sprühten beinahe vor Aufregung. Es war sein Element, und er steckte bis zu den Ohren drin. Es schien, als *wisse* er, daß die Nachricht ihm galt, und jetzt lockte der Abgrund der Gefahr unwiderstehlich, und er war wieder von Leben erfüllt.

»Warum sollte jemand Markie töten, um dir eine Nachricht zukommen zu lassen? Ich begreif's nicht.«

»Du mußt es nicht begreifen, Lew. Glaube mir nur, es ist so.«

Er blickte über den dampfenden Kaffee. »Ich krieg das schon in den Griff, ich entscheide dieses Spiel für mich, jedes Spiel in der Stadt. Alles, was ich jetzt noch brauche, um es wasserdicht zu machen, ist ein kleiner Vorteil. Die haben keine Chance. Die haben es jetzt auf mich abgesehen, Lew, ich weiß es ... hast du schon mal so ein Gefühl gehabt? Wenn man etwas instinktiv weiß? Jemand ist da draußen, atmet schwer, beobachtet mich ... Okay, jetzt geht's los ... Ich hätte gerne deine Hilfe, Sportsfreund.«

Cassidy rutschte auf seinem Stuhl hin und her, goß Kaffee nach, um Terry nicht ansehen zu müssen. Er fürchtete, daß man ihm seine innere Verwirrung ansah. Dewey, Luciano, Madrid, alle wollten sie seine Hilfe. Cindy Squires wollte seine Hilfe. Jetzt Terry. Und Terry hatte den ältesten Anspruch darauf, den stärksten. Es war wie in den alten Tagen. Aber Terry zu helfen, war nicht mehr so einfach wie früher. Es gab zu viele Haken und Ösen.

Terry redete weiter. »Da ist etwas, das ich unbedingt tun muß. Heut abend noch.« Er machte einen Augenaufschlag zu Cassidy. »Ich bräuchte einen zweiten Mann. Quasi als Rückendeckung.«

»Worum handelt's sich?«

»Komm schon, Lew. Freunde fragen nicht. Die helfen einfach.«

»Sicher, Terry. Keine Sorge. Ich bin dein Mann.«

»Heut abend geht's rund, Amigo.«

Beim Anbruch des Abends regnete es wieder. Die Yankees hatten es geschafft, ihr Spiel am Nachmittag über die Bühne zu bringen. Sie hatten Connie Macks Athletics 11:2 geschlagen, und eigentlich hatte sich Cassidy darauf gefreut, am nächsten Tag ins Stadion zu gehn, aber im Radio hatte es geheißen, New York stünden mehrere kalte und regnerische Tage bevor. Nun, die Saison war lang, und er las *Krieg und Frie-*

den, dem der Regen nichts anhaben konnte. Er fand großen Gefallen an der Figur von General Kutusow, und er stellte den Bezug von Napoleon zu Hitler her, an den in diesen Tagen jeder dachte. Er hatte das Gefühl, selbst einmal für General Kutusow gespielt zu haben, und der alte Dreckskerl hatte noch nie etwas von einem Steilpaß gehört. Trainer Kutusow war der festen Überzeugung gewesen, daß man den Gegner kommen lassen und Stück für Stück etwas Raum preisgeben sollte, denn das Spielfeld war sehr lang und früher oder später würde der Gegner den verfluchten Ball verbummeln. Wenn man das Buch las, dann die Tageszeitung, konnte man sich des Eindrucks nicht erwehren, daß alles in Rußland noch einmal geschah.

Vierundzwanzig Stunden zuvor waren sie alle auf dem Weg zur Küste von Jersey und dem bevorstehenden Feuerwerk gewesen, und Cindy Squires hatte ihm von den Regenbogen der *Normandie* erzählt, und jetzt war alles anders. Cassidy hatte das Gefühl, als habe jemand an der Senderwahl herumgespielt, und er hörte jetzt mehrere Sender, deren Existenz ihm vorher nicht bewußt gewesen war. Immer noch klang ihm der Selbsthaß von Cindy Squires im Ohr. Ihr andauerndes Gerede, wie sie doch eine Hure sei und eine geschäftliche Abmachung mit ihm treffen wolle und von Max weg müsse . . . und wie er sagte, er habe sich in sie verliebt . . . und jetzt fragte er sich, was zum Teufel da draußen geschehen war. Und wie Harry Madrid mit einer Maschinenpistole eine Abteilung von Roccos Fußsoldaten ins Jenseits befördert hatte . . . und die fette Körpermasse, ausgestreckt am Sand . . . Zu viel war geschehen. Er hatte Probleme, es alles auf eine Reihe zu bekommen. Und da war eine Tasche voller falscher Zwanzig-Dollar-Noten, und wo waren die Benzinmarken, über die sich Dewey so sehr aufgeregt hatte? Und was hatte Cindy Squires getan, daß sie sich so sehr selbst haßte? Und was hatte sie ihm wirklich angeboten? Hatte sie es ernst gemeint, würde sie sich daran erinnern? Liebte er sie, um Gottes willen?

Dann sagte Terry, es sei an der Zeit, aufzubrechen.

Beim ersten Regentropfen waren allen anderen Taxifahrern dringende anderweitige Verpflichtungen in den Sinn gekommen, und so brauchten sie eine Ewigkeit, eines heranzuwinken. Er war auf dem Heimweg nach Brooklyn und besaß die Freundlichkeit, sie an der Ecke First Avenue und 51. Straße abzusetzen, anstatt zu ihrem Wunschziel Sutton Place hochzubiegen. Cassidy schwang sein lädiertes Bein ins Freie, stand im Regen und gab ihm einen Dime.

Es regnete stark. Flüsse gurgelten im Rinnstein. Die Ampeln spiegelten sich auf den nassen Straßen. Sehr hübsch. Sie überquerten die Straße, die Krägen ihrer Regenmäntel hochgeschlagen, Hutkrempen tief im Gesicht, und gingen auf den Sutton Place, wo die Türklopfer polierte Löwenschädel waren und alteingesessenes Vermögen bis in alle Ewigkeit gedieh.

Der verblichene Marquart Cookson hatte auf der Ostseite der Straße gewohnt. Das Gebäude war ein exemplarisches Beispiel für die hochmarokkanische Periode, die zwar nicht lange gedauert, aber doch ihr Zeichen auf der ganzen East Side hinterlassen hatte. Da waren drei bogenförmige Türeingänge mit dicken Eichentüren, die mit schwarzen Eisenstäben vergittert waren, geschnitzte Sichtfenster wie in den alten *Speak-easies* und gußeiserne Scharniere, kaum größer als Aunt Fannys Picknick-Schinken. Terry öffnete das Schloß mit einem Dietrich.

Die Lobby war halb dunkel und still, gewissermaßen in Ruhestellung. Gußeiserne Leuchter an den verzierten Stuckwänden hielten Glühbirnen, die wie Fackeln flackerten. Schwere Balken unter der Decke veranlaßten einen dazu, sich automatisch zu bücken, obwohl man es nicht mußte. Maurische Muster blinzelten wie Haremsdamen von den Wänden. Lange Spiegel, die mit goldenen Adern durchsetzt waren, sahen aus wie ein schlimmer Unfall bei Tiffanys. Jeden Augenblick würde der Scheich von Arabien hinter einer Topfpalme hervorstolzieren und seinen Wurfspeer schwingen. Am Ende des Flurs, bei den Aufzugkäfigen, standen einige mannshohe Krüge. Vielleicht Ali Baba und die vierzig Räuber? Terry ließ seine Zigarre in einen der Töpfe fallen. Cassidy wartete auf den Schrei, aber zuerst kam der Aufzug.

Markie Cookson hatte sein Geld genossen. Abgesehen von der Tatsache, daß man ihn vermutlich hatte gründlich einfetten müssen, bevor man ihn in den Aufzug und wieder heraus bekam, hatte er hier sein eigenes kleines Feudalanwesen gehabt, von dem man auf den East River hinuntersah. Die Räume waren nicht groß, aber zahlreich. Und da war ein Balkon, hoch über den Schleppern und den Booten der Hafenpatrouille, die klein wie Spielzeuge tief unten durchs Wasser tuckerten. In Queens und Brooklyn auf der Brücke sah man nur wenige, verstreute Lichter. Noch nie war die Stadt so dunkel gewesen. Es war Krieg.

Terry zog Handschuhe an. Er ging zu einem Schreibtisch, der gerade noch in Delaware hineingepaßt hätte, und durchwühlte die Schubladen. Cassidy sah ihm dabei zu, fragte sich, was er wohl suchte. Allmählich war es ihm lieber so. Er war sich nicht sicher, wie viele Gesetze sie bereits gebrochen hatten, aber er nahm an, sie hatten gerade erst angefangen.

Der große Wohnraum war mit thronartigen Stühlen ausgestattet, schweren Balken, von denen Kronleuchter baumelten, genau in der richtigen Höhe, daß man sich den Schädel einschlagen konnte, wenn man nicht aufpaßte. Naturkerzen. Da waren zwei große Gemälde mit Teufeln und Kobolden, die aus den Schädeln und Mündern von Menschen krochen, wie der Krebs, der aus dem Loch in der Mitte von Markies totem Gesicht aufgetaucht war. Vergoldete Rahmen. Im Kamin hätte eine vierköpfige Familie bequem leben können. Eine große schwarze Statue einer ägyptischen Katzengöttin. Cassidy kannte sie aus einem Boris-Karloff-Film.

Während Terry Markies Papiere durchstöberte, ging Cassidy den dunklen Gang hinunter und schaltete ein Licht im Schlafzimmer an. Auf der Stelle wünschte er, er hätte es nicht getan. Ein riesiges Rundbett, umgeben von einem schweren, geknüpften Vorhang, stand dick und fett in der Mitte des Raums. Der obligatorische Rundspiegel hing an schweren Ketten über dem Bett. Es lohnte nicht, darüber nachzudenken, was sich darin gespiegelt hatte. Eine großformatige Fotografie des kugelköpfigen Meisters des Okkulten, Aleister Crowley, beherrschte eine Wand. Davor stand eine Art Altar. Kelche, Kandelaber, allerlei Krimskrams. Alles wirkte irgendwie verlottert und traurig. Eine altmodische Filmkamera auf einem Stativ war auf das Bett gerichtet. Cassidy betete, dieses Doppelprogramm niemals über sich ergehen lassen zu müssen.

Da waren einige afrikanische Eingeborenenstatuen mit sehr großen Genitalien. Markie, kleiner Teufel, der er war, hatte mehrere Sulka-Krawatten über die gigantomanen Erektionen gehängt. Auch ein paar Handschellen unter der Seidenwäsche. Die Beleuchtung war ganz bläulich und schummrig und indirekt. Auf einem Nachttisch standen dicke Gläser mit Vaseline und diversen anderen Schmieren und Salben. Auf einem Bord hatte jemand einen Teller mit den verkrusteten Überbleibseln eines Leberwurst-Sandwiches hinterlassen, einige Essiggurken, eine zerknüllte Serviette, benutzte Zahnstocher. Was immer man tat, der Mensch mußte schließlich essen.

Auf den Boden war ein riesiges Pentagramm gemalt, das kreisrunde Bett in seinem Zentrum, die Zacken angeglichen an die Ecken des Raums. Cassidy ging rückwärts aus dem Raum, als er noch etwas anderes entdeckte. Er spürte, wie sich die Haare auf seinen Armen aufrichteten und um Hilfe schrien.

Eine Wand war über und über mit einer eigenartigen Substanz beschmiert. Er trat näher. Stücke von irgend etwas klebten an der Wand. Das irgend etwas hatte Haare. An ein paar Stellen war es die Wand herunter geronnen.

Er ging zurück in den Gang. Er roch etwas Süßliches und Übelkeitserregendes. Vielleicht war es der Geruch von Weihrauch, der immer noch an den Wänden hing. Markie war genau der Typ dafür.

Dann roch er Rauschgift.

Terry saß hinter dem Schreibtisch und nahm einen kräftigen Zug von einem Joint. Er schob Cassidy ein Zigarettenetui zu, auf dessen Deckel Perlmuttdrachen tobten. »Markies Privatvorrat. Nicht schlecht.«

»Los, trödel hier nicht rum – «

»Nun hab dich nicht so. Du guckst so komisch – «

»Ich glaube, ich hab eben den Rest von Markies Kopf gefunden.«

Terry setzte sich kerzengerade auf. »Was?«

»Er klebt an der Schlafzimmerwand.«

»Godfrey Daniels!« Er stieg hinter dem Tisch hervor und ging den Gang hinunter. Cassidy wählte einen Thron und nahm Platz. Nach einer Weile kehrte Terry zurück, kopfnickend. »Den hast du in der Tat gefunden, Amigo. Sie haben ihn hier getötet. Aber abgeladen haben sie ihn am Arsch der Welt da draußen.« Er blickte auf die Bäume auf dem Balkon, die im Wind schwankten. »Ich denke, daß Markie vielleicht gar nicht gefunden werden sollte. Die Botschaft ist die gleiche, aber ohne Leiche, Beweise, Kugeln. Außer dem da.« Er warf Cassidy ein zerdrücktes Klümpchen Blei zu. »Hab's aus der Wand gepuhlt.«

»Jemand hat sich ein Sandwich gegönnt, während sie ihn fertigmachten«, sagte Cassidy. »Jesus. Hast du gefunden, was du gesucht hast?«

»Kein Glück. Aber er hatte etwas, das ich brauche. Ich muß es kriegen, Amigo.«

Er durchsuchte die restliche Wohnung. Cassidy saß im Wohnzimmer und blätterte durch Markies kostbares *Necronomicon.* Der süßliche Geruch wollte sich nicht verziehen. Es war nicht das Marihuana. Es war etwas anderes. Er ging unruhig im Raum umher, besah sich die Bildnisse der Teufel und Kobolde. Das Klopfen seines Stocks war das einzige Geräusch.

Wer hatte Markie auf dem Gewissen?

Was hatte Markie, das Terry brauchte?

Woher kam dieser verfluchte Geruch?

»Okay, Lew, machen wir, daß wir hier wegkommen. Gibt nur noch einen Ort, wo wir suchen können.«

»Was ist es, Terry? Was suchst du?«

Terry lächelte nur.

Das handgemalte Schild besagte: *Pendragon: Seltene Bücher, Erstausgaben und Incunabula.* Der Laden lag unauffällig zwischen ein paar sehr gediegenen Kunstgalerien auf der East 56. in einem schmalen, vierstöckigen roten Ziegelgebäude mit neuer Zierfassade. Es war Marquart Cooksons Geschäftsadresse. Terry benutzte einen Schlüssel, um sich Einlaß zu verschaffen. Als er die Tür hinter sich schloß, sagte er: »Das Geld steckt in den Incunabula, wenn du verstehst, was ich meine.«

Straßenlicht drang durch die regenverschmierten Fenster und warf unruhige Schatten. Stapel von Büchern waren fein säuberlich auf Tischen angeordnet. Vergoldete Ränder, teure Ledereinbände. An den Wänden standen dunkle Holzregale, und auf niedrigen Tischen standen Tiffanylampen. Eine bronzene Büste von Dante gönnte sich ein kleines Schläfchen auf einem kannelierten Podest. Ein mit goldenem Schreibwerkzeug bestückter Sekretär war hinten zur Abwicklung schnöder Geschäfte. Gerahmte Aubrey-Beardsley-Drucke. Helle Blumenwolken in großen Vasen und Kupferpötten.

Terry zog an der Kette einer der Tiffanylampen, setzte sich vor den Sekretär und durchwühlte den Inhalt der Schubladen. Da war nicht viel. Eine Kleingeldlade, bündelweise Quittungen, Buchbestellungen, Rechnungen, Kataloge. Er sah auf, stirnrunzeld. »Oben. Er hat die wichtigen Sachen alle oben im zweiten Stock. Für seine besonderen Klienten und Freunde.«

Er verlöschte die Lampe, und sie stiegen die enge dunkle Holztreppe hoch und befanden sich im hinteren der beiden Räume über dem hauptsächlichen Laden. Das größere Zimmer zur Straße hinaus war schattenverhangen und düster, und der Regen schlug gegen die Moignon-Fenster. Im kleineren Raum war ein weiterer Schreibtisch, diesmal ein einfaches Lehrerpult zum alltäglichen Gebrauch, nicht zum Vorzeigen. Zwei Aktenschränke, ein Getränketisch, ein paar Sessel aus gesprungenem Leder. Aus dem einen quoll die Roßhaarfüllung heraus.

Es dauerte nicht lange. Was er suchte, war in der unteren Schublade. Der erste Gegenstand war ein ledergebundenes Büchlein mit dem Aufdruck *Barzahlungen.* Der andere war ein Tischkalender. Er blätterte durch den Kalender, nickte dabei vor sich hin und stieß gelegentlich ein leises Pfeifen aus. Er legte ihn beiseite und öffnete das Rechnungsbuch, ging mit dem Finger einige Seiten durch, seine Lippen bewegten sich dazu. Cassidy nahm ein Buch von einem Stapel am Boden zu seinen Füßen. Fotografien von Männern beim Geschlechtsakt mit halbwüchsigen Jungen, Mädchen und dann und wann mit einem Collie. Die Bilder waren einander sehr ähnlich. Aufs ganze gesehen hatte Markie vermutlich mehr oder weniger bekommen, was er verdiente. Er legte das Buch weg und wollte so schnell wie möglich hier raus.

Das alte Parkett knarrte, eines dieser Geräusche, auf die man in solchen Gebäuden nicht sonderlich achtete. Terry schloß die Bücher. »Nun, da steht alles drin. Führte sorgfältig Buch, unser Markie.« In seiner Stimme schwang Sympathie.

Cassidy wußte jetzt, was in dem Büchlein und dem Kalender stand. Eine Auflistung der Schmiergeldzahlungen. Markie Cookson hatte einen Cop in seinem Team. Terrys Lebensweise war nicht länger ein Geheimnis. Wenn Max Bauman und Markie Cookson ihr Teil für den guten Zweck beisteuerten, war man der einzige Mordkommissionsschnüffler mit Nobeladresse in der ganzen Stadt.

Im abgedunkelten Vorderraum hörte man einen Schritt, und im selben Augenblick brachte Cassidy es auf die Reihe – was ihm in der Wohnung am Sutton Place aufgefallen war.

Ein süßlicher, unangenehmer Geruch. Ein Teller voller zerkauter Zahnstocher.

Harry Madrids Kirschtabak und . . .

Bert Reagan stand in der Tür, im Winkel seines freud- und ausdruckslosen Mundes einen Zahnstocher und in der Hand einen Smith & Wesson Police Positive. Sein nasser Trenchcoat machte den Eindruck, als habe er ihn aus einer Mülltonne aufgelesen, und er war triefend naß. Unter ihm stand eine Lache. Sein nasser Dobbs-Hut mit der hochklappbaren Krempe saß gerade auf seiner knochigen Stirn, und er hatte eine Rasur dringend nötig. Auf seinen braunen Budapestern war immer noch eingetrockneter Sand, ein Souvenir vom Strand von Jersey.

»Wo ist dein Herr und Meister, Bert?« sagte Cassidy. »Versunken in ein gutes Buch?«

Reagan nahm die Augen nicht von Terry, als er sprach. »Halt dich da verflucht noch mal raus, Cowboy. Du gehörst da nicht dazu. Aber du«, sagte er und hob den Lauf des Revolvers in Terrys Richtung, wie ein Lehrer seinen mahnenden Zeigefinger. »Mit dir ist das ganz was anderes.«

»Der Laden ist geschlossen, Bert«, sagte Terry und lehnte sich in dem knarrenden Drehstuhl zurück. »Komm morgen wieder.« Er lächelte. »Hölle, Markie gibt dir sicher Kredit. Du brauchst die Knarre nicht.«

»Sehr witzig«, sagte Reagan. Er lachte nicht und machte auch sonst keinen glücklichen Eindruck. »Was macht ihr hier? Woher wußtet ihr . . .« Er fing sich, und der Zahnstocher wanderte rasend schnell von einem Mundwinkel zum anderen.

»Woher weiß ich was? Daß du und Harry Markie Cookson gestern drüben am Sutton Place abgeknipst habt?«

Die Farbe schwand aus Reagans Gesicht. Übrig blieben zwei rosa Flecken, als habe er sich an den Wangenknochen aufgekratzt. Der Zahnstocher blieb auf halbem Wege stecken, und sein Adamsapfel hüpfte wie etwas, das gerade zum dritten Mal hinunter soll.

Terry lachte los. »Bei Gott, du und Harry, die Keystone Cops. Ihr solltet zum Film gehen!« Er wischte sich die Augen. »Was treibst du denn hier, Bert, alter Kumpel?«

»Ich weiß gar nix über Cookson. Fetter Schneehase, nichts, was mit dem geschieht, könnte mich überraschen –«

»Welch hochmoralischer Tonfall«, sagte Cassidy. Allmählich machte er sich Sorgen, daß Reagan allzu gesprächig würde. Über Tom Dewey und Lucky Luciano und Lew Cassidy, wobei er verflucht wie ein Spitzel aussah. Die Atmosphäre in dem engen kleinen Büro schien nicht so recht für Erklärungen geeignet zu sein.

»Ich warne dich, Cassidy –«

»Bert, laß gut sein. Du klingst wie ein George-Raft-Film. Wo ist Harry?«

»Harry hat mich gebeten, hier vorbeizuschauen, paar Sachen nachsehen –«

»Wie das hier?« Terry nickte zu den zwei Büchern auf dem Tisch.

»Würde mich nicht überraschen«, sagte Reagan mißmutig.

»Ich höre, du und Harry wart draußen an der Küste, Bert. Habt ein paar von Roccos Jungs zu Klump geschossen. War das so schlau, frage ich dich?«

Reagan machte ein böses Gesicht. Er war ein Mann, der seinen Dialog nicht gelernt hatte, keine einzige Zeile. Er war auf einem Blatt, der ganze verfluchte Rest der Darsteller auf einem anderen.

»Bert hat nicht viel zu sagen, Amigo. Vielleicht solltest du abziehen, nein, Bert?«

»Ich glaube, ich bringe euch besser alle zu Harry. Ja, ziehn wir doch alle gemeinsam ab. Harry hält die Zügel in der Hand. Ihr hättet hier nicht sein dürfen, Jungs.«

»Wo ist Harry?«

»Oh, der ist in einer – wie er's nennt – Operationszentrale, da ist er. Der spielt jetzt mit den Großen. Hotelzimmer, unten in Danbury, da am Times Square –«

»Operationszentrale? Wunderbar – er hat seine eigene Tour laufen. Jeder hat hier seine eigene Tour –«

»Der macht dich fertig, Leary!« Reagans Temperament ging mit ihm durch. Er zerbiß den Zahnstocher. »Der hängt sich deinen Kopf an die Wand. Dann heißt's adieu, Park Avenue. Adieu, Mädels. Der hat deinen Sarg schon bestellt –«

»Bert, du bist doch bloß ein dummer Laufbursche. Zur Hölle mit dir. Du bist doch viel zu mitleiderregend, als daß man sich überhaupt mit dir beschäftigt.« Terry stand auf. »Ich sollte dich dazu bringen, deine Kanone zu benutzen ... wie würde dir das gefallen? Denkst du, du hast Mumm genug? Bekommst du eine Kugel raus, bevor ich dich am Wickel hab?«

Reagan beschloß, nicht zu warten.

Der Revolver knallte wie eine Ochsenpeitsche, und die Kugel pflügte in die Tischplatte, nur wenige Zentimeter von Terrys Hand entfernt. Terry rührte sich nicht vom Fleck. Holzsplitter spritzten über seinen Ärmel. Während das Geräusch verhallte, mühte sich Terry, ein Lächeln aufzusetzen. Cassidy erwog, von der Seite nach Reagan zu schlagen, fragte sich, wie schnell die Reaktionen des Cops wohl waren. Er überlegte es sich anders.

»Sehr nervös, Bert«, sagte Terry.

»Du regst mich mächtig auf, Terry, wenn du mich so mit Scheiße vollredest.«

»Nun, du hast einen langen Tag gehabt. Markie umnieten, die ganze Nacht aufbleiben, vermutlich seekrank werden, all das kalte Fleisch in der Dunkelheit herumwuchten, eine Amphibienlandung im Nebel, all diese Ganoven mit Blei vollpumpen ... kann schon verstehen, daß du aussiehst, als bräuchtest du eine satte Mütze Schlaf.«

»Zuerst gehen wir zu Harry«, sagte Reagan.

»Geistige Einbahnstraße«, sagte Cassidy.

»Harry wird das nicht gefallen, Bert. Ich werd ihm sagen müssen, daß du die Sache mit Markie ausgeplaudert hast –«

»Du verfluchter Dreckskerl, ich hab gar nix rausgeplaudert.«

»Nun, vielleicht ist Harry in nachsichtiger Stimmung – mach dir mal keine Sorgen.«

»Ich mach mir hier keine Sorgen. Jetzt auf, ihr zwei, wir gehen jetzt zu Harry. Sofort! Gib mir deine Kanone, Terry, oder Gott helfe mir, ich durchlöchere dich da, wo du jetzt stehst.« Terry reichte die Bücher Cassidy, dann nahm er langsam seinen Revolver aus dem Schulterhalfter, gab ihn Reagan, mit dem Griff voran.

»Okay, Gents«, sagte Reagan, »gehn wir.«

Cassidy ging zuerst die Treppe hinab. Aufgestützt auf seinen Stock. Terry folgte, dann Bert. Cassidy mußte sich beim Herabsteigen in der Dunkelheit mit allergrößter Sorgfalt vorantasten.

»Los, mach, Lew«, sagte Reagan. »Wir haben nicht die ganze Nacht.«

Terry sagte: »Bißchen höflicher bitte, Bert.«

»Halt's Maul!«

Auf halbem Wege die Treppen hinunter, wo es am dunkelsten war, wo man überhaupt nichts mehr sah, beugte sich Cassidy auf eine Seite, suchte nach Halt. »Mein Bein«, sagte er. »Es ist immer noch schwach . . .« Er konnte Terry nicht sehen, aber spürte ihn, nur wenige Zentimeter weg.

»Los, los!« Reagan war voller Ungeduld.

Cassidy holte tief Luft und warf die zwei Bücher mit Marks Eintragungen nach hinten auf Reagan. Er konnte nicht erkennen, wo sie ihn trafen, aber er hörte einen überraschten Schrei, hörte, wie Reagan seinen Halt verlor. Da war ein höllischer Krach, ein Mündungsfeuer, und Gips rieselte von oben herab. Terry handelte. Reagan grunzte wieder in der Dunkelheit. Jemand stieß einen schmerzerfüllten Seufzer aus. Beide schlugen krachend gegen Cassidy. Der eine huschte vorbei, der andere griff nach dem Geländer, und es löste sich in seiner Hand von der Wand. Cassidy fiel hart zu Boden, schlug am Rand der Treppe auf. Schmerz schoß explosionsartig durch sein Bein. Er biß die Zähne zusammen und versuchte, es mit beiden Händen zu strecken. Der Stock war weggerollt.

Jemand am Fuß der Treppe mühte sich, auf die Beine zu kommen. Man hörte viel schweres Atmen.

Oben blitzte ein weiteres Mündungsfeuer auf.

Die Gestalt fiel ruckartig nach hinten. Da waren drei weitere Schüsse. Cassidy preßte seine Hände gegen die Ohren. Die Gestalt wurde auf die Knie geworfen, dann mit jedem weiteren Schuß in den Boden gehämmert wie ein Nagel.

Der Lärm dröhnte immer noch in Cassidys Kopf. Der Geruch des Schießpulvers erfüllte das enge Treppenhaus. Er ließ ihn würgen.

Er versuchte, die Treppe hinunterzukommen, mußte zu ihm.

»Terry! Um Himmels willen, Terry!«

Als er den Körper erreichte, wurden seine Hände klebrig von warmem Blut.

Er sah wieder zurück zur Treppe, wo langsame Schritte auf ihn zu kamen. Er brüllte, und er konnte nicht das geringste erkennen. Er versuchte aufzustehen, und sein Bein wollte ihm keinen Halt geben.

»Du kannst mich genausogut auch umbringen, du Dreckskerl!«
Die Schritte verhielten nahe am Ende der Treppe.
Cassidy sah hoch ins Nichts und wartete auf die Kugel.
»Nun, warum zum Teufel sollte ich das tun, Amigo?«
Es war Terry.

Kapitel 8

Die Gipshand mit den hochroten Nägeln schwebte über den Spielkarten, der Kopf mit dem dichten schwarzen Haar in Zöpfen schaukelte unentschlossen hin und her, dann verhielten Hand und Kopf, die gelbe Glühbirne verlöschte, und eine kleine blaue Karte fiel aus dem Schlitz. Die Gipsaugenlider fielen zu.

Momentan mag Ihnen das Leben sinnlos erscheinen, aber verzagen Sie nicht! Die Zukunft ist vielversprechend. Sie haben eine romantische Ader, die Sie in der Vergangenheit gar manches Mal in die Bredouille gebracht haben mag, aber Sie werden in Bälde neues Herzensglück entdecken, das sich als die WAHRE Liebe Ihres Lebens erweisen wird! Ein Freund ist ein gewichtiger Einfluß in Ihrem Leben. Veränderungen nahen! Ihre Bekleidung zeugt von exquisitem Geschmack, weshalb viele Leute Ihnen Neid entgegenbringen. Werfen Sie weitere fünf Cent ein, und ich werde Ihnen mehr erzählen.

Cassidy las die Karte. Wieviel mehr konnte da schon noch sein? Er ließ sie in seine Tasche fallen, aß den Hot-dog zu Ende, wischte einen Senffleck von den Kleidern, denen jeder soviel Neid entgegenbrachte, und sah zurück auf den Verkehr und den Sonnenschein auf der 42. Straße. Die Hälfte der Männer trug Uniformen. Er fühlte sich irgendwie suspekt ohne eine, wie eine geheime Achte Kolonne, die lange Konversationen mit Laternenpfählen und dem Erzengel Gabriel führte. Die Flipperautomaten tuteten und klingelten und schrillten ihm um die Ohren. Die Spielarkade war voll von Matrosen, die einen Tag Landurlaub hatten, Jugendlichen, die die Zeit totschlugen, die warteten. Er stand auf dem Gehsteig, beobachtete das Danbury Hotel auf der anderen Straßenseite. Es war nicht gerade das Waldorf. Es hatte ständige Bewohner, die im Foyer ein illegales Wettbüro unterhielten, und eine übrige Klientel, die die Zimmer stundenweise mietete, und die liebe Angewohnheit hatte, Leintücher zu verkleben und die Haltbarkeit der Bettfedern auf die Probe zu stellen.

Und dann – er sah ihn, wie er sich wie eine Mautkabine durch die sonnenbestrahlte, blinzelnde Masse bewegte – erschien Harry Madrid in einem grauen Zweireiher und einem Panamahut, der eine Menge Sommeranfänge miterlebt hatte, seit er in den Norden gekommen war. Er ging an der Pfandleihe vorbei, bog in die Lobby des Danbury, ging zum Aufzugskäfig. Er packte eine King Edward aus. Der Bodenbelag war abgestoßen und der Staub auf den Topfpalmen dick genug, um sein Autogramm hineinzukratzen.

Cassidy ging zur Anmeldung und gab dem Portier fünf Dollar für die Zimmernummer des zweireihigen Anzugs. Er ging die Treppe hoch mit der verspäteten Erkenntnis, daß er die Nummer auch für einen Dollar hätte haben können. Aber er war neu bei diesem Spiel und mußte mit dem auskommen, was er die harten Burschen in den Filmen hatte tun sehen.

Madrid trug immer noch die Anzugsjacke, als er auf sein Klopfen antwortete. Der Hut lag auf dem Bett. Der Telefonhörer lag neben dem Apparat. Er sah Cassidy durch den Rauch seiner King Edward an, kniff die kleinen glänzenden Äuglein zusammen, schweinern. »Du«, knurrte er, »dich will ich sehn.« Er wandte sich wieder zu dem Telefon, sagte etwas, legte den Hörer hart auf. »Woher weißt du, daß ich hier bin? Niemand weiß das.«

»Wollte nur kurz vorbeischauen, dir sagen, wie leid es mir tut mit Bert. Wissen sie, wer's getan hat?«

»Mich kannst du nicht verscheißern, Lew. Bert war nur ein weiterer Furz in einem riesigen Hurricane. Eine Spielzeugpistole im großen Krieg. Zur Hölle mit ihm.«

»Sentimentaler Hund.«

Madrid drückte die Zigarre aus und rupfte eine Pfeife aus seiner Tasche, dann einen gelben Plastikbeutel. »Baumans Zigarren vermiesen einem all die anderen Stumpen.« Er fummelte Tabak in den Pfeifenkopf; der erste Schmauch erfüllte den Raum mit dem widerwärtigen Kirschgeruch.

»Zu schlimm, auch das mit Markie Cookson.«

»Jaah, davon hab ich gehört«, sagte Madrid mit einem Zucken seiner gewaltigen Schultern. »Hab gehört, er wird vermißt ... der taucht schon auf. Typen wie der tauchen immer auf.«

»Diesmal nicht, Harry. Wenn du und Bert sie umlegen, bleiben die Dreckskerle tot. Wie Roccos Jungs unten an der Küste. Du hast mächtig viel im Schilde geführt, Harry. Ich möchte wissen, wann und wo das aufhört . . . wo du und ich doch Partner sind, mit dem alten Tom und Mr. Lucky. Es beunruhigt mich ein wenig, wie du Leute umbringst, hier gewissermaßen deinen eigenen Laden aufmachst. Auf einmal wird mir ganz schwach und mädchenhaft um die Brust beim Gedanken, daß du von einem extravaganten Hotel wie dem hier aus auf eigene Faust agierst . . . Ich frage mich, ob ich mich nicht besser mal daran erinnern sollte, wer meine wirklichen Freunde sind – vielleicht sollte ich besser mal Max und Terry erzählen, welchen Eindruck das hier auf mich macht. Hundefrühstück, Harry. Hab das verfluchte Gefühl, ich trete rein . . .«

»Dein Mundwerk«, sagte Harry Madrid, »geht mit dir durch. Du könntest dich in ein frühes Grab reden –«

»Das ist der Stil, Harry, den ich an dir so liebe.«

»Du wußtest, daß ich hier bin. Du bist irgendwie auf den Gedanken gekommen, Cookson wär abgekratzt . . . du blubberst hier rum über Roccos Ganoven . . . du kommst hierher und versuchst mich mit diesem Arschloch von Bert zu ködern, denkst, ich fall da drauf rein. Bert hat also sein Maul nicht halten können, bevor du und Terry ihn umgelegt habt – Hölle, die Welt ist halt schlecht, Lew. Footballspieler sollten beim Heldentum bleiben. Nimm das Wort eines Experten dafür. Setz dich, Lew.«

Ein warmes Lüftchen bewegte die Vorhänge zehn Stockwerke über der 42. Er saß in dem uralten Morris-Sessel, während Harry Madrid Old Crow Whiskey in ein paar kleine Gläser goß.

»Es ist zu spät«, sagte Cassidy. »Ich bin kein Held mehr. Die Helden sind alle weg, anderweitig beschäftigt. Ist dir das nicht zu Ohren gekommen?« Der Bourbon vertrug sich nicht allzu besonders mit dem Hot-dog.

»Nur noch wir bösen Buben übrig, willst du das damit sagen?«

»Ich denke, Berts Tod war ein Unfall«, sagte Cassidy.

Madrid lachte leise durch den Rauch. Er kreiste um sein breites, väterliches Gesicht. Ein Cop der alten Schule. Ein Plattfuß, so pflegte Terry ihn zu nennen. »Warum nicht? Verpaßt sich selbst aus Versehen drei, vier Kugeln und pardauz. Klingt vernünftig. Ich schätze, Markies Tod war auch ein Unfall. Nehmen wir mal so rein hypothetisch an, Markie wär tot . . .«

»Tun wir das«, sagte Cassidy. »Das muß vielleicht eine Szene gewesen sein, Terry, in Markies Schlafzimmer. Das blaue Licht, der Spiegel über dem Bett, die Filmkamera, die Handschellen auf dem großen Schwanz – habt ihr dran gedacht, es aufzunehmen? Das große runde Bett, sein ganzer Krimskrams. Ihr bekamt also die Nase voll von ihm, vielleicht konntet ihr ihn nicht ausquetschen, also habt ihr ihn gegen die Wand gerammt und sein Hirn weggeblasen, eine üble Sauerei, ihr hättet wenigstens die Wand säubern können. Vor der Küste von Jersey habt ihr ihn dann abgeladen.«

»Laß mich mal ein Wörtchen über Markie sagen, Lew. Nur so rein hypothetisch, verstehst du. Hast du Zeit dafür?«

»Für dich? Immer.«

»Ich habe Terry sehr lange Zeit beobachtet. Ich habe ihn beobachtet und darüber nachgedacht, wie unser guter Freund Terry lebt, wie er die Dinge regelt. Dann fängt Luciano an, über ihn zu reden ... auf einmal spielt Terry also eine große Rolle in meinem Leben, und siehst du, ich möchte ihn da raus haben, ganz und gar. Aber ich kann ihn nie so recht bei irgend etwas Illegalem ertappen. Wenn ich ihn mir schnappe, dann muß ich ihn schon fest am Wickel haben. Er ist ein Cop, der Schmiergeld nimmt, aber die Hälfte der Cops in dieser Stadt hat irgendwo einen Max Bauman. Ich mußte also was besseres anschleppen als einen Gangster, der üppige Schmiergelder austeilt ... nun, Terry hätte sich niemals mit dem Fetten einlassen sollen. Das Tête-à-tête mit Max, das krieg ich in den Kopf, aber mit einer Schwuchtel wie Cookson? Unnatürlich. Dann fetzt dieses Jüngelchen Terry mit Blei voll, und ich schmauche meine Pfeife und denke weiter. Wenn diese kleine Null Derek Boyce Sylvester Aubrey Bean tatsächlich umgebracht hätte, hätte Herrin Terry vielleicht dafür gehaßt, seiner wahren Liebe den Garaus gemacht zu haben, aber er hätte ihn nicht so niedergeschossen. Da kommt mir also der Gedanke, vielleicht *wußte* Herrin, daß Boyce unschuldig war, der Sündenbock, den Terry reingeritten hat, um dem wirklichen Mörder die Unannehmlichkeit zu ersparen, auf den elektrischen Stuhl gehen zu müssen. Ich schnüffle also so ein bißchen auf eigene Faust herum, und es stellt sich heraus, Markie fickte nicht nur diese Boyce-Type ... sondern Markie ist auch die Hauptquelle für Drogen für die ganzen Schwulen. Wie findst du das! sag ich zu mir. Mir kommt, daß Markie mit all diesen Burschen ziemlich dicke stand, besonders mit dem sehr reichen Mr. Bean. Aber die Ermittlungen unseres guten Terry unterschlagen all das, konzentrieren sich sofort auf Boyce. Aber es gab alle möglichen Verbindungen zwischen dem Fetten und Bean ... stellte sich heraus, Beans Wohnung war voll mit Fingerabdrücken von Markie, sogar ein paar Liebesbriefe, die er Bean geschrieben hatte ... und da waren Bilder von einem fetten Mann in einer Maske, der die Scheiße aus Bean peitschte, während Derek Boyce wie ein Geistesgestörter zusah. Nun, man braucht nicht Holmes und Watson, um zu dem Schluß zu kommen, daß Bean das Opfer war von, ja, wie könnte man es nennen? Einem Exzeß an Enthusiasmus, einem Übermaß an jugendlichem Überschwang? Sie waren alle schwere Drogenbenutzer, hingen alle an diesem unheimlichen Hexenzeug, alle zusammen – folgst du mir, Lew?«

»In sicherer Entfernung«, sagte Cassidy.

»Terry dachte sich, der Fette wär zu gut, als daß man ihn auf dem elektrischen Stuhl vergeuden sollte, siehst du das nicht? Also gab er ihnen eine bekloppte kleine Schwuchtel wie Boyce und hielt Markie da raus. Sagen wir mal, der fette Mann war nicht gerade undankbar.« Harry Madrid drückte mit einer dicken, schwieligen Fingerspitze die heiße Asche in den Pfeifenkopf. »Nun, Lew, du mußt zugeben, daß es nicht recht war, Boyce den Löwen zum Fraß vorzuwerfen . . . Ich hatte einen verdammt guten Fall, rein hypothetisch, ich weiß, gegen Cookson, und Terry steckte direkt in der Mitte . . . Also nagte ich weiter daran, wie dieser Bullterrier, den ich habe, wenn er sich auf einen saftigen Markknochen stürzt, und was stellt sich heraus, das war erst der Anfang . . . Terry gehört Max Bauman. Und was ist Max' wichtigste Einkommensquelle? Drogen. Marihuana, Koks, Heroin . . . und der Fette belieferte die Schwulen. Was Terry zum Mittelsmann macht, der von Markie einen verflucht hohen Anteil bekommt. Jetzt weiß ich verdammt sicher, daß Terry Markie aus dem Gefängnis heraushalten will . . . und da ist eine Chance, daß Markie Buch über seine Zahlungen an Terry geführt hat, um in der Lage zu sein, mit den Bullen zu feilschen, wenn sie schließlich doch alle mal an seine Tür klopfen. Alle stecken bis zum Arsch in dieser Sache, und Markie hat seine eigene kleine Rückversicherung gegen einen regnerischen Tag.« Harry Madrid lächelte ruhig, wie ein Mann, der das Licht gesehen hat, nach einer langen Zeit in der Dunkelheit zusammen mit allen anderen. »Terry ist ein übler Bursche«, sagte er, paffend. »Nun, wenn ich schon drauf komm, daß Markie eine Versicherung hat, dann kann das auch Terry . . . aber warum entschließt sich Terry gerade jetzt, sich diese Versicherung zu holen? Da hast du mich –«

»Ein sechster Sinn«, sagte Cassidy.

»Terry muß alle Unterlagen über die Zahlungen gefunden haben, denn ich habe sie nämlich nicht gefunden. Und ich denke mir, daß Terry Bert getötet hat, weil Bert auf meinen Befehl dort war – er sollte mir die Sachen bringen, die Terry belasteten. Also erzählt mir nicht so viele verschissene Lügen, klar? Das Leben ist zu kurz dafür. Terry hat also die Beweise, und ich bin wieder da, wo ich angefangen habe . . . es ist ein Spiel, um Himmels willen, Lew, schau mich nicht so an. Du weißt doch, wie es ist mit Spielen. Schau dir dein Bein an, das war ein

Spiel. Nun, das ist unser Spiel, Terrys und meins, und Terry verliert. Er mag nicht so denken, aber er verliert, und die anderen haben den Ball. Würdest gut dran tun, das im Kopf zu behalten, Lew. Ich will Terry. Lucky will Terry. Er ist ein toter Mann . . . Und du bist der einzige, der eine Chance, *die einzige Chance*, hat, ihn da lebendig rauszubekommen. Soll ich ehrlich zu dir sein? Ich glaube nicht, daß du es schaffst, Junge. Okay, jetzt, zum Teufel, was willst du? Du hast mir nicht gesagt, wie du hierher kamst.«

»Ich versuche nur herauszufinden, was hier läuft«, sagte Cassidy. »Ich muß mir die Lügen von allen anhören. Was war jetzt das wieder, was du mit Roccos Jungs angestellt hast –«

»Sieh mich nicht an. Gemetzel von Gangstern unter sich. Ich bin sauber.«

»Du, Harry, sauber?« Cassidy schüttelte seinen Kopf.

Madrid stand auf, klopfte seine Pfeife am Fenstersims aus. Der Wind peitschte die Asche ins All. »So wie ich das beurteilen kann, hat jeder Dreck an den Händen. Du wirst auch nicht gerade sauberer, Lew.« Er grinste. »Vergiß Roccos Jungs. Sieh's mal so, die Welt ist ein besserer Ort ohne sie. Wer immer sie getötet hat, man sollte ihm einen Orden dafür geben.« Das Grinsen wurde zu einem schwachen Lachen.

»Ich hab gesehn, wie du sie umgelegt hast«, sagte Cassidy.

»Ist es wahr? Nun, weißt du, was ich denke? Ich denke, es war eine Vision, Lew. Oder vielleicht Delirium tremens.«

»Du kamst in einem Motorboot, aus den Dünen heraus hoch zum Parkplatz, und nahmst sie unter Beschuß. Ich sah, wie es ablief.«

»Ohne Scherz? Hat mich noch jemand anders dabei gesehn?«

Cassidy stierte in die harten kleinen Augen.

»Ich meine, was soll's, Lew. Eine unbestätigte Aussage . . .« Madrid zuckte mit den Achseln. »Menschen, die sehn die ganze Zeit Dinge, Dinge, die nie geschehen sind . . . so ist's halt.« Seine Hand lag auf dem Türknauf. Ein Sepia-Bild hing an der Blumentapete neben der Tür. Ein Trapper stand aufrecht in einem Kanu, während ein Indianer paddelte. Zumindest hatte er ein Paddel. »Ich melde mich. Wir zählen immer noch auf dich, Lew. Gib uns Terry und Max, vielleicht werfen wir dir dann Terry wieder zurück.« Er hielt seine Pfeife in der Hand, lachte leise, als er die Tür schloß.

Während er auf den Aufzug wartete, fragte sich Cassidy, an genau welcher Stelle das Gespräch in falsche Bahnen geraten war. Manchmal hatte man das Gefühl, als sei man der einzige, der jemals überrascht wurde. Er war froh, das muffige Foyer hinter sich zu lassen. Aber er stand vor der Pfandleihe und starrte eine Fotografie der Yale-Footballmannschaft von 1907 an, ohne sie wirklich zu sehen, als er eine riesige Pfote auf seiner Schulter fühlte.

Bennie die Bestie sagte: »Lew«.

»Nun« – Cassidy sah auf die getupfte Fliege – »Ich weiß nicht, warum ich überrascht sein sollte. Wie geht's, Bennie?« Er fühlte sich wie etwas, das in einem mächtigen Strudel steckte, den es nur teilweise beherrschen konnte. Er konnte seine winzigen Fäuste gegen die Scheiben schlagen, so tun, als mache es einen Unterschied, und dann fiel auf einmal eine Hand, so groß wie sein Kopf, auf seine Schulter. Nichts überraschte ihn mehr. Außer dem Glauben, immer noch etwas Kontrolle über irgend etwas zu haben.

»Kein Grund zu erschrecken, Lew.«

»In Ordnung, Bennie. Ich erschrecke nicht.«

»Grad eben sahst du kurz erschreckt aus, Lew. Mr. Bauman würde dich gerne sehen.« Er nickte nach hinten zum Randstein, wo der Chrysler wie ein riesiger Windbeutel saß. Er berührte sanft Cassidys Ellenbogen, mit dem leichtesten Anflug von Druck. »Wir folgen dir seit geraumer Zeit, Lew. Burschen wie Mr. Madrid sind nicht der rechte Umgang für dich.«

»Das ist gut, Bennie, wirklich gut. Harry denkt nämlich, sein Büro im Danbury wäre ein Geheimnis.«

»Sieht so aus, als täuscht Harry sich mal wieder. Er täuscht sich in vielem.« Er öffnete die Hintertür, und Cassidy stieg zu Max Bauman. Bennie wartete geduldig, bis Cassidys Bein verstaut war, dann schloß er die Tür mit einem schweren, soliden Klick.

Bennie war links abgebogen, und sie fuhren jetzt langsam in Richtung Uptown. Hupen tuteten, und Kinder hielten Ballons, und die hübschen Mädchen liefen in ihren Sommerkleidern herum.

Max Bauman schüttelte Cassidys Hand, lehnte sich zurück und blickte auf die vielen Mädchen in ihrer Mittagspause und die Soldaten und Matrosen, die durch die Stadt wanderten, die die meisten von ihnen nie zuvor gesehen hatten. Sie waren erst am Anfang. Sie würden viele Dinge sehen, die sie nie zuvor gesehen hatten, und vielleicht würden einige von ihnen sogar eines Tages wieder nach New York kommen und dort versuchen, sich an die jungen Männer zu erinnern, die sie vor so langer Zeit gewesen waren.

»Ich bin ein sehr direkter Mann«, sagte Bauman, »wenn es ums Geschäft geht. Aber ich würde dir gerne eine Frage stellen, bevor wir zur Sache kommen. Was hast du mit einem Schurken wie Harry Madrid zu schaffen?«

Cassidy wartete darauf, daß er die Frage präzisierte. Nichts dergleichen geschah. »Beileidsbezeugung wegen Bert Reagan. Das hatte ich mit ihm zu schaffen.«

»Müssen starke Gefühle gewesen sein, wenn sie dich dazu bringen, in seine kleine geheime Operationszentrale zu gehen. Er arbeitet jetzt mit dem FBI. Ist das nicht erstaunlich, Lew?«

»Erstaunlich.«

»Woher wußtest du, wo du ihn finden kannst, Lew?«

»Bert erwähnte es einmal, denke ich. Was, zum Teufel, soll das, Max?«

»Ich gebe dir einen guten Rat, Lew. Gib dich nicht mit diesem Mann ab, diesem Harry Madrid. Seine Vorgeschichte ist übel.«

»Ich verstehe nicht –«

»Harry Madrid mischt sich in meine Geschäfte ein, Lew. Er versucht durcheinanderzubringen, was ich für die natürliche Ordnung der Dinge halte. Ich werde das nicht hinnehmen. Ich beziehe mich, selbstverständlich, auf die kaltblütigen Morde an meinen Geschäftspartnern aus Florida. Terry sagte mir, du hast ihn selbst gesehen ... nach der Schießerei. Ein Massaker.«

»Harry sagte, ich hätte eine Vision gehabt –«

»Er weiß, daß du gesehen hast, was geschehen ist?«

Cassidy nickte.

»Und wie ist er an diese Information gekommen?«

»Ich hab's ihm gerade erzählt.«

»Du hast's ihm gerade erzählt. Nun, das ist allerdings erstaunlich.« Max starrte aus dem Fenster. Er klang nicht erstaunt. »In bestimmter Hinsicht wäre es möglich zu argumentieren, daß Harry Madrid glaubte, er erledige nur seinen Job. Vielleicht sollte ich im Zweifelsfall zu seinen Gunsten entscheiden. Denkst du, ich sollte im Zweifelsfall zu Harry Madrids Gunsten entscheiden?«

»Meine Gefühle gegenüber Harry sind nicht unbedingt freundlicher Natur.«

»Ich bin aufrichtig froh, das aus deinem eigenen Mund zu hören, Lew. Denn ich habe nicht die Absicht, Harry Madrid irgend etwas zuzugestehen, außer eventuell einer Zementkrawatte. Du wirst dich fragen, warum ich's nicht einfach tue? Es wäre Kinderkram. Ich weiß Bescheid über sein Büro im Hotel, ich kenne seine Verbindung zum Büro von Mr. Hoover, ich weiß Bescheid über seine Freundschaft mit gewissen kriminellen Elementen ... Du wirst mir vielleicht nicht glauben, Lew, aber Harry Madrid war ein Schmiergeldkassierer – ja, Gott sei mein Zeuge, ein Schmiergeldkassierer für einen Mann, den ich schon sehr lange kenne, einen Mann, der mit den Jahren verdreht und böse geworden ist . . . Lucky Luciano! Ja, Harry Madrid tat alles für Lucky. Bis Lucky ein bißchen Pech hatte . . .« Er beugte sich nach vorne, klopfte Bennie auf die Schulter. »Durch den Park, Bennie. Wunderschöner Tag. Die Bäume schlagen aus.« Er faßte herüber und berührte Cassidys Knie. »So ein Mann ist Harry Madrid. Als er meine Geschäftspartner aus Florida ermordete, kam mir der Gedanke – er tut diese schreckliche Sache für Lucky Luciano. Luciano piesackt mich aus seiner Gefängniszelle!«

Bennie bog über die 59. und rollte in den Park. Der Lärm der Stadt verschwand im Hintergrund. »Jetzt schau dir mal diese Eichhörnchen an, Lew. Sie haben im voraus geplant, sie haben einen Nußvorrat für den langen Winter angelegt, und sie haben überlebt. Sie waren auf der Hut. Überleben ist alles. Gottverflucht!« Seine Ruhe zerbarst wie ein geplatztes Blutgefäß. Sein Gesicht wurde fleckig vor Zorn; Speichel bildete sich in den Mundwinkeln. »Rocco, ein Mann, mit dem ich seit zwanzig Jahren Geschäfte mache! Rocco dachte, ich hätte seine Männer ermorden lassen! Ich! Es ist wie ein blutiges Shakespeare-Drama. Lew, Lew, ich habe ihn überzeugt, daß ich es nicht war. Er hat etwas von mir gekauft, eine Erstbestellung von einer meiner Waren, so könnte man sagen, und er bezahlte eine Million Dollar dafür . . . Nun, ich ließ ihn die Ware behalten und gab ihm die Million zurück! Nur um ihm zu zeigen, daß ich nichts mit dem Gemetzel zu tun hatte, daß wir immer noch Freunde waren! Jetzt«, seufzte er, bemüht, sich zu beherrschen, »sollte man annehmen, das wäre schon schlimm genug, nein, Lew!«

»Schlimm genug«, stimmte Cassidy zu.

»Aber das Schlimmste kommt noch.« Er holte tief Luft, ein Mann, der vom Zehnmeterbrett springt. »Jemand hat Madrid gesagt, daß diese Männer da sein würden . . . *Jemand hat ihm gesagt, ich würde da sein!* Harry Madrid hätte mich töten können. Und Rocco, was das betrifft. Wenn wir unsere Pläne nicht in letzter Minute geändert hätten. Hör mir gut zu, Lew.« Adern pulsierten in der Stirn, und Cassidy sah weg, erreichte die blutunterlaufenen Augen. Keine großartige Verbesserung. »*Ich bin verraten worden! Die verfluchte Schlange ist an meinem Busen.*«

Cassidy nickte. Er wollte nicht nach dem Namen der Schlange fragen. Der Wagen schien voll von ihnen.

Bauman flüsterte: »Hat Terry mich verraten, Lew?«

»Du machst Witze –«

»Wirke ich auf dich wie ein Mann, der Witze macht?«

Cassidy schüttelte den Kopf.

»Ich will wissen, ob Terry mich verrät. Ich will, daß du's herausfindest ... schone meine Gefühle nicht, Lew. Wenn ein Mann Krebs hat, will er es wissen. Das Geschwür muß herausgeschnitten werden. Und wenn Terry mir treu ist wie eh und je, nun, werde ich ihn dafür entschädigen. Lew, ich weiß nicht mehr weiter ... es gab keinen anderen, zu dem ich gehen konnte.« Seine Zunge zuckte über die trockenen, aufgesprungenen Lippen. So wirkte er wie eine Echse. »Du hast für meine Mannschaft gespielt. Du hast alles gegeben. Ich vertraue dir, Lew.«

»In Ordnung. Ich werde sehen, was ich tun kann, Max.«

»Du klingst nicht glücklich. Aber tu dein Bestes. Ich werde dir etwas Nettes tun, Lew.«

Cassidy stieg in der Nähe des Metropolitan Museum aus dem Wagen. Er sagte, er wolle ein bißchen zu Fuß gehen, sein Bein etwas bewegen. Einmal beugte er sich herunter zum Fenster.

»Max, du vergißt noch jemanden, der dich betrogen haben könnte.«

»Oh? Wer sollte das jetzt sein?«

»Wer hätte davon am meisten profitiert?«

»Was willst du damit sagen?«

»Rocco selbst. Schläger gibt's haufenweise. Man tötet entbehrliche eigene Männer, um die eigene Unschuld zu beweisen.«

Baumans Gesicht zog sich zusammen und wurde wieder rot, als habe er gerade etwas Haariges verschluckt.

»Nur ein Gedanke«, sagte Cassidy. Er trat zurück von dem Wagen, sah zu, wie er sich in dem Verkehr auf der 5th Avenue einordnete. Er hatte keine Ahnung, wer Madrid den Tip gegeben hatte. Aber es gab eine Vielzahl von Möglichkeiten, und Rocco war nur der, von dem er dachte, daß er Max am meisten verwirren würde.

Jesus, er wünschte, die Leute würden endlich aufhören, von ihm zu verlangen, daß er Terry nachspionierte ...

»Auf dich, Amigo.« Terry hob sein Glas. »Du hast da auf der Treppe mein Leben gerettet. Reagan hätte mich kaltgemacht, ohne mit der Wimper zu zucken.« Es war Nacht geworden auf der Park Avenue, die Lichter leuchteten in den Fenstern, und man konnte den nahenden Sommer riechen. Terry sah aus wie ein Millionär. Er trug einen kastanienbraun und blau gestreiften Hausmantel mit wattierten Schultern von Sulka. Dunkelblauer Pyjama. Er machte es Cassidy auf der Couch bequem, legte ein Kissen unter sein lädiertes Bein und brachte ihm einen üppigen Scotch. Es war etwas Tröstliches daran, ihm so zuzusehen, wie er mit der silbernen Eiszange spielte, und das solide Klicken der Eiswürfel im Kristall zu hören. Jeder hatte es auf Terry abgesehen, aber Terry wußte es nicht. Unwissenheit war ein Segen. Aber er wußte, *jemand* wollte seine Haut. Harry Madrid war immer da draußen, bellend, mit ausgefahrenen Krallen. Wer von den beiden, so fragte er sich, wie er Terry sich vergnügen sah, war im Käfig? Wie er Terry so betrachtete und ihm dabei Harrys Bemerkungen einfielen, wurde ihm klar, wie sehr Terry dem alten Polizisten gegen den Strich gegangen sein mußte.

»Du hast mir aus der Patsche geholfen, Amigo«, sagte Terry wieder und neigte sein Glas ein weiteres Mal zu Cassidy.

»Dann schuldest du mir eine Erklärung«, sagte Cassidy. »Damit wir das endlich mal ausräumen.«

Terry saß auf einem Hocker an der Bar. Er grinste irgendwie schief, machte eine große Prozedur daraus, eine von Max' Zigarren zurechtzuschneiden und sich anzuzünden. Sie hatte den Durchmesser eines Gewehrlaufs. Von der Platte erklang ein wunderbares Glenn-Miller-Stück nach dem anderen.

»In Ordnung«, sagte er. »Schätze, wenn einer sein Leben für einen riskiert, hat er Anspruch auf eine Erklärung. Reagan und Madrid hatten einiges davon herausgefunden. Will ich gar nicht leugnen. Markie war eine großzügige, dankbare Seele, was geleistete Dienste anging. Dem Gesetz nach habe ich Bestechungsgelder angenommen . . . aber das ist nicht so schlimm, wie es klingt. Was Harry getan hat – Hölle, man sagt mir das schon seit Monaten, man kann unter Polizisten nichts geheimhalten –, er hat in dem Sylvester-Bean-Mord herumgestochert, versucht, Markie dafür am Schlafittchen zu kriegen . . . und mich, weil ich Markie gedeckt hätte. Nun, Tatsache ist, Markie hatte gar nichts mit Beans Mord zu tun. Er war mal scharf auf ihn, aber das hatte nichts damit zu tun. Harry addierte zwei und zwei und reimte sich einen Scheiß zurecht. Derek Boyce tötete Bean, obwohl ich schätze, daß er zuviel Drogen in sich hatte, um zu wissen, was, zum Teufel, er tat. *Raggedy Ann* und *Andy*, verstehst du? Ich denke, Bean machte Boyce so high wie King Kong auf dem Empire State Building und sagte, er würde gerne ein bißchen gefoltert werden, in einer netten, adretten Art. Ein bißchen vornehmer Sadismus, das war's, was Bean gerne hatte.«

»Masochismus«, sagte Cassidy.

»Ist doch eh alles dasselbe. Egal, Boyce lauschte also Stimmen irgendwo aus der Nähe des Jupiters, und es ging mit ihm durch. Das ist jedenfalls meine Vermutung. Boyces Gehirn war ein Stück Schimmelkäse, als wir ihn uns griffen. Wie auch immer, er war der Richtige. Harry war auf dem falschen Dampfer.

Markie wurde im Verlauf der Ermittlungen befragt, keine Gefälligkeiten hier. Aber ich habe ihn wie ein menschliches Wesen behandelt – das ist nicht Harrys Stil –, und er wußte das zu schätzen. Ich hätte die ganze Angelegenheit mit viel Klamauk in die Schlagzeilen der Boulevardzeitungen bringen können. Ich meine, Hölle, Markie und Bean waren alte Kumpel, gehörten dem selben Hexenzirkel an, hatten sich vermutlich ihre Zeremoniengewänder von derselben mysteriösen Zigeunerin zusammenflicken lassen. Yeah. Ich habe diesen ganzen Hexenkram entschärft, aber was wäre der Sinn darin gewesen, allen einen gewaltigen Schreck einzujagen? Hölle, das ist doch nur ein Haufen harmloser Verrückter. Markie wußte, wenn ich darauf aus gewesen wäre, in die Schlagzeilen zu kommen, hätte ich die ganze Schwulenwelt zu Puderzucker machen können. Aber er verfolgte die Angelegenheit, und er sah, daß ich mein Wort hielt. Ich habe die armen alten Schwuchteln nicht zu Sündenböcken gemacht. Ich hielt den Deckel drauf und sah zu, daß er hielt.

Markie war wirklich ein lieber alter Bursche. Er sagte mir, daß er gerne seine Dankbarkeit zeigen würde. Meinst du etwa, ich würde ihm das abschlagen?«

Cassidy unterbrach: »Du hast es also genommen? Und was ist mit den Drogen, hat Markie die Schwulengemeinde versorgt?«

»Markie handelte mit Marihuana, bißchen Koks, sicher. Ich habe ihn deshalb mit Max zusammengebracht. Das war eine Sache zwischen den beiden. Schau, Markie kaufte sich einen Freund an der richtigen Stelle, und ich ließ ihn. Er fühlte sich besser und sicherer. Und ich hab das Geld auf jeden Fall gut verwendet. Was soll's? Hat niemandem weh getan, Amigo.«

»Wovon redest du, Terry? Hat niemandem weh getan? Was ist mit dem lieben guten alten Markie?«

»Du weißt, was ich meine. Meine Abmachung mit Markie hat niemandem weh getan. Sicher, Harry hat ihn getötet, aber das ist was anderes. Harry ist ein Irrer. Er ist besessen von mir. Mich zu kriegen. Markie war ein geborenes Opfer, Harry ist ein Raubtier.«

»Er ist ein Monster.«

Terry nickte philosophisch, betrachtete, wie die Asche an der Havanna zunahm. »Nun, dazu muß man Harry kennen. Das ist so eine Schrulle von ihm. Er hält manche Leute für entbehrlich. Und Markie war entbehrlich, weil er ein Drogenkopf und eine Schwuchtel war. Harry ist irgendwie altmodisch, was das angeht. Traditionalist. So, wie der alte Harry die Dinge sieht, gibt's nur eins, was schlimmer ist als Schwuchteln, und das sind Cops, die ihren angestammten Platz nicht kennen, ein Prahlhanscop . . . wie ich einer bin. Nicht ein unehrlicher

Cop – nur die Angeber. Ein Cop, der denkt, er wär cleverer als das System. Nun, zum Teufel, ich bin cleverer als das System.«

»Aber Markie ist tot«, sagte Cassidy. »Der Geldbaum steht nicht mehr.«

»Nun, glaub es oder nicht, derselbe Gedanke ist mir auch gekommen. Und ich habe nachgedacht. Als ehrlicher Cop kann ich nicht leben. Dieser lausige Job hat mich dazu gezwungen, Geld von Leuten zu nehmen und die Illusion zu schaffen, daß sie sich einen zahmen Cop halten ... und dabei kriegen sie von mir nicht einmal was für ihr Geld ... also« – Er glitt vom Hocker und machte sich daran, den Stapel Platten im Wechsler auszutauschen – »Also habe ich beschlossen, die Situation neu zu überdenken. Ich würde gerne deine Gedanken über die Zukunft hören. Was soll der Junge mit seinem Leben anstellen?«

»Überfragt.«

Terry lachte. Er war so verdammt glücklich, so intensiv am Leben, wie er am Rande des Abgrundes tanzte. Einen Moment lang konnte Cassidy es nicht fassen, konnte nicht daran teilhaben. Aber er lachte weiter über all die Ungeheuer in seiner dunklen Nacht, mit leuchtenden Augen, bewegte sich im Raum umher, reflektiert in den Spiegeln, wirbelte ein imaginäres Mädchen im Rhythmus der Glenn-Miller-Platten herum.

Bean, Boyce, Herrin, Markie, sein kleiner namenloser Freund, Irvie Bauman auf der *Yorktown*, fünf Gangster, auf einem Parkplatz zu Klump geschossen ... Sie waren alle tot, aber es war ein Krieg im Gange, und überall starben Menschen. Und nichts war so, wie es einmal gewesen war, und es würde nie wieder so sein. Karin verblich, das Licht der Liebe wurde schwächer, wie ein schönes Lied verhallt, und er hatte einer anderen Frau gesagt, er liebe sie ...

Terry hob wieder sein Glas, schaffte es, mit dem Lachen aufzuhören, Tränen auf den Wangen. »Auf abwesende Freunde!« sagte er und begann wieder zu lachen.

Ohne daß er genau wußte, warum, hörte Cassidy sich selbst zusammen mit Terry lachen, als wäre da ein großartiger Witz gewesen.

Als sie eines Morgens im Mai im Central Park spazierengingen, die Türme der Stadt erhoben sich in einem sanften Dunst um sie herum, stellte Cassidy eine Frage, die ihm im Kopf herumgegangen war, seit Max seine wahnsinnige Vermutung zur Sprache gebracht hatte, daß Terry ihn verrate. Sie hatten mit Max und Bennie seit ein paar Wochen keinerlei Kontakt mehr gehabt, es hieß, Max und Cindy seien mit dem

Zug nach Los Angeles gefahren. Wenn dem so war, hatte Bennie sie sicherlich begleitet. »Jemand mußte Madrid einen Tip geben, damit er seine kleine Wachet-auf-Party auf dem Parkplatz veranstalten konnte. Auf wen würdest du setzen?«

Terry lehnte sich an ein Geländer, starrte hinab in einen See, starrte den Mann an, den er den Blick erwidern sah. Er bezog immer noch sein Gehalt vom NYPD und vermutlich eine Festsumme von Max. Aber er sah sich nach etwas anderem um. Vielleicht hatte das Gesicht im See eine Antwort.

»Nun, hängt davon ab, nein? Wenn sie annahmen, Max und Rocco würden da sein, dann muß man sich fragen, wer über Max und Rocco hinweg an die Spitze will ... wenn es darum ging, ein paar von Roccos Soldaten auszuschalten, sähe es so aus, als wäre Max dafür verantwortlich. Was denkst du, Sportsfreund?«

»Ich denke, wer immer es getan hat, hat es geplant, in der Annahme, daß Max dasein würde, dann war es zu spät, noch Änderungen vorzunehmen.«

»Das reduziert die Auswahl«, sagte Terry gedankenvoll. »Wer hat ein Motiv? Motiv und Gelegenheit, das ist alles, worüber sich ein Cop je Gedanken macht. Nun, wir wissen nicht wirklich, wer die Gelegenheit hatte, weil wir ja nicht wissen, wer alles über das Treffen Bescheid wissen konnte ... aber es ist nicht so schwer, sich ein Motiv vorzustellen. Geld ist ein Motiv, Macht ist ein Motiv; das sind die Dinge, auf die es Burschen wie Max und Rocco ankommt. Und, glaube mir, Lew, daran ändert sich kaum jemals etwas. So eine Sache wie das da in Jersey, das ist immer irgendein Bursche, der meint, er wär jetzt an der Reihe, er hätte lang genug gewartet. Die Schlange am Busen.« Terry grinste.

Das war jetzt das zweite Mal, daß man Cassidy gegenüber die Schlange am Busen erwähnte. »Wer ist also dein Kandidat?«

»Ist doch offensichtlich«, sagte Terry. »Geht uns aber eigentlich nichts an –«

»Wer?«

»Es ist immer der, der einem am nächsten steht, der Judas. Der Verräter ist immer der, dem man am meisten vertraut ...«

»Wer?«

»Bennie«, sagte Terry Leary.

Es war alles ein riesiges Puzzle, und das Problem war, man konnte nie sicher sein, was wirklich von Bedeutung war. Cassidy konnte die Darsteller und Mitspielenden ohne ein Programmheft identifizieren.

Das war nicht das Problem. Das Problem war, sich ein Bild von den Verbindungen zu machen. Aber die waren alle verschwommen.

Terry und Harry Madrid waren beide Cops, hatten gemeinsam gearbeitet, man hätte also annehmen können, daß sie auf derselben Seite wären. Aber sie waren es nicht. Terry hatte bereits einen Cop mit der Waffe, die er an der Innenseite seines Hosenbeins ans Bein geschnallt trug, getötet, und es sah aus, als sei Harry bereit, beinahe alles zu tun, um Terry fertigzumachen.

Terry arbeitete für Max Bauman ... aber Max dachte, Terry verrate ihn ... an Harry Madrid, ausgerechnet, und Harry arbeitete mit einem Spitzenpolitiker wie Tom Dewey und dem größten Gangster von allen, Luciano, zusammen, um Max Bauman fertigzumachen, um Dewey nach Albany zu bringen und um Luciano aus dem Knast zu holen. Und auch Luciano stand in der Schlange derer, die Terry ans Leder wollten.

Max hielt Harry Madrid für einen Schurken, zumindest teilweise aus dem Grund, weil er in den alten Tagen für Luciano als Schmiergeldkassierer gearbeitet hatte. Umgekehrt war Max' rechte Hand und Vertrauter Bennie die Bestie ... und Terry war der Meinung, daß Bennie de facto die Schlange war, die Bauman sich an seinem Busen winden spürte.

Und Cassidy sollte Terry für Madrid *und* für Bauman beobachten, wo er doch der einzige Mitwirkende war, der tatsächlich Max verriet ... und Max vertraute ihm. Verrat – denn Cassidy hatte sich in Cindy Squires verliebt, die Max gehörte. Aber selbst das war nicht unbemerkt vonstatten gegangen. Bennie die Bestie hatte es die ganze Zeit geahnt.

Es war ein Rätsel.

Und nichts war in Cassidys Augen rätselhafter als Cindy Squires und seine Gefühle für sie. Er hatte sie seit der Nacht an der Küste weder gesehen noch von ihr gehört. Je länger sie schwieg, desto mehr dachte er an sie. Er ließ ihr Gespräch wieder und wieder in Gedanken ablaufen, alles, blieb oftmals hängen bei ihrem harten Urteil über sich selbst, oder bei der Vorstellung des kleinen Mädchens, das mit schaukelnden Beinen auf dem ländlichen Grabstein saß, oder bei ihren Bitten um Hilfe, bei der Abmachung, die sie vorgeschlagen hatte ...

Er brachte viel zu viel Zeit damit zu, an sie zu denken, was in verschiedener Hinsicht blöde war. Sie war Max Baumans Mädchen. Was alle anderen Gründe zur Bedeutungslosigkeit verdammte. Aber er dachte an ihre jugendlichen Brüste und ihre breiten Hüften und die Saphiraugen und die Stimme, die den überwältigenden Großteil der Zeit auf einer Note blieb. Nach einer Weile unternahm er den bewußten

Versuch, sie aus seinen Gedanken zu vertreiben, übte das aus, was sich als sein Wille ausgab. Er erwähnte sie nicht Terry gegenüber, fragte Terry nicht, ob er sie gesehen habe. Bisweilen fand er ein Streichholzheftchen auf dem Kaffeetisch, und Terry war dann im Heliotrope Club gewesen. Aber Cassidy fragte nicht, und er ging nicht ins Heliotrope. Aber er las *Bleak House* ...

Und er dachte auch an Karin. Er dachte an das flaumige Haar auf ihren sonnengebräunten Armen, und er holte dann die Fotoalben heraus und sah sie stundenlang an. Karin auf dem Eis, damals 1936. Karin mit Paul Cassidy vor dem Beverly Wilshire. Karin, Lew und Terry auf der Strandpromenade in Atlantic City ... Viele, viele Bilder. Er schloß dann seine Augen und sah sie an dem Tag, an dem sie den Rückweg nach Deutschland angetreten hatte, herausgeputzt in einem dunkelblauen Kostüm mit weißer Paspelierung und blau-weißen Schulterklappen. Er hatte den Geschmack ihres Lippenstifts und ihrer Tränen im Mund und küßte ihr Haar an den Schläfen, küßte ihre zarten Ohren, und sie flüsterte etwas auf deutsch, und dann schlief er ein und träumte von ihr und erwachte mit der Furcht, sie nie wieder zu sehen.

Der Sommer rückte näher, und der letzte Maitag unterschied sich in keiner Weise von den anderen Tagen dieses Frühlings. Die Blumen standen in voller Blüte, die Bäume waren grün, genauso, als wäre überhaupt kein Krieg. Im Radio war Bing Crosby bei blendender Stimme, und Gabriel Heatter versuchte einen Hoffnungsschimmer in den Meldungen vom Krieg zu finden, aber Abend für Abend meldete er sich mit dem Satz, der zu seinem Markenzeichen und Teil des amerikanischen Alltags wurde. *Ah, there is bad news tonight*. – Oh, schlechte Nachrichten heute abend ... –

An diesem letzten Abend im Mai ging Cassidy mit Gedanken an Karin zu Bett.

Er wußte nicht, daß sie bereits tot war.

Kapitel 9

Montag, 1. Juni 1942. Die drei Schlagzeilen erstreckten sich über die ganze Titelseite der *Times*.

TAUSEND BRITISCHE BOMBER SETZEN KÖLN IN BRAND;
GRÖSSTES BOMBARDEMENT ALLER ZEITEN:
3000 TONNEN SPRENGSTOFF;
DEUTSCHER ANGRIFF AUF TOBRUK ZURÜCKGESCHLAGEN

In der Mitte unter den Schlagzeilen war eine Aufnahme der Mannschaft eines britischen Bombers, die nach dem Angriff vor ihrer Maschine Tee trank. Unter dem Bild stand: »Tee nach dem größten Bombenangriff der Geschichte.«

Cassidys Atem versagte ihm beinahe den Dienst.

Er begann die Berichte zu lesen, schlang die Worte hinunter, erstickte fast an ihnen. Der neunzigminütige Angriff hatte die Stadt am Rhein zerstört, in der Karin aufgewachsen war, in die sie an die Seite ihres Vaters zurückgekehrt war.

Er las den Bericht unter einer weiteren Schlagzeile: »Köln ›Inferno‹ erstaunt Piloten.« Die Meldung war datiert vom 31. Mai und stammte von United Press, London.

> Sieben Achtel von Köln, einer Stadt von der Größe von Boston, stand in Flammen, ein Inferno »beinahe zu gigantisch, um wahr zu sein«, als der Epoche machende Angriff letzte Nacht vorüber war, sagten Piloten, die daran teilnahmen, heute ...
>
> »Köln war ein einziges Flammenmeer«, sagte Squadron Leader Len Frazer aus Winnipeg, einer der mehr als eintausend kanadischen Luftwaffenangehörigen, die Anteil an dem epischen Angriff hatten.
>
> »Ich sah London brennen während der Luftschlacht um England, und es war nichts, verglichen mit Köln«, vermeldete Pilot Officer K. J. M. Lacelle aus Toronto, Bordschütze im Heck eines Bombers. Diese Berichte waren typisch für die tausende, die heute abend ausgewertet werden und zu einem schriftlichen Schlußbericht des mächtigsten Zerstörungswerkes, das die Menschheit je ersonnen hat, zusammengetragen werden.
>
> Der grelle Himmel über Köln war für neunzig Minuten so voll wie der Piccadilly Circus, als die großartigen Lancasters und Halifaxes, Sterlings und Manchesters in 6-Sekunden-Intervallen über die Stadt flogen und ihre gesamte Ladung stahlvermäntelten Todes abwarfen ...
>
> »Es war beinahe zu gigantisch, um wirklich zu sein«, sagte der Pilot einer Halifax. In jedem Teil der Stadt standen Gebäude in Flammen. Hier und da konnte man ihre Konturen sehen, aber meistenteils war es nur eine einzige große Feuerbahn.
>
> »Es war eigenartig zu sehen, wie sich die Flammen an unse-

rem Flugzeug spiegelten. Bisweilen sah es aus, als stünden wir selbst in Flammen, mit dem roten Schein, der auf unseren Flügeln auf und ab tanzte . . .«

Er ging in die Küche und trank ein Glas Orangensaft, starrte hinaus in den Lüftungsschacht und auf die Spatzen, die herunterkamen, um Brotkrumen vom Fenstersims aufzupicken. Terry war immer noch in seinem Zimmer und schlief.

Karin.

Das mächtigste Zerstörungswerk, das die Menschheit je ersonnen hatte . . . es sah aus, als stünden wir selbst in Flammen . . .

Die Spatzen ließen sich nicht bei ihrem Frühstück stören.

Karin. Er stellte fest, daß er nicht richtig einatmen konnte, er schloß seine Augen, legte die Hände flach auf den Tisch. Es hatte keinen Sinn, sich etwas vorzumachen.

Er ging zurück ins Wohnzimmer und nahm die *Times* und lief rastlos umher, lesend, während er den Raum durchschritt. Er versuchte die Bewegungen seiner Augen zu kontrollieren, nahm nicht wahr, wie spät es war oder wo er war oder irgend etwas anderes, nur die Bomben, die auf Köln herunterregneten, das Feuermeer.

Es hatte keinen Sinn, sich etwas vorzumachen. Karin war in Köln bei ihrem Vater gewesen. Vielleicht hatte sie überlebt, vielleicht war sie in den Keller gelangt und hatte es durchgestanden in den Trümmern, vielleicht war alles ein schlimmer Traum.

Aber nein, keines von diesen Dingen. Nein, es war eine von diesen Sachen, die man im Krieg hörte, und man wußte, die Nachricht war schlecht, sie war für einen bestimmt, sie war unausweichlich, und man konnte nichts anderes vorgeben. Man würde nie den Augenblick vergessen, in dem man es gehört hatte, wo man war und was man gerade getan hatte. Man würde diesen zur Ewigkeit erstarrten Moment nie vergessen, als man die schlechte Nachricht erhielt. Es war die schlechteste Nachricht, die man sich vorstellen konnte, und vielleicht saß man gerade bei einem Stück Apfelkuchen und einer Tasse Kaffee in der Küche, und der Mann vom Telegrafenamt kam langsam den Weg hoch, und man wußte es, man wußte es mit letzter Gewißheit. Oder vielleicht hörte man gerade Radio, und man hörte, daß das Schiff des Ehemannes untergegangen war, oder der Freund war auf Bataan, und man wußte einfach, daß man nie wieder derselbe sein würde, daß das letzte Tröpfchen Vertrauen und Unschuld aufgebraucht worden war. Es war immer die schlechteste Nachricht, die man sich vorstellen konnte.

Weiter hinten war die Geschichte, wie sie die offizielle Radiomeldung aus Berlin darstellte. Sie gaben zu, daß »Terror-Angriffe« auf Köln ernstlichen Schaden angerichtet hätten, daß Brandbomben auf die Zivilbevölkerung geworfen worden waren. Aber sie sagten, der Angriff sei nicht so überwältigend gewesen. Sie sagten, siebzig britische Flugzeuge hätten die Stadt erreicht. Sie gaben an, einhundertelf Menschen seien getötet worden.

Unter den Toten nannten sie eine Persönlichkeit aus der Unterhaltungswelt, der deutschen Öffentlichkeit wohlbekannt. Und einen prominenten Wissenschaftler, mehrere Male im Gespräch für einen Nobelpreis. Herr Professor Richter. Und seine Tochter, die berühmte Eisläuferin und Filmschauspielerin Karin Richter. Karin ...

Sie war eine Deutsche, und Deutsche begannen in großer Zahl zu sterben, und sie waren der Feind, und als er das Radio einschaltete, waren alle ziemlich glücklich über den Angriff der tausend Bomber, über das mächtigste Zerstörungswerk, das die Menschheit je ersonnen hatte. Karin war nur ein unwichtiges Opfer. In dem Inferno von Köln würde man sie nicht vermissen. Eine Frau, die nie viel getan hatte außer Eislaufen und sich zu verlieben und zu heiraten. Keine Kinder, und sie hatte keine Zeit gehabt, alt zu werden. Sie war nur ein weiterer furchtsamer Punkt unter den fallenden Bomben gewesen.

Karin war tot.

Das Telefon klingelte, und es war sein Vater.

»Mein Gott, Sohn, es tut mir leid. Du mußt jetzt stark sein, Lew ... es ist der gottverfluchte Krieg«, sagte sein Vater. Er rief aus dem Shoreham Hotel in Washington an. Er klang, als habe er geweint, und als er aufhängte, brach Lew zusammen.

Als Gabriel Heatter in dieser Nacht auf Sendung kam, hatte er endlich einen berechtigten Grund, Amerika Gutes zu verkünden.

»Ah«, sagte er, »gute Nachrichten heute. Der erste Luftangriff der Geschichte mit tausend Bombern, mehr als doppelt so viele Maschinen als die Luftwaffe von Reichsmarschall Göring je am nächtlichen Himmel über London fliegen ließ, versetzten dem Herzen von Hitlers Reich gestern nacht einen Stoß ... ja, gute Nachrichten heute abend ...

Karin war tot.

Es war ein langer und böser Sommer für Cassidy. Sein dreißigster Sommer. Wenn er nicht in einem Taumel von Hilflosigkeit und Kummer umherwanderte, rauchte er vor Zorn und Niedergeschlagenheit darüber, daß er nicht in der Lage war, zur Armee zu gehen. Er haßte sein Bein, und er trank zuviel, und wenn er betrunken war, wollte er für Karin und für sein Land sterben. In manchen Nächten wollte er einfach sterben. Er suchte die Bestrafung, von der er glaubte, daß er sie verdiente, dafür, daß er sich in Cindy Squires verliebt hatte, daß er Karin entgleiten ließ, schon bevor sie starb. Er segelte auf einem stürmischen Whiskeymeer, versuchte, das bodenlose schwarze Loch in seinem Innersten mit Schnaps und Selbstmitleid zu füllen. Er hinkte mit seinem Stock umher und fiel dann und wann von einem Barhocker.

Und Terry Leary war immer da und fing ihn auf. Rotzbesoffen und rührselig und zornerfüllt und brüllend und kreischend und heulend – und immer war Terry Leary da und fing ihn auf, wenn sich die Falltür öffnete und die hungrigen Monster riefen.

Cindy, auf der anderen Seite, tauchte nirgends auf. Er begann schon, sie für ein Phantom, eine Illusion zu halten. Sie war nie geschehen, und er hatte ihr nie seine Liebe gestanden, und er hatte nie ihren Namen gesprochen. Und Terry machte es sich zur Aufgabe, ihn aus der Nebelwelt der Toten zurückzuholen, wo er zu schweben schien wie einer der bösen Geister aus dem *Necronomicon* des armen Markie.

Terry kaufte all die neuen Platten, die jeder hörte. Er sorgte dafür, daß Cassidy die ganz neuen Bücher zu lesen bekam. Dann und wann hellte sich die Düsternis auf. *See Here Private Hargove* ließ sie sich beide hilflos am Boden vor Lachen kringeln. *The Robe* war nicht so lustig.

Sie sahen sich im Kino die ganzen neuen Filme an, und an manchen Tagen standen sie sogar Schlange. Sie sahen Noel Coward in *In Which We Serve* und Ronald Colman und Greer Garson in *Random Harvest* und Spencer Tracy und Katherine Hepburn in *Woman of the Year* und Walter Pidgeon und wieder Garson in *Mrs. Miniver.*

Terry grübelte immer noch darüber nach, was er tun würde, wenn er aus dem Polizeidienst ausschied. Paul Cassidy rief Lew immer wieder an und bot ihm Jobs an, von denen er wußte, selbst als er ihn vertröstete, daß er sie hätte annehmen sollen. Mach Filme, sagte sein Vater, gewinn den Krieg auf irgendeinem Hinterhof in Culver City und laß dir das Essen in Musso & Franks oder im Brown Derby schmecken. Beteilige dich an den Propagandatourneen. Bring deinen Verstand auf andere Gedanken, es gab so viel zu vergessen . . .

Der August war brutal, die Hundstage. Sie schlugen viel Zeit im Yankee Stadium tot. Sie verfolgten den Spielstand und aßen Hot-dogs und sogen sich mit Sonne voll und gingen auf im Fluß der Spiele.

Mitte August war ein Doppelspiel mit den Senators, sie nannten es ein *War Chest Benefit.* Es war heiß, die Art von Tag, an dem man einfach Seersucker-Hosen tragen mußte und einem das Hemd am Rücken festklebte und man seinen alten Strohhut hervorkramte und ihn in einem kecken Winkel über dem Auge trug. Karin hatte Cassidys Hut für ihn gekauft, aber er versuchte nicht daran zu denken. Er versuchte sich zusammenzunehmen. Zweieinhalb Monate waren vergangen, seit Köln in Schutt und Asche gelegt worden war. Er hatte Karin seit beinahe drei Jahren nicht gesehen gehabt. Er sagte sich selbst, daß er sie nie wieder sehen würde. Er sagte sich, daß sein Leben weitergehen mußte.

An diesem Nachmittag waren 70 000 Leute im Stadion. Es war nicht nur die Doppelveranstaltung. Es war nicht nur die Kriegsbenefizveranstaltung und das patriotische Fieber, obwohl die Leute wieder optimistischer in die Zukunft sahen. Die Schlachten von Coral Sea und Midway waren Siege gewesen, die den Sommer einläuteten, und Doolittles unglaublicher Angriff auf Tokio hatte die Leute schon im April aufgerüttelt. Eine Woche vor der Großveranstaltung mit den Senators waren einige deutsche Saboteure, die von U-Booten auf Long Island abgesetzt worden waren, auf den elektrischen Stuhl geschickt worden. Bei Gott, legt euch nicht mit uns an, schienen die Amerikaner zu sagen.

Dennoch kamen die Fans nicht nur, weil die Nachrichten gut waren. An diesem Tag war etwas Besonderes. Zwischen den Spielen würde Walter Johnson, jetzt vierundfünfzig, aber mit einem Namen, dem immer noch Magie beiwohnte, der größte Pitcher aller Zeiten, versuchen, wie die Sportjournalisten sagten, ein Lammkotelett an einem Wolf namens Babe Ruth vorbeizuwerfen. Babe war siebenundvierzig und hatte das letzte Mal 1935 auf einem Baseballfeld gestanden. Johnson hatte seine Laufbahn 1927 beendet, dem größten aller Jahre, in dem Lindy den Atlantik überquerte und Babe Ruth sechzig Home-runs erzielte. Big Train Johnson und Babe, nach all diesen Jahren wieder. Die ganze Sache ließ es einem kalt über den Rücken laufen.

Babe hatte sich kaum verändert. Der Bauch war ein wenig größer, aber die Beine waren immer noch spindeldürr, der Schläger immer noch ein besonders schweres Exemplar von der Größe eines Baums. Auch Johnson schien noch in guter Form zu sein. In den Zeitungen hieß es, sie hätten beide ihre alte Spielkleidung angezogen, und, zum Kuckuck, vielleicht hatten sie das sogar.

Die Menge drehte schon durch, als der alte Walter sich warm machte und mit dem Werfen begann. Babe hämmerte den fünften Wurf weit in die Sitze rechts vom Spielfeld, und Johnson stand da auf dem Pitch-Hügel und sah ihn stirnrunzelnd an. Pandämonium. Dann folgten zwölf Würfe, bei denen sich nichts Großartiges tat, von denen aber immerhin zwei elegante *Strikes* waren, die die Oohs und Aahs der alten Zeiten beim Publikum auslösten. Beim achtzehnten Wurf schaffte er es wieder. Der malträtierte Baseball machte ein winziges Loch in den Himmel, schoß in die Höhe und weit weg, wieder hinten in die Sitze zur Rechten, und dieses Mal trottete er mit einwärts gerichteten Fußspitzen um die *Bases* herum, die Ellbogen nach hinten gestülpt, wie ein Mann, der eine Ente imitiert.

Das war es. Sie gingen zusammen vom Spielfeld, und Terry warf seinen Hut in die Luft, und er sprang von Hand zu Hand bis herunter auf das smaragdfarbene Gras. 70 000 Menschen hatten Babe Ruth Walter Johnson zwei Home-runs abnehmen sehen, und das Leben war wieder einfach und wunderbar. Der Krieg war weit entfernt. Aber nur für einen Moment.

In diesem Sommer 1942 dämmerte es allmählich jedem, daß sich die Dinge ein für allemal änderten, daß die Welt von Babe Ruth und Walter Johnson in den Schatten verschwand, daß es kein Zurück mehr gab zu der Welt, in der sie aufgewachsen waren, nicht einmal, wenn der verfluchte Krieg gewonnen wurde . . . dieser Nachmittag war ein kurzes Lebewohl an die Vergangenheit; es brauchte dafür ungefähr so lange, wie es dauerte, achtzehn *Pitches* zu werfen und die *Bases* ein letztes Mal zu umkreisen.

Sie brachten diesen heißen, stickigen Abend in der Lobby des Algonquin zu Ende, wo die Ventilatoren gegen die drückende Hitze ankämpften. Eine große alte Katze strich forschend um sie herum, während sie Tom Collinses tranken. Auf Erdnüssen herumkauten. Bob Benchley ließ sich in einer Ecke aus. Er sah genauso aus wie in den Filmen. Cassidy beobachtete ihn, und Terry stupste seinen Arm mit einem Finger an, der salzig von den Erdnüssen war.

»Ich sagte, ich werde es als Privatdetektiv versuchen. Was hältst du davon?«

»Klingt wie ein Film. Meinst du das ernst?«

»Hölle, klar, ich meine es ernst.«

»Ist damit irgendwelches Geld zu machen?«

»Wenn ich's richtig anstelle. Firmen als Klienten, vermißte Personen, nur reiche vermißte Personen dürfen sich um meine Dienste bemühen. Vielleicht eine große Scheidung. Vielleicht ein bißchen Arbeit als Sicherheitsdienst. Als Leibwächter der Reichen und Berühmten.«

»Da wirst du aber mächtig mit zu tun haben.«

»Ich stelle einfach zusätzlich noch ein paar Ex-Cops ein. Das wird klappen, Lew. Allerdings brauche ich einen Partner. Ich habe darüber nachgedacht.« Er hatte ein wölfisches Grinsen auf dem Gesicht und warf Erdnüsse in seinen Mund.

»Klingt ein bißchen riskant.«

»Mach dir mal keine Sorgen um den Boss.«

»Nichtsdestotrotz . . .«

»Aber ich werde eine stabilisierende Hand brauchen. Einen Partner, den ich respektiere, einen Kerl, auf den ich höre. Jemand, der mir Rükkendeckung und Unterstützung geben kann, wenn ich es brauche. Erscheint dir das sinnvoll, *Compadre*?«

Cassidy nickte.

»Nun, da ist dieser Bursche, den ich kenne. Den will ich. Ich frage mich, wie du wohl drauf reagierst –«

»Wer ist es?«

»Der einzige Mann, dem ich vertrauen kann. Der einzige Mann, dem ich mein Leben anvertrauen würde. Du, Lew. Ich möchte, daß du mein Partner wirst.«

Terry strahlte. Er fühlte sich gut, legte sich alles zurecht. Babe Ruth hatte zwei Bälle in die Sitze gejagt, und der Krieg im Pazifik stand besser. Am Tag nach Pearl Harbour hatte er seinen persönlichen heimtükkischen Angriff gehabt, und er hatte überlebt. Jetzt war er bereit, selbst da rauszugehen und von neuem zu beginnen.

Er würde Humphrey Bogart sein. Er würde Spade von Spade & Archer sein.

Er wollte Cassidy als Archer.

Nur daß Archer getötet worden war. Miles Archer wurde in einer nebligen Nacht in San Francisco von Bridget O'Shaughnessy erschossen. Alle wußten das. Traue nie einer Frau.

Terry lächelte, süffisant und frohen Mutes, wartete darauf, daß Lew etwas sagte.

»Ich brauche noch einen Drink«, murmelte Cassidy.

Es machte Cassidy immer noch schwer zu schaffen, und er hatte das Gefühl, Terry zu sich in seinen Sumpf zu ziehen. Die Depression, die ihren Ursprung in Karins Tod hatte, wollte einfach nicht nachlassen. Und auch nicht sein Begehren, Cindy Squires zu sehen, die sich zusammen mit Max in eine Art abstrakte lunare Distanz zurückgezogen hatte, in eine ferne Umlaufbahn. Bennie sah gelegentlich vorbei und brachte Neuigkeiten von Max und Cindy, aber sie waren immer aus der Stadt, immer außerhalb seiner Reichweite. Aber Cassidys Geisteszustand kümmerte Terry nicht, der optimistisch war und aufgeregt und die Eröffung seiner Detektivagentur plante. Er war ein wahrer Kugelblitz schneller Worte und hoher Hoffnungen. Er nahm seinen Abschied vom NYPD, ein Ereignis, das die Kolumnisten in den Zeitungen gebührend zur Kenntnis nahmen, und hatte begonnen, seine Verbindungen zu Anwälten, die Klienten liefern konnten, zu intensivieren. Er mietete Arbeitsräume im Dalmane Building an der Ecke Madison und 43., nur einen mittelprächtigen Golfschlag entfernt von der Grand Central Station, die er immer »den Kreuzweg einer Million einzelner Leben« nannte. Er schien zu denken, das verheiße gute Aussichten für das Detektivgeschäft. Er heuerte ein paar alte Kumpel an, die Kollegen im Polizeidienst gewesen waren. Er ließ Telefone installieren, stellte eine Sekretärin/Empfangsdame an, ließ den Namen an die Tür malen. *The Dependable Detective Agency* – die verläßliche Detektivagentur. Darunter stand in kleinerer Schrift: Diskretion ist unser Motto. Der Briefkopf wurde geliefert, sehr einfach, elegant, ohne eine kleine Lupe, ohne Holmes-Kappe, ohne offenes Auge, nichts in der Art. Alles sehr smart und stilvoll. Er war geduldig, wartete auf Cassidy, auf die Antwort, was die Partnerschaft anging.

Eines Abends Ende September teilte Cassidy ihm mit, daß er wieder in seine eigene Wohnung im Village ziehen würde. Er sagte ihm, er müsse wieder auf die Beine kommen, aus eigener Kraft und in seiner eigenen Zeit, nicht auf Terrys Kosten. Und schließlich sagte er ihm, er habe tief in sich kein detektivisches Ich, das sich danach sehnte, ans Tageslicht zu kommen.

»Ich denke, da täuschst du dich, Sportsfreund«, sagte Terry. Er hakte seine Daumen in die Hosenträger ein, die mit einem Muster aus pummeligen nackten Damen verziert waren. »Du wirst deine Meinung schon noch ändern. Ich setze einen Dollar, daß du's tust. Aber sicher, du mußt mal eine gewisse Zeit allein sein, ich verstehe das. Behalt nur immer im Gedächtnis, wann immer du mich brauchst, oder mich um dich haben möchtest, ich bin bereit. Verläßlich, das bin ich.« Er grinste, bis ins Mark irischer Charme. »Und der Tag wird kommen, an dem dein Name auf diese Tür gemalt wird, direkt neben meinem. Vertraue Terry, Sportsfreund.«

Er trat hinter die Hausbar und holte ein langes dünnes Päckchen hervor, eingewickelt in Geschenkpapier, das mit kleinen blauen und rosa Babys bedruckt war. Er reichte es Cassidy.

»Was fürs Badezimmer?«

»Das einzige Papier, das ich finden konnte. Bißchen arg lieblich. Komm schon, mach's auf.«

Cassidy riß das Papier auf, fühlte etwas Hartes mit einer Ausbeulung. Er saß auf der Couch und starrte es an.

Er hielt einen langen, schweren, glänzenden Gehstock aus Schwarzdornholz. Er war poliert, glatt, aber doch brutal, tödlich. Elegant. Oben war ein bleiverstärkter Messingknauf, der perfekt in seine Handinnenfläche paßte. Da war ein Goldring, in den etwas eingraviert war. *Lew Cassidy. 1942.* Unter dem Namen, in Buchstaben, so klein, daß er die Augen zusammenkneifen mußte, um sie zu entziffern. *The Best of the Backup Men.* – Der beste zweite Mann.

»Jesus, Terry . . .«

»Komm, gib's mal her.«

Er hielt den Stock so, daß Cassidy sehen konnte, was er machte. Er deutete auf einen winzigen schwarzen Knopf unterhalb des Knaufs. Er drückte mit der Spitze darauf.

Geräuschlos sprang der schwere Knauf in seine geöffnete Hand. In einer fließenden Bewegung zog er eine dünne, glänzende Klinge hervor.

Cassidy wäre beinahe aus seinen Schuhen gekippt.

»Feinster Sheffield-Stahl«, sagte Terry.

Terry senkte die Klinge zuerst auf Cassidys rechte Schulter, dann auf die linke.

»Geh in Frieden, Lew«, sagte er. »Aber gebrauche deinen Degen, wenn du es mußt.«

Terry Leary blinzelte dem besten zweiten Mann zu.

Kapitel 10

Die Spitze seines neuen Stocks machte ein beruhigendes Geräusch, als er quer über den Washington Square auf den massiven Bogen zuging, der dem Arc de Triomphe so ähnelte. Der Park war leer, bis auf dann und wann einen Penner, der bedeckt von Zeitungen auf einer Bank schlief, und die Tauben, die sie ignorierten. Es war 6 Uhr 10, ein grauer diesiger Morgen, die bunten Blätter lagen überall im Gras und auf den Wegen, in den meisten der Fenster, die zum Square hinausgingen, waren die Vorhänge noch zugezogen. Cassidy stand neben dem Bogen, stampfte mit den Füßen, um die frühmorgendliche Kälte zu vertreiben. Fünfzig Jahre zuvor hatten die Charaktere in Henry James' Geschichten durch schwere Vorhänge hindurch verstohlen den Park beäugt, das Klip-Klop der von Pferden gezogenen Milchwägen gehört, die ihre Runden machten. In der Mitte des Zweiten Weltkriegs konnte man es klappern hören, als die Milchflaschen ausgetragen wurden, und die Frühaufsteher sehen, die ihre Hunde spazierenführten. Keine Spur zwar von William Powell und Myrna Loy und Asta, aber als er die leere 5th Avenue hochsah, sah er den großen Mann in dem dünnen

Mantel auf sich zu kommen, vorbei an den gewaltig soliden Appartement-Gebäuden, die dem Endteil der Straße Status und Gewicht verliehen. Harry Madrid paßte hervorragend hierher, seltsamerweise. Schwer und solide, einer der Pfeiler, auf denen die tägliche Ordnung der Stadt ruhte. Zu allerletzt hätte man gedacht, wenn man ihn an diesem Morgen so sah, daß ihn nur eine Sache von all den anderen mordwütigen Wahnsinnigen der Stadt trennte. Sein Polizeiabzeichen.

Er überquerte die Straße und warf schnelle Blicke nach links und rechts, hielt neben Cassidy an.

»Schöner Morgen, Lew«, sagte er. Er zog eine schwarze Pfeife aus der Tasche, stopfte sie beim Sprechen. »Tut einem Mann gut, seinen Tag bei Tagesanbruch zu beginnen. Wo ist deine Wohnung?«

Cassidy nickte in Richtung der Westseite des Platzes.

»Hübsch, sehr hübsch. Tut gut, daheim zu sein, oder?«

Er riß ein Streichholz an dem Betonbogen an, wölbte seine Hände um die Flamme und zündete den Tabak an.

»Was willst du, Harry?«

»Nun, ich dachte, es würde dir gefallen, wenn ich in Kontakt bliebe. Übrigens, Lew, tut mir mächtig leid, das mit deiner Frau. Selbst wenn sie ein Kraut war.«

Cassidy starrte ihn an.

Harry Madrid nickte, eins mit sich. »Also, hast du irgendwas für mich, Lew? Wir denken uns, du hast jetzt sechs Monate gehabt, mehr als das sogar, aber wer wird das schon so eng sehen? Bis jetzt hast du nicht viel geliefert, oder? Tom Dewey fragt mich also, wie wir denn in der Sache deines Freundes Max vorankommen, er möchte wissen, ob du was aufgetan hast . . . ich habe ihn nur äußerst ungern enttäuscht. Die Sache ist, er sagt, Lucky drängt ihn zu Taten. Der Gedanke an noch einen oder zwei Winter im großen Haus schlägt Lucky aufs Gemüt. Lucky möchte, daß Dewey sich sputet, Bauman in einem großen Showprozeß fertigmacht und den alten Tom auf den Weg nach Albany bringt. Hast du irgendwelche Vorstellungen, was ich ihm erzählen könnte?« Er paffte versonnen an seinem Kirschtabak. »Sie machen mir Feuer unterm Arsch, Kumpel.«

»Schlechte Nachrichten für dich, Harry. Ich denke mir, jetzt, wo Terry kein Cop mehr ist, kannst du endlich aufhören, ihn dafür zu hassen, daß er ein schlechter Cop ist. Wenn Terry ein schlechter Cop ist, stelle ich mir nur äußerst ungern vor, was du dann bist –«

»Sieh dich vor, Lew –«

»Du kannst also Terry der himmlischen Gerechtigkeit überlassen, okay? Und ich muß dir sagen, mein Gewissen hat sich gemeldet. Ich glaube nicht, daß Terry meine Hilfe braucht, um seinen Arsch vor Luciano und dir in Sicherheit zu bringen. Ich denke, er kann auf sich selbst aufpassen, denn, offengestanden, Harry, altes Haus, du bist ein tölpelhafter Stümper. Du hast Markie getötet, und dann hast du den Ball verbummelt, du hast deinen Beweis, daß Markie Terry für geleistete Dienste bezahlte, nicht bekommen. Ich denke nicht, daß du Terry irgend etwas anhaben kannst . . . also werfe den Kram hin –«

»Du vergißt Luckys Fleckentferner. Erinnerst du dich? Du bist der Fleck –«

»Vergiß es. Mach deine eigene Schmutzarbeit. Mach ich mich dir klar verständlich, Harry?«

»Du versuchst dir nur Mut zu machen, Lew, und wir wissen es beide.« Er lachte leichthin. Sein Selbstvertrauen machte Cassidy nervös. »Aber ich werde dir sagen, wie du deinen Verpflichtungen, deinem Versprechen gegenüber Dewey und Luciano gerecht werden kannst. Übrigens zwei Burschen, die schlecht auf sich zu sprechen zu haben äußerst ungut wäre. Und ich kann es dir ersparen, entfernt zu werden. Du stellst sie zufrieden, und, wer weiß, vielleicht streichen alle Terry aus ihrem Gedächtnis.«

Sie spazierten durch den Park, feuchte Blätter blieben an ihren Schuhen hängen. Die Eichhörnchen waren bereits auf und mit dem Sammeln der Wintervorräte beschäftigt. Die Stadt erwachte gerade erst, und es war noch still im Park. Der Schwarzdornstock hatte den beruhigenden Klang verloren. Jetzt klang er mehr wie ein Blinder, der sich seinen Weg über ein gefährliches Wegstück ertastete.

»Lucky steckt noch eine Weile im Loch, dafür wird Dewey schon sorgen. Und ich schätze, es ist mir scheißegal, was mit Terry wird . . . aber, glaube mir, Lew, es ist nicht in deinem Interesse, uns Schwierigkeiten zu machen. Wir geben dir eine Option für einen problemlosen Ausweg. Verpatz das nicht.«

»Was ist dieser leichte Ausweg?« Er wollte nicht zuhören, aber Lucianos Gesicht fiel ihm wieder ein, der Klang seiner Stimme, als er ihm von dem Fleckentferner erzählte, Markies aufgeblähter Leichnam im Sand.

»Wir haben's wieder mit den Benzinmarken. Das ist eine riesige Sache, Lew, größer als wir gedacht hatten. Sie sind überall an der Ostküste, im mittleren Westen, Kalifornien, den Südstaaten. Fälschungen. Zig Millionen, Hölle, es ist wie wenn man Geld druckt. Aber« – er paffte zufrieden, ging vor zu einer Bank, auf der sie sich niedersetzten – »aber wir sind nicht in der Lage gewesen, Max damit in Verbindung zu bringen.« Die Sonne schien jetzt, verwandelte die Wolken in die schwache Andeutung eines blauen Himmels.

»Vielleicht hat er schlicht und einfach nichts damit zu tun.«

»Das macht nicht den geringsten Unterschied. Er steckt vermutlich drin, aber das ist uns scheißegal, jetzt wenigstens. Verstehst du? Wir werden ihn wegen der Marken bekommen, ob er da drinsteckt oder nicht. Und wir besorgen es ihm gründlich.« Er lächelte Cassidy an und grub einen Finger in sein borstiges Ohr. Er zog den Finger heraus, betrachtete die Fingerspitze, schnippte den Ohrenschmalz weg. »Hoover steht dahinter. Die ganzen cleveren Jungs im Bureau – weißt du, was diese Herzchen getan haben? Ich sag's dir, in dreißig Jahren hab ich noch nie so was Schönes gesehen. Hoover ließ sie einfach eigene falsche Marken drucken, brachte ein paar davon unter die Leute! Ohne Scheiß . . .« Er lachte leise vor sich hin, und seine harten kleinen Augen verschwanden in den Fleischwülsten. »Hoover! Mir scheißegal, ob er eine Schwuchtel ist, der weiß, wie man dieses Spiel spielt!« Sein Leib bebte unter dem Mantel. »Wir werden unsere Blüten Max unterschieben! Wir werden die verfluchte Mine salzen! Max wird keinen blassen Dunst haben, was, zum Teufel, vorgeht, und wir lochen ihn ein . . . Hoover, Dewey, Madrid . . . und Lew Cassidy!«

»Ihr braucht mich nicht.«

»Oh, aber ja doch! Du bist nämlich der Bursche, der sie Max unterschieben wird.«

»Oh, Scheiße . . .«

»Du hast die Ehre, Lew. Kinderleicht.«

»Was ist denn mit all deinen anderen Quellen? Die ganzen Informanten, die Max nahe stehen? Was ist mit dem Kerl, der dir den Tip mit der Küste von Jersey gegeben hat?«

»Du bist mein Mann, Lew. Du hast am meisten zu verlieren, wenn du's verpatzt.«

Harry Madrid begann wieder zu lachen.

Der Sommer starb einen friedlichen Tod, ein sanftes Lebewohl voll ruhiger Schönheit, tauschte ein langsames, leichtes Leben ein gegen ein dynamischeres, fordernderes. Im Central Park wurden die Blätter zusammengefegt.

Cassidy war nach Uptown gegangen, mit der Absicht, Terry die ganze Geschichte zu erzählen. Madrid, Dewey, Luciano, Max, die Drohungen und die Zwanzig-Dollar-Blüten und die gefälschten Benzinmarken. Ganz besonders diese verfluchten Marken! Sie lagen nun in versiegelten Schachteln in Cassidys Garderobenschrank. Harry Madrid und ein verschwiegener Mann, eines von Hoovers Assen, hatten sie eines Abends vorbeigebracht. »Schieb sie ihm unter, egal, wie. Hauptsache, daß«, hatte Madrid gesagt und dabei seine Pfeife geschmaucht. »Hölle, benutze Terry, wenn du willst. Schieb sie ihm nur unter und sag uns, wo sie sind, und von da an ist es unsere Sache.« Und so lagen sie jetzt im Wandschrank wie eine tickende Bombe. Er würde bald etwas unternehmen müssen.

Aber er war nach Uptown gegangen, hatte auf der anderen Straßenseite des vertrauten Gebäudes auf der Park Avenue gestanden, und am Ende war er nicht in der Lage gewesen, es zu tun. Es war besser, Terry da rauszuhalten. Bring es selbst zuwege, und Terry kommt ganz locker vom Haken und mußte es nie erfahren und . . . Max Bauman. Der wußte, wie man auf sich selbst aufpaßt. Und er war auch nicht gerade der Staatsbürger des Jahres. Cassidy hatte alle möglichen Gründe dafür, kehrtzumachen und von dannen zu gehen.

Er ging die 5th Avenue entlang, lauschte dem satten Klicken der Spitze seines neuen Stocks auf dem Zement. Er hielt einen Moment an, um sich auf der Ziegelmauer aufzustützen und seine Augen über den Park streichen zu lassen, über die Kindermädchen, die Kinder in Kinderwägen und Laufställchen herumrollten. Hunde rannten umher, wälzten sich in Blätterhaufen und kläfften die Eichhörnchen an. Die Sonne stand immer noch hoch, aber sie sank langsam am südlichen Himmel herab, und die Schatten wurden länger.

Es war Ende Oktober, und man konnte die brennenden Blätter riechen. Für ihn war es der Geruch verbrennender Erinnerungen, all die Erinnerungen an all die Dinge, die er verloren hatte. Brennende Blätter und Footballspiele und Spaziergänge im Central Park mit Karin und Liebe auf dem weichen Teppich vor dem Kamin, gewärmt von der verlöschenden Glut . . . nun, es würde kein Football mehr geben, keine Karin mehr in seinen Armen, aber der Geruch der Blätter und die Wolken der Erinnerung würden immer da sein.

Allmählich gewöhnte er sich an den dumpfen Schmerz in seiner Brust und die klaffenden Wunden in seinem Gedächtnis, wohin Karin sich für immer verzogen hatte. Er sah die Fotoalben nicht mehr an. Er kannte jedes Bild auswendig. Vielleicht würde er sie nie wieder anschauen. Es nie wieder wollen, es nie wieder müssen. Es gab keine kleine Karin, der er sie zeigen konnte und der er sagen konnte, schau, Kleines, da ist sie, das war deine Mutter . . .

Aber immer noch mußte er die nächste Karte ausspielen, sein Leben leben, den Einsatz riskieren. Er durfte es nicht verpatzen, es mußte hinhauen, so daß am Ende, wenn jemand dort oben sagte, nun, mein

Freund, das war's, zackzack, das war dein Leben, hoffe, du hattest eine gute Zeit, Kamerad, hierlang kommst du nur einmal . . .

Er schlenderte die 5th Avenue hinunter, überquerte Central Park South zwischen den Droschken, ging ins Plaza. Die Oak Bar war nur spärlich besucht, und er saß an der langen Bar und bestellte sich einen schwachen Bourbon mit Wasser. Er fühlte sich wie der Held einer Hemingway-Novelle, eine Art Jake Barnes des Zweiten Weltkriegs, einsam und tragisch, nur, daß er wußte, daß es in seinem Fall natürlich aufgesetzter Schwindel war. Hölle, jeder, der kurz in seinen Kopf hineinlauschte, hätte gedacht, daß er eine Kriegsverletzung hätte. Der Footballkrieg, eine reichlich schäbige Tragödie. Das purpurne Schulterpolster.

Die Leute sahen ihn mit seinem Stock, er sah sie, wie sie ihn anschauten und untereinander flüsterten und fragten, ob er in Pearl Harbour oder Bataan oder Wake Island oder Corregidor gewesen war. Dann und wann kam in irgendeiner Bar irgendwo ein fetter alter Bursche zu ihm und schüttelte mit Tränen in den Augen seine Hand und erzählte ihm, wie er seine Kriegsverletzung in der Schlacht an der Marne oder an der Somme erhalten habe, und Cassidy hatte nicht das Herz, ihm zu sagen, daß er die seine auf den Polo Grounds erhalten hatte.

Aber für jetzt wollte er einen Drink oder zwei, während er über die Zukunft nachdachte, wo ihn nicht viel erwartete und alles möglich schien. Er wollte sich nicht betrinken. Er hatte im Verlauf dieses Sommers genug Morgen damit verbracht, seinen Kopf zu halten, als sei er das letzte der Menschheit bekannte Ei des letzten bekannten Riesenalks, während er die Erfahrungsdosis der vorherigen Nacht in der Toilettenschüssel ablud. Damit hatte er nichts mehr am Hut. Er nahm sich jetzt zusammen, und vielleicht würde er mal reinschauen und sehen, ob ihn die Mannschaft als Assistenztrainer gebrauchen konnte oder als einen der alten Penner, die für einen Zehner vor dem Stadion Programmhefte verkauften . . .

Zuerst würde er sich jedoch einen Drink oder zwei genehmigen und dann heimgehen und seine Zukunft bei klarem Verstand überdenken. Überdenken, was er mit den Benzinmarken tun würde. So saß er an der Bar, sah dem Barkeeper beim Polieren der Gläser zu.

Er hätte den Drink auslassen sollen. Er hätte auf der Stelle heimgehen sollen, bevor sie ihn fand . . .

Sie saß auf dem Hocker neben ihm. So viele leere Hocker, aber auf diesem stand ihr Name. Er sah ihr Gesicht im Spiegel hinter der Bar.

Ihr Parfum war so schwach, daß man es beinahe nicht roch. Es zog einen in ihre Richtung, wie ein Lockruf. Es war gerade genug, um in einem den Wunsch zu erwecken, noch viel mehr davon zu riechen.

Sie war knapp bei Atem, als sei sie nervös oder habe sich beeilt. Er fühlte, wie sie ihn streifte, ihren Hintern auf dem Hocker hin und her drehte. Sie holte tief Luft. Es waren die Nerven. Ihr Zigarettenetui klapperte, als sie es auf die glänzende Oberfläche der Theke fallen ließ. Dann fielen ihr beim Versuch, sich eine Camel zu nehmen, fast alle heraus. Ihre Hand zitterte. Sie mied seinen Blick. Ihre Stimme war schwach und ein bißchen heiser und hatte ein leichtes Vibrato.

»Feuer, bitte?«

Er entflammte ein Streichholz und beobachtete, wie sie sich nach vorne beugte, der Flamme entgegen. Sie trug cremefarbene Handschuhe und ein bequemes Kostüm in einem tabakfarbenen Ton. Die Jacke hing offen. Darunter war eine cremefarbene Seidenbluse.

»Danke«, sagte sie. »Du rauchst nicht?« Sie schien wieder zur Ruhe gekommen zu sein, jetzt, wo sie den Rauch in die Lungen eingesogen hatte und ihn über die Bar in Richtung ihres Spiegelbildes geblasen hatte.

»Nein, ich stehe im Training.«

»Oh, herrje, wie ernsthaft. Im Training wofür?«

»So lange zu leben wie möglich. Diese Dinger können einen töten.«

»Nun, warum sich also groß sorgen? Ich leb nicht lang. Da kann ich genausogut rauchen. So viele Dinge können einen dieser Tage umbringen. Und vielleicht lebe ich ja gerne gefährlich.«

»Dann ist es dein Stil.«

»Ich bin dir seit zehn Blocks gefolgt. Ich fragte mich, ob ich es wage. Angst vor den Konsequenzen. Dann fiel mir selbstverständlich ein, daß ich ja eine Abenteurerin bin. Und das ist auch gut so. Die Welt ist dieser Tage ein ziemlich ungastlicher Ort. Wie die Dame in dieser Operette lache ich meiner eigenen Sterblichkeit ins Gesicht, tralla, tralla.« Sie sagte dem Barkeeper, sie wolle einen perfekten Martini.

Er nickte. »Kommt sofort, Miss Squires.«

Jetzt endlich sah sie Cassidy an. »Billy macht einen perfekten Martini. Nur Gin. Hält die Vermouthflasche einmal kurz über das Glas. Ein Ritual.«

»Klingt, als wärst du hier Stammkunde.«

»Ich bin vielerorten Stammkunde.«

Er beobachtete den Bartender mit seiner schwarzen Lederfliege und den vereinzelten Strähnen schwarzgefärbten Haars, die sorgfältig über seinen glänzenden Skalp gezogen waren.

»Er sieht so aus.«

»Wie was?«

»Wie jemand, der einen perfekten Martini mixt.«

Billy stellte das Glas vor sie, schön in der Mitte eines Korkdeckels. Ihre langfingrige Hand schnippte den hellen Haarvorhang aus ihrem Gesicht. Sie nahm einen Schluck. »Mut antrinken. Ich brauche das.«

»Was ist das Problem?«

»Nun, ich hab dich lange Zeit nicht gesehen. Es hat mir nicht gefallen. Und . . . und ich habe von deiner Frau gehört. Es tut mir so furchtbar leid. Du mußt dich hilflos fühlen. Es ist alles so verflucht gräßlich.«

»Ich gewöhne mich jetzt allmählich an die Vorstellung. Du weißt, was man sagt.«

»Nein, ich denke nicht.«

»Über den Krieg. Er ist die Hölle. Aber das ist nicht der Grund dafür, daß du mir gefolgt bist.«

»Stimmt. Ich wollte Terry aufsuchen, und dann sah ich dich. Ich wußte, du wärst besser für mich als Terry . . . du bist keiner von denen. *Denen.*«

»Wer?«

»Oh, alle die, von denen ich weg muß. Max und Bennie und all die anderen glücklichen Kobolde von Max. Und auch Terry, was das betrifft. Und alle Leute im Club Heliotrope. Wo, wie mir aufgefallen ist, dein Gesicht nimmer gesehen ward. Ich kann keine Bewegung machen, ohne daß die alles wissen.« Sie drehte an einem Goldring mit einem Saphir herum, den sie an ihrer rechten Hand trug. »Sie ersticken mich förmlich . . . Max, sie alle, ich fühle mich wie ein kleines adoptiertes Flüchtlingsmädchen, das zufällig auch mit seinem neuen Vater schläft –«

»Das müßte doch zumindest deinem Sinn für die Gefahr entsprechen.«

Sie leerte ihren Drink und wartete darauf, daß Billy einen weiteren vor sie stellte. Auf ihrem tabakfarbenen Revers war ein langes blondes Haar. Sie zündete sich eine weitere Camel an. Ihre Lippen hinterließen einen dunkelroten Fleck auf dem Papier. Cassidy ertrank in ihr.

»Du weißt noch, was ich dir damals gesagt habe?«

»Du hast mir sehr viel gesagt.«

»Du weißt ganz genau, was ich meine. Nun, ich bin es wirklich . . . eine Hure. Durch und durch, das ist meine Natur.«

»Ist alles Teil des gefährlichen Lebens.«

»Ich denke, es ist etwas, mit dem eine Frau geboren wird, etwas, das in ihr völlig falsch läuft –«

»Wie wenn man zum Beispiel mit einem braunen und einem blauen Auge geboren wird.«

»Wie wenn man zum Beispiel verkrüppelt geboren wird.« Sie starrte Billy an, und er verzog sich ans andere Ende der Bar, polierte, polierte. »Anscheinend kann ich nicht einem einzigen Mann gehören, oder? Ich fühle mich, als würde ich verrückt –«

»Wenn sie den richtigen findet, wird sich alles beruhigen. Sie ist nicht länger eine Hure. Sie liebt, und es ist eine weitbekannte Tatsache, daß Liebe alle Schranken niederrennt. Sie kann sogar die Natur der Menschen ändern.«

»Was für ein Idiot! Wie unbeleckt und unschuldig du doch bist!«

»Nur ein Romantiker.«

»Nichts ändert die Natur eines Menschen. Das ist eine weitbekannte Tatsache; der Leopard und seine Flecken.«

»Du bist eine jugendliche Skeptikerin.«

»Nein, Cassidy. Ich habe dir gesagt, was ich bin. Max treibt mich in den Wahnsinn. Ich bin Max' Mädchen. Max' Eigentum. Er gibt mir alles, was ich will, aber er will mich nicht, versteht mich nicht... Er ist mein Vater, aber er schläft auch mit mir, das ist seine Fantasie. Und ich bin die kleine Bo Peep. Ich will raus, weg... aber ich habe Angst. Er versteht nicht, daß ich zu haben sein muß.«

»Wofür, zum Teufel, bestrafst du dich?«

»Jetzt sag mir nicht, du wärst ein Schüler von Dr. Freud.«

»Nein, nur ein cleverer Junge mit einem gewinnenden Ipana-Lächeln.«

»Oh, du Armer!« Sie berührte seine Hand. »Liegt es also an deinem gewinnenden Lächeln, daß ich all diesen Kram bei dir ablade?«

Er zuckte mit den Achseln. »Seelenfreunde. Wir haben schließlich zusammen gesehen, wie ein paar Menschen ermordet wurden.«

Sie ignorierte ihn. »Ich bin also heute nachmittag ausgebüchst. Max hatte einen Termin mit seinen Anwälten, und Bennie hatte etwas zu erledigen, und niemand beobachtete mich. Also bin ich einfach gegangen.« Der schiere Wagemut ließ sie frösteln.

»Und warum hattest du Angst, mir zu folgen?«

»Wenn man Max gehört, denkt man mit der Zeit, daß einem immer jemand folgt, einen beobachtet... es ist wie ein Gemälde von Dali, Augen, die einen beobachten, schmelzende Uhren, auslaufende Zeit. Oder dieser Film, wo die Rasierklinge den Augapfel aufschlitzt. Manchmal würde ich gerne all die Augen, die mich beobachten, aufschlitzen. Ich würde ihnen gerne etwas antun. Und dabei wollen sie doch alle nur nett zu mir sein, sich um mich kümmern, aber immer für Max – oje, nun, warum erzählst du mir nicht, was deine Sorgen sind?«

»Frauen scheinen immer die besseren Sorgen zu haben.«

»Nein, sie machen nur größeres Aufhebens um sie.«

»Nun, Cindy, ich gehe jetzt heim. Es war sehr nett, dich mal wieder zu psychoanalysieren.«

»Stört's dich, wenn ich dich begleite?«

Sie gingen die 5th Avenue ganz hinunter, und sein Bein schien in Ordnung. Beinahe ein Jahr, und ein guter Tag mit dem Bein war ein Ereignis. Sie redete nicht mehr davon, eine Hure zu sein. Gott sei Dank. Die Geschichte bekam allmählich einen Bart. Beim Gehen bemerkte er, daß er sich allmählich wieder wie ein Mensch fühlte, er dachte nicht mehr an den Krieg. Er dachte nicht an Karin. Er hörte ihr zu, wie sie von ihrer Jugend in England und den Briefen ihres Bruders Tony aus Deerfield erzählte und von der Musik, die sie mochte, und wo sie gerne einkaufte und wie sie Dickens liebte. Sie bewunderte seinen Schwarzdornstock, und sie las die Inschrift, und er erzählte ihr von der Klinge.

Sie standen vor einer Kirche an der Ecke zur 11., und sie sagte: »Darf ich dein Schwert sehen?«

»Drücke einfach den Knopf unter dem Knauf.«

Sie grinste, tastete danach. Der Knauf kam fest hoch in ihre behandschuhte Hand. »Darf ich es herausnehmen?«

»Das ist dein Begräbnis.«

Langsam ließ sie die Klinge herausgleiten. Ihre Augen leuchteten. »Sie ist wunderschön«, sagte sie langsam.

Sein Wohnzimmer erschien so lebensfremd und unbewohnt, so bescheiden, nach all den Monaten in Terrys Wohnung. Draußen, hinter den Gitterzäunen am Washington Square, verbrannten sie Blätter, und das herbstliche Aroma drang in seine Wohnung. Der späte Nachmittag wurde langsam dunkler. Die Rauchwolken hingen über dem Platz wie die Nebel von Avalon.

Cindy sagte, sie wolle eigentlich keinen weiteren Drink, und so saßen sie da und redeten, sahen zu, wie die Dämmerung das letzte Sonnenlicht hinwegwischte. Sie entschuldigte sich und ging ins Badezimmer. Cassidy schloß die Augen, lehnte sich zurück. Max Baumans Mädchen war in seinem Badezimmer. Er hoffte inständig, daß ihr wirklich niemand gefolgt war.

Als sie aus dem Badezimmer zurückkam, hatte sie die Handschuhe und das Kostüm und die Bluse und die braunweißen Schuhe und die Strümpfe und den Strumpfgürtel und ihr Höschen, das von einem Finger baumelte, ausgezogen. Das Unterkleid war das einzige, was sie anhatte. Es schmiegte sich an ihre Brustwarzen, als sei es triefend naß. Sie wackelte mit den Zehen, die Nägel rot wie kostbare, auf dem Teppich ausgebreitete Edelsteine. Sie ging durch das Zimmer und schaltete die zwei Tischlampen aus, so daß das Licht von der Straße den Raum in graue Schatten tauchte, ausreichend Licht, um sie zu sehen. Sie stand vor ihm mit gespreizten Beinen, so daß das schwache Licht einen Lichtkranz um sie und zwischen ihren Beinen bildete. »Nun«, sagte sie, die Worte halb verschluckend, »du weißt, was ich dir gesagt habe.« Sie ließ die Träger ihres Unterkleids von den Schultern gleiten. Ihre Augen waren nach unten, auf sich selbst gerichtet, als sei sie genauso wie er interessiert, was gleich bloßgestellt würde. Sie zog das Unterkleid herunter, bis es an den Spitzen ihrer Nippel hängenblieb. Just da kam ihm der Gedanke, daß ihre Nippel die einzigen Dinge in der ganzen Welt waren, die es wert waren, daß man für sie lebte, starb oder kämpfte.

Sie zog an dem Unterkleid, bis es über sie rutschte, die straffen harten Brustspitzen zuckten kurz zusammen, und er sah die weichen Konturen ihrer winzigen, mädchenhaften Brüste mit den hart gewordenen dunklen Spitzen. Sie zog das Unterkleid herunter über die Kurve ihrer breiten Hüften und ließ es auf den Boden fallen. Ihr Bauch war flach, in der Tat eine leicht konkave Schale, von deren Rand sich die dunkle Flut des Schamhaars ergoß. Sie keuchte. »Ich werde mir furchtbar dumm vorkommen«, wisperte sie, »wenn du mich nicht willst.«

Sie nahm seine Hand und führte ihn am Bad vorbei ins Schlafzimmer. Sie legte sich aufs Bett. Das Licht aus dem Bad formte einen Eiszapfen quer über dem Bettende. Er glitt aus seinem Hemd und den Hosen und stand neben dem Bett und sah sie an. Sie faßte mit einer Hand hoch und zog sanft seinen steifen Penis aus der Unterhose. Sie seufzte, als sie ihre Finger um ihn schloß. »Oh«, murmelte sie, »du bist schon ganz feucht, nein . . .« Sie legte ihre andere Hand langsam und sorgfältig zwischen ihre Beine und spreizte ihre Oberschenkel, zog die Knie leicht an. Er sah zu, gebannt von ihren bewußten Bewegungen, während sie mit ihrem Mittelfinger in ihrem Schamhaar suchte, bis sie die Schamlippen, die einander berührten, fand. Dann teilte sie langsam das dichte Haar, machte die Lippen mit Zeigefinger und Ringfinger breit. Die Dunkelheit in ihr glänzte.

»Komm«, wisperte sie. »Schnell. Ich möchte dich in den Mund nehmen, bevor es zu spät ist.«

Er legte sich neben sie auf das Bett, schmiegte sein Gesicht an die feste, glatte, zarte Innenseite ihres Schenkels, roch die Üppigkeit ihres Schweißes und die Flüssigkeit, die aus ihrer Vagina austrat und im Nu ihr Schamhaar feucht glänzen ließ. Ihre Zunge strich über sein Glied, er hörte sie und fühlte sie, und er fühlte, wie er hart wurde, als ihr Mund über ihn glitt, ihn umschloß, an seiner Mitte zog, als sei sie bereit, ihn zu verletzen, wenn es ihren Mund nur füllte, ihre Lust befriedigte, aber sie konnte ihm nicht weh tun, sie konnte es höchstens versuchen, und er leckte an ihren Fingern, wie sie sich selbst damit innen berührte, leckte an der zähflüssigen, salzigen Masse, als sie die Hände wegnahm und sie über seinen Mund zog, und er öffnete sie mit beiden Händen und beugte sich in ihr Dunkel und die dunkle Flut, die sie war, und er schmeckte sie und drang mit seiner Zunge in sie ein und grub seinen Finger zwischen die kontraktierenden Muskeln, ließ seinen Finger kreisen, fühlte, wie sich ihre Hüften vom nassen Leintuch wegkrümmten, hörte, wie ihr Mund geräuschvoll seinen Samen einsog, würgte und schluckte und weiter sog, fühlte, wie sich ihre Hände rhythmisch um seine Hoden schlossen, ihn leckten, gekonnt, vertraut, ein Experte bei der Arbeit, aber als sie fühlte, wie sein Finger bis zum Anstoß zwischen ihre Hüften drang und seine Zähne an der kleinen nassen Knospe nuckelten, die hinter ihren Schamlippen verborgen war, da war ihr Strampeln und das tiefe Knurren in ihrer Brust primitiver und ursprünglicher, als jede bloße Schau es sein kann, ein Schrei von Schmerz und Befreiung und Verletzlichkeit, und nur für diesen einen, kleinen Augenblick war sie tatsächlich das hilflose kleine Mädchen, das sie manchmal parodierte, und zumindest einen Augenblick lang wußte er, daß sie sein war, nicht eine geborene Hure bei der Ausübung ihres Jobs, beim professionellen Ausleben von Männerfantasien, sondern eine Kreatur, die den Sprung wagte in unerforschte dunkle Gefilde, und sie hob ihre Schenkel und Hüften in spasmischen Zuckungen, jenseits aller Kontrolle, ohne jegliche Hemmung, Vollgas für eine Zeit, die ihm wie ewig vorkam.

Als er sie herumzog, so daß ihr Gesicht nahe dem seinen war, schlang sie geschwind ihre Beine um seine Schenkel, und das Meer in ihr fuhr fort, sacht zu plätschern, und der endlose Strom näßte sein Bein. Und bevor er sie küßte, sah er den Speichel und den Samen in ihren Mundwinkeln und in schlierigen Bahnen auf ihrer weichen, flaumigen Wange rinnen. Und sie weinte.

Eine Stunde später regte sie sich auf dem feuchten, klebrigen Bett, sagte: »Ich will es alles noch mal, Lew, genau die gleichen Dinge, und laß nichts aus«, und sie begann. Sie waren ineinander verschlungen mit den gleichen Resultaten, und sein Mund wurde wund von dem dichten Haar zwischen ihren Beinen, und sie lag keuchend auf dem Rücken, eine Hand auf die Stirn gelegt, fusselte mit den Fingerspitzen Samenreste aus ihren Mundwinkeln und rieb sie geistesabwesend in ihre prallen Nippel ein, während er längs an ihr hochsah, vorbei an der dunklen, durchtränkten Haarmasse, die vom Lecken flach an Schoß und Schenkel anlag. Es war nichts mehr vorhanden, kein Begehren, keine Kraft, keine Verpflichtung, eine Hure zu sein. Zumindest für eine kleine Weile nicht.

Eine weitere Stunde verging, und diesmal war es Cassidy, der erwachte und sie von neuem begehrte. Sie atmete tief und ruhig, im Tiefschlaf, ihr Kopf unten bei seinen Knien. Er mußte sie berühren, ihren Körper von neuem erforschen. Er zog ihre nahezu leblose Masse über sich, ihr Bauch naß und klebrig, ihre Knie zu beiden Seiten seiner Schultern, und sie stöhnte, eine Mischung aus Erschöpfung und neuerwachendem Begehren. Er sah wieder auf in das nasse Dunkel, öffnete sie erneut, und sie schluchzte. »Es tut weh«, flüsterte sie schläfrig, »ich bin ganz wund . . .« Er streichelte sie mit seiner Zunge, schmeckte es alles wieder. Sie seufzte und kicherte tief von innen heraus. »Ich denke, wir könnten verhaftet werden für alles, was wir getan haben . . . ausschließlich unnatürliche Akte . . .«

Er löste seinen Mund von ihr und pickte sich eine Haarsträhne von der Lippe. »Ich weiß, ich weiß, und ist es nicht toll, das Verbrecherleben . . .« Und bald bewegte sie sich wieder rhythmisch gegen sein Gesicht, und er ließ von unten seine Zunge über ihre Finger schnellen, die sie wieder zwischen ihre Schenkel gebracht hatte, und sie ließ nicht ab, bevor sie es beide wieder bis zum Höhepunkt geschafft hatten. Er lächelte in seiner eigenen Dunkelheit. Kein natürlicher Akt, seit sie begonnen hatten. Ein Mädchen nach seinem Geschmack. Sie hatten gemeinsam gesehen, wie Männer starben.

Sie war angezogen und beugte sich über ihn an der Stelle, wo er zusammengebrochen war. Sie roch wieder nach Puder und Parfüm. Es war 9 Uhr 45. In einer halben Stunde mußte sie im Heliotrope auftreten.

Sie sprach eindringlich, kämpfte gegen seine Müdigkeit an. »Hör gut zu, mein Schatz. Ich weiß nicht, wann ich dich wiedersehen werde. Was immer du auch tust, ruf mich nicht an. Du wirst mit mir sprechen und all dies noch einmal tun wollen, aber du darfst mich auf keinen Fall anrufen. Und schreibe mir auch nicht. Wenn wir uns so über den Weg laufen, tu so, als könntest du dich kaum an mich erinnern.« Sie beugte sich herunter und küßte ihn. »Ich habe deine Zahnbürste verwendet. Es war nötig.« Sie seufzte und berührte seinen winzigen, hilflosen, schlaffen Penis. »Paß gut auf diesen tapferen kleinen Soldaten auf.«

»Er ist grad erst eingezogen worden«, sagte er.

Sie drückte ihre Finger zusammen, als er versuchte, noch etwas zu sagen. »Pst. Keine Fragen, keine lieben Worte. Meine einzige Antwort ist, ich weiß es nicht. Ich muß vorsichtig sein. Wenn er es herausfindet, dann . . . dann bringt er mich um. Schlaf jetzt schön weiter.«

Er hörte sie gehen und setzte sich auf die Bettkante. Die Bettwäsche roch nach Sex. Er atmete tief ein.

Als sie gegangen war, fühlte er sich so einsam, wie es nur menschenmöglich war. Aller Spaß der Welt fand woanders statt. Er konnte nicht glauben, daß sie nicht zu ihm zurückkam. Später. Nachdem sie gesungen hatte.

Er wartete ein Weilchen, dann ging er duschen. Sie war gerade eine halbe Stunde weg und er versunken in Seifenschaum und Dampf, als jemand an die Türe pochte. Er drehte die Brause ab, wickelte sich in ein dickes Frotteebadetuch und humpelte zur Tür, nebenbei bemüht, Seife und Wasser aus seinem Ohr zu schütteln. Beinahe erwartete er, daß sie in der Tür stand, wie Claudette Colbert, zurückgekehrt zu dem Mann, den sie wirklich liebt in diesem Film, bereit, ihm zu sagen, daß sie ihm verfallen sei, jetzt eine neue Frau sei, ihn wollte und was sollten sie nur tun?

Damit lag er allerdings, wie es so oft im Leben geschieht, völlig falsch.

Bennie die Bestie stand da und starrte ihn an, und was er da hinter den dicken Brillengläsern in den Augen schwimmen sah, war ganz entschieden keine Liebe.

In keinster Weise.

Kapitel 11

»Jessas«, sagte Bennie, als er seinen weichen Homburg langsam vom Kopf nahm, »ich bin sehr enttäuscht von dir, Lew.« Er schüttelte traurig seinen massigen Kopf und trat ein. »Das ist einfach furchtbar, Lew.« Er sah aus, als hoffe er, Cassidy habe eine wunderwirkende Erklärung.

»Du bist ihr gefolgt?«

Er nickte. Die menschliche Natur war solch ein Jammerspiel. »Wir wußten, sie trifft sich mit jemandem, Lew. Wir haben sie an der langen Leine geführt.« Er zuckte mit den Achseln wie eine Galapagos-Schildkröte, die ihren Panzer vom Fleck bewegt.

»Wird vermutlich nichts nützen, wenn ich dir sage, daß heute das erste Mal war?«

»Vermutlich nicht. Was für einen Unterschied macht das schon? Wenn ein Ei einmal gesprungen ist, kann es nicht noch kaputter werden ...«

»Voltaire?«

»Nicht daß ich wüßte, Lew.«

»Das«, sagte Cassidy, mit dem Handtuch sein Haar rubbelnd, beim Versuch, locker und beiläufig zu wirken, »ist der Moment, wo sich Männer guten Willens irgendwo hinsetzen, einen Brandy und eine Zigarre zu sich nehmen und vernünftig miteinander reden. Es gibt einen Ausweg aus dieser mißlichen Situation.«

»Ich bin da nicht so zuversichtlich, was das angeht«, sagte Bennie. Er legte seinen Hut auf den Tisch in der Diele und folgte Cassidy ins Wohnzimmer. Ihr Geruch war überall. »Auf der anderen Seite sollten wir alle friedvollen Möglichkeiten erschöpfen, bevor wir zu den ... nun, du weißt, den weniger friedvollen Möglichkeiten greifen.« Er nahm in einem Sessel am Fenster Platz, kreuzte seine Beine, strich seinen Regenmantel über den Knien glatt. Am Kragen ragte die getupfte Fliege hervor.

Cassidy goß Calvados in zwei Schwenker und nahm zwei Havannas aus der Schachtel, die er im Kühlschrank aufbewahrte. Er schnitt die Enden ab, hielt Bennie das Streichholz hin, und sie versuchten, vernünftige Erwachsene zu sein, die ein moderat kitzliges Problem zu lösen haben. Der Trick bestand darin, Bennie ruhig zu halten, während Cassidy versuchte, einen Weg zu ersinnen, wie er ihn bestechen konnte, ohne daß er sich dadurch beleidigt fühlte. Er fragte sich, ob Terry richtig vermutet hatte: Hatte Bennie Harry Madrid den Tip gegeben?

»Miss Squires hatte also recht«, sagte Cassidy. »Sie wird also tatsächlich beschattet. Das nenne ich verflucht schlechte Etikette. Sie ist eine erwachsene Frau, sie sollte kommen und gehen können, wie es ihr gefällt. Ohne beobachtet zu werden.«

»Das mag wohl wahr sein«, bemerkte Bennie umsichtig. »Normalerweise wäre ich der erste, der dir da zustimmen würde. Aber« – er deutete mit dem erhobenen Finger auf Cassidy – »Miss Squires ist kein normaler Fall. Sie hat gewisse Probleme. Sie ist beispielsweise eine sehr unmoralische Frau – nein, streit es nicht ab, Lew. Ist sie. Wir müssen sie vor sich selbst schützen. Machen wir uns nichts vor, Lew, ihre niedere

Natur hat Oberhand gewonnen. Wir Restlichen haben eine Pflicht, sie vor diesem Charakterfehler zu schützen.« Er paffte und betrachtete die Zigarre wie einen alten Freund. »Die sind genau wie Mr. Baumans.«

»Es sind Mr. Baumans. Terry gab sie mir. Jetzt hör mir mal zu, warum, zum Teufel, hast du sie nicht vor sich selbst bewahrt, als du sie hier hereinkommen sahst? Du hättest uns beiden diese kitzlige Situation ersparen können – du hättest es getan, wenn du wirklich mein Freund wärst –, und du hättest ihre Tugend retten können.«

»Oh, komm, die Tugend von Miss Squires, da gibt's nichts mehr zu retten, fürchte ich. Mein Job ist es, Mr. Bauman vor der schmutzigen Wahrheit und den unglücklichen Folgen ihrer Schwäche zu bewahren. Und das ist eine große Aufgabe. Hölle, Lew, manchmal verwirrt es mich, alle meine Jobs auf die Reihe zu bekommen.« Er schnallte den Gürtel seines Regenmantels auf und öffnete ihn, er trug seinen gewohnten Frack. Er würde später im Club sein, nachdem er und Cassidy ihr kleines Gespräch zu Ende gebracht hätten. Cassidy fühlte sich, als wäre er ins Büro des Rektors expediert worden. Wenn der Rektor King Kong war.

»Wir sind alle verwirrt«, sagte Cassidy. »Jeder einzelne. Machen wir doch unser Leben ein bißchen einfacher und vergessen einfach, daß heute abend je war. Was für einen Unterschied macht das schon?«

»Ah, das ist die Frage, nein, Lew? Nun, ich fürchte, es macht einen Unterschied. Ich muß mit mir selbst leben, zum einen. Ich habe meine moralischen Grundsätze. Versuche, das zu verstehen, Lew.«

»Das Konzept von Moral ist mir nicht gänzlich fremd.«

»Nun, ich bin froh, das zu hören. Mit deinem Verhalten heute abend könntest du das nicht beweisen. Nun, ich könnte all dies Mr. Bauman verschweigen, ich könnte dir zublinzeln und zu dem Schluß kommen, daß du nur eine läufige Hündin bedient hast. Ich könnte hoffen, daß du diesen beklagenswerten Fehltritt niemals wiederholst –«

Cassidy geriet allmählich in Sorge. Er schwitzte unter dem Hausmantel, und sein Herz ging schneller. »Bennie, du mußt wirklich verstehen, daß ich mich nicht an sie herangemacht habe.« Bennie beobachtete ihn durch die trägen Rauchkringel hindurch, seine Augen glänzten, sein Mund bearbeitete die Zigarre. Seine Hände waren riesig, die Finger dick, die Fäuste wie Abrißkugeln.

»Sie suchte mich auf, sie kam hierher . . . hör zu, du weißt, daß ich es nie wieder geschehen lassen werde.« Jetzt fühlte er sich klamm unter dem Mantel. Bennie wurde allmählich unruhig in seinem Stuhl. Schlechtes Zeichen.

»Lew, versuch nicht, mich zu verscheißern. Woher weiß ich, ob du fähig wärst, ihrer Anziehungskraft zu widerstehen? Hölle, sie hat's an mir ausprobiert, hat die Schlafzimmertür offen gelassen, während sie nackt war, hat ihre Übungen gemacht, ich meine, Lew, ich sah alles ... und sie wußte es, sie genoß es, mich dazu zu bringen, sie zu beobachten. Jessas, Lew, ich kann mir selbst nicht trauen. Wie kann ich dann dir trauen?« Es wäre komisch gewesen, wäre Bennie nicht so ernst gewesen. Er arbeitete es in seiner Gänze in Gedanken durch, und sein Gesicht zeigte es, eine Landkarte der Ratlosigkeit.

»Du kannst meinen Worten vertrauen, Bennie. Du kannst meiner Furcht vertrauen, wenn nicht meinen Worten. Denkst du, ich will, daß du mich durch die Mangel drehst?«

»Ich weiß nicht.« Er seufzte. »Ich hab's nicht so sehr mit diesem ganzen Vertrauenskram. Nimm alles Vertrauen in der ganzen Welt und fünf Cent, dann kriegst du eine Tasse Kaffee. Du könntest vergessen, wie ich dir weh tun könnte, oder du könntest denken, ich würde weich werden und dir nichts tun, und, mir nichts dir nichts, steckst du wieder dein Ding in Miss Squires –« Er erschauderte bei dem Gedanken. »Und wo stünden wir dann?«

»Aber was liegt dir daran? Wem liegt wirklich daran?« Ihm war kalt, aber er schwitzte. Bennie war wie eine Naturkatastrophe, die darauf wartete loszubrechen, eine große dunkle Wolke, die sich darauf vorbereitete, Lew Cassidy ganz und gar naßzuregnen.

»Nun, mir liegt was dran, Lew. Ich kann es nicht zulassen, daß Mr. Bauman weiterer Schmerz widerfährt. Er hat zu viel verloren, und ich will nicht, daß er Miss Squires verliert. Sie mag in meinen Augen nicht viel wert sein, aber das spielt keine Rolle. Er ist verrückt nach ihr. Sie ist jung und schön, und sie liegt ihm am Herzen. Ich mag dich, Lew, du weißt das. Hab dich immer gemocht. Aber meine Loyalität gehört Mr. Bauman. Ich schulde ihm was. Darauf läuft es hinaus.« Er erhob sich, ließ sein Glas stehen, rauchte immer noch die Zigarre. Cassidy hatte zuviel Angst vor dem, was er tun mochte, um sich zu bewegen. Bennie stand in der Tür zum Schlafzimmer und sah auf das durchwühlte Bett, dann drehte er sich zurück zu ihm und pfiff leise. »Ich weiß nicht«, murmelte er, »vielleicht war es das wert. Ist sie was Besonderes, Lew?« Cassidy nickte. »Ach, Lew, ich fürchte, ich werde etwas tun müssen, das es dir ins Gedächtnis einprägt, daß du dich benehmen mußt ... du weißt, es ist nichts Persönliches. Mir wär's egal, was du und Miss Squires tun, ihr gäbt ein schönes Paar ab, wenn's nach mir ginge, aber es ist Mr. Bauman, ich mache mir Sorgen um ihn ...«

Cassidy stand auf. »Du machst dir keine Sorgen um ihn, du hast Angst vor ihm. Ich kann's dir nicht verdenken – Bennie, mach, daß du hier rauskommst. Du wirst mir nichts tun, wir sind Freunde, um Himmels willen. Jetzt, nimm mich beim Wort, ich werde von Cindy wegbleiben, also beweg deinen dicken Hintern in den Club – vergiß all das hier, es ist nie geschehn . . .«

»Ist es so, Lew?« Seine Stimme war so leise, Cassidy konnte ihn kaum hören. Er nahm seinen Hut, legte die Zigarre in den Aschenbecher. Er setzte den Hut gerade auf seinen Kopf und stellte sich neben Cassidy.

»Natürlich ist es so«, sagte Cassidy. Er öffnete die Tür. »Ich werde ein braver Junge sein.«

Bennie füllte die Tür, als er sich mit einem perplexen Ausdruck auf seinem großen bleichen Gesicht umwandte. Die Augen schwammen hinter den Gläsern, hielten dann abrupt inne.

»Nein«, sagte er, »nein. Es tut mir leid, Kumpel.«

Eine Faust von der Größe eines Baseball-Fanghandschuhs und dem Gewicht einer Kegelkugel schlug in seinen Leib. Vor seinen Augen wurde es schwarz wie im Inneren eines Fledermauskäfigs, und er fiel nach vorne, unfähig zu atmen. Er würde sterben wie ein Fisch an Land.

Bennies Knie kam hoch, und er fühlte die knüppelartige Härte seines Schenkels. Seine Nase brach. Seine Zähne wurden in seine Wange gerammt, und sein Mund füllte sich plötzlich mit Blut. Bennie ließ ihn fallen. Er lag auf dem Boden, das Blut ließ ihn würgen. Er wünschte, der Dreckskerl würde ihn einfach erschießen und es damit gut sein lassen.

Er blinzelte, sah hoch zu Bennie. Es war, als liege man am Fuß eines dunklen Bergs. »Lew, ich fühl mich wirklich beschissen dabei, aber . . .« Vor Schmerz verschwamm es ihm vor den Augen. Bennie streckte eine Hand aus, um ihm aufzuhelfen. Er nahm sie. Bennie zog ihn halb hoch, dann trat er ihm in die Rippen. Etwas knackte, brach. Wenn er so weiter machte, würde nicht sehr viel von ihm übrig blieben, das nicht gebrochen war. »Aber du mußt lernen, deine Finger von Mr. Baumans Sachen zu lassen.« Er sank wieder zu Boden, würgend, versuchte, nicht zu ersticken, versuchte, nicht vor Schock und Schmerz zu erbrechen.

Bennie war nicht einmal in Schweiß ausgebrochen. Seine Fliege war nicht einmal schief. Sein Hut saß immer noch gerade. Alles an dem Burschen war auf einmal eine persönliche Beleidigung. Und er sagte Cassidy immer wieder, wie sehr er es hasse, die Scheiße aus ihm herausprügeln zu müssen. Da war eine verschwommene Bewegung, als er seinen Fuß wieder zurückzog. Cassidy versuchte sich zu drehen und wegzurollen, um ihn nur ja daran zu hindern, eine gebrochene Rippe in die Lunge oder in sein Herz zu treiben. Der Fuß erwischte ihn in den Nieren. Er hustete weiter, spuckte mehr Blut und fühlte einen losen Zahn wacklig an seiner Zunge. »Nun, Lew, ich denke, das reicht, oder? Jetzt wirst du mir versprechen, daß du nicht vergißt, warum wir das hier hinter uns bringen mußten.«

»Ich verspreche es«, krächzte Cassidy.

Bennie ließ ihn in einem Häufchen auf dem Boden liegen und ging zur Küche. »Möchtest du ein schönes Glas Wasser, Lew? Ich kann auf jeden Fall eins gebrauchen.« Cassidy hörte ihn, wie er mit den Gläsern und dem Wasserkrug aus dem Kühlschrank zugange war.

Er kroch langsam am Boden auf die Couch zu. Er wischte die Tränen aus seinen Augen und versuchte, den stechenden Schmerz in seiner Brust zu ignorieren. »Das war kein fairer Kampf, Bennie«, sagte er.

Bennie lachte leise in der Küche. Er brach Eiswürfel aus einem Behälter. »Es sollte nicht fair sein. Es war nicht mal ein Kampf. Es war Strafe.«

Cassidy hievte sich an der Couchlehne hoch und nahm seinen neuen Stock. Er stand auf, fand Halt, wartete, daß sein Kopf wieder klar wurde, dann humpelte er zur Küche. »Ja, ich könnte ein Glas Wasser gebrauchen.«

»Klar.« Bennie reichte ihm ein Glas und stieß das seine dagegen. »Auf künftige, bessere Zeiten«, sagte er. »Verstehen wir uns?«

»Ja. Ich habe eine nützliche Lektion gelernt.«

Bennie lächelte. »Freut mich, das zu hören, Lew.«

Bennie drehte sich um und ging durch den Bogengang zurück ins Wohnzimmer.

Cassidy hob den Stock hoch, ignorierte die Pfeile schieren Schmerzes in seiner Brust und die Lichtexplosionen hinter seinen Augen und die eigenartigen Geräusche in seiner Nase und Kehle, wenn er atmete, und traf Bennie mit dem bleibeschwerten Ende am Kopf, mit aller Kraft, die er noch hatte.

Er taumelte gegen die Wand. »Holla, Lew –«

Cassidy schwang den Stock erneut und erwischte ihn diesmal hinter dem linken Ohr. Er fiel nach vorne auf die Knie.

»Es ist kein Kampf, Bennie. Es ist Rache.«

Bennie hielt seinen Kopf mit einer Hand. Dann versuchte er, auf die Beine zu kommen, und Cassidy fragte sich, was, zum Teufel, er getan hatte. *Was mache ich, wenn er auf die Beine kommt und wütend auf mich ist?*

Bennie drehte sich zu ihm und erhob sich auf den Knien, wie Porgy, als er Bess erzählen will, daß sie jetzt seine Frau sei, und Cassidy tat es

Babe Ruth gleich, traf ihn über dem linken Auge an der Schläfe, und sein Schädel fiel in sich zusammen wie eine reife Zuckermelone, und er kippte zur Seite und stieß einen Seufzer aus wie ein Firestone-Reifen, aus dem die Luft gelassen wird, und rührte keinen Muskel. Ein paarmal zuckten seine Glieder.

Bennie kam nicht mehr auf die Beine.

Terry Leary stand über Bennie und sah runter zu ihm. Es war 11 Uhr.

»Junge, Lew, ich habe Bennie aber schon sehr viel besser aussehen gesehen.«

»Ich habe *mich* schon sehr viel besser aussehen gesehen.« Das Blut sickerte immer noch von seiner Nase in den Hals. Er konnte sich nicht rühren, ohne das Gefühl zu haben, er bekomme einen Herzinfarkt.

Terry betrachtete Cassidy gedankenvoll. »Aber zumindest bist du beschlafen worden, alter Knabe. Ich hoffe, es war es wert.«

»Ich hab es noch nicht endgültig entschieden, aber ich denke, daß es das war.«

»Du hast Mumm«, bemerkte Terry. Er ließ noch etwas kaltes Wasser aus dem Handtuch tropfen, das er über Bennies Kopf hielt. »Mehr Mumm als Verstand, daß du mit Max' Mädchen rumspielst. Nicht schlau, Lew. An solcher Blödheit kann man sterben.«

»Schau dir den anderen an.«

»Sehr wahr. Aber ein weises Wort will ich dir mitgeben – die Frau bringt Ärger und ist für jeden zu haben –«

»Ich will nichts über sie hören, okay?«

Er sah auf. »Du magst sie?«

»Wechseln wir einfach das Thema, Terry. Ich kann nicht richtig atmen.«

»Bennie ist auch nicht gerade in Bestzustand.«

»Ist er tot?«

»Nee. Dann und wann zappelt er ein bißchen. Schau. Hast du's gesehen? Nein, er ist nicht richtig tot.« Terry lächelte. »Das ist die gute Nachricht und die schlechte Nachricht.« Er deutete auf den Stock. »Du machst besser den Knauf sauber. Er ist ganz verklebt.«

Cassidy ging in die Küche und ließ Wasser über den Knauf laufen und wischte ihn mit einem Geschirrtuch. Er ging zurück ins Wohnzimmer.

»Was jetzt?«

»Nun, wenn Bennie aufwacht, würde ich sagen, daß er dich vermutlich deinen Stock fressen läßt und ihn dann hinten aus deinem Arsch wieder rausrupft.«

»Wenn du nichts Nettes sagen kannst, dann sag besser gar nichts.«

Aber als Bennie zu sich kam, lag er nur da und winselte sie an. Er brauchte sehr lange, um sie einigermaßen klar zu sehen. Schließlich sagte er: »Hi, Terry.« Er hielt inne und leckte sich etwas Schaum von den Lippen. »Hey, Lew . . .« In seiner Stimme erklang leichte Verwunderung und Verwirrung. »Was, zum Teufel, ist überhaupt los? Junge, Junge, mir geht's nicht so gut, Freunde.« Er erbrach sich auf den Teppich. »Holla, Lew, das tut mir aber leid . . .« Terry wischte Bennies Mund mit dem nassen Handtuch. »Wo bin ich?«

»Downtown, Lews Wohnung.«

»Lews Wohnung?« Sein Gesicht war grau. Er raffte sich auf und stützte sich gegen die Couchlehne. Cassidy zwang sich, auf die Katastrophe über dem linken Auge zu sehen. Es sah aus, als liege der Knochen offen. Er sah schnell weg. »Wieso bei Lew?« fragte Bennie.

»Hör zu, Bennie, paß gut auf, was ich sage. Sieh auf meine Lippen. Ich weiß nicht, warum du in Downtown warst, aber Tatsache ist, du warst. Du bist überfallen worden – Jesus, faß deinen Kopf nicht an!« Die dicken Finger tasteten sich in Richtung des offenen, nassen Lochs.

»Ich? Überfallen?« Er ließ seine Hand fallen. Er konnte es nicht glauben. »Ich? Bist du sicher, daß wir über mich reden?« Die Worte kamen langsam. Seine Lippen mußten jedes einzelne mit entschiedener Anstrengung formen. Er faßte wieder in Richtung der Wunde.

»Hey, komm, Bennie! Laß das.« Terry schlug die Hand weg. »Du hast einen bösen kleinen . . . äh . . . Schnitt da oben. Du bist zusammengeschlagen worden. Viele Burschen. Sehr große Burschen, Ben.«

»Das käme hin«, ächzte Bennie leise. »Viele große Burschen. Ich hab sie gar nicht gesehen, Terry. Sie müssen mich von hinten erwischt haben –«

»Absolut. Das ist die einzige Möglichkeit. Du hattest Glück, daß Lew gerade heimkam. Er hat sich mit seinem Stock auf sie gestürzt. Sie haben auch ihn furchtbar verprügelt, seine Nase gebrochen, ihm einen ziemlichen Arschvoll verpaßt . . .«

Bennie versuchte, Cassidy klar anzuschauen, hob schwach seine Hände. »Toller Bursche, Lew . . . Hui . . . Junge, mein Kopf bringt mich um. Hast du irgendwelches Aspirin . . .«

»Jetzt nicht, Bennie«, sagte Terry. »Lew hat dich in seine Wohnung geschafft, und mich angerufen. Du bist fast eine ganze Stunde weggewesen.« Terry kniete nieder und besah sich Bennie aus der Nähe. »Schlaf nicht wieder ein, Bennie. Du mußt wach bleiben –«

»Ich bin sehr schläfrig, Terry.«

»Ich weiß. Aber wir bringen dich rüber ins St. Vincents-Krankenhaus, die sollen mal einen Blick auf deinen Kopf werfen. Wir werden dich jetzt auf die Beine bringen müssen, Bennie. Ganz locker und langsam . . .«

Bennie war wie ein riesengroßes Baby, nicht in voller Kontrolle seiner Arme und Beine, und er stützte sich auf seine Freunde. Als er aufrecht war, umarmte er Cassidy, die riesigen Arme schwach. »Gott sei Dank warst du da, Lew, Gott sei Dank . . .« Er begann zu weinen.

»Es ist okay, Bennie«, sagte Cassidy. Er umarmte den großen Hundesohn. Er hatte Bennie immer gemocht, und jetzt schien es alles traurig, als sei man wirklich so tief gefallen, wie es ging, und wüßte nicht, ob man es jemals wieder hoch schaffte.

Bevor sie zum Wagen gingen, flüsterte Terry: »Lew, laß diesen gottverdammten Stock hier. Nimm einen deiner Holzstöcke. Wär ein schöner Schlamassel, wenn irgendein Schlaukopf in der Notaufnahme feststellt, wie er zu den Wunden an Bennies Kopf paßt und auf deine Kosten geniale Fähigkeiten offenbart. Tu einfach mit, Amigo, vertraue Terry.«

Die Ärzte der Notaufnahme brachten Bennie weg und schimpften dabei leise vor sich hin, warum die blöden Dreckskerle keine Ambulanz gerufen hätten. Bennie winkte ihnen von der Bahre zu, und dann hing sein Arm einfach herab. Knöchel auf dem Boden. Ein weiterer Arzt kam und warf einen interessierten Blick auf Cassidy. »Na, Sportsfreund, Sie sehen aber auch wie ein Teller Hackfleisch aus«, sagte er. Er war ein großer Bursche mit einem Schmerbauch, der die Knöpfe an seinem weißen Mantel strapazierte. Auf dem Mantel waren unzählige Blutflecken, die zu seiner Ausstattung zu gehören schienen. Er setzte sich auf die Kante seines Büroschreibtisches und schüttelte eine Lucky aus einer flachgedrückten Packung, zündete sie mit einem Stork-Club-Streichholz an. Er hustete und starrte die Zigarette anklagend an. Im Raum war nur ein einziges schwaches Lämpchen, und die Spitze der Zigarette leuchtete wie eine Ampel. »Soll ich mich um Ihre Nase kümmern?«

»Nein, nein, die ist schon mindestens ein dutzendmal gebrochen. Ich geh morgen zu meinem eigenen Arzt.«

»Wie Sie wollen, es ist Ihre Nase. Wird aber eine lange Nacht werden, ohne Atmen. Die Rippen sind auch nicht in gutem Zustand.«

»Nein, ich bin in Ordnung.«

»Sie sind ganz und gar nicht in Ordnung, Sportsfreund, lassen Sie sich diese Rippen ein bißchen verpflastern. Das geht dann hin, wenn die Lunge heute abend nicht perforiert wurde.« Cassidy zuckte zusammen und gab nach. Selbst professionelle harte Burschen gehorchten dann und wann der Vernunft. Als der Doktor fertig war, beäugte er die gebrochene Nase. »Mit dem Riechkolben könnt ich auch was tun . . .« Cassidy schüttelte den Kopf.

»Nein, ist schon okay. Morgen langt auch.«

»Sie sind Ihr eigener Arzt«, sagte er. »Nun, Ihr großer Freund hat schwer was abbekommen, Gentlemen. Jemand hat ihm drei Schläge auf den Kopf verpaßt mit . . . ich weiß es nicht, einem Baseballschläger oder so was. Übel, wirklich übel.« Er zog an der Lucky. »Gottverfluchte Tiere da draußen. Nachts kommen sie hervor. Darum haben wir Notaufnahmen.«

»Kommt er wieder hin?«

»Nun, es ist alles relativ –«

»Aber er wird es überleben?«

»Ich denke doch. Sonst wäre er jetzt schon tot.«

»Was ist mit seinem Gedächtnis, Doc?« fragte Terry.

»Der Südteil seines Hirns hat mächtig was abbekommen. Das kann das Gedächtnis eines Mannes buchstäblich aus dem Fenster werfen. Es besteht die Chance, daß er sich nie mehr daran erinnert, was heute mit ihm geschehen ist. Er kann von Glück sagen, daß er nicht tot ist . . . Aber vielleicht war's auch kein Glück, die Zeit wird's zeigen.«

Lew sagte: »Was soll das bedeuten?«

»Wir wissen nicht, wie schlimm der Schaden da oben ist, aber sagen wir einfach mal, mit seinem Gehirn wurde eine grundsätzliche Umschichtung vorgenommen. Wir müssen also abwarten. Könnte sein, daß er demnächst versucht, Kaffee durchs Ohr zu trinken und durch den Nabel zu scheißen. Wir müssen einfach abwarten und sehen.«

Er ließ sich von Terry noch viele Daten geben, die er aufschrieb, während Lew auf einem Stuhl mit einer geraden Lehne saß und aus dem Fenster auf die 7th Avenue starrte. Dann setzte Terry Lew zuhause ab und sagte, er gehe jetzt ins Heliotrope, um Max die schlechte Nachricht zu bringen.

Der Arzt hatte recht.

Wenn man daran gewohnt ist, problemlos zu atmen, hat man mit einer gebrochenen Nase und einer Brust voller gebrochener Rippen ganz schön zu kämpfen. Cassidy fühlte sich wie ein Ertrinkender, und die Vier-Uhr-Morgen-Kälte ließ ihn frösteln, was seine Rippen erschütterte, was in ihm wiederum den Wunsch erweckte, das Spiel zu stecken, die weiße Flagge zu hissen und heimzugehen. Und dann dachte er an Bennie, und wie die Vorderseite seiner Stirn in sich zusammengefallen war, und er fühlte sich wie ein Dreckskerl, bis ihm wieder einfiel, wie seine Nase und Rippen in ihren gegenwärtigen Zustand gekommen waren, und dann kam er zu dem Schluß, daß Bennie schlicht und einfach ein Opfer der statistischen Wahrscheinlichkeit geworden war. Er hatte sich diesmal den Falschen ausgesucht, was einem zwangsweise früher oder später blühte, wenn man genug Zeit damit verbracht hat, die Scheiße aus Leuten herauszuprügeln.

Es war Schwerstarbeit, die zwei Koffer zu tragen und dabei nicht zu atmen. Die Rippen schrien um Mitleid. Jeder Schritt mit den Koffern schien seine Arme aus den Schultergelenken zu kugeln. An der Ecke setzte er sie ab und sah die leere Straße hinunter. Der cremefarbene Chrysler war in der Nähe der Ecke 5th Avenue und Washington Square geparkt. Er biß die Zähne zusammen, hievte sie noch einmal hoch, und brach auf zum letzten Teil der Reise durch den Park.

Er setzte sie wieder ab, fischte in seiner Tasche nach den Schlüsseln, die er aus Bennies Regenmantel gemopst hatte, und öffnete den Kofferraum: Es war sehr sauber darin. Sorgfältig stapelte er die zwei Koffer hinein, schloß den Deckel, zog daran, um sicherzugehen, daß abgeschlossen war.

Langsam hoppelte er durch den Park heim. Er hatte beide Hände mit den Koffern voll gehabt, und so hatte er seinen Stock nicht dabei, und es ging nicht so gut ohne ihn. Er warf die Schlüssel in ein Blumenbeet ein ganzes Stück jenseits des Wegs. Max hatte sicherlich noch einen weiteren Satz Schlüssel.

Am Morgen würde er Max anrufen, ihm sagen, wo er den Wagen geparkt gesehen hatte. Max würde jemanden schicken, der den Wagen abholte. Und Max würde zwei Koffer haben, voll mit gefälschten falschen Benzinmarken.

Der Rest war Sache von Harry Madrid.

Nachdem er Max angerufen und ihm auch seine Anteilnahme an Bennies Mißgeschick bekundet hatte, ging er zu dem Mannschaftsarzt, der seine Nase früher schon diverse Male wieder zusammengesetzt hatte. Er verband die Nase und pfiff währenddessen »Pretty Red Wing«. »Lew«, sagte er, »wann wirst du endlich erwachsen?«

»Du solltest den anderen erst sehen.«

»Pubertär, Lew.« Als er mit der Nase fertig war, spielte er ein Xylophonkonzert auf den Rippen, sagte, der Arzt vom Abend zuvor habe seine Sache gut gemacht. »Du schaust genau wie der Bursche in *Die Mumie* aus.« Er lachte weiter leise über Cassidys Schmerz, versuchte gleichzeitig zu pfeifen. Dann ging Cassidy zum Zahnarzt, der zwei

Zähne zog und das Riechsalz hervorholte, als er erwähnte, wieviel die Brücke kosten würde.

Cassidy hörte nichts mehr über den Kofferraum voller gefälschter Beweisstücke. Nichts von Harry Madrid und nichts aus dem Lager von Max, das vollauf beschäftigt war mit dem Schlamassel um Bennie.

Von Luciano nichts Neues, und niemand übte Druck auf Cassidy aus, irgend etwas zu liefern, das Terry belastete. Aber vielleicht war Luciano hinter den Kulissen am Werk gewesen, wie er es Dewey versprochen hatte.

Denn Tom Dewey kletterte herunter vom Hochzeitskuchen und erklomm die Leiter zum Gouverneurssessel. Er gewann die Wahl mit der überwältigenden Mehrheit von 600 000 Stimmen. Er hatte es geschafft, ohne Max Bauman anzuklagen. Aber in der Stadt sagte man, daß die Firma mit äußerster Anstrengung dafür gesorgt hatte, daß für ihn gestimmt wurde.

Luciano hatte seinen Teil getan.

Jetzt war Dewey an der Reihe.

Das war es im wesentlichen für 1942. Bennie war den ganzen Herbst mit Unterbrechungen im Krankenhaus, und sie setzten eine Platte in seinen Schädel, und er trug bis nach Erntedank einen weißen Turban aus Verbandsmaterial. Er verlor viel Gewicht, ebenso wie die Erinnerung an diesen so schlimmen Abend. Die Schnippchen, die ihm sein Gedächtnis schlug, konnten grausam sein. Er wußte nie, wann und wo da auf einmal ein Loch sein würde, und er konnte einen Satz nicht beenden, weil etwas weg war. Manchmal bekam er den Satz nicht zu Ende, weil er keine Ahnung mehr hatte, wie er begonnen hatte. Aber einen Teil der Zeit war er in Ordnung. Zum Ende des Jahres hin entdeckte er, daß er sich an alle Weihnachtslieder, die er je gekannt hatte, erinnern konnte. Darüber lächelte Bennie und sang »God Rest Ye Merry Gentlemen«. Es kam von Herzen.

In der Woche vor Weihnachten, Schnee trudelte sacht auf den Washington Square herunter, ging Cassidy zu seinem Briefkasten und fand eine Weihnachtskarte. Vorne war die Reproduktion eines Cezanne-Bildes. Auf der anderen Seite stand: *Cezannes Grüße.* Darunter in einer mädchenhaften Handschrift: *Verstehst du? Cindy.*

Es war das einzige, das er von ihr seit dem Abend, an dem sie sich geliebt hatten, gehört hatte.

Zu Neujahr schmiß Terry eine Party.

Der vergangene April schien sehr lange her zu sein, damals, als er und Cassidy diese andere Party gegeben hatten, Zimmernachbarn auf dem Weg der Genesung von ihren diversen Verletzungen und Wunden. Dieses Mal kam Cassidy frühzeitig und machte es sich bequem, während Terry sich ankleidete. Es war wie eine Diashow, an Terrys Hausbar zu sitzen, in den Spiegel zu stieren, aber darin die Spiegelbilder dieser anderen Party zu sehen, als Markie im Regen angekommen war, um mit seinem kostbaren *Necronomicon* zu prahlen, und Cindy Squires sich Max' Wünschen gebeugt und einige Lieder gesungen hatte und Harry Madrid und Lew beisammen gestanden, Champagner getrunken hatten und grob zueinander gewesen waren. Und Charley Drew hatte Klavier gespielt und der Abend hatte damit geendet, daß sie an dem verlöschenden Feuer saßen, während Max ihnen erzählt hatte, daß und wie sein Sohn mit seinem Schiff untergegangen war. Er steckte tief in Erinnerungen an die Party dieser Nacht, als das neue Fest begann und die ersten Gäste eintrudelten.

Cindy kam sicher mit Max. Darauf zu warten, daß sie erschien, war wie an der Fünfer-Linie zu stehen und darauf zu warten, daß der Anstoß herunterkam. Er erinnerte sich daran, daß er sie gefragt hatte, ob sie ins Schlafzimmer gehen wolle, um den Film zu sehen, den sein Vater vorführte, erinnerte sich an ihre Antwort, wie sie mißverstanden hatte, was für ein Film es war. Dann hatte sie *The Nearness of You* gesungen, und ihm war klar geworden, daß sie Besitz von seinem Kopf ergriff, wie es nur Karin je getan hatte . . .

Er dachte immer noch an sie, als sich der Raum füllte und Charley Drew begann, die Tasten zu streicheln, und das Geplauder in Gang kam. Bryce Huntoon war einer von mehreren Männern in Uniform. Er warf einen abschätzenden Blick auf die Party, durchquerte den tiefer gelegenen Wohnraum und ließ sich an der Bar neben Cassidy nieder. Er war flott wie immer, wie ein Werbeplakat der Armee. Sie sprachen über das Neueste vom Kriege, hauptsächlich über die Rede, die der britische Außenminister, Anthony Eden, kurz vor Weihnachten im Parlament gehalten hatte. »War auch an der Zeit«, sagte Hunton. Eden war der erste Regierungsoffizielle, der die Judenvernichtung der Nazis zur Sprache brachte. Sehr viele Menschen hatten schon lange davon gewußt, aber jetzt war es endlich publik geworden, und man begann, die Wellen der Erschütterung zu spüren. »Das ist nicht einfach ein weiterer europäischer Krieg«, sagte Huntoon, »wie all die anderen Kriege, durch die Europa hindurchgestolpert ist. Das ist Unrecht, satanisches Unrecht. Der Tiefpunkt der Menschheit.« Er sah Cassidy verlegen an.

»Wollte hier keine große Rede halten, Lew, aber, zum Donnerwetter, diese Sache hat mich in Rage gebracht! Max hatte die ganze Zeit recht, er hat immer gesagt, daß es da drüben geschieht.«

»Das Böse«, sagte Cassidy. »Die Leute werden sich an den Gedanken gewöhnen müssen, daß es eine Sache wie das Böse tatsächlich gibt. Das pure und reine Böse, das um seiner selbst willen existiert. Wenn man diese Voraussetzung akzeptiert, dann ist es ein sehr einfaches Konzept, wirklich, nein?«

»Hey, Lew, das hast du aber sehr schön gesagt. Das muß ich Max erzählen, was du gerade gesagt hast. Ich bin beeindruckt.«

»Klingt, als sähst du Max ziemlich häufig dieser Tage.«

»Oh, hie und da. Er ist uns eine große Hilfe gewesen. Er hat wirklich ein Herz fürs Allgemeinwohl. Komisch, wie manche Leute denken, er wäre ein Gangster. Ein guter Mensch, wirklich.«

»Beruhig dich, Bryce. Er ist ein Gangster. Sieh den Tatsachen ins Gesicht.« Darüber runzelte Huntoon die Stirn.

»Nun, das sagt mir keiner ins Gesicht«, sagte Huntoon und streckte sein Dick-Tracy-Kinn vor.

»Nun, ich hab's grad getan.«

»Ich meine, außer dir.«

»Da ist er ja, der gute Mann«, sagte Cassidy.

Max Bauman war gerade eingetroffen, neben sich Bennie die Bestie. Einen Augenblick lang spielten Cassidys Augen ihm einen Streich, und Bennie sah so aus wie immer, aber dann nahm er Max' Mantel und bewegte sich sehr langsam, ließ beinahe den schwarzen Mantel mit dem Pelzkragen seinem Griff entgleiten. Cindy Squires trug einen Zobel. Sie wirkte bleich und zart, ihre Schultern waren bloß, ein schwarzes Kleid mit irgendwelchen kleinen Pailetten, die sie schimmern ließen. Cassidy konnte seine Augen nicht von ihr abwenden. Dann bemerkte er, daß Bryce Huntoon den Platz neben ihm verlassen hatte und sich einen Weg durch den überfüllten Raum gebahnt hatte. Cindy zeigte ihm ihr Katzenlächeln, und er reichte Max die Hand zum Gruß, und sie bewegten sich zusammen weg. Bennie folgte ihnen. Er schlurfte in einem langsamen Trott und Cassidy machte sich auf die Suche nach einem weiteren Drink. Sie zu sehen, nicht zu ihr gehen zu können, Bennie zu sehen und zu wissen, wie er so geworden war – all das hinterließ ein bitteres, flaues Gefühl in seinem Magen.

Kurz danach traf sein Vater ein. Er trug Uniform. Als er die Bar erreichte, fragte Cassidy ihn, was es mit der Kostümierung auf sich hatte.

»Hör mal, setz deinem armen alten Vater nicht so zu. Mysteriös sind die Wege, die unsere Regierung geht, ihre Wunder zu wirken. Und nichts davon, mein Sohn, ist mysteriöser und weniger geeignet, Wunder zu wirken, als mich – in meinem Alter – zu Major Cassidy zu machen. Es ist erniedrigend. Keine Ordensbänder. Gott, ich brauche was zu trinken.« Der für den Abend angeheuerte Barkeeper goß ihm einen doppelten Scotch pur ein.

»Was lassen sie dich tun?« Sein Vater sah großartig aus. Er war Mitte Fünfzig. Sein graues, drahtiges Haar war kurz geschnitten, und er wirkte fit, bereit, sich aufzumachen und den Krieg zu gewinnen.

»Ich denke, ich bin bei der *Military Intelligence* – dem geheimen Nachrichtendienst –, und sag mir nicht, das wäre ein Oxymoron. Der Witz hat einen Bart. Eine Weile dachte ich, ich wäre im *Signal Corps*, nein, ich weiß auch nicht warum, aber später, als ich das einem meiner vielen Bosse sagte, sah er mich an, als hätte ich auf seinen Schuh gepinkelt, und stieß mir Bescheid. Spielt ohnehin keine Rolle. Ich verbringe den Großteil meiner Zeit damit, deutsche Filme anzuschauen. Werbefilme, Dokumentarfilme, Propagandadreck. Auf der Suche nach Schlüsseln zum wahren teutonischen Wesen. Völlig bescheuert, die wissen doch schon, daß die Krauts keinen Humor haben. Was bleibt also? Wie oft kann ein Mensch *Das Kabinett des Dr. Caligari* und *Triumph des Willens* und *Der blaue Engel* ertragen?«

»Dir ist nichts zu Ohren gekommen, von irgendeinem Film, in dem Karin –«

»Nein. Denkst du etwa, das wäre nicht mein erstes Anliegen gewesen? Aber daß ich nichts gefunden habe, bedeutet nichts. Ich unterhielt mich mit meinem Boss, immerhin ein General, der früher ein Produzent war, der für mich gearbeitet hat, und ich fragte ihn, ob es irgendeinen Weg für mich gäbe, irgend etwas über Karin herauszufinden. Er sagte, er würde mal einen Blick in die Sache werfen, was besser ist, als wenn er rundheraus nein gesagt hätte. In der Tat hat es ihn sogar ein bißchen interessiert, daß ich eine Verbindung zu Deutschland hatte, also vielleicht.« Er trank von seinem Scotch und leckte seine Lippen.

»Nun«, sagte Cassidy, »sie ist tot.«

»Ja.« Er stierte quer durch den Raum. »Wenn du gerade von tot sprichst, hast du Bennie gesehen? Wow. Ein Zombie. Ein wandelnder Kohlkopf. Wie ist denn das passiert?«

»Er ist überfallen worden. Unten in meiner Gegend. Ich versuchte dazwischenzugehen und bekam meine Nase wieder gebrochen. Aber Bennie hat's ziemlich schlimm erwischt.« Die Lügen kamen so leicht.

»Jemand sagte, er hätte eine Platte in seinem Kopf.«

»Stahlplatte. Terry sagt, sie empfängt den CBS-Nachrichtensender, wenn man nah bei ihm steht. Man kann alle Nachrichten vom Kriege aus Bennies Kopf kommen hören.«

»Praktisch. Nun, ich mach mal die Runde, mal sehen, wer alles da ist.« Er drückte Cassidys Schulter und bewegte sich weg.

Cassidy drehte sich um und fand sich Cindy und Max gegenüber.

»Gut, dich zu sehen, Lew«, sagte Max und drückte seine Hand wie einen Pumpschwengel. »Du kommst in letzter Zeit nicht viel in den Club. Wir vermissen dich, Junge, stimmt's nicht, Liebling?«

»Wie geht es Ihnen, Miss Squires?«

»Nun, mir geht es gut, Mr. Cassidy.« In ihren blauen Augen war ein schalkhaftes Leuchten. »Und wir vermissen Sie wirklich. Ist Ihre Abwesenheit eine Kritik an meinem Gesang?«

Max lachte nachsichtig.

»Keineswegs.«

»Dann werden Sie also wiederkommen? Ich hoffe doch.«

»Es ist ein persönlicher Gefallen«, sagte Max. »Ich lade dich zum Essen ein, Lew. Bring deine Freundin mit, alles auf Kosten des Hauses. Ich kann dir niemals gebührend danken, was du für Bennie an diesem Abend getan hast.«

»Wie geht's ihm dieser Tage?«

Max tippte mit einem Finger auf seinen Schädel. »Gibt Tage, da ist da einfach niemand zuhaus.«

»Hatten Sie ein schönes Weihnachtsfest?« fragte Cindy.

»Nichts Berühmtes.«

»Tut mir leid, das zu hören.«

Max hatte sich weggedreht und sprach mit Pater Paddy, der nie eine Party verpaßte. Cindy erhaschte Cassidys Auge, und ihr unpersönliches Lächeln war verschwunden. Ihre Lippen formten stumm ein Wort. *Lew.* Bennie tauchte hinter ihr auf. Cassidy versuchte, nicht auf die dreieckige Delle zu sehen, an der seine linke Schläfe gewesen war. Sie hatten sie gerichtet, als sie die Platte einsetzten, aber es sah nicht richtig aus. Sein ganzer Kopf sah dadurch aus wie etwas, das ein wahnsinniger Wissenschaftler nachträglich an seine Schultern geheftet hatte.

»Bennie. Gut schaust du aus.«

»Danke, Lew.« Ein Lächeln zuckte. Er hatte ein paar Pfunde zugelegt, aber sie waren schwammig. »Mir geht's auch ganz gut. Ich habe meine guten Tage, ich habe meine schlechten Tage. Junge, Cindy, du weißt, wie Lew hier mir das Leben gerettet hat –«

»Ja, Bennie, du hast mir alles darüber erzählt.«

»Ich schätze, das hab ich wohl. Ich vergesse Dinge – Lew fand mich unten am Washington Square, er wohnt dort –«

»Ich weiß, Bennie.«

»Weiß immer noch nicht, was ich da unten gemacht hab . . .« Seine Stimme verebbte, und er hörte auf zu sprechen, sah hinüber auf die Party.

Max drehte sich zurück und hakte Cindys bloßen Arm bei sich unter, und die drei trudelten weg. Terry hatte zugehört und schüttelte reuevoll den Kopf. »Eigenartig, den großen Burschen so zu sehen. Wie völlig benommen. Das war vielleicht eine Nacht, Amigo.«

Etwas später stellte sich Cindy neben Charley Drew ans Klavier, und die Party verstummte, während sie einige Lieder sang. Sie endete mit dem großen Hit der Saison. Bing Crosby hatte das Lied in einem Film gesungen, und jetzt träumte Cindy von einer weißen Weihnacht mit glänzenden Baumspitzen und dem Klang von Schlittenglocken, genau wie die, die sie alle früher kannten.

Es war Krieg, und viele Leute hatten über die Feiertage nicht heimkommen können, und es war spät an Silvester, und manche der Gäste blickten abwesend, erinnerten sich an Menschen, die sie liebten und bei denen sie nicht sein konnten, und erinnerten sich an lang vergangene Weihnachtsfeste.

Cindy stand unmittelbar vor Mitternacht neben ihm. Bryce Huntoon sah sie sehnsüchtig vom anderen Ende des Raums her an. Sie lächelte nach außen hin die Anwesenden an, aber sie sprach leise mit Cassidy.

»Ich denke an dich«, sagte sie. »Hast du meine Karte bekommen?«

»Sicher.«

»Ich dachte, sie würde einem schlauen Burschen mit einem gewinnenden Lächeln gefallen.«

»Hat sie. Aber nicht so, wie du mir gefällst.«

»Ich weiß, ich weiß. Da ist nichts, was ich tun kann, Lew. Er hält mich an so kurzer Leine – und Bennie ist immer bei mir . . .«

»Mein Pech«, sagte er.

»Meins auch, das weißt du. Ich versuche andauernd, mir Wege auszudenken, wie ich dich erreichen kann. Ich wollte dich . . . oh, ich sollte mein Maul halten. Gleich ist Mitternacht. Da kommen sie.«

Sie standen alle beisammen in einer kleinen Gruppe, und die Party nahm um sie herum ihren Lauf. Cindy und Max und Terry und Bennie und Paul Cassidy und Lew. Terry hatte eine Flasche Champagner, die in ein weißes Tuch gewickelt war; er füllte alle Gläser.

»Ein glückliches neues Jahr«, sagte Terry leise. »Auf daß 1943 uns all die guten Dinge im Leben bringe . . . und daß wir sie verdienen.«

»F-f-friede allen Menschen«, sagte Bennie.

Sie hoben die Gläser und stießen auf das neue Jahr an, und jemand am anderen Ende des Zimmers begann »Auld lang Syne« zu singen.

Max hatte seinen Arm um Cindys Schultern, zog sie an sich, und sie drehte sich, um ihm einen Kuß zu geben. Bennie verschüttete den Rest seines Champagners, seine Hand zitterte heftig. Er sah umher und murmelte Entschuldigungen. Terry gab Cindy einen flüchtigen Kuß auf die Wange, und auch Bryce Huntoon kam, um sie zu küssen. Cindy trat auf Cassidy zu und sah ihn ernst und nüchtern an, wie es so ihre Art war, während Max sie beobachtete. »Mr. Cassidy«, sagte sie, »hätten Sie gerne einen Neujahrskuß?«

»Warum nicht?« sagte er.

Sie beugte sich nach vorne, und ihr Mund berührte den seinen nur den Bruchteil einer Sekunde länger als nötig war. Dann küßte sie Bennie, auf Zehenspitzen stehend, um an ihn heranzureichen, und er errötete wie ein Schuljunge.

Später stand Cassidy an einem stillen Fleckchen und sah Bennie allein. Er blickte aus dem Fenster auf die Park Avenue. Es schien nicht, als wäre allzu viel übrig von Bennie. Er war jetzt ein großes dummes Tier, wo er früher etwas ganz anderes gewesen war, etwas Ganzes. Alles, weil er sich mit dem Falschen angelegt hatte. Er stierte nach draußen in den Schnee, der in der ersten Stunde von 1943 auf die Park Avenue fiel. Sein Gesicht war belebt, eine Symphonie von Ticks und Zuckungen, aber er schien nichts bewußt wahrzunehmen, nicht die Ticks, nicht den Schnee, nicht die Party, nichts. Ein Auge war geschlossen, als blinzele er seinem Spiegelbild zu. Die Sache war nur, das Auge blieb permanent geschlossen. Cassidys letzte Erinnerung an die Party war, daß er Max und Cindy und Bennie beim Gehen zugesehen hatte. Bryce Huntoon gesellte sich an der Tür zu ihnen, ging mit ihnen.

Terry sah Cassidy an und sagte: »Denkst du, was ich denke?«

»Ich weiß nicht«, sagte er.

»Nun, wenn ich an dein Glück denke, wie ich es ohne Unterlaß tue« – er blinzelte – »kommt mir der Gedanke, daß vermutlich niemand mehr so genau auf Miss Squires aufpaßt. Ich bezweifle, daß Max noch einen Wachhund hat, dem er so traut wie Bennie. Vielleicht läuft sie frei herum.«

Der Gedanke überraschte Cassidy. »Sie behauptet das Gegenteil«, sagte Cassidy. Er begehrte sie mehr, als er es glauben konnte, wollte diese eine Nacht von neuem durchleben.

»Vielleicht hat sie nur Angst, Amigo. Bennie erscheint mir kein großes Problem mehr.«

Cassidy nickte. »Nicht mehr«, sagte er.

Noch einmal ging er den ganzen Weg zu Fuß nach Hause, ließ seinen Stock auf den Schneeteppich klopfen. Als er Washington Square erreichte, schien die Sonne durch den fallenden Schnee hindurch.

Kapitel 12

Bisweilen dachte er, es fräße ihn auf. Bisweilen, aber das kam selten vor, gab er sich einem Mädchen hin, an dem er kurzzeitig Gefallen fand, aber er verschwendete am nächsten Tag nie einen zweiten Gedanken daran. Er begehrte nur eine. Dieses Begehren verließ ihn nie, aber . . . aber . . .

Cassidy ließ 1943 verstreichen, ohne einen Versuch, Cindy Squires zu erreichen. Er dachte, er hätte sie einmal auf einer Bank auf dem Washington Square sitzen sehen, aber er war ein ganzes Stück entfernt gewesen und hatte beschlossen, es sei besser für ihn, sich nicht zu versichern. Terry fragte ihn immer wieder, ob er sie gesehen habe, und Cassidy sagte ihm immer wieder, nein, er habe nicht. Cassidy wußte nicht, ob Terry ihm glaubte. Aber er brachte nicht den Mut auf, sie aufzusuchen, nicht wenn er an Bennie dachte. Oder an das, was von Bennie übrig war. Immer, wenn sich seine Gedanken Cindy zuwandten, war da Bennie in den Schatten. Nichts schien richtig. Und er ging auch nie zurück zur Mannschaft, um sich um einen Job zu bemühen. Die Vergangenheit war Vergangenheit. Er pendelte einige Monate lang ein paarmal nach Washington und zurück, als ihn sein Vater als Berater in sein Zivilpersonal holte, was bedeutete, daß er viele langwierige Stunden in überheizten, verrauchten Räumen zubrachte und dort unverständlich langweilige deutsche Filme ansah. Nach mehreren Monaten dieser Tätigkeit gab er endlich Terrys Bohren nach. Sein Name kam auf die Tür der *Dependable Detective Agency*, direkt neben Terrys. Der verläßliche Detektiv. Klang wie eines der Groschenmagazine, die er manchmal las, wenn er ein heißes Bad nahm. Es war Sommer, das Leben war leicht, und Cassidy war ein Schlappenschammes. Terry sorgte dafür, daß er eine Lizenz, einen Waffenschein und eine Waffe bekam, die Cassidy auf der Stelle in seine Schreibtischschublade legte, sicher weggeschlossen, damit er sich nicht selbst irgendwelchen Schaden zufügte.

Er machte keinerlei wirkliche Detektivarbeit, o nein. Man konnte sagen, er leitete das Büro. Elmo Andretti und Herb Contreras waren die zwei Detektive, die Terry angeheuert hatte. Es gab noch eine Sekretärin, Olive Naismith, die tippte, die Akten ordnete und die Rechnungen schrieb. Cassidy befragte angehende Klienten, legte die Deckblätter der Akten an, sorgte dafür, daß Elmo und Herb sich um die Sachen kümmerten, und saß herum und sah zu, wie Terry seine schweren Schuhe auf seinen Tisch legte, während er Zigarren rauchte. Terry arbeitete sich durch eine Vielzahl von Freundinnen hindurch, von denen Cassidy keine jemals wirklich traf. Er drängte Cassidy andauernd, sich auch an etwas weiblicher Begleitung zu erfreuen, auch wenn es nicht Cindy Squires war. Cassidy brachte es nicht über sich zu erklären, wie er fühlte, so extrem angespannt zwischen der Sehnsucht nach Cindy und der quälenden Erinnerung, dem Geist von Karin. Eines Tages hörte Elmo, wie Terry Cassidy schalt, er lebe zu zurückgezogen, und er sagte: »Hör doch, Terry, der alte Lew ist auf dem richtigen Dampfer. Teuer und süß ist's, was dem Manne gefällt, selbst ist der Mann und spart sein Geld.« Elmo war nicht nur der Dichter der Agentur, sondern auch ihr vorrangiger Spaßmacher.

Wie war 1943 vorbeigeschlichen? Ah, er konnte es aufzählen.

Er hatte *Fountainhead* von Ayn Rand gelesen. Das hatte ziemlich lange gedauert, aber jeder tat es, ohne Ausnahme. *Amos & Andy* wurde eingestellt, obwohl es immer noch die populärste Show im Radio war. Campbell konnte es sich nicht leisten, sie weiterlaufen zu lassen, denn sie konnten nicht genug Suppe verkaufen, weil das ganze Blech für die Büchsen für Kriegszwecke benötigt wurde. Abgang *Amos & Andy*, was auch nur zeigte, daß in der Tat Krieg war. Er hatte irgendwo gelesen, daß der Erste Weltkrieg Amerika fünfunddreißig Milliarden Dollar gekostet hatte. Die laufenden Kosten des Zweiten Weltkriegs waren acht Milliarden pro Monat. Im Februar wurde ein alter Freund seines Vaters getötet, als die Pan-Am-Maschine, die Unterhaltungskünstler zu einer Vorstellung vor Soldaten bringen sollte, in der Nähe von Lissabon abstürzte. Er sah das Theaterstück über den kleinen Nazijungen, der das amerikanische Familienleben völlig durcheinanderbrachte, *Morgen die Welt* im Ethel Barrymore und *The Voice of the Turtle* im Morrosco, und *Oklahoma*! im St. James. J. P. Morgan starb im Alter von fünfundsiebzig Jahren, und Edsel Ford erlag mit neunundvierzig dem Krebs, was den alten Henry selbst veranlaßte, sein Altenteil aufzugeben und das Familienunternehmen wieder zu führen. Er las *One World* von Wendell Willkie, das allerorten jeden Verkaufsrekord brach. Alle lasen die Berichte von Ernie Pyle über den Krieg aus der

Sicht der Infanteristen, alle sahen *Casablanca*, und oben im Heliotrope machte sich Cindy Squires einen gewissen Namen mit dem Singen von »As Time Goes By« und »Speak Low When You Speak Love« und »I'll Be Seeing You« und »Comin' in on a Wing and a Prayer«.

Die Russen stoppten die Wehrmacht und starteten ihre lange Gegenoffensive, die die Nazis im Osten praktisch den letzten Blutstropfen kostete. FDR berief Bundestruppen, um die Rassenaufstände in Detroit niederzuschlagen. Er traf sich in Teheran mit Stalin und Churchill; er und Churchill und De Gaulle versammelten sich in Casablanca – der Stadt, nicht dem Film. Mussolini und die Fascisti steckten es in Italien, und bis Oktober hatte die neue Regierung in Rom den Deutschen den Krieg erklärt. Fats Waller verkaufte mehr Schallplatten als Crosby oder Sinatra, und Terry und Cassidy sahen sich mehrere Male eine junge Sängerin an, die als Tänzerin in Ethel Water's Cotton Club Show angefangen hatte, eine gewisse Lena Horne. Terrys Lieblingsstück des Jahres war selbstverständlich Al Dexters Aufnahme von »Pistol Packin' Mama«. Der Pistol-packin'-General, George S. Patton, war sehr oft in den Nachrichten, aber General Eisenhower wurde zum leitenden Kommandanten der Invasion in Europa berufen. Terry und Cassidy waren auch an einem eiskalten Januarabend anwesend, als Duke Ellington für einen guten Zweck die Carnegy Hall aus den Fugen schüttelte – Hilfe für Rußland. Das Orchester trug lange graue Fräcke mit tiefschwarzen Nelken in den Knopflöchern.

Ein Jahr nach seiner einen Nacht mit Cindy Squires, ein Jahr, nachdem er Bennie beinahe für immer in den tiefen Schlaf versetzt hatte, ein Jahr, nachdem Tom Dewey zum Gouverneur von New York ernannt wurde, ein Jahr nach all dem stieß Cassidy zufällig auf Harry Madrid. Er trank still und allein im Costellos. Es war eine unwirtliche Nacht, der Wind trieb Ströme kalten Regens über die verlassenen Straßen. Harry Madrid stand am Ende des Tresens und starrte in sein Bier; die Bar roch nach Kirschtabak.

Cassidy schüttelte den Regen von seinem Trenchcoat und stellte sich neben den großen Cop, der väterlich wirkte. Was auch nur zeigte, wie die Erscheinung täuschen kann.

Cassidy bestellte ein Bier, und Harry Madrid sah auf.

»Na, wenn das mal nicht Mr. Touchdown ist«, murmelte er.

»Wie geht's dir, Harry?«

»Du willst es nicht wissen, Lew . . .«

»Ach was. Was ist los?«

»Ist dir jemals aufgefallen«, sagte Harry, als setze er laut fort, was er in Gedanken und alleine durchdacht hatte, »daß die Dinge niemals so laufen, wie man es erwartet?«

»Es ist mir aufgefallen, Harry.«

»Es ist dem Mann aufgefallen«, sagte Harry bedächtig. »Du hast dir wahrscheinlich gedacht, du hättest noch ein paar Jahre beim Football vor dir – dann, paff, vorbei damit. Du dachtest, du hättest eine Frau – dann, paff, vorbei damit. Man weiß es nie.« Er legte die Pfeife schräg auf einen Aschenbecher, puhlte mit einem kleinen Messerchen den letzten Rest verrauchten Tabaks aus der Kaywoodie-Pfeife. »Nichts geht jemals richtig. Wie ich und meine Frau, mit dieser Sheriffstelle im Norden, ein friedliches Leben bis ins hohe Alter . . . Komisch, wie nichts jemals so klappt, wie man sich's gedacht hat . . .« Cassidy trank sein Bier, stierte in die beinahe menschenleere Bar.

»Ich komme nämlich gerade aus dem Krankenhaus.«

»Bist du krank, Harry?«

»Nun, um die Wahrheit zu sagen, ich fühle mich nicht so toll –«

»Sag schon, Harry, was ist los?«

»Meine Frau, Lew.«

»Ist sie krank?«

»O, nein, Ethel ist nicht krank. Nicht länger. Sie ist jetzt tot. Sie war krank, bis vor ein paar Stunden.«

»Es tut mir leid, Harry. Ich wußte nicht –«

»Magenkrebs. Schlimmer als ein Bauchschuß, Lew, viel schlimmer. Weißt du, ich habe sie gepflegt, seit Monaten. Sechs, acht Monate lang. Dauert lange, Magenkrebs. Ethel ist sehr lange gestorben. War nicht mehr viel von ihr übrig, nur noch ein kleiner Rest, wog am Ende nur noch siebzig Pfund oder so . . . wie auch immer, jetzt ist sie nicht mehr da.« Er seufzte. Sein Gesicht war versteinert und ungerührt, wie immer. »Es ist besser für sie, daß sie tot ist, aber es macht unsere Pläne zunichte, weißt du?«

»Harry, ich weiß nicht, was ich sagen soll.«

»Da gibt's nicht viel zu sagen. Ich hätte sie am Ende fast nicht mehr wiedererkannt. Ich ging raus, um mir einen Hamburger und ein Stück Kuchen zu holen, ich komme zurück . . . nichts. Sie ist tot. Keiner hat's gemerkt. Nicht bevor ich's ihnen gesagt hab. Ethel ist uns einfach weggestorben.« Er schnäuzte sich laut und stopfte das Taschentuch in seinen Ärmel. »Nichts klappt jemals, Lew. Weißt du noch, die ganzen verfluchten falschen Benzinmarken, die wir Max untergeschoben haben? Erinnerst du dich?« Ein geisterhaftes Lächeln. Er schüttelte den Kopf.

»Ich erinnere mich daran.«

»Große, verschissene FBI-Operation, Teil der Kriegsbemühungen, müssen diese verfluchten Kriegsgewinnler wie Maxie kriegen . . . nun, Scheiße!«

»Was, zum Teufel, ist damit passiert? Es war, als hätte ich sie durch einen Kanaldeckel geworfen, hab nie ein weiteres Wort gehört . . . jetzt ist Dewey Gouverneur, und was geschieht mit Luciano? Sitzt er oder ist er draußen? Was ist mit der Begnadigung?«

»Der verschissene Hoover hat gekniffen, das isses, was zum Teufel, passiert ist! Sagt mir, ich soll es vergessen . . . vergiß es einfach, Harry, alter Dummkopf, vergiß es einfach!« Die Luft wich aus ihm, und sein ganzer Körper sank tiefer. Er hob die Hand und bestellte ein weiteres Bier und einen Whiskey. Er kippte den Bourbon in einer schnellen, geübten Bewegung herunter. »Jemand da oben hat's für Max gedreht. Das, oder Hoover konnte es einfach nicht hieb- und stichfest machen. Oder sie mußten auf einmal hinter jemand anderem her . . . und ich steh dumm da mit dem Schwanz in der Hand wie der letzte Bursche in der Schlange im Bordell. Ich weiß nicht, warum, Lew, und keiner wird's mir sagen. Warum, frag ich dich? Der ganze Ärger für nichts.« Er wischte den Bierschaum von seiner Oberlippe. Er trug seine Brille und sah älter, ermüdeter aus. Obwohl Cassidy ihn nicht ansehen konnte, ohne diese Gestalten aus dem Nebel auftauchen zu sehen, mit den ratternden Maschinenpistolen und den sterbenden Gangstern.

»Was ist mit Luciano?«

»Dewey hält ihn hin. Willkie hat ihn gerade bei der Nominierung des republikanischen Präsidentschaftskandidaten geschlagen. Dewey will es jetzt '44, und er wird sie da vermutlich bekommen. Ich denke mir, er möchte nicht, daß irgendein Schlaumeier darauf hinweist, daß er Luciano zwischen '42 und '44 begnadigt hat. Nur meine Schätzung . . . und was, zum Teufel, soll Lucky schon tun? Er muß sich mit Dewey gut stellen, wenn er jemals raus will. Und überhaupt hab ich gehört, sie haben Lucky verlegt ins Great Meadows Prison in Comstock, nur um ihn ruhig zu halten. Great Meadows kommt der Freiheit schon ziemlich nahe, Lew. Die Häftlinge nennen es den Country Club, um Himmels willen. Er kann sich die Mahlzeiten von guten Restaurants schicken lassen, kann alle Besucher empfangen, die er will. Hölle, sie werden ihn Abende in der Stadt verbringen lassen, damit er bumsen kann.« Er sah stirnrunzelnd in sein Bier. »Der kommt schon zurecht. Aber auf eins kannst du wetten, Lew. Ich werde diesen Dreckskerl Max bekommen, so oder so . . . Ich werde sie alle bekommen, alle . . . ich habe nichts mehr, wofür es sich zu leben lohnte, aber ich kann immer noch ein mächtiges Höllenfeuer entfachen. Glaube mir, Lew, das kann ich . . .«

Ein paar Tage vor Weihnachten verließen Terry und Cassidy das Dalmane Building gegen 1 Uhr, um zu Mittag zu essen. Die Temperatur war knapp unter Null, und der Wind wühlte sich durch die Stadt und die Canyons hoch wie etwas mit einem persönlichen Groll gegen Gotham. Schnee wirbelte über den Gehsteig, schnappte nach ihren Knöcheln. Es war garstig genug, Cassidys Socken erstarren zu lassen. Die vielen Menschen, die unterwegs waren, um die letzten Weihnachtsgeschenke zusammenzutragen, stemmten sich gegen den orkanartigen Wind, hielten ihre Hüte und ihre Einkaufstüten fest. Taxis und Busse schnauzten taumelnde, windgebeutelte Fußgänger an. Zeitungen stoben auseinander, wurden durch die Rinnsteine gepeitscht.

Sie standen an der Ecke 42. und 5th an einer Ampel, als Cassidy einen Burschen sah, eine Art gutgekleideter Penner, der ihn an die Bankiers und Börsenmakler erinnerte, die man vor ein paar Jahren beim Verkaufen von Äpfeln an denselben Straßenecken gesehen hatte, wenn sie nicht gerade aus großer Höhe dort aufschlugen. Der hier war ein großer Kerl, gebeugt, mit runden Schultern, und er trug einen teuren schwarzen Fischgräten-Mantel von Brooks. Er hatte eine Strickmütze auf. Ein Türeingang schützte ihn ein bißchen vor dem Wetter, und er führte ein Spielzeug vor, das er aus einer Papiertüte verkaufte.

Es war kein tolles Spielzeug, und er gab eine traurige, aber doch irgendwie komische Figur ab. Es bestand aus einer Pappröhre, die er in seinen Mund hielt und in die er blies wie in eine Neujahrströte. Wenn er in dieses Ding blies, ging die Luft durch zwei Gummischläuche, die in einem Bogen nach oben um sein Gesicht herumgingen zu einer Stelle auf beiden Seiten seines Kopfes, wo dann zwei eingerollte Papierhörner zur Entfaltung kamen, mit einem Satz quasi seiner Stirn entsprangen. Jedesmal, wenn er blies, zack, schossen die Hörner heraus. Es versetzte zwei kleine Jungs in Matrosenanzügen und Mänteln in hysterische Lachanfälle. Sie piesackten ihre Mutter, bis die endlich den notwendigen Vierteldollar herausrückte und ein Paar kaufte. Als der Mann den Vierteldollar nahm, blickte er auf, und Cassidy sah seine Augen, riesig und wäßrig hinter seinen runden Brillengläsern.

Es war Bennie die Bestie.

Cassidy stupfte Terry an, der hinübersah und nickte. »Ja, ich habe ihn gestern gesehen. Ich hatte nicht das Herz, es dir zu erzählen.«

Bennie sah sie und trat zu ihnen. Er lächelte wie ein Mann, der Witze hörte, die jeder andere verpaßte. Die Hörner schossen hervor und rollten sich wieder zusammen, bis er neben ihnen stand und der Schlauch aus seinem Mund fiel. »Frohe W-w-weihnacht, Jungs«, sagte er.

»Los, komm«, sagte Cassidy, »gehen wir was essen, Bennie. Du frierst sicher höllisch.«

»Ziemlich f-f-frisch hier draußen«, sagte er. »Laßt mich mal mein Inventar aufsammeln.« Er ging zurück, um seine Tüte zu holen, und sie gingen alle in eine kleine Bar in einer Querstraße einen Block entfernt.

Er aß zwei Hamburger, eine Schale Chili, Pommes frites, Cole Slaw und trank zwei Gläser Milch. Dann aß er ein Stück Minztorte mit Eiskrem. Schließlich blickte er verlegen auf wie eine große, freundliche Kreatur aus einem Märchenbuch. »Werde hungrig vom Stehen da draußen. Job ist nicht so leicht, wie er a-a-aussieht.«

Als sie sprachen, versuchte Cassidy immer wieder, sein Auge zu erhaschen, aber es glitt immer weg. Er trug einen weißen Verband, der mit Pflastern an seiner linken Schläfe befestigt war, aber Cassidy fragte nicht, warum. Er hatte früher schon einmal gefragt, und Bennie hatte gesagt, daß er bisweilen an dem vernarbten Gewebe herumzupfe. O, wei.

Es stellte sich heraus, daß er Max Bauman gesagt hatte, er könne sein Geld nicht weiter nehmen, könne es nicht fürs Nichtstun nehmen. »Zum Kuckuck, ich bin zu nichts mehr nutze«, sagte er. »N-n-nichts kann ich für Max tun, das irgendwie von Nutzen wär. Ich kann nicht einmal mehr irgendwelche Sachen richtig im Kopf behalten, manchmal sagt er mir dann, ich soll die Frühausgabe der Zeitung für ihn holen, und ich stand dann auf einmal allein auf der Straße . . . und hatte keinen blassen Schimmer, warum ich da stand. Und es wird schlimmer.« Er schien es alles ziemlich stoisch zu nehmen. »Max, der wollte nicht, daß ich gehe, aber ich dachte mir, daß ich den Großteil der Zeit nur rumsaß und *Ma Perkins* und *Helen Trent* anhörte und Rommé mit Miss Squires spielte. Wer braucht so jemanden? Ich habe mir also eine eigene Wohnung genommen, und ich verkaufe diese Spielzeuge –«

»Werd endlich klug, Bennie«, unterbrach Terry. »Geh zurück zu Max. Geh in Rente. Er liebt dich, um Himmels willen, Bennie. Gehört Bennie die Bestie an eine verfluchte Straßenecke, um dort den schwachsinnigen Kram aus diesen Tüten zu verkaufen?«

»Ich weiß nicht, Terry«, sagte er langsam. »Ich find sie niedlich. Bennie die Bestie ist nicht mehr so hart, er kriegt diese Kopfschmerzen –«

»Quatsch!« Terry verzog das Gesicht vor Zorn. »Ich hasse es, wenn du so redest. Du gibst auf, du wirst weich. Nimm dich zusammen, du bist okay –«

»Oh, da bin ich nicht so sicher, Terry, ich glaube, da täuscht du dich vielleicht. Die Ärzte, die sagen, mein G-g-gehirn wär nicht mehr ganz da. Die sagen, ich wäre jetzt sehr passiv, und, weißt du, ich denke, sie haben recht. Der Kampfgeist ist völlig raus aus B-b-bennie.« Er lächelte, einen irgendwie überraschten Ausdruck auf seinem Gesicht. »In mancher Hinsicht, wißt ihr, ist es so viel l-l-leichter. Aber ich vermisse Max und Miss Squires und manche von den Jungs. Schaut, ich kann nichts dagegen tun, ich bin, was ich bin.«

Terry lachte und schlug ihm auf den Arm. »Alles, was du brauchst, ist mal rausgehen und ein paar Burschen für Max kaltmachen, dann bist du bald wieder der alte Bennie.«

Bennies Gesicht wurde sehr ernst. »Ich habe das nicht gemocht, Leute kaltmachen, Terry. Niemals. Aber ich mußte meinen Job erledigen. Du wirst es nicht glauben, aber früher habe ich mir nachts immer S-s-sorgen gemacht, ob ich in den Himmel komme! Ich dachte immer, ich würde nie in den Himmel kommen, weil ich viele Burschen umgelegt hatte, vorwiegend böse Menschen, aber nichtsdestotrotz waren sie gesund und lebendig, bevor sie mich trafen. Jetzt, weißt du, wird mir Gott vielleicht meine Vergehen vergeben. Was denkt ihr?« Seine wäßrigen Augen verhielten auf Cassidy, stellten alle Wahrheiten in Frage.

»Ich glaube nicht, daß du dir da Sorgen machen mußt, Ben«, sagte Cassidy. »Es wird alles gut werden. Es gibt einen Platz für dich im Himmel, Junge.«

Sie tranken noch eine Tasse Kaffee. Über dem Tresen waren einzelne Buchstaben an einer durchhängenden Schnur am Spiegel befestigt. F-R-O-H-E W-E-I-H-N-A-C-H-T. Sie waren sehr alt, und jemand hatte auf jeden roten Buchstaben einzelne, baumelnde Girlanden geklebt. Bennie stellte seine Tasse geräuschvoll zurück auf die Untertasse. »Schaut, es ist toll, euch zu sehen«, sagte er, zog seinen dikken Schal an Hals und Mund zurecht, zog die Mütze tief ins Gesicht, ließ aber genug Raum, damit das Spielzeug noch funktionierte. »Aber ich muß jetzt wieder raus und arbeiten. Danke für das Essen und alles.« Er erhob sich und schüttelte ihre Hände.

»Befolge meinen Rat«, sagte Terry. »Geh zurück zu Max, Bennie. Er wird dich mit offenen Armen aufnehmen, die Rückkehr des verlorenen Sohnes.«

Aber Bennie war bereits wieder auf dem Weg zur Straße, in der Hand den verlotterten alten Beutel mit den Spielzeugen.

»Laß uns einen anderen Weg zurückgehen«, sagte Terry. »Ich möchte ihn nicht so sehen. Jesus, Bennie.«

Cassidy nickte, und gemeinsam gingen sie zurück in die Kälte.

Ein weiteres Neujahrsfest, Cassidy wog sein Leben in Champagnerschlucken auf, zu den Klängen von »Auld lang Syne« und kurzen Blicken auf Cindy Squires, die sich nie groß veränderte, sich nie eine neue Frisur oder eigenartige Kleider zuzulegen schien, immer die besten Lieder sang. Dieses Mal war die Party draußen in Oyster Bay, in Max Baumans Haus.

Gegen 1 Uhr am ersten Morgen von 1944 schlüpfte Cassidy in seinen Chesterfield-Mantel mit dem Samtkragen und hielt seinen neuen Homburg in den Händen. Er war im Begriff, in sein 1938er Ford Cabriolet einzusteigen, das er von einem alten Mann in Princeton gekauft hatte, dessen Sohn es neu gekauft hatte und dann in Nordafrika gefallen war. Der Flur war sehr dunkel, und die Party schien sehr weit entfernt zu sein. Max spielte eine Taxifahrt vom Eingangsfoyer entfernt Billard mit Terry und Bryce Huntoon. Cassidy dachte sich, er sei allein, könne sich still und leise von dannen machen.

Sie hatte sich ihm sehr leise genähert. Als sie sprach, kippte er praktisch um.

»Die Nerven«, gab sie zu bedenken. »Was ist aus dem harten Privatdetektiv geworden?«

»Ich hab ihn in meinem anderen Anzug gelassen.«

»Fünfzehn Monate ist es her«, sagte sie. »Ich dachte nicht, daß ich dir so lange fernbleiben könnte, nicht nach dieser Nacht. Jemand sollte aus unserer Geschichte eine Oper machen –«

»Eine sehr kurze Oper.«

»Aber ich habe allerdings auch nicht gedacht, daß du so lange wegbleiben könntest. Du bist ein Muster an Selbstbeherrschung.«

»Das sagen sie alle. In langen Winternächten beklage ich meine Selbstbeherrschung. Außerdem hast du mir schließlich gesagt, ich solle nicht –«

»Ich weiß, was ich dir gesagt habe, es tut mir leid ... aber ich mußte es tun. Ich dachte, Max ließe Bennie vielleicht dir etwas Schreckliches antun, wenn er es herausfände.«

»Wie gut von dir. Wie gut, wie lieb ...«

»Aber Bennie ist dieser Tage nicht mehr so hart ... bitte, sei nicht so kalt, Lew. Ich dachte, hoffte, daß wir vielleicht ... du weißt schon –«

»Ich bin da nicht so sicher. Vielleicht ist der Moment vergangen. So was passiert manchmal. Du bist mit Max schon lange zusammen. Das macht was aus.«

»Willst du mir etwa erzählen, du wärst der letzte der ehrenwerten

Männer?« Sie setzte ein leichtes, nervöses Schmollen auf. Es war nicht ihr Stil.

»Wir sind eine aussterbende Rasse. Wie der Bison. Die Zeit hat uns überholt.«

»Ich will dich in mir. Meine Knie beben, ich zittere am ganzen Leib. Ich fühle mich, als würde ich gleich überkochen. Ich meine es, Lew. Ich habe mit Max in beinahe einem Jahr nichts, aber auch gar nichts gehabt. Er sagt, er kann einfach nicht, und ich kann's ihm nicht verdenken, er kann nichts dafür . . . aber er will mich nicht gehen lassen. Verstehst du? Er will es nicht. Er sagt, er würde jeden anderen umbringen . . . und er meint es. Oh, Lew, wie soll ich mit all dem fertig werden?«

»Warum fragst du mich? Verlasse Max, versuch es einfach. Dann?« Er zuckte mit den Schultern. »Ich stehe immer noch im Telefonbuch.«

»Warum behandelst du mich so? Haßt du mich, Lew?«

»Ich fürchte –«

»Max?«

»Jeder, der bei Verstand ist, fürchtet Max. Aber nein, ich meinte, ich fürchte mich vor dir.«

»Ich kann nicht glauben, daß du ein Feigling bist, Lew.«

»Ich werde älter. Ich denke nicht länger, daß ich ewig leben werde. Aber das ist eine andere Geschichte. Ich habe Angst vor dem . . . was ich für dich fühlen könnte. Wenn du grad nicht so schlau daherredest.«

»Schau, wenn es dir was bedeutet, ich fühle mich nicht mehr wie eine Hure.«

»Muß an der erzwungenen Enthaltsamkeit liegen.«

»Vielleicht bist du einfach ein Dreckskerl! Aber vielleicht bin ich verrückt . . . los, komm, nimm mich! Bitte!? Direkt hier, auf den Treppen, niemand würde –«

»Du hast recht. Du bist verrückt.«

»Und du nennst dich einen Sportsfreund!«

»Ich erinnere mich nicht daran, mich jemals derart genannt zu haben.«

»Kann ich in deine Wohnung kommen? Nächste Woche? Ich werde dich das letzte Mal vergessen lassen.«

»Das denke ich nicht, Cindy.« Er lächelte in ihre Augen. »Ich will das letzte Mal nicht vergessen.«

»Willst du damit sagen, daß du mich nicht willst?«

»Ich begehre dich viel zu sehr –«

»Stört es dich, wenn ich insistiere?«

»Ich bewundere eine Frau, die ihren eigenen Kopf hat, die weiß, was sie will. Wie auch immer, es liegt an dir, Cindy.«

Er legte Handschuhe und Hut an und faßte nach dem Türknauf. Er hatte seinen Stock unter dem Arm wie ein Mann, der die Ehrenkompanie abschreitet. Er konnte dasselbe Parfum riechen. An ihr änderte sich nie etwas.

»Warte«, sagte sie.

»Ich gehe jetzt heim.«

»Lew?«

»Ja, Cindy?«

»Küß mich einmal.« Er tat es.

Ungefähr einen Monat später hinterließ Terry eine hingekritzelte Notiz auf Cassidys Schreibtisch. Er wollte, daß er um 10 Uhr zu einem wichtigen Treffen mit einem Klienten wieder im Büro sei. Es war eine knallharte Nacht, Anfang Februar, der Schnee knirschte unter den Füßen, und der Wind war feucht und schneidend. Cassidy aß alleine bei Keen's zu Abend und ging wieder ins Büro. Dort sah er einen Stapel von Fotos durch, die eine Ehefrau zeigten, die in einem Gasthof in Jersey mit irgendeinem Dummbatz herumpoussierte, der ohne Zweifel vieles war, aber ganz entschieden nicht ihr Ehemann. Terrys Ankunft erlöste ihn von diesem dürftigen Zeitvertreib. Er warf seinen Polomantel über einen Kundensessel, wischte sich einen Lippenstiftschmierer – er nannte sie immer »Kampfauszeichnungen« – aus dem Mundwinkel und zündete sich eine Zigarre an.

Max Bauman traf um 10 Uhr 10 ein. Mit ihm kam ein Fremder, ein Mann Ende Vierzig, mit grauem Haar, einem teuren grauen Anzug, der mit rötlichem Stoff durchwirkt war, ein bißchen übergewichtig, mit einem Bauch. Kleine Füße. Er war sicher geschwind, ein guter Tänzer. Er sah aus wie ein Anwalt. Max stellte ihn als einen »Geschäftspartner« vor, was so ziemlich alles bedeuten konnte. Sein Name war Bob Erickson, und er sagte, er würde im äußeren Büro warten, bis sie ihr Geschäft über die Bühne gebracht hätten. Als sie die Tür schlossen, blätterte er gerade durch das *Wall Street Journal* vom Tage.

Max trug seinen Frack, genau wie die Gangster im Film, die gleichen Gangster, die immer einen Nachtclub besaßen. Er nahm seinen weichen, schwarzen Schlapphut ab und sah auf der Stelle ganz anders aus. Er trug ein weiteres Pfund salz-und-pfefferfarbenes Haar. Die Matte auf seinem glatten Skalp machte den Eindruck, als habe sie genausoviel gekostet wie der große Perserteppich in seinem Arbeitszimmer zuhause. Er ließ sich in einem Sessel nieder, als habe er eine lange Geschichte zu erzählen. Er wirkte zerstreut. Und anders. Irgendwie. Vielleicht war es das neue Haar, das Cassidy ihn in einem neuen Licht sehen ließ. Seine levantinischen Gesichtszüge – Lippen, Nasenflügel, Augenbrauen – schienen dicker, größer. Tiefe Furchen hatten sich in seine Mundwinkel eingegraben. Seine Ohren schienen schwerer, die schlaffen Ohrläppchen lagen dicht an seinem Schädel. Seine Gesichtshaut war dunkel und ledrig, und, untypisch für ihn, sein Hemdkragen war offen. Sein Gesicht war dünner. Er wirkte älter. Er hatte die kompakte Stämmigkeit verloren, was viele Dinge bedeuten konnte. Vielleicht hatte er mit körperlichem Training begonnen. Etwas Gewicht verloren, das neue Haarteil auf seinen Schädel geklebt, um sich für Miss Cindy Squires schick zu machen . . .

Vielleicht dachte er sich, es würde dafür entschädigen, daß er kein so großartiger Liebhaber mehr war. Je länger Cassidy ihn anschaute, desto mehr hielt er Max für einen Mann, der Ärger mit einer Frau hatte, aber vielleicht war das nur, weil er wußte, daß Max allen Ärger mit einer Frau der ganzen Welt hatte. Von der einzigen Art, auf die es ankam, ob er es nun wußte oder nicht. Und dann begann Max darüber zu reden.

»Das hier fällt mir nicht leicht, Jungs, also laßt es mich auf meine eigene Art angehen.« Er überkreuzte die Beine, zündete sich eine Zigarre an, die ungefähr zwanzig Zentimeter lang war. »Es geht um Miss Squires. Um Cindy.« Er blinzelte, als erwarte er Widerspruch. Terry nickte nur und hieß ihn fortfahren.

»Ihr wißt, wie meine Gefühle gegenüber diesem Mädchen sind. Sie sind wie meine Gefühle für dich, Terry – tiefgehend, von Dauer. Du bist mir wie ein Sohn, Terry. Du hast mich mit Cindy zusammengebracht. Hast uns verkuppelt, alter Hundesohn.« Er lächelte kurz, auf eine väterliche Art und Weise. »Nun, Cindy ist eine sehr komplizierte Frau. Und sie ist viel jünger als ich. Und Tatsache ist, daß ich in gewisser Hinsicht von ihr abhängig bin. Ihr seid intelligente Jungs. Männer von Welt; ich kann hier also offen sprechen. Sie ist meine Geliebte, ja. Aber sie ist auch wie eine Tochter, ein jugendlicher Freund. Sie ist mein Kontakt zu meiner eigenen Jugend. Sie erhält mich jung. Sie hält meine Illusionen intakt – lacht nicht, selbst ich habe welche. Ein Mann muß eine Illusion oder zwei haben. Dank ihr fühle ich mich gut, so gut, wie ich mich nicht mehr gefühlt habe, seit ich als junger Mann am Harvard Square herumscharwenzelte. Meine Illusion ist, daß das Mädchen mich liebt. Vielleicht tut sie's, vielleicht tut sie's nicht. Aber die Illusion ist es, was mich am Laufen hält. Mein Sohn tot, meine Frau tot . . .« Er paffte seine Zigarre, und seine Augen flackerten zwischen Terry und Cassidy hin und her.

Terry sagte: »Max, liebst du sie?«

Max fächelte mit der Hand, der Rauch verzog sich langsam wie die Musik auf einen Befehl Toscaninis. »Liebe, Liebe, was ist Liebe? Liebe, Liebe, ein Hoch der Liebe! Aber was ist sie genau? Sie ist ein relativer Neuankömmling auf der Bühne westlichen Lebens. Aber ich habe euch gesagt, ich brauche sie, ihre Gegenwart in meinem Leben kommt mir in vieler Hinsicht zugute. Es mag euch seltsam erscheinen, wo ihr doch noch junge Männer seid, aber ich muß sie nicht einmal berühren ... Es reicht mir, das Wunder ihres nackten Körpers zu betrachten, wie sie sich an einem Sonntagnachmittag bewegt, durch jede Minute davon, ihren Kaffee trinkt, die *Times* liest, raus auf das Wasser blickt ... es reicht mir, dazusitzen und sie zu beobachten, nackt wie am Tag ihrer Geburt. Dann habe ich das Gefühl, daß sich dieser gesamte, totale Scheißhaufen von Leben doch lohnt. Es ist ein Wunder, versteht ihr? Manchmal schaue ich auf ihren Hintern oder ihre Zehen oder die Muskeln an ihren Oberschenkeln, und ich frage mich, ob das Leben ohne sie irgendeinen Sinn hätte. Hat es irgendeinen Sinn, jemals im Leben an irgend etwas anderes zu denken? Jetzt werdet ihr mich fragen, ist das Liebe? Wenn dem so ist, dann liebe ich sie ... O ja, dann liebe ich sie. Und sie macht die ganze überlaufende Kloake um mich herum erträglich. Versteht ihr, worauf ich hinaus will, Jungs? Die Hunde der Hölle sind mir auf den Fersen, Jungs. Tatsache ist, sie haben mich umzingelt. Und ich meine nicht Mr. J. Edgar Hoover ... der ist ein harmloser Welpe verglichen mit meinen verfluchten Höllenhunden.«

»Wovon redest du, zum Teufel?«

»Verräter, Terry. Namenlose, gesichtslose Verräter!« Das Gesicht von Max nahm einen ungesunden, scharlachroten Farbton an, seine Augen quollen hervor von der Anstrengung, sein Temperament im Zaum zu halten. »Ihr Jungs wißt nichts davon, und ich sollte euch nicht damit belasten ... Hoover versucht mir irgendeine verrückte Schwarzmarkt-Scheiße in die Schuhe zu schieben. Mir! Max Bauman! Ein Vater mit einem goldenen Stern, dessen Sohn im verfluchten Pazifik untergegangen ist! Gefälschte Benzinmarken, im Chrysler plaziert, ein Hinweis an das FBI ... meine Anwälte können seine dumpfenLeckskerle jeden Tag unter den Tisch reden, aber mir geht's ums Prinzip. Jemand will mich fertigmachen! Herr im Himmel, eine Falle für mich, jemand hat es gewagt, mir eine Falle zu stellen! Max Bauman! Genau wie diese üble Sache in Giuseppes Gasthof drüben in Jersey. Damals '42 ... Jemand hat denen auch da einen Hinweis gegeben – und ich weiß immer noch nicht, wer, zum Teufel, die Schießer waren.« Er sank zurück in seinen Sessel, schrumpfte in seinem Frack zusammen, sah beinahe verwundbar aus. Beinahe. »Es ist alles Scheiße, Jungs.

Und dieses Mädchen . . . ich sag's euch, sie hält mich am Leben . . . ich wüßte nicht, was ich ohne sie tun würde. Wenn sie ginge, Junge, könnte ich die Kontrolle über die Dinge verlieren, über alles . . . Oh, zum Teufel, ja, ich liebe sie, brauche sie, nennt es, wie ihr wollt. Aber ich werde sie nicht verlieren . . .«

Terry seufzte und klopfte ein paar Zentimeter Asche in einen Aschenbecher, der in eine Miniaturversion eines Traktorreifens gesetzt war. »Max, ich weiß nicht, was mit dieser Hoover-Sache ist, aber es klingt, als regst du dich wegen nichts so auf. Sie ist nett zu dir, du bist nett zu ihr. Sie hat einen Weltklasse-Hintern, und du bist reich wie Krösus. Klingt für mich alles paletti, Max. Ich wünschte, wir wären so gut dran. Warum also Staub aufwirbeln? Warum zu uns kommen – und warum bist du wirklich zu uns gekommen? Ich begreif's nicht –«

»Ah, Terry, Terry. Versuche mich zu verstehen. Alles ist nicht in Ordnung in diesem irdischen Leben. Eine Schlange, nenn es Eifersucht. Oder, genauer gesagt, nenn es einen anderen Mann. Ja, nennen wir es einen anderen Mann . . . Ich befürchte, daß sie sich mit einem anderen Mann trifft.«

»Jeder Mann fürchtet, daß die Frau, die für ihn zufälligerweise die Antwort, seine eigene persönliche Antwort ist, sehr eventuell untreu ist.« Cassidy schüttelte vor Max traurig den Kopf. »Hölle, Max«, sagte er, »jeder befürchtet das.«

»Ich beobachte sie. Sie verzehrt sich nach jemandem, um Himmels willen. Sie ist nachdenklich, schwermütig, traurig. Sie verzehrt sich nach jemandem. Das müßt ihr mir schon lassen – ich bin nicht gänzlich unbeleckt, was Frauen angeht. Sie geht aus dem Haus oder der Wohnung. Sie geht in die Bibliothek, sie geht ins Kino, sie geht in Buchläden, sie streift ziellos durch die Straßen – versteht ihr? Das sagt sie wenigstens . . . aber die ganze Zeit weiß ich verflucht genau . . . daß sie . . . daß sie an ihn denkt. Der verfluchte Kerl! Sie läuft stundenlang in der Stadt herum. Ich habe sogar einmal versucht, ihr zu folgen . . . sie ging zum Washington Square und saß auf einer Bank, als warte sie dort auf jemanden, der nicht kam.« Er schüttelte seinen gepflegten Kopf und fuhr sich mit der Handfläche über die Perücke, verwirrt. Cassidy schluckte schwer und tat so, als mache er sich Notizen. *Washington Square.* »Dann lief sie die 5th Avenue ganz hoch bis zum Metropolitan. Ich dachte, ich würde umfallen! Und dann schaut sie sich vier Stunden lang Bilder an. Nun, das nenne ich eine Kunstliebhaberin, Jungs! Oder eine Frau, die sich verdammt lange Gedanken macht.«

Terry sagte: »Du hast sie also dabei erwischt. Sie macht einen langen Spaziergang und schaut sich Bilder an. Vergib mir, daß ich das sage,

Max, aber das ist kein Problem. Du brauchst dir keine Sorgen um diese Frau zu machen.« Er sah zu Cassidy, Bestätigung heischend. Cassidy sagte, ihm komme es auch alles ziemlich unschuldig vor. Er wußte verdammt genau, was Terry dachte. Washington Square.

Max nickte ungeduldig. »Schaut, Jungs, ich bin nicht hierhergekommen, um zu debattieren. Ich brauche jemanden, der die junge Dame beschattet. Ich will wissen, wer der Bursche ist. Ich will einen Namen. Das ist alles.«

»Wir werden niemanden finden. Sie ist sauber, Max.«

»Terry, Terry, du scheinst Schwierigkeiten mit dieser Vorstellung zu haben. Denk dir nur, wie erleichtert ich sein werde, wenn du recht hast. Das wär zum doppelten Preis noch billig. Aber ... es *gibt* einen anderen. Ich *weiß* das. Manchmal weiß ich Sachen einfach.« Ihm zuzuhören war, als betrachte man eine Blaupause seines Verstandes. Er gab ihr keinen Sex, daher war er sicher, daß sie irgendwo anders Sex bekam. Es war wie ein geometrischer Beweis. Es erlaubte keine abweichenden Möglichkeiten. Cassidy sagte nichts zu dem Job, den Max ihm anbot. Terry dachte bereits, der geheimnisvolle Gast sei Cassidy, und Tatsache war, Cassidy wollte sie sich nicht einmal mit einem anderen Mann vorstellen, obwohl es ihn aller Wahrscheinlichkeit nach vermutlich gab. Der Wahrscheinlichkeit nach hatte Max recht. Sie hatte ihm gesagt, was sie war, selbst wenn sie sich da nicht mehr so sicher war. Sie war der Typ von Frau, der immer noch irgendwo für den Notfall einen Mann verstaut hatte, wenn es sie zu sehr juckte und sie sich nicht mehr beherrschen konnte, wenn sie einen Niemand, einen Jemand, ein Nichts zwischen den Beinen haben mußte. Cassidy kannte sie auch.

»Ich will diesen Herrn«, sagte Max ruhig.

»Was ist, wenn wir mit leeren Händen auftauchen«, fragte Terry.

»Das werdet ihr nicht, Sohn. Ihr werdet nicht mit leeren Händen auftauchen. Vertraut mir. Tut nur euren Job, und wenn ich den Namen habe und ausreichend Beweise, gibt es einen Bonus. Zehntausend Dollar.«

»Was machst du dann, wenn du den Namen hast?« Terry sah Cassidy aus dem Augenwinkel heraus an, durch den Zigarrenrauchnebel hindurch. Er war sicher, daß Cassidy der Name war; sie würden ein Opferlamm brauchen, einen Sündenbock. Die Räder drehten sich, die Zahnräder griffen. Als nächstes würde Rauch aus Terrys Ohren kommen.

»Ich werde den Herrn dazu bringen, einen langen Spaziergang auf einem kurzen Pier zu machen –«

»Ich will hier nicht indelikat sein, Max ... aber keine Zementgaloschen, okay?«

Max sah ihn stirnrunzelnd an, als sei solch loses Gerede eines Kommentars unwürdig.

»Und was ist mit Cindy?« fragte Cassidy.

»Sie wird nichts davon erfahren.«

»Willst du sie heiraten?«

»Wollt ihr die Wahrheit hören?« Max paffte sacht, sah sie durch zusammengekniffene Augen hindurch an, seine Obsidianaugen glänzten unter den schweren Lidern. Die ledrigen Backen ließen ihn just in diesem Augenblick unendlich alt aussehen, ein Stammesangehöriger, der an die Ewigkeit hinter dem endlosen Sand und Himmel denkt. »Ich will euch die Wahrheit sagen. Schwer zu glauben, aber glaubt es. Ich habe sie gebeten, mich zu heiraten. Für wie alt haltet ihr mich?«

»Fünfzig, fünfundfünfzig«, schlug Terry vor.

Max lächelte. »Fünfundsechzig. Ich bin 1878 geboren. In Konstantinopel. Ein türkisch-polnischer Jude. Ich erinnere mich nicht einmal mehr an den Namen, unter dem ich geboren wurde. Ich hatte sechs Namen, denkt nur. Aber ich hatte Vorstellungskraft. Es ist verdammt schier unmöglich, mich davon abzuhalten, das zu bekommen, was ich will. Ich wollte Amerika. Ich bekam es. Ich half diesem Drecksack Luciano ... er könnte mein Sohn sein! Ich wollte Harvard. Ich wollte Geld und Macht. Ich wollte eine Frau aus gutem Hause heiraten. Ich bekam es alles. Und jetzt, am Ende meines Lebens, will ich dieses wunderschöne blonde Mädchen ... und ich bringe den Mut auf, sie zu fragen ... und sie sagt mir, nein, sie wird mich nicht heiraten. Aber ... ihr werdet nie erraten, warum, nicht in einer Million Jahre. Sie sagt, sie würde mir lieber zeigen, wie sehr sie mich liebt, ohne ein Stück Papier, ohne irgendwelche amtlichen Ansprüche. Sie sagte, wenn sie mich heiratet, würde ich mich irgendwann dann doch fragen, ob sie mich wegen meines Geldes geheiratet hätte. So eine Frau ist sie. Zweifelt ihr daran, daß ich sie will? Sie sagt, daß ich so immer wissen werde, daß sie mit mir zusammen ist, weil ihr was an mir liegt. Sie ist eine außergewöhnliche Frau ...«

»Warum vertraust du ihr dann nicht?«

Er zuckte mit den Schultern. »Traue nie einer Frau.«

»Max, du erstaunst mich«, sagte Terry.

»Das tue ich vermutlich«, sagte er.

»Schau, Max«, sagte Cassidy, »ist dir schon mal der Gedanke gekommen, daß sie sich vielleicht einfach nach Freunden ihres eigenen Alters sehnt? Ich meine, so ganz unschuldig –«

»Du bist ein netter Junge, Lew. Aber an diesem Mädchen ist nichts Unschuldiges. Sie ist die Tochter der Zeit. Sie ist tausend Jahre älter, als ich es je sein werde. Wie das Böse, so existiert sie einfach. Sie ist all diese Dinge, diese Frau. Sie ist Güte und Freundlichkeit, sie ist Verderbtheit und Lasterhaftigkeit, die Hure Babylons, und doch ist sie ein Engel. Sie ist grausam und finster wie die Grube. Und sie ist meine Herzensfreude. Versucht zu verstehen. Ich fantasiere hier nicht herum. Sie ist alles, was eine Frau sein kann. Sie würde willig sterben, um ihre Kinder zu schützen ... und sie dann ohne einen zweiten Gedanken auffressen. Wundert ihr euch, daß ich solch eine Kreatur liebe? Also tut es einfach. Tut, was ich verlange, überlaßt den Rest mir.«

Er erhob sich und schlüpfte wieder in seinen Mantel. Er setzte den Schlapphut auf.

»Seid vorsichtig«, sagte er. »Sie ist der Geist des Lichts und der Dunkelheit. Paßt auf euch auf, ihr beide.«

Als er und Bob Erickson weg waren und man im Büro hörte, wie sich der Aufzug nach unten mühte, sah Terry auf und zuckte mit den Achseln. »Nun, er hat sich getäuscht. Er *hat* fantasiert.«

Cassidy stierte zurück, grübelnd. »Mir kommt vor, als hätte er uns gerade gesagt, was Liebe ist. Was genau Liebe ist.«

»Wenn«, bemerkte Terry, »die Liebe eine tödliche Krankheit ist.« Er stand da und blickte aus dem Fenster in die Nacht, starrte hinunter auf Grand Central Station. »Jemand hat Max das mit dem Freund gesagt. Jemand hat Harry Madrid den Hinweis auf das Treffen in Jersey gegeben. Jemand hat diese Benzinmarken im Chrysler plaziert ... Weißt du was, Lew? Max muß einen oder gar zwei Götter beleidigt haben, denn eins ist sicher wie die Hölle, die Götter bringen das Leben von Max gründlich durcheinander ...«

Kapitel 13

Etwas – möge man es menschliche Natur nennen, möge man es den Hinweis eines Freundes nennen – etwas hatte Besitz von Max' Verstand ergriffen, hatte ihn abgebracht von der Vorstellung, Terry habe ihn verkauft und den Hinterhalt an der Küste von Jersey gelegt. Eine Obsession war von einer anderen ersetzt worden: seiner Gewißheit, daß Cindy Squires ihm untreu war. In bestimmter Hinsicht fand Cassidy das alles erstaunlich, aber aus anderer Sicht gesehen, erschien es ihm als Teil der unausweichlichen Unlogik des Lebens.

Lucky Luciano war immer noch im Gefängnis. Dewey war Gouverneur, und Max Bauman war immer noch ein freier Mann. Harry Madrid und J. Edgar Hoover hatten große Mühen auf sich genommen, Max zu kriegen, und dann, als es ihnen schwerfiel, es hieb- und stichfest zu machen, war alles irgendwie versickert . . .

Cindy Squires. Cassidy hatte sich in sie verliebt, aus keinem besseren Grund als Leute sonst haben, wenn sie sich verlieben. Dann war seine Frau unter den britischen Bomben verschwunden, und Cindy hatte sich in Luft aufgelöst. Aber sie war wiedergekommen, für einen leidenschaftlichen Abend, wie eine Belohnung . . . und die Freude, sie zu haben, war damit in tausend Stücke zerplatzt, daß Cassidy Bennie beinahe getötet hatte, und sie war wieder entglitten, ließ nur eine Weihnachtskarte zurück . . . Aber die Sache war, nichts war je vorbei. Die Geschichte ging immer weiter, was, selbstverständlich, das war, was das Leben von der Kunst unterschied. Das Leben ging einfach weiter, überfuhr einen wieder und wieder, um sicherzugehen, daß man es verstand, und man konnte es einfach nicht anhalten. Nichts blieb gleich. Wenn man sich das alles erst einmal klar gemacht hatte, sah man auf und fühlte sich ein bißchen besser, und ganz plötzlich fiel der lange schwarze Schatten über deinen Pfad und alles, was du tun konntest, war in Deckung zu gehen und deinen Weg zu decken und zu beten.

Cindy Squires war eine Geschichte, die erzählt wurde, die mit der Zeit Charakter und Verlauf änderte, niemals ganz das war, wofür man sie hielt. Das galt für sie alle. Max. Bennie. Harry. Terry. Lew Cassidy . . .

Nur die Toten waren vollständig.

Der Rest driftete immer noch ziellos in der Gegend herum. Kam und ging. Versuchte, daraus schlau zu werden. Versuchte zu erfahren, wem man vertrauen konnte. Änderte sich. Gefangen im Wirbelwind.

Jemand hatte Harry einen Hinweis auf Jersey gegeben. Jemand hatte Max die Benzinmarken untergeschoben. Bennie hatte Lew in flagranti mit Cindy erwischt – und auf einmal war sein Gedächtnis ausgelöscht worden. Cassidy hatte einen Koffer voller Blüten unter seinem Bett verstaut und keine Ahnung, was er damit anfangen sollte. Er hatte einen Stock mit einem Schwert darin und Erinnerungen an eine tote Frau und einen stechenden Schmerz im Bauch, der Cindy hieß, und irgendwie hatte er es geschafft, Terry Leary nicht zu verraten . . .

Der Punkt war, man wußte einfach nie, was einem das Leben als nächstes ins Gesicht werfen würde. Ob es nun Pearl Harbour war oder ein lädiertes Bein für den Rest des Lebens oder Markie Cookson, der eines Tages noch den Champagner eingießt, und als man ihn das nächste Mal sieht, ist er ein Stück Abfall am Strand. Man wußte einfach nie, wann man lachen sollte. Irgend etwas Komisches geschah immer. Das Leben war kein Film. Das Leben war irgendwie willkürlich, und es konnte immer noch sehr viel schlimmer werden, als man es sich je vorstellen konnte. So waren sie mitten in 1944.

Terry setzte Herb Contreras zwei Wochen lang auf Cindy an. Er verwendete seine Leica und brachte viele Bilder zusammen, auf denen sie ihren eigenen Dingen nachging. Sie ging zu einem nachmittäglichen Kammermusikkonzert; sie wühlte stundenlang in Scribner's Buchhandlung, kaufte ein Dutzend aktueller Romane; sie ließ ihre Haare richten, Gesichtskosmetik, Maniküre; sie kaufte Kleidung; sie aß zu Mittag. Fast immer allein. Keine Freundinnen. Nur ein Mann. Aus all den Hochglanzaufnahmen ergab sich das Porträt einer sehr einsamen Frau.

Der Mann, den sie zweimal zum Lunch traf, war Colonel Bryce Huntoon, der mit jedem Tag mehr wie der beste Freund eines Kinohelden aussah. Er war beide Male in Uniform, und die Lokale konnte man kaum Zufluchtsorte nennen. Das eine Mal trafen sie sich im *21* und das andere Mal im Algonquin. Wenn sie versucht hätten, Aufmerksamkeit zu erregen, hätte ihre Wahl nicht geschickter sein können. Da waren Fotos von Cindy, wie sie schwach über irgendeinen Kommentar lächelte, Feuer für ihre Zigarette annahm, an einem Martini nippte, Scholle und Huhn aß, immer ganz in Ruhe, während Huntoon, abgesehen davon, einen Hut aus seiner Serviette zu falten, alles tat, um sie zu amüsieren. Er schien niemals mehr zu erreichen als das nachdenkliche, etwas kühle Lächeln.

Eines Nachmittags begleitete Cassidy Herb, und sie traf Huntoon unten auf der Wall Street. Sie nahm ein Taxi, und Cassidy winkte eins heran, folgte. Es entsprach nicht ihrem üblichen Verhaltensmuster. Sie stiegen unten, an der Spitze der Insel, aus und nahmen die Fähre nach Staten Island. Cassidy dachte bei sich: Liebesnest auf Staten Island, und von dem Gedanken wurde ihm übel. Er wollte nicht, daß sie mit Bryce Huntoon schlief. Er wollte nicht, daß sie mit irgend jemandem schlief. Er wollte, daß sie ihn wollte. Er wünschte zu Gott, er hätte die Nerven, die Affäre mit ihr zu haben, von der Terry annahm, daß sie sie hätten.

Auf der Fähre war es kalt und windig. Herb schien von allen möglichen Dingen Aufnahmen zu machen, nur nicht von Cindy und Huntoon, aber sie waren sein einziges Motiv. Cassidy lauerte irgendwo in größtmöglicher Entfernung, in seinen Mantel gekauert, verstohlen um sich sehend. Seine Furcht war unnötig. Huntoon konnte seine Augen nicht von ihr nehmen, und sie hörte ihm nur zu und starrte in die Ferne über das kabbelige Wasser. Cassidy hatte das Gefühl, seine Augäpfel frören ein, aber als sie hineingingen, befürchtete er, daß sie ihn sehen würden, wenn er folgte. Wenn er an Lungenentzündung starb, hätte sie es zu verantworten. Aber alles, was sie taten, war nach Staten Island fahren und wieder umzudrehen und zurückzukommen. Juchei.

Huntoon? Was, zum Teufel, sollte er tun? Die ganze Zeit über, die er sie beobachtet hatte, hatten sie einander kein einziges Mal berührt. Nach zwei Wochen fragte er Herb, was er davon hielt.

»Will verflucht sein, wenn ich's weiß, Lew«, sagte er. »So wie sie aussieht, der Kerl muß schwul sein. Aber was immer er ist, ich würde darauf wetten, daß er nicht ihr Herzallerliebster ist. Hörst du, was ich sage? Die Chemie stimmt einfach nicht. Keine Funken. Wer daran schuld ist, keine Ahnung. Aber, Gott, sieht die vielleicht toll aus! Nicht viel Holz vor der Hütte, aber sie hat so etwas Gewisses. Mir bricht der kalte Schweiß aus.«

Am fünfzehnten Tag der Überwachung folgte ihr Herb ins Waldorf, wo sie einen anderen Mann zum Essen traf.

Terry Leary.

Herb war ein echter Soldat. Er sagte, er komme sich äußerst blöde dabei vor, aber er fotografierte einfach weiter.

Als sie auseinandergingen, küßte Cindy Squires Terrys Wange. Auf den Bildern, die Herb in derselben Nacht entwickelte, sah Terry sehr zufrieden mit sich aus.

Als Cassidy am nächsten Morgen ins Büro kam, sah Olive Naismith von ihrer Underwood auf und ließ kurz davon ab, sie zu mißhandeln. Wenn sie richtig in Fahrt war, schrieb Olive äußerst kurios. Sie war ein hübsches Mädchen, sehr dunkel mit einem völlig ovalen Gesicht, wie eine Kamee, das Haar so braun, daß es auch schwarz sein konnte, und große tropfenförmige Brüste, die herausfordernd von ihren schmalen Schultern hingen. Er dachte sich, daß Terry vermutlich ab und zu mal mit ihr schlief und sie dann und wann zu einem schicken Abendessen einlud. Es war ziemlich sicher, daß sie nicht für die Agentur arbeitete, weil sie dort viel verdiente. Terry versorgte auch ihren Vater mit Benzinmarken aus irgendeiner privaten Quelle.

»Sie werden es nicht glauben«, flüsterte sie, die riesigen, warmen Augen in Richtung des hinteren Büros gerichtet, »aber seine Majestät haben heute nacht im Büro geschlafen. Er war bei der Arbeit, als ich um acht herkam, um ein paar Berichte nachzuholen.«

»Sag mir die Wahrheit, Olive. Du hast dich freiwillig gemeldet, bei ihm zu bleiben, und hast ihn die ganze Nacht hindurch mit Äpfeln gut versorgt –«

»Mr. Cassidy! Aber wirklich!«

»Das reicht mir nicht als Dementi, Olive, tut mir leid.«

Er fand Terry in Hemdsärmeln vor, mit einem Ein-Tages-Bart, und sein völlig glattes blondes Haar war durcheinander, weil er sich am Kopf gekratzt hatte. Selbst seine schicken Hosenträger sahen schlapp und müde aus. Er hatte die Max-Bauman-Akte offen auf dem Tisch, und ein paar hundert dreizehn mal achtzehn große Fotos übersäten den Tisch. Er kritzelte in einem Big-Five-Block herum, und in dem Traktorreifen lagen vier Zigarrenstumpen. Nie hatte ein Raum schlimmer gestunken. Schlimmer als alte Trikots und Schulterpolster jemals riechen konnten. Cassidy riß beide Fenster auf, und der Schnee auf dem Fenstersims wurde hereingeweht.

Terry sah auf und gähnte. »Bißchen stickig hier drin, nein?«

Cassidy nahm sich Kaffee.

»Ich habe gestern mit Cindy zu Mittag gegessen.«

»Ich hab die Bilder gesehen.«

»Nun, ich hab mir mal gründlich angehört, was die Frau in diesem Fall zu sagen hat. Sie denkt, Max dreht langsam durch.«

Cassidy setzte sich auf die Tischkante und begann, die Fotografien durchzugehen, ohne sie wirklich zu sehen, Lunch im Waldorf. Sie gaben ein stattliches Paar ab. »Er machte nicht den Eindruck, als er uns aufsuchte.«

»Oh, ich bin da nicht so sicher. Diese Tochter-der-Zeit-Hure-von-Babylon-Nummer kam meiner Meinung nach doch wohl eher aus der Richtung des Mondes –«

»Klar, zugegeben. Aber das nenne ich verrückt reden, nicht verrückt handeln. Verrückt handeln ist, wenn man aus seinen Unterhosen frühstückt. Er ist nicht krank«, sagte Cassidy, »er ist nur verliebt.«

»Nicht nach ihren Worten. Sie hat Angst, bis in die Zehenspitzen. Sagt, er bekäme unkontrollierbare Wutanfälle. Er hat eine chinesische Vase zerdeppert, die zehntausend Dollar wert war – um Himmels willen, vielleicht unsere zehn Riesen –, als sie ihm sagte, sie hätte keine Affäre mit einem anderen. Dann ist er eines Abends mitten im Abendessen ohnmächtig geworden – hat sie halb zu Tode erschreckt; fiel einfach mitten im Satz in seinen Apfelkuchen. Sie sagte, diese Type, dieser Bob Erickson, wäre da gewesen und hätte ihn hochgetragen und ins Bett gebracht. Am nächsten Morgen erinnerte sich Max nicht mehr daran. Die Sache ist, Lew, ein Großteil seines Zorns ist auf sie gerichtet . . . Ich denke, daß sie vielleicht recht hat, vielleicht fallen Max langsam die Tassen aus dem Schrank. Ich habe versucht zu überlegen, was man tun kann; deshalb kam ich einfach nicht dazu, heimzugehen. Mir friert der Arsch ab, Lew.«

Cassidy schloß das Fenster bis auf einen Spalt.

»Hast du ihr gesagt, daß wir sie beschattet haben?«

»Ja. Im wesentlichen, weil es genau zu dem paßte, was sie mir erzählte, daß Max uns angeheuert hat.«

»Und was hat sie gesagt?«

»Sie war ein bißchen vor den Kopf gestoßen, sagte nicht viel.«

»Hast du Huntoon erwähnt?«

»Nix. Ich schätze, ich hätte es tun sollen, aber als sie sich die Last von der Brust geredet hatte, schien es irrelevant. Ich habe nämlich einen Plan.«

»Was werde ich davon halten?«

»Der Teufel soll mich holen, wenn ich's weiß, Amigo.«

Sie stand in der Tür, hinter sich die Lichter am Washington Square. Es schneite heftig, und der Schnee funkelte wie Diamanten im Nerz. Der Kragen war hochgeschlagen und umschloß ihr Gesicht. Sie war so bleich und makellos, daß es ihn an die Nonnen aus seiner Kindheit erinnerte. Ihr Mund war zusammengekniffen, die Zähne klapperten hinter dem grellen Lippenstift. Sie trug ein Barett, das sie tief in die nahezu weiße Pagenfrisur gezogen hatte. Sie bewerkstelligte ein kleines Lächeln. »Lew«, wisperte sie, und strich an ihm vorbei in sein abgedunkeltes Wohnzimmer. »Nein, laß das Licht aus. Sie können jeden Moment herkommen, sie könnten uns beobachten – mach mir einen Drink – schnell, Lew ...«

Sie stand wacklig auf ihren hochhackigen Schuhen, hielt sich an der Kühlschranktür fest, während er Scotch über das Eis goß, sich dann auch einen Drink machte. Es war nach Mitternacht. Sie nahm das Glas mit beiden Händen und nahm einen großen Schluck.

»Ich bin weggelaufen, Lew. Vor Max, vor dem Heliotrope, vor allem ... Ich bin aus dem Umkleideraum gegangen, zur Hintertür hinaus, niemand hat mich gesehen, aber jetzt suchen sie sicher schon nach mir ... küß mich, Lew, halte mich ...«

Er legte seine Arme um sie, fühlte den kalten Schnee auf seinem Gesicht schmelzen. Er hielt sie, wisperte ihr ins Ohr, bis sie zu zittern aufhörte.

»Lew, ich wußte nicht, wohin sonst ich gehen sollte; es gab keinen außer dir, zu dem ich gehen konnte. Ich liebe dich, Lew, und jetzt liegt es alles in deiner Hand. Ich fürchte mich so ... er darf mich nicht finden, er wird mich töten . . . du mußt mich verstecken, mußt dich um mich kümmern.« Sie leerte ihr Glas und setzte sich, stierte ihn an.

»Bitte, Lew. Sag etwas –«

»Ich denke«, sagte Cassidy. »Ich habe genau den richtigen Ort, um dich jetzt erst mal unterzubringen. Wird uns ein bißchen Platz zum Atmen geben – Haus in Connecticut, gehört Freunden von mir, die den Winter in Palm Beach verbringen. – Sie lassen mir immer einen Schlüssel da, damit ich Nachtclubsängerinnen, die vor ihren Gangsterfreunden davonlaufen, verstecken kann –«

»Wir müssen uns beeilen, Lew. Er wird auf Terry und dich kommen. Er wird hier nach mir suchen.«

Cassidy war gerade in seinen Mantel geschlüpft und hatte seine Schlüssel und Handschuhe aufgetrieben, als das Telefon klingelte. Er nahm ab, täuschte ein herzhaftes Gähnen vor.

»Lew, tut mir leid, dich aufzuwecken. Hier spricht Bob Erickson. Ich rufe an wegen Max –«

»Max? Max ist nicht hier – was kann ich für dich tun, Bob?«

»Nein, Max ist hier. Offengestanden, wir stecken mitten in einer schweren Krise. Max ist sehr aufgeregt. Wir können Miss Squires nicht finden. Sie ist einfach aus ihrer Umkleidekabine verschwunden. Verflucht seltsam . . . bist du noch dran, Lew?«

»Sicher, sicher. Denkt Max, sie wurde vielleicht entführt?«

»Nun, ich weiß nicht –«

»Wäre möglich, weißt du, Bob. Max hat Feinde –«

»Ich denke, er macht sich wegen was ganz anderem Sorgen.«

»Denkst du? Das wäre?«

»Hölle, du weißt, Lew – ein anderer Mann. Das ist alles, woran er denkt, ein anderer Mann.« Ericksons Stimme war in ein Flüstern gefallen. »Max denkt, sie hat einen Freund, Lew . . . und jetzt gerade dreht er durch vor Sorge. Er will sie zurück. Er wird sie finden, Lew, wo immer sie ist –«

»Schöne Bescherung . . . und niemand hat sie weggehen sehen –«

»Sie muß sich ein Taxi genommen haben . . . oder sie hatte jemanden, der auf sie gewartet hat. Er sagt, sie wäre zu allem fähig.« Er seufzte schwer unter der Last seines Problems. »Sag mir die Wahrheit, Lew. Ich weiß, daß das Mädchen seit geraumer Zeit so was vorhatte . . . sie könnte zu dir um Hilfe kommen – zu dir oder zu Terry Leary. Wenn sie zu dir käme, denke ich, wir können Max beruhigen, sie zurückholen und –«

»Nun, sie ist nicht zu mir gekommen. Ich liege seit einer Stunde im Bett. Was sagt Terry?«

»Max versucht jetzt gerade, ihn zu erwischen.«

»Schau mal, höchstwahrscheinlich ist sie unter dem Druck der Situation mit Max zusammengebrochen. Ist vermutlich die Nacht über in ein Hotel gegangen, nur um allein zu sein und alles zu überdenken. Oder vielleicht hat sie auch den Nachtzug hoch nach Boston genommen. Sie hat einen kleinen Bruder in Harvard –«

»Hey, das ist eine Spur! Jesus, ich hoffe, du liegst damit richtig – das wäre wunderbar. Sie besucht ihren Bruder. Unschuldiger geht's nicht!« Er klang wie ein Mann, der gerade festgestellt hat, daß sich sein Fallschirm zu guter Letzt doch noch geöffnet hatte.

»Überprüf es morgen«, sagte Cassidy. »Und halte Max unter Kontrolle –«

»Leichter gesagt als getan. Aber danke für den Tip.« Er war im Begriff aufzulegen. »Oh, Lew. Ein guter Rat noch –«

»Immer willkommen.«

»Spiel fair mit uns in dieser Sache, Lew. Max wäre furchtbar enttäuscht, wenn du es nicht tätest.«

Die Leitung verstummte.

Sie steckte ihren Arm durch seinen, während sie zu dem kleinen Ford gingen. Sie war immer noch ein bißchen wacklig auf den Beinen, schwankte auf ihren Absätzen. Ein paar wenige Schneeflocken wehten umher, landeten in dem Nerz. Sie hielt seinen Arm fest. Sie hatte Angst. Wenn sie versuchte zu sprechen, zitterte ihre Stimme, und ihre Zähne klapperten, und schließlich gab sie es auf. Er küßte sie und sagte ihr, alles würde gut werden.

Sie waren auf dem Highway, und New York verschwand in der Dunkelheit hinter ihnen. Das Ford Cabriolet hatte ein paar Zuglöcher, und es war kalt im Auto, obwohl sie die Heizung voll aufgedreht hatten. Im Radio lief Glenn Miller. Sie spielte mit seinem Schwarzdornstock herum, zog die Klinge ein paar Zentimeter heraus, schob sie wieder hinein, heraus, hinein, wieder und wieder.

»Verdammt«, sagte sie. »So hatte ich es mir eigentlich nicht vorgestellt, daß wir zusammenkommen.«

»Nun, es sollte gar nicht geschehen –«

»Sag das nicht, ich will das nicht hören. Und überhaupt, du weißt es nicht, du kannst es nicht wissen. Mir wäre früher oder später etwas anderes eingefallen.« Sie tippte auf den Knopf, und der Knauf sprang aus der Feder hoch. Sie drückte ihn wieder herunter, bis er einhakte. »Ich fühle mich schrecklich wegen Max. Ich weiß nicht, ob ich das Richtige getan habe . . . Hätte ich es getan, wenn du nicht auf mich gewartet hättest? Waren Max' Handlungen wirklich so verrückt? Oder habe ich übertrieben, nur um die jetzigen Ereignisse heraufzubeschwören . . .?«

»Ich weiß nicht. Terry hast du auf jeden Fall überzeugt.«

»Ist es zu spät, es rückgängig zu machen? Es ungeschehen zu machen?« Sie nagte an einer behandschuhten Fingerspitze.

»So ziemlich.«

»Ich weiß nicht, was ich tun werde. Wenn ich nicht zu Max zurückgehe . . . und das tue ich nicht, das kommt jetzt nicht mehr in Frage . . . raus aus Max' Leben, raus auch aus dem Job, ich werde nicht viel Geld haben.«

»Du wirst einen anderen Job finden.«

»Lew, du begreifst es nicht, oder? Max wird mich töten, wenn ihm klar wird, daß ich nicht wiederkomme.«

»Du hast recht. Ich begreife es nicht. Ich dachte, wir schaffen dich aus dem Weg, während Terry Max' Nerven beruhigt –«

»Ich schätze, Terry denkt das wirklich. Er denkt, daß ich dann zurückgehen werde. Ich sag's dir, ich geh nicht mehr zurück. Begreifst du's jetzt?«

Er schüttelte den Kopf, die Augen auf der Straße, die unter dem wehenden Schnee verschwand.

»Ich will dich, Lew. Ich konnte nicht mehr länger warten.« Auch sie starrte nach vorne in die Nacht, wo das Licht der Scheinwerfer abrupt an der sich bewegenden Schneewand aufhörte. »Das ist der einzige Weg, der mir eingefallen ist. Das ist alles.« Sie seufzte, biß auf den Daumennagel. »Allerdings ist da ein Problem –«

»Zumindest«, sagte er.

»Entweder werde ich getötet . . . oder Max. Der einzige Weg, mich am Leben zu erhalten, besteht darin, daß Max stirbt. Wenn er lebt, Lew, wird er mich dafür töten, daß ich ihn verlassen habe. So ist es. Ich sage dir nur, wie es ist.«

Wie er ihr zuhörte, sah er in Gedanken das kleine Mädchen auf dem Grabstein sitzen und mit den Beinen schaukeln.

Das Haus lag an der Spitze eines langen, ansteigenden Hügels, auf dem Kamm einer welligen Wiese, die unter einer frischen, sauberen tiefen Schneedecke lag. Der Schnee schimmerte blau im Mondlicht. Sie bogen von der Straße ab und folgten einer schwachen Furche, die fast eine Meile einspurig zwischen zwei Reihen kahler, geisterhafter Pappeln hindurchführte. Hinter dem Haus war eine Scheune. Cassidy stieg aus, taumelte im Wind und öffnete gewaltsam die riesige Schwingtür, die im Schnee feststeckte. Er schaffte es gerade, den Wagen hineinzuzwängen. Der Geruch von kaltem Heu und Lehm ließ ihn in der Stille niesen. Sie wartete, während er ihren Koffer aus dem Kofferraum holte. Zusammen stapften sie durch die Einfahrt, gebeugt gegen den Sturm. Der Schlüssel paßte in die Seitentür, und sie betraten die Küche. Das Haus war still, frostig, in Wartestellung.

Die Elektrizität funktionierte. Ein langer Raum, im Hüttenstil auf zwei Ebenen angelegt, hatte an jedem Ende einen riesigen Kamin. Da waren mehrere Öllampen mit dickverrauchten Glaszylindern, Holzkommoden und Tische im Kolonialstil und geknüpfte Teppiche von der Größe von Schlachtschiffen. Das Feuerholz in den Behältern war trocken, die Rinde löste sich von dem harten Holz. In der Speisekammer waren viele Büchsen. Der Verwalter, der in der Stadt lebte, hielt den Kühlschrank immer gefüllt für Freunde der Besitzer. Alle Wasserhähne funktionierten.

Cassidy machte zwei Feuer, und sie saßen vor den Flammen und warteten darauf, daß die Kälte sie in Frieden ließ. An den Wänden aus knorrigem Kiefernholz hingen Drucke von Grandma Moses und Currier Ives sowie einige andere ausdruckslose Bilder im Kolonialstil, ohne wirkliche Tiefe. Über einer antiken Kommode mit einer marmorierten Rückwand war an einer Wand ein Gewehrständer. Das Feuer warf tanzende, hypnotische Schatten durch den langen Raum. Sie beugte sich in seine Arme. Er küßte sie, und er hielt sie länger, als er je gehalten wurde. Sie weinte, und ihre Tränen vermischten sich in ihren Mündern.

»O Gott«, flüsterte sie, »ich wußte nicht, daß ich solche Angst haben würde. Es war beinahe ein Spiel, zu planen, wie ich von ihm wegkomme, daran zu denken, ihm nicht jeden Tag und jede Nacht gegenüberstehen zu müssen, daran zu denken, wie ich mich dann nicht mehr vor seinem Zorn fürchten mußte ... der Sex ist es, deswegen ist er so. Er kann nicht mehr, für ihn ist es damit vorbei, und wenn er mich ansieht, fühlt er eine solche Erniedrigung ... das hat ihn in den Wahnsinn getrieben.« Sie schniefte, schneuzte sich, blinzelte die Tränen weg. Sie lachte leise. »Ich bin auch ziemlich durchgedreht. Ich habe so lange schon keinen Mann mehr gehabt, Cassidy ... du mußt dir viel Zeit für mich nehmen, mach es ganz langsam. Oh, Cassidy, ich fühle mich nicht mehr wie eine Hure, ich fühle mich wie ein kleines Mädchen ... o ja, das ist gut, mach weiter so, ganz lange. Deine Zähne, ich kann deine Zähne fühlen, Cassidy ... nuckel mich zu Tode ...« Ihre Finger waren in seinem Haar, hielten ihn zwischen den weichen Schenkeln, ihr Körper warm von den Flammen und dem inneren Feuer. Nachdem sie das erste Mal gekommen war, lag sie keuchend da und leckte den Geschmack ihres Orgasmus' von seinem Mund, flüsterte wieder und wieder: *Ich will nicht sterben, Cassidy, bitte, mach, daß ich nicht sterben muß ...*

Irgendwann in der Nacht vereinigten sich ihre Körper noch einmal und Stimmen sagten, *ich liebe dich, ich liebe dich*, und er wußte nicht, wer es sagte, es machte keinen Unterschied. Denn da waren sie eins, eine Stimme, ein Geschöpf, und sie lagen zitternd neben dem knisternden Feuer. Diese Worte ... Und jetzt wußte er, daß auch er Angst hatte. Er hatte so verflucht viel zu verlieren.

In den Schatten flüsterte sie: »Laß mich eine Hure für dich sein, nur jetzt, nur für einen Augenblick, ich will, daß du etwas für mich tust ...«

Sie führte ihn ins Bad. Sie setzte sich auf die Toilette und spreizte die Schenkel. Sie atmete schwer, durch den Mund. Sie zog ihn vor sich auf die Knie, halb stöhnend, und sagte, was sie von ihm wollte. Und er beugte sich in ihren warmen Körper, fühlte, wie ihre Finger das feuchtglänzende Haar teilten, wie sie sich öffnete, bis er seinen Mund dahin bekam, wo sie es wollte. Sie zitterte, keuchte, ihr kleiner, weicher Bauch zuckte und bebte, machte rhythmische, ruckartige Bewegungen, dann schrie sie, tief von innen heraus, sagte: *Ich kann es nicht mehr halten, ich kann nicht mehr, o Gott, liebe mich, liebe mich, was immer ich auch tue, bitte liebe mich*, und ihr Orgasmus schien sie förmlich auseinanderzureißen, nahm ihr den Atem, und sie kam und kam, und ihre Blase entleerte sich in die Toilette, und sie zog sein Gesicht an ihren Bauch, während sie sich nach vorne über ihn beugte, ihre Hände flach auf seinem Rücken, zuckte gegen ihn gedrückt konvulsivisch weiter, bis sie leer und erschöpft war, und er lehnte sich zurück, von ihrer beider Schweiß bedeckt, an die Wand, um sich auszuruhen. Sie tupfte mit Toilettenpapier zwischen ihren Beinen, zog die Spülung und stand auf, machte sich klein und kauerte sich an ihn, begrub ihren Kopf an seiner Brust. Er fühlte, wie ihre Lippen sich an seiner Haut bewegten: »Ich schäme mich so«, und er konnte sie fast nicht hören. »So etwas habe ich noch nie getan ... Ich habe noch nie etwas so gewaltsam in mir gefühlt. Als würde ich entzwei gerissen ... Hat es dich angewidert?« Er bedeckte ihren Mund mit seinem, nahm sie mit den Armen hoch und trug sie zurück in den schattenverhangenen Raum. Er hinkte mit dem lädierten Bein, aber er fühlte sich, als sei er der stärkste, beste Mann auf der ganzen Welt. Er setzte sie auf dem großen Flickenteppich vor dem Feuer ab und zog ihre schweren Mäntel über sie beide. Sie schmiegte sich fest an ihn, in seine Arme. »Cindy«, hauchte er in ihr zartes Ohr, »was immer du willst, alles, was du von mir verlangst oder das ich tun soll, das will ich, ohne Einschränkung ... nichts, was du je sein könntest, kann mich von dir abbringen, nichts.« Er küßte ihr Ohr, und sie seufzte tief und zufrieden. Er berührte ihren Mund mit den Fingerspitzen und konnte ihr Lächeln fühlen.

Cassidy erwachte am folgenden Morgen als erster. Die Feuer glommen immer noch, gaben immer noch Wärme. Cindy lag auf der Seite, den Mund ein wenig geöffnet, so daß man ihre Zähne durchschimmern sah. Sie schnarchte leise, wie ein kleines Mädchen. Er bedeckte ihren Rücken wieder mit dem Nerz und seinem schweren irischen Mantel, zog sich an und ging in die riesige Küche, die im Landhausstil gehalten war. Er setzte Kaffee auf und fand etwas frisches Brot, Butter, Erdbeermarmelade, Zucker, Milch und dankte Gott für den Verwalter. Er saß an dem groben Küchentisch und genehmigte sich die ersten zwei Tassen Kaffee des Morgens und starrte dabei hinaus in den grauen, wolkenverhangenen Tag. Er verglich seine Uhr mit dem laut tickenden Regulator an der Küchenwand. Es war 10 Uhr 30.

Seit gestern war auf einmal alles sehr kompliziert geworden. Er hatte nicht gedacht, daß er sich jemals wieder auf irgendeine Weise, zumindest eine, die über die Sehnsucht eines liebeskranken Vollidioten hinausging, mit Cindy Squires einlassen würde. Er hatte gedacht, ihre Nachforschungen würden Max davon überzeugen, daß sie ihn nicht betrog, ob er es in seiner wahnsinnigen Eifersucht nun so wollte oder nicht, und jetzt war sie weggelaufen und hatte alle diese Anstrengungen damit zunichte gemacht. Er hatte gedacht, daß die Nachrichten vom Kriege die aufregendste Sache in seiner unmittelbaren Zukunft wären. Wie alle anderen hatte er vorrangig im Kopf gehabt, wann und wo und wie die Alliierten unter Ike der Festung Europa zu Leibe rücken würden. Und er hatte sich mit der Zeit an den Gedanken gewöhnt gehabt, daß da immer Karin sein würde, ein Wurzelschmerz tief in seinem Inneren.

Aber all das war gestern gewesen.

Jetzt hatte Cindy Squires alles in ihre Hände genommen und brachte damit alle möglichen Turbulenzen in das Leben aller Beteiligten. Er mußte das alles so klar er konnte auf eine Reihe bekommen, bevor er in der allgemeinen Panik überrollt wurde.

Erstens, Max liebte Cindy, aber er traute ihr nicht, war sich sicher, daß sie einen anderen hatte. Entweder hatte er recht, sie log, und die Beweise, die Herb Contreras in zwei Wochen Arbeit erbracht hatte, besagten gar nichts, oder Max war davon besessen, sie sexuell nicht befriedigen zu können. Vielleicht war es aber auch alles wahr – und somit hinreichender Beweis dafür, daß es keinen Gott gab.

Zweitens, Cindy sagte, Max sei verrückt, ganz entschieden von allen guten Geistern verlassen, völlig von Sinnen. Sie sagte, sie habe Angst vor ihm, müsse weg von ihm. Aber . . .

Drittens, Cassidy wußte, daß Cindy Angst hatte. Sie hatte Angst, weil sie davon überzeugt war, daß Max sie finden und töten würde . . . und zwar genau deshalb, weil sie auf eigene Faust beschlossen hatte, ihn endgültig zu verlassen. Was somit das Fragezeichen hinter dem Verhalten, das Max in jüngster Zeit an den Tag legte, zu einer wenn auch eigenartigen Formfrage degradierte. Entweder ließ er sie gehen, bei klarem Verstand, vernünftig und im Guten, was nicht nach dem Max klang, der der Agentur seinen Besuch abgestattet hatte . . . oder er würde sich rächen.

Viertens war da Cassidy selbst. Er kam nicht umhin zuzugeben, daß sie ihn festgenagelt hatte, ihm wieder ins Gedächtnis gerufen hatte, was er so gerne vergessen wollte. Er hatte sich in sie verliebt, an erster Stelle wegen ihres Aussehens, dann, weil sie sein romantisches Naturell in all den altbekannten Punkten ansprach. Liebe, Sex, Leidenschaft, ihre eigene, besondere Art von Verletzlichkeit, ihre offene und wilde Sexualität. Sie wirkte irgendwie verdammt und verloren, und natürlich wußte er, daß nur er allein sie erretten konnte.

Aber konnte er ihr trauen?

Zum Teufel, was spielte das schon für eine Rolle? Er liebte sie . . .

Sie war zu ihm immer völlig offen gewesen. Er hätte es nicht mit sich selbst vereinbaren können, wenn er ihr nicht vertraut hätte. Vielleicht benutzte sie ihn, vielleicht wußte er nicht ganz genau, wie. Aber jeder benutzte jeden, immer. So war halt das Leben. Und Liebe war Liebe, und er hatte jetzt die Bescherung.

Es hatte verflucht lange gedauert.

»Was ist das mit dir und Bryce Huntoon?«

»Ach ja«, sagte sie. Es fiel ihr wieder ein. »Ihr habt mich ja beschattet.«

»Max ist überzeugt, daß du eine Affäre mit einem anderen Mann hast.«

Sie nickte. Sie saßen in einem kleinen, schummrigen italienischen Restaurant an der Straße zur nächsten Stadt. Der Tag war vergangen, wie es ihrem Liebesnest entsprach. Er hatte Terry angerufen, ihm gesagt, wo er war, daß er am nächsten Tag wieder zurück sein würde. So lange würde Terry schon mit Max zurechtkommen, ihm erstmal die Geschichte mit Boston aufbinden. Jetzt beendeten sie ihr Essen, das aus Linguine mit Muschelsauce und einer Flasche Rotwein bestand, und saßen beim Kaffee, lächelnd, bemüht, ihre Liebe zu genießen, den Schatten der Killer zum Trotze, die über ihnen hingen. Da war so viel unter der Oberfläche, eine dunkle Strömung, gegen die sie ankämpfen mußten.

»Bryce ist nur ein Kumpel«, sagte sie. »Jemand, mit dem man sich unterhält. Das attraktivste an ihm ist, schätze ich, daß er nicht Max ist. Er arbeitet mit Max an irgendwelchem Materialbeschaffungskram, oder hat es jedenfalls getan, und er lief mir andauernd über den Weg. Im Club, manchmal in der Wohnung oder draußen im Haus. Und ich brauchte es so nötig – es hätte keinen Sinn, dich anzulügen, Cassidy. Ich habe dir noch keine einzige Lüge erzählt, und nach der letzten Nacht ist es einfach zu spät, noch damit anzufangen. Ich brauche es, und Max konnte mir nicht helfen, und ich traute mich nicht, dich in die Klemme, in der ich mich befand, hineinzuziehen. Abgesehen davon dachte ich nicht, daß du es tun würdest. Das ist die Wahrheit. Wie auch immer, Bryce war der einzige Kerl, an den ich herankommen konnte. Ich habe ihm ganz schön Druck gemacht. Ich habe ihn zwar nicht angebettelt, mit mir ins Bett zu gehen ... du bist der einzige Mann, den ich jemals gebeten habe, den ich jemals bitten wollte. Aber ich habe Bryce wissen lassen, daß ich es wollte.« Sie schüttelte traurig den Kopf. »Er ist so ein umgänglicher Bursche, ein bißchen aufgeblasen, ziemlich unschuldig. Und als er meine Nachricht erhielt, setzte er sich mit mir hin und sagte mir, er würde mir liebend gern Gesellschaft leisten, das ist exakt, was er gesagt hat, aber er sagte mir, ein Mann hat einen Ehrenkodex, und eines der Dinge in diesem Kodex wäre, daß man einen Freund nicht betrog. Und er betrachtete Max als Freund. Er sagte, es wäre schlicht und einfach unmöglich. Er schüttelte immer meine Hand. Äußerst liebenswürdiger Mann. Und ich respektierte all das, und fragte, ob wir dann Freunde sein könnten, und er sagte, selbstverständlich. Und ich hörte auf, an ihn als einen potentiellen Liebhaber zu denken ... und ich wußte da auch, daß er nur ein kümmerlicher Ersatz für dich gewesen wäre, wußte, daß ich von Max weg mußte, daß mir die Zeit davonlief. Es war mir ernst damit, ich wußte, daß ich dir klarmachen mußte, daß meine Gefühle für dich echt und wirklich waren, daß ich nicht einfach nur ein Flittchen war ... und um all das zu tun, mußte ich mit dir allein sein. Oh, Lew, bei Max war ich eine Hure ... aber ich wollte eine Frau sein. Bei dir mußte ich eine Frau sein, du hättest dich mit nichts weniger zufriedengegeben.«

Sie zog seine Hand über den Tisch an sich und drückte sie. »Klar?«

»Klar«, sagte er.

Am nächsten Tag rief Terry an und sagte Cassidy, daß er nach New

York zurückkommen sollte. Die Einzelteile fügten sich zusammen, und er brauchte seinen Partner.

Kapitel 14

Die große perlgraue Katze blinzelte langsam, gelangweilt von der flauen Zeit vor der Cocktailstunde. Die Bar im Foyer des Algonquin war still. Das brillante Kreuzfeuer von Sarkasmen der berühmten, spitzzüngigen Größen, deren Namen immer in den Zeitungskolumnen standen, fehlte. Cassidy trank gemächlich einen Rob Roy und spielte Denkspiele mit dem Kater Hamlet. Er verlor, weil er zu stolz war, zuzugeben, daß er seinen Willen mit dem einer Katze maß. Hamlet gewann, weil Hamlet sich schlicht und einfach um nichts scherte. Man konnte viel von Hamlet lernen, insofern man schlau genug war. Cassidy war es nicht, und so las er den *Mirror*, bis Terry auftauchte.

Er bestellte einen Martini, füllte seinen Mund mit Erdnüssen und lehnte sich zurück, mit roten Augen und müde. »Lew«, sagte er, »ich bin nicht gerade begeistert davon, wie sich diese Sache entwikkelt. Ich muß einfach zu hart nachdenken, es ist kompliziert, wenn etwas nicht mit Leichtigkeit gelingt, kommt es mir immer verdächtig vor. Die Sache ist, ich versuche, deine Haut und die aller anderen zu retten, aber es ist . . . knifflig. Nichtsdestotrotz« – er nahm seinen Drink direkt vom Tablett des Kellners und tat einen kräftigen Schluck – »ich glaube, ich hab's. Auf abwesende Freunde«, sagte er wie immer, hob das Glas. »Wie ging's da draußen?«

»Gut, ihr geht's gut. Sie hat Angst, macht sich Sorgen. Sie sagt, sie geht nicht zurück zu Max. Egal, was geschieht.«

Er zündete eine seiner langen Dunhill-Zigaretten an. »Ist sie verliebt?«

»Komm, wir brauchen jetzt hier keine weitere Lehrstunde über Liebe –«

»Frage ja nur, reagier nicht so sauer, Lew. Ich bin auf deiner Seite. Bist du verliebt?«

»Sie sagt ja.«

»Jemand, den wir kennen?« Terry grinste unter dem gepflegten Schnurrbart. »Was ist überhaupt mit dir los?«

»Vielleicht krieg ich meine Tage . . . aber vielleicht will ich auch wissen, was Max im Schilde führt.«

»Huntoon – sagt sie irgendwas über Bruder Huntoon?«

»Sie waren Freunde, das ist alles. Sie fand ihn lieb und etwas aufgeblasen.«

»Da hatte sie nicht ganz unrecht. Hmmm, Freunde.« Er dachte darüber nach und nippte an seinem Martini. Hamlet war herüber geschlendert und beschnüffelte Terrys Manschetten. Hamlet hatte Terry immer gemocht. »Glaubst du ihr?«

»Ja, ich glaube ihr. Sie war offen zu mir. Sie hat versucht, ihn zu verführen, aber er war nicht dafür zu haben.«

»Ohne Scherz? Schwer zu glauben. Findest du das nicht auch ein klein bißchen unwahrscheinlich? Ein bißchen zu heiligenmäßig für Brycieleinchen?«

»Er sagte, es würde gegen seinen Kodex verstoßen.«

Terry lachte. »Willst du mich veralbern? Du mußt mich veralbern, Amigo. Was Frauen betrifft, und das tut es oft bei unserem Bryce, ist sein Kodex: ›Nimm sie, solange du sie kriegst‹, und so war es immer . . . Aber das hat er ihr tatsächlich gesagt?«

»Genau das.«

»Nun gut.« Er starrte jetzt seinerseits Hamlet an, der eine kokette Drehung vollführte und seinen Schwanz leckte. »Läßt mich darauf schließen, daß ich recht habe. Was die menschliche Natur angeht.«

»Wie bitte?«

»Was Menschen angeht. Cindy und Huntoon. Sie hatten eine Affäre miteinander.«

»Du täuschst dich, Terry. Du täuschst dich gewaltig.«

»Du kleiner romantischer Teufel, Lew«, sagte er. »Ist schon komisch, wie eine wirklich schöne Frau einen Burschen davon überzeugen kann, sie wäre so ehrlich, wie sie schön ist.«

»Terry, du bist haarscharf am Rand –«

»Da ist's am schönsten. Da kann man wirklich leben, Amigo. Da draußen, auf der Kippe.« Er grinste. »Los, komm, entspann dich! Ich denke doch nur laut. Vielleicht hast du recht. Ich mag Cindy, versteh mich nicht falsch. Aber ich denke, wir sollten es besser nachprüfen. Nur um unsere Enden auf eine Reihe zu bringen. Wie ich dir sagte, ich habe da so einen Plan. Willst du ihn hören?«

»Sicher, sicher.« Terry ging ihm allmählich auf die Nerven. Vielleicht lag es auch nur an Cindy, war sie diejenige, die seine Nerven zerrüttete, ihn gereizt machte. »Aber wir wollen sie da raus lassen.«

»Soweit es möglich ist, selbstverständlich.« Er fuhr mit einem Knöchel über den dünnen Schnurrbart. »Wir werden Huntoons kleinem *Pied-à-terre* auf der East 62 einen Besuch abstatten. Ich denke, daß sie vielleicht etwas miteinander hatten. Du sagst nein, und du hast vermutlich recht, aber ich würde gerne mein Gewissen beruhigen. Also will ich wissen, ob sie irgendwelche Zeit in seiner Wohnung verbracht hat. Gestehst du mir das zu?«

»Zeitvergeudung.«

»Vielleicht. Aber wir müssen Max zumindest ein paar Resultate liefern. Ich hab's durchgekaut, und wir werden ihm den alten Bryce geben müssen.«

»Es überrascht mich nicht, daß dir dein Plan nicht sehr gefällt. Mir gefällt er auch nicht.«

»Nein? Das dachte ich mir. Aber mein Punkt ist, wenn wir Max schon jemanden geben müssen, und dieser jemand ist zufällig Huntoon, dann wäre es doch nett, wenn er tatsächlich schuldig wäre. Verstehst du?«

»Niemand ist unschuldig, Terry. Du weißt das.«

»Ah, die Stimme der Erfahrung. Aber wenn in seiner Wohnung persönliche Sachen von Cindy sind . . .« Er zuckte mit den Schultern. »Und wenn da nichts ist, könntest du dich genausogut schon an den Gedanken gewöhnen, daß wir die Wohnung salzen müssen.«

»Du meinst, salzen wie eine Goldmine? In der es nicht wirklich Gold gibt?«

»Was bist du nicht für ein Schlaukopf.«

»Das kann ich nicht zulassen, Terry –«

»Immer langsam, ja? Mit dem Problem beschäftigen wir uns, wenn es sich stellt. Behalte nur im Kopf, Max sagte, er wollte Beweise –«

»Wir werden nirgends Beweise unterschieben, die Cindy belasten . . . und überhaupt, du hast doch die Fotos von den beiden zusammen. Gib die doch Max, wenn's schon sein muß –«

»Wir werden aber vielleicht etwas besseres als das brauchen. Und es obliegt uns nicht, Cindy zu belasten, Amigo. Max hat bereits entschieden, daß sie schuldig ist. Wir belasten Huntoon . . . anstatt abzuwarten, daß Max sich an den Fingern abzählt, daß du es bist, den sie liebt. Bekomm das endlich in deinen Kopf – Max hat seine Entscheidung über Cindy gefällt! Alles, was wir zunächst tun können, ist die andere Rolle zu besetzen. Und vergiß nicht die zehntausend . . .« Er kaute eine weitere Handvoll Erdnüsse.

»Ganz schlecht. Gefällt mir nicht –«

»Es gibt Schlimmeres, Amigo. Zum Beispiel, wenn wir Max nicht geben, was er will, und er beschließt, auf eigene Faust zu suchen. Und früher oder später landet er bei einem vor Angst schlotternden Lew Cassidy. Und das würden wir doch wirklich nicht wollen, oder?« Das Lokal füllte sich langsam. Bald würden die Bonmots die Luft füllen.

Hamlet hatte sich verkrochen, um Deckung zu suchen. »Max kann sehr unzivilisierte Manieren an den Tag legen, wenn's nicht so läuft, wie's ihm paßt.«

»Und was ist mit Huntoon? Du gräbst ihm sein Grab!«

»Hey, langsam. Ich bin Terry, weißt du noch? Ich bin einer der Guten.«

»Dann erzähl mir den restlichen Plan.«

»Huntoon wird keinen Ärger mit Max haben. Er kann sich einfach eine Weile in Washington verkriechen. Max' Interesse wird sich anderen Dingen zuwenden, Lew, ich werde Bryce warnen. Und überhaupt, wofür hältst du mich denn?«

»Und was ist mit Cindy?«

»Das kriegen wir auch irgendwie hin.«

»Sie sagt, Max wird sie töten –«

»Nein, nein, er wird Cindy nicht umbringen. Er mag verrückt sein, aber er ist nicht so verrückt. Er liebt sie. Wenn ich es muß, kann ich ihm das ausreden.«

»Cindy sagt, Max stirbt, oder sie stirbt, einen anderen Weg gibt es nicht.«

»Wer sagt denn, daß sie jetzt auf einmal der große Experte ist? Ich kenne mich aus mit diesen Dingen. Sie dramatisiert ganz einfach übermäßig –«

»Das ist nicht gespielt« insistierte Cassidy.

»Nun, ich lasse Elmo Max auf Schritt und Tritt folgen –«

»Du läßt *was*?«

»Andretti. Ich habe ihn auf Max angesetzt, damit wir jeglichem Ärger von vorneherein aus dem Weg gehen können. Bis jetzt ist alles, was ich weiß, daß dieser Typ Erickson niemals von seiner Seite weicht. Wer ist das eigentlich?«

»Keine Ahnung.«

»Ich will es wissen«, sinnierte er.

An diesem Abend erzählte Terry Cassidy, daß er sich am morgigen Tag mit Bryce Huntoon zum Mittagessen verabredet hatte, nur zwei Freunde, die im Costello's zusammenkamen, um einander gegenseitig auf dem laufenden zu halten.

Im Verlaufe des Mahls sollte Cassidy Terrys Dietrich benutzen und Huntoons Wohnung durchsuchen. Cassidy sagte ihm, es sei ein idiotischer Weg, verlorene Zeit. Terry bat ihn, ihm den Gefallen zu tun, nachzusehen, nur für den Fall. »Was können wir dabei verlieren?« sagte er, als sie auf der 44. auseinandergingen. Es war ein kalter und windiger Abend, und Cassidy dachte an Cindy, allein auf dem Land, vor dem Feuer, das er für sie angelegt hatte, bevor er in die Stadt zurückgekehrt war. Als er heimkam, rief er sie an, um gute Nacht zu sagen. Sie hatte bereits geschlafen, aber sie wisperte Zärtlichkeiten ins Telefon. Er wäre beinahe in den Ford gestiegen und hinausgefahren.

Er hätte es tun sollen. Er hätte gehen sollen, hätte sie wegbringen sollen, niemals wiederkommen, hätte in Richtung Westen fahren sollen, bis sie am Strand von Malibu herauskamen. Damit hätte er all die Menschen gerettet, die kurz davor standen, wegen ihr ums Leben zu kommen . . .

Aber er tat es natürlich nicht. Solche Sachen machte man einfach nicht.

Er wählte Costello's aus einer Telefonzelle an der Ecke 63. und Lexington an. Terry kam an den Apparat und sagte, daß Colonel Huntoon just in diesem Moment auf sein *Corned Beef & Cabbage* wartet. »Ich werde gar nichts finden«, sagte Cassidy. »Du weißt das.« Aber Terry sagte ihm, er solle einfach reingehen, sich mal umschauen, die Schubladen sichten, die Schränke und insbesondere das Bad.

Es war ein kleines Ziegelhaus, zerhackt in acht winzige Appartements. Er sah auf dem Briefkasten nach der Nummer, verschaffte sich Einlaß ins Eingangsfoyer, erklomm die Treppen zu Nummer sechs. Die Tapete war gestreift, und den Teppich zierte ein Blümchenmuster.

In der Wohnung waren die Rolläden heruntergezogen. Der Raum war sauber und aufgeräumt, entbehrte jeglichen Lebens. Eine Uhr tickte. Das Zimmer und sein Inhalt hätten direkt aus einem Schaufenster gekauft sein können. Der Teppich hell und dick. Die Lampen waren elegante Keramikfrauen auf den Zehenspitzen, erinnerten an die zwanziger Jahre. Die Couch war weich und verunstaltet von großen, hungrig wirkenden Blumen. Eine Masse hellen Holzes schlang sich um sie und hielt das Ganze zusammen. Sie machte nicht den Eindruck, als ob jemals irgend jemand wirklich darauf gesessen hätte. Ein paar durchschnittliche Nachdrucke entfernt dschungelartiger Szenen, auf denen große Raubkatzen einem entgegenstarrten, hingen an den hellgrauen Wänden in hellen, gehobelten Holzrahmen. Die Küche machte insgesamt den Eindruck, daß in dem Appartement auch noch niemand jemals eine Mahlzeit zu sich genommen hatte. Ein paar Flaschen Scotch, eine Flasche White Horse und eine Black & White standen auf der Arbeitsfläche. Im Kühlschrank fand er Käse, Äpfel, eine Flasche Champagner, etwas Butter. Einen Karton Camels. Eine Flasche Milch.

Im Schlafzimmer löste sich dann alles in seine Einzelteile auf.

Das Doppelbett war ungemacht. Ein Kissen war verschmiert mit dunkelrotem Lippenstift. Ein Frauennachthemd, schwarz und dünn, lag quer über dem zerwühlten Leintuch. Es war heiß im Schlafzimmer. Ein Paar Unterkleider und ein Slip hingen von einer Stuhllehne. Sak's und Bergdorf's. Auf dem Nachttischchen stand eine Schachtel Trojan-Kondome, geöffnet. Auf dem Tisch auf der anderen Seite des Bettes war ein Töpfchen Handcreme.

Das Badezimmer. Ein paar Frauenstrümpfe hingen von einem Handtuchhalter. Unter dem Becken eine Schachtel Kotex, beinahe leer. Im Kosmetikschrank ein dunkelroter Lippenstift, unbenutzt. Ein dicker Schildpattkamm lag auf dem Waschbecken. Eine Strähne oder zwei langen, nahezu weißen Haars, weich und seidig, hingen in den Zinken.

Hinten am Waschbecken stand eine Flasche Parfum. Er zog den Stöpsel heraus und hielt die Flasche an seine Nase. Es war eine von den Flaschen, die eine Frau in ihrer Handtasche mit sich führt. Eine bernsteinfarbene Glasflasche mit eleganten Silberverzierungen. Man füllte das Parfum mit einem winzigen Silbertrichter in solch einen zarten Behälter. Er stand da und roch den exquisiten, vertrauten, unverwechselbaren Duft . . . erinnerte sich daran, die Flasche schon einmal zuvor gesehen zu haben . . .

Er blieb lange Zeit im Bad. Er versuchte, es wie ein Mann zu nehmen, versuchte hart und realistisch zu sein. Dann ging er zur Toilette, beugte sich mit zitternden Beinen darüber und erbrach sich.

Wieder im Büro, fand Terry Cassidy an seinem Schreibtisch vor. Er starrte zu seinem Fenster hinaus. »Mein Freund«, sagte er, »du siehst verheerend aus.« Er ging zu seinem Tisch, sah zurück, als fühle er ein plötzliches Stechen von der Kugel, die er mit sich herumschleppte. »Oh-oh«, sagte er.

»Das kannst du noch mal sagen«, sagte Cassidy.

»Okay, ich versteh schon. Kopf hoch, los, auf. Wir gehen uns einen Stärkungstrunk genehmigen. Tigerschweiß.«

Darüber mußte Cassidy lächeln, egal, wie er sich fühlte. Terry, der Kinofan, zitierte eine seiner Lieblingsstellen. Walter Brennan als Richter Roy Bean in *The Westerner.* Gary Cooper nahm einen Drink im Saloon des Richters, fragte, wie der Richter das Zeug nannte. *Tigerschweiß.* Er mußte lächeln.

Zehn Minuten später saßen sie in einem schwarzen, ledernen Séparée einer dunklen kleinen Kneipe im Souterrain, und in Cassidys Magen brannte ein feuriger Weinbrand. Er hatte während des ersten Brandys die Geschichte von Huntoons Wohnung heruntergemurmelt, und Terry hatte ihm einen weiteren bringen lassen.

»Glaub mir, Lew. Es tut mir verflucht leid.« Er seufzte philosophisch. »Max' Gesetz. Traue nie einer Frau: Liebe sie, hasse sie, bete sie an . . . aber traue ihnen nie.«

»Ich glaubte ihr«, sagte Cassidy. »Ich war so verdammt sicher.«

»Du kannst es ihr nicht vorwerfen. Nun, es machte schlicht und einfach keinen Sinn, daß er sie abgewiesen haben sollte – ich meine, mein Gott, Amigo, schau sie doch an. Einen Blick auf eine Frau wie Cindy, und deine Wände bröckeln, zwei Blicke und husch, fliegt der alte Kodex aus dem Fenster.« Er fischte eine der riesigen Zigarren aus seiner Tasche, beschnitt das Ende, zündete sie an.

»Aber warum sollte sie mich anlügen?«

»Laß es gut sein«, sagte Terry. »Sie liebt dich. Sie hat verflucht viele Mühen auf sich genommen, um dich zu bekommen. Jetzt will sie, daß du ihr vertraust, ihre Liebe erwiderst. Sie will nicht, daß du rumsitzt und darüber nachdenkst, wie sie mit Huntoon im Bett ist. Sie kennt die Männer, sie weiß, daß es an dir nagen würde. Also hat sie dir die Hälfte der Geschichte erzählt – die Hälfte, die für sie wichtig war, ihr wirkliches Vergehen –, aber da mußte sie aufhören, das auslassen, was für sie wichtig war.«

»Quatsch. Es sah so aus, als wäre sie erst kürzlich da gewesen. Aber wir hatten Herb auf sie angesetzt . . . also wann?«

Terry zuckte mit den Achseln. »Der Punkt ist, jetzt, wo sie dich hat, ist ihr Militärdienst beendet.« Er grinste darüber. »Zähl darauf. Nimm sie beim Wort –«

»Das hab ich. Und sie hat mich angelogen –«

»Nicht das Wort. Das andere. Daß sie dich liebt. Das ist das Wort, auf das es ankommt.«

»So geht das nicht. Früher sagte sie mir, sie wäre eine Hure. Jetzt sagt sie, das hätte aufgehört, aber das hat es nicht. Sie muß jemanden haben, und sie pickte sich Huntoon heraus. Es hätte jeder sein können, er war zufällig gerade bei der Hand.«

»Komm, werd erwachsen, Lew! Sie ist eine Frau. Alle haben damit Probleme. Sie sind so. Sie haben Angst, sie sind verwirrt, sie brauchen jemanden, der sie hält, manchmal ist es egal, wer es ist. Manchmal ist es leichter, wenn es jemand ist, den sie nicht lieben –«

»Aber du hattest recht. Du sagtest, sie hätte was mit ihm, und ich sagte, unmöglich, kann nicht sein, nicht meine Cindy. Und du hattest recht, verflucht!«

»Trink deinen Brandy, Lew.«

Sie saßen in dem Séparée, tranken still vor sich hin, betrachteten die Füße, die durch den matschigen Schnee in Augenhöhe am Fenster vorbeitraten, lauschten Helen O'Connell »Green Eyes« singen und Bing bei »Where or When«. Jemand fütterte die Musikbox wieder und wieder mit Münzen, und Bing sang wieder und wieder dasselbe Lied. Ein paar Marineoffiziere saßen am Tresen und tranken sich in aller Ruhe die Birne zu. Terry sagte, daß sie wegen Frauen tranken. Ein Armeeoffizier saß in einem Séparée ihnen gegenüber und hielt einem Mädchen die Hand. Ihr Haar war in einem Dutt auf dem Kopf zusammengebunden, und sie trug Perlen und eins dieser traurigen Kriegszeitlächeln, die man allerorten sah, in jeder Bar der Stadt, auf jedem Zugbahnsteig, auf den Gesichtern der Frauen, die auf dem Tanzboden über die Schultern ihrer Männer sahen. Terry und Cassidy hätten im Krieg sein sollen, ihren Beitrag leisten, das verfluchte Ding zu gewinnen helfen, es den Hunnen und den Japsen besorgen, so daß alle Jungs endlich wieder heimkommen konnten. Sie hätten fort sein sollen, irgendwo das ihre tun, bis in die Haarspitzen verängstigt, aber dennoch nicht aufgebend. Schicksal oder Bestimmung hatte es ihnen erspart, und den Großteil der Zeit versuchte Cassidy, nicht länger darüber nachzudenken, die meiste Zeit war er froh, tief im Innersten. Aber gerade da gefiel es ihm nicht sehr. Nicht nur wegen Cindy, aber wegen Cindy und Karin und ihrem Vater und . . . hauptsächlich, weil er sich wie ein Spielstein fühlte, der irgendwo auf dem Spielbrett verstellt worden war. Nichts außer dem Krieg schien überhaupt irgendeinen Sinn zu ergeben oder irgendeinen Unterschied zu machen, und er dachte daran, was Bogart am Ende von *Casablanca* zur Bergman gesagt hatte, in dem Film, den jeder sah und über den jeder weinte. Bogie hatte recht. Die Probleme ein paar kleiner Menschen waren völlig belanglos in dieser verrückten, durcheinander geratenen Welt . . . aber Cassidy steckte fest in seinen eigenen Belangen, darin bestand kein Zweifel. Und das Verrückte daran war das: Es wurde jetzt gefährlich und unheimlich, genau wie der große Krieg draußen. Sie hatten jetzt ihren eigenen kleinen Krieg, und ihm kam der Gedanke, daß es keine Rolle spielte, wo oder wann man getötet wurde. Das Schicksal hatte ihnen den Krieg erspart. Vielleicht, weil das Schicksal etwas in petto hatte, das genauso schlimm war. Was immer es war, man wäre genauso tot. Tot war tot. Weg, weg, weg.

Er saß an seinem Schreibtisch und hörte, was Terry in den Hörer sagte.

»Bryce, hier ist Terry . . . ja, war toll, dich zu sehen, genau, wir sollten es öfter tun . . . schau mal, Bryce, mir ist da gerade etwas zu Ohren gekommen über ein kleines Problem, das sich ergeben hat; ich dachte mir, ich würde dich am besten gleich anrufen ... nun, um offen zu sein, es geht um Max ... o nein, gesundheitlich geht's ihm gut, soviel ich weiß, aber er ist, nun, man könnte sagen, etwas verstimmt ... ja, das ist nicht gut, ich stimme dir zu, gar nicht gut, er braucht etwas Zeit, um abzukühlen ... nun, ja, siehst du, in gewisser Hinsicht betrifft es dich ... nein, schon unmittelbarer, würde ich sagen. ... ah, sicher, natürlich ... nun, am Ende hat es alles mit Cindy zu tun. Überraschung, Überraschung ... die Sache ist, die Vorstellung hat von ihm Besitz ergriffen, daß du und Cindy, Cindy und du, daß ihr euch miteinander getroffen habt ... schau, Bryce, ich rede von einer Affäre, Sex ... frag mich nicht, aber er ist sich todsicher, und er hat die Messer gewetzt ... schau, ich werfe dir nichts vor, glaub mir, alter Knabe, ich sage dir nur, was Max sagt und denkt. Es ist Max, du weißt, wie Max werden kann ... oh, ich verstehe, das ist alles ein schrecklicher Irrtum, es ist halt nur, daß Max ein wenig unberechenbar werden kann ... ja, okay, aber ich würde dir nicht raten, jetzt genau zu dieser Minute den Versuch zu unternehmen, ihn vernünftigen Argumenten zugänglich zu machen, wenn du verstehst, was ich meine ... sicher, Tatsache ist, deshalb rufe ich an. Ich rate dir, nach Washington zurückzukehren und dich dort für ein Weilchen zu verkriechen; es wird sich schon legen. Lew und ich werden ihn aufsuchen, versuchen, ihn wieder zur Vernunft zu bringen ... oh, gütiger Gott, du brauchst uns nicht danken, das ist das wenigste, das wir tun können ... nun, vielleicht hast du damit recht, aber ich habe da so meine Zweifel; ich an deiner Stelle würde es verflucht ernst nehmen ... ich weiß, daß wir uns im zwanzigsten Jahrhundert befinden, Bryce, aber ich weiß auch, daß Max nicht der Meinung ist, das hätte viel mit dir und Cindy zu tun ... okay, alter Knabe, überleg's dir lang und gründlich ... ich rate dir zu Washington und zwar hurtig ... sicher, Bryce, jederzeit, klar, klar, ich melde mich. Adios, Bryce.«

Terry blickte zu Cassidy und streichelte seinen Schnurrbart. Er zuckte mit den Achseln. »Er wird gehen, wenn er erst mal drüber nachdenkt. Kann nicht sagen, er wäre nicht gewarnt worden.« Er streckte sich, knetete seine steifen Schultern. »Auf der anderen Seite, ich bin nicht sein Kindermädchen, ich tat, was ich konnte.« Er sah auf seine Uhr. »Los, uns steht noch Arbeit bevor, Lew.«

Der Wind peitschte wild, blies den Schnee in einem fort von den schweren Ästen der Nadelbäume, blies Steppenhexen aus Schnee über die vereiste schwarze Einfahrt. Cassidy lenkte den Ford zwischen den steinernen Torhäuschen hindurch und fuhr in Richtung des Hauses, das munter im Dunkeln leuchtete – wie ein wunderbares Puppenhaus, voller Freude, ein Kindertraum. Er parkte vor dem Haus und folgte Terry die Treppen hoch, quer über die Balustrade zu dem Lichtspalt, wo ein englischer Butler namens Bivins die Tür für sie aufhielt. »Mr. Bauman ist im Kartenzimmer«, tönte er, während er ihre Mäntel nahm und sie auf dicke Holzbügel hängte. »Folgen Sie mir bitte«, sagte er äußerst würdevoll.

Er war groß, stocksteif, eine hellhaarige Version von Arthur Treacher in seiner Rolle als Jeeves. Sein ganzes Leben lang hatte Cassidy davon geträumt, selbst einen Jeeves oder einen Bivins zu haben. Cindy Squires hatte immer einen in Reichweite gehabt, und sie hatte es weggeworfen. Als er Bivins folgte, stellte er sich vor, wie sie in diesem Haus gelebt hatte, zuvorkommend bedient, gefürchtet, Max Baumans Frau; es wäre alles ihres gewesen. Und sie war ihm weggelaufen. Und hatte mit dem Colonel geschlafen und mit Cassidy und ihn angelogen und Max in den Wahnsinn getrieben und Cassidy dazu gebracht, Bennie so schlimme Verletzungen zuzufügen, daß er sechs Fuß unter der Erde besser dran gewesen wäre.

»Hier lang, Gentlemen.« Bivins bog hart nach links und ging weiter in Richtung einer Tür, hinter der, einer Oase gleich, ein Billardtisch stand. Cassidy hoffte, daß Max nicht in der Stimmung war, die Überbringer schlechter Nachrichten zu töten.

Sie traten ein, angezogen von dem Klicken der Kugeln auf dem smaragdfarbenen Filz. Max stützte sich auf sein Queue. Er trug ein weinrotes Smokingjackett aus Samt. Ein Halstuch mit einem Paisleymuster war um seinen Hals gebunden, ein weißes Hemd, die schwarzen Hosen seiner Abendkleidung. Er rauchte eine der gigantomanen Havannas. Sein Haar war sorgfältig zurechtgelegt. Er nickte ihnen zu, beschied ihnen mit einem Finger auf den Lippen, ruhig zu sein. Er sah aus, als sei er hundert Jahre alt.

Bob Erickson war zum Stoß über den Tisch gebeugt. Er führte ihn aus, leicht, sanft, ein Bandenstoß, der sein Ziel erreichte. Er wirkte äußerst erfreut, als Max sagte: »Bravo«, ganz leise.

Im Schatten bewegte sich eine Gestalt, jemand, den Cassidy nicht gesehen hatte. Auch Terry sah die Gestalt sich regen, drehte sich, nahezu baff. Der Mann bewegte sich in den Halbschatten, den die Lampen warfen, die tief über dem Tisch hingen. Er trug ein riesiges Smokinghemd, wie ein Eisberg, der in der Dunkelheit dahintreibt, auf dem man kreuzförmig den schwarzen Gurt eines Schulterhalfters sah. Er bewegte sich langsam, wie ein tödlicher Traum. Max lächelte, als sei ihm gerade ein heißgeliebter alter Witz wieder eingefallen, der vielleicht auf Kosten seiner Besucher ging.

»Hallo, Terry«, sagte der große Mann, drehte sich. »Lew.« Es war Bennie die Bestie.

Er verkaufte keine Spielzeuge mehr.

»Gut schaust du aus, Junge«, sagte Terry. »Wieder im Sarggeschäft. Ich sehe, du hast meinen Rat befolgt.«

Max sagte: »Bennie ist heimgekehrt. Dahin zurück, wo er hingehört. Ein loyaler Ritter. Es ist immer ein Platz für Bennie hier. Stimmt das nicht, Bennie?«

Bennies Augen waren groß und unschuldig hinter den runden Gläsern. Die große zucchiniartige Nase und die getupfte Fliege, was der gutangezogene Ritter eben zu dieser Jahreszeit trug. Und ein Schulterhalfter. »Das ist richtig, Mr. Bauman.«

»Schön, dich zu sehen, Bennie«, sagte Cassidy.

Bennies Augen, wie Eiswürfel, wandten sich ihm zu. »Wirklich, Lew?«

Einer dieser endlosen Momente verging, während Cassidys Leben noch einmal vor seinen eigenen Augen vorbeistrich und ihm die Zunge herausstreckte. Die Waffe in seiner Jackentasche schien zu schwer zu sein, um sie zu heben.

Max brach den Bann.

»Ihr habt also einen Bericht für mich? Bob, bring für Terry und Lew doch bitte etwas von dem schönen alten Armagnac.«

Sie saßen mit ihren Gläsern an einem runden Pokertisch.

»Bitte, Terry, du kannst vor Bob und Bennie frei sprechen, sie kennen die Situation.«

»Es wird dir nicht gefallen, Max.«

»Das habe ich auch nicht erwartet.«

Der Wind warf trockenen Schnee gegen die Fenster. Er raschelte wie Sand. Cassidys Hände waren kalt und schwitzten. Bennie lehnte am Billardtisch, die Arme wie Ruder über die Brust gefaltet. Er beobachtete die Männer am Tisch. Beobachtete. Was war noch übrig von seinem Gedächtnis, was hatte er wiederbekommen? Was ging vor hinter der Platte in seinem verdellten Schädel, in dem, was von seinem Hirn noch übrig war?

»Es ist Colonel Huntoon«, sagte Terry.

Max seufzte. Er lehnte sich in seinem Stuhl nach hinten, preßte seine Fingerspitzen auf seinem Smokingjackett gegeneinander, unterhalb des Schals.

»Beweise?« fragte er. »Ist sie jetzt bei ihm?«

»Fotos von ihnen beiden zusammen in der Stadt. Ihre Sachen in seiner Wohnung.« Terry zuckte fatalistisch mit den Schultern. »Sie ist untergetaucht . . .«

»Colonel Huntoon erfreute sich meines Vertrauens«, überlegte Max. »Sogar meiner Freundschaft. In was für einer Welt leben wir? Ist Vertrauen tot? Ist Ehre ein verrottender Leichnam? Laß es mich euch sagen, es weckt in mir den Wunsch, über den Tod von Vertrauen und Ehre zu weinen . . . selbst unter Männern, Freunden . . .«

Bob Erickson sah von Max zu Terry zu Cassidy, sein Allerweltsgesicht ausdruckslos und unpersönlich, wie ein Bankmensch, der über deinen Kreditantrag nachdenkt und überlegt, wie er dir am besten die schlechte Nachricht kundtut. Bennie atmete durch den Mund, wie ein Mann, der sich in der Kindheit die Polypen hätte richten lassen sollen.

»Schau, Max«, sagte Terry, »laß erst mal ein paar Tage verstreichen. Wenn man mal anhält und drüber nachdenkt, ist Cindy ja eigentlich noch ein Kind. Kinder machen Fehler, da muß man schon manches Zugeständnis machen.« Schweiß stand auf Terrys Stirn. »Und Huntoon? Er ist nichts, nur ein großer Trottel in einer schnieken Uniform. Sag ihm, er soll seinen Arsch nach Washington bewegen und dort bleiben. Cindy? Hölle, Max, du mußt vergeben und vergessen . . . Sie ist noch ein Kind, vergiß sie, sie ist nicht Frau genug für einen Mann wie dich –«

Max erlöste ihn aus seinem Elend. »Schweig stille, Sohn. Ich weiß, du versuchst zu helfen. Aber du hast deinen Job getan, ich weiß deinen Einsatz zu schätzen. Und deinen, Lew. Aber, Terry, du bist nicht mein geistiger Ratgeber. Ihr kriegt morgen meinen Scheck. Ich denke, jetzt geht ihr besser. Geht einfach. Und danke, euch beiden.«

Er stand nicht auf. Bob Erickson machte Anstalten, sie hinauszubringen. Bennie nickte, als sie an ihm vorbeigingen. Seine Augen wichen nicht von Cassidy.

Sie waren halb den Gang hinunter, als hinter ihnen ein gottserbärmlicher Schrei ertönte, dann das Knallen von Glas auf Glas, ein zerbrechendes Fenster, dann das Splittern eines Queue auf Holz. Der Schrei wurde zu einem qualvollen, tierischen Heulen. Cassidy machte kehrt, um zurückzusehen, sah Bennie in der Tür stehen. Er schloß langsam die Tür.

Bob Erickson drängte sie weiter. »Mr. Bauman ist einfach nicht er selbst heut abend, fürchte ich. Wir werden das Mädchen finden müssen. Ich denke nicht, daß sie nach Boston gefahren ist, Lew . . . aber Max sagt, er will selbst da hochfahren und sich umsehen – es hat ihn schlimm erwischt.«

An der Eingangstür war kein Bivins. Erickson holte ihre Mäntel und hielt sie. »Ihr gestattet doch«, sagte er, gutmütig. Besorgnis klang durch seine Worte. Cassidy ließ seine Arme in die Ärmel gleiten, während Erickson in einer Hand den Schwarzdornstock hielt. »Ich kannte mal einen Mann, der so einen Stock hatte. Innen drin war ein Schnapsfläschchen versteckt. Raffiniert. Ist in Ihrem auch ein Schnapsfläschchen, Lew?«

»In meinem nicht, fürchte ich.«

Terry sagte: »Sagen Sie mir, Mr. Erickson, wer, zum Teufel, sind Sie?«

Bob Erickson sah ihn verwundert an. Kurz zeigte sich Überraschung auf seinem flachen, kompakten Gesicht. »Nun, man könnte sagen, ich bin nur ein simpler Handlanger von Mr. Bauman. Ich danke für Ihr Kommen, Gentlemen. Man weiß Ihre Anstrengungen wohl zu schätzen.« Er öffnete die dicke Haustür, und ein Windstoß fegte herein, wie die Seelen der Toten auf der Suche nach Frieden oder vielleicht einem Billardspiel. »Gute Nacht, fahren Sie vorsichtig«, sagte er.

Sie stiegen in das Cabriolet, spürten, wie der Sturm es rüttelte. Cassidy betätigte die Scheibenwischer, und sie schabten die dünne Lage staubigen Schnees von der Windschutzscheibe. Er startete den Motor. Terry stieß den längsten Seufzer seines Lebens aus.

»Machen wir, daß wir hier wegkommen«, sagte er.

Um 10 Uhr waren sie wieder im Büro. Alle Lichter waren an. Elmo Andretti trank Kaffee aus einem angestoßenen Becher, plauderte mit Olive, die immer bereit war, lange und hart zu arbeiten.

»Was geht hier vor?« sagte Cassidy zu Elmo. »Du solltest doch Bauman im Auge behalten?«

»Nun, Boss, da ihr Burschen herausfuhrt, dachte ich mir, mir zur Abwechslung mal ein anständiges Abendessen genehmigen zu können, hier auf euch zu warten. Dann wollte ich losgehen und Max im Club abfangen. Ich habe etwas, von dem ich denke, daß ihr es vielleicht gerne wissen wollt.«

Terry hatte sich bereits Kaffee genommen, wärmte seine Hand an der Tasse. »Das wäre, Elmo?«

»Ich glaube, Bauman ist krank oder so was«, sagte Elmo.

»Was du nicht sagst!« Terry hatte die Fähigkeit zu grinsen wiedererlangt, die ihn auf der Rückfahrt in die Stadt verlassen hatte. »Psychotisch träfe es schon eher. Wir sind grad von ihm weggegangen. Er zertrümmerte das Mobiliar und heulte den Wind an. Bennie ist wieder da, als amtlich bestellte Krankenschwester, soweit ich weiß ...« Er pfiff und häufte Zucker in seinen Kaffee, bis er dickflüssig wurde.

Cassidy sagte: »Erzähl, Elmo.«

»Nun, es ist ungefähr so. Er geht also in dieses Gebäude ganz oben auf der Madison. Jeden Tag, seht ihr. Ich dachte, daß er einen Freund oder so was besucht, es ist ein Appartementhaus. Aber nur so einfach so bin ich hochgegangen und hab mir die Liste der Mieter angeschaut, und da ist dieser Arzt, ein Maurice Epstein. Da hab ich ihn dann von der nächsten Ecke aus angerufen, sobald ich Bauman und seinen Schatten, diesen Erickson, hab gehen sehen. Ich fragte einfach die Schwester, ob Mr. Bauman noch da wäre, ich hätte eine Nachricht für ihn ... Bingo, Volltreffer! Sie sagte, wie schade, ich hätte ihn grad verpaßt.« Elmo lächelte sein Publikum an. »Nicht so schlecht, nicht? So komm ich drauf, daß er krank ist. Es ist das einzig interessante, was ich über ihn herausgefunden habe – oh, außer gestern abend, da waren er und Bennie im Club und führten ein intimes Gespräch – stellt euch nur vor – mit keinem anderen als Harry Madrid! Und ich will verflucht sein, wenn Max nicht anfängt zu weinen ... Sie halfen ihm zurück ins Büro. Ich sag's euch, er ist ein verflucht kranker Gangster –«

»Verdammt gute Arbeit, Elmo«, sagte Cassidy. »Okay jetzt, was für ein Arzt ist dieser Maurice Epstein?«

»Teuer, wette ich«, sagte Olive.

»Ich dachte, ihr könntet einfach irgendwo nachsehen, im Telefonbuch oder so. Ich glaube, an der Tür stand nur Dr. med.«

»Schon okay, Elmo.« Terry sah zu Cassidy. »Die Nacht ist jung. Auf die Pferde, Amigo!«

Vierzig Minuten später standen sie auf der anderen Straßenseite von Dr. Maurice Epsteins Praxis in der Kälte der Madison. Der Türsteher leerte gerade eine Thermoskanne Kaffee, schüttete die letzten wenigen Tropfen in den silbrigen Blechdeckel, der einen Henkel hatte und als Tasse diente. Niemand hatte das Gebäude betreten oder verlassen in den zwanzig Minuten, in denen sie so getan hatten, als hielten sie ein freundliches Schwätzchen mitten im heulenden Wind. Cassidy dachte dauernd daran, wie es in dem Haus in Connecticut sein mußte, wo der Wind über den blauen Schnee pfiff. Er hatte sie den ganzen Tag lang nicht angerufen. Sie mußte sich gefragt haben, was vorging, und einen Moment lang vergaß er Huntoons Wohnung, die Unterkleider und den Lippenstift und die zerwühlten Leintücher und das Parfum. Und dann mußte er daran denken, wie Max an Harry Madrids Schulter geweint hatte. Harry Madrid und Max. Allein die Vorstellung ließ ihn zu Eis erstarren. Warum war Harry Madrid zu Max gegangen . . .

»Kann jetzt nicht mehr lange dauern«, sagte Terry. »Dieser Bursche muß einfach bald pinkeln gehen. Der ganze Kaffee. Ich muß schon vom Zusehen.«

Zehn Minuten später legte der Türsteher sein *Journal American* nieder und ging in die hintere Lobby, verschwand aus der Sichtweite. Terry ging voran über die Straße. Er klatschte mit seinen behandschuhten Händen, um sie aufzuwärmen. Er öffnete das Türschloß mit einem Dietrich in vielleicht acht Sekunden, und sie waren drinnen. Es war still. Die Arztpraxis war am Ende des Ganges, der von den Hauptaufzügen links abging. Die Praxistür leistete allerhöchstens vier Sekunden Widerstand.

Sie war wie jede Arztpraxis in New York. Ein Empfangstisch, eine Reihe Aktenschränke, ein Stapel sechs Monate alter Magazine, ein paar Kunstdrucke, die Gondolieri in Venedig zeigten, eine Topfpflanze, die so aussah, als bräuchte sie selbst ärztliche Hilfe, da sie andernfalls die Nacht nicht überstehen würde. Die Aktenschränke waren noch diese alten, hölzernen. Sie hatten Schlösser, aber die waren vermutlich seit zwanzig Jahren nicht mehr in Benutzung gewesen. Es waren sogar kleine Karten mit den Buchstaben des Alphabets an die Schubladen geklebt. Max Bauman war in der ersten Schublade.

Terry saß auf dem Empfangstisch und las die Unterlagen, alle fein säuberlich getippt, und reichte die Seiten Cassidy weiter, immer wenn er eine beendet hatte.

Viel davon war aufgeblasenes Gewäsch. Viel davon war es nicht.

Im vergangenen Oktober hatte Max Bauman Dr. Epstein aufgesucht. Er hatte sich über Schwindelanfälle beklagt, extrem starke Kopfschmerzen, Ohnmachtsanfälle, Aussetzer im Kurzzeitgedächtnis. Verlust des Geschmackssinns, zunehmender Verlust des Geruchssinns. Die Symptome waren über sechs Monate oder so aufgetreten. Dr. Epstein hatte eine Flut von Tests durchgeführt und das Problem diagnostiziert. Ein Dr. Wagenecht hatte sogar eine geringfügige Ausgrabung in Max' Schädel vorgenommen, während seine Freunde gedacht hatten, er wäre auf einer plötzlichen, dringenden Geschäftsreise nach Arizona, unmittelbar vor Halloween. Die Perücke mußte dazu gedient haben, die Narben zu bedecken. Er hatte keine Schlankheitskur für Cindy Squires gemacht. Er verlor an Gewicht, weil er starb. Ein inoperabler, bösartiger Gehirntumor in fortgeschrittenem Stadium.

Nach dem Urteil von Maurice Epstein würde Max Bauman das Frühjahr 1944 nicht mehr erleben.

Nach dem Urteil von Maurice Epstein befand sich das Gehirn von Max Bauman in einer Art gewalttätigem, krampfartig verdrehtem Zustand. Er hatte ihm ein paar Medikamente verschrieben, die ihn eventuell beruhigen würden, aber Epstein bemerkte, er fürchte, Max würde sie nicht nehmen, da die Medikamente ihn nämlich auch in etwas verwandeln könnten, das in allem, worauf es ankam, nicht von einem Hubbard-Kürbis zu unterscheiden war. Die Furcht des Arztes, vertraute er seiner Akte an, war, daß die Möglichkeit bestand, daß Mr. Bauman – wenn man die Natur seiner Persönlichkeit und die bereits festgestellten Symptome in Rechnung zog – gänzlich in erratischen, unkontrollierbaren, gewalttätigen Zornausbrüchen aufging ...

Maurice Epstein hatte auf jeden Fall Max' Leben auf den Punkt gebracht.

Wenn Max schon gehen mußte, konnte er genausogut so viele mit sich nehmen, wie er konnte.

Kapitel 15

Das Schicksal ist eine komische Sache. Olive Naismith wachte früh auf und konnte nicht wieder einschlafen. Ihr Job interessierte sie, und sie stellte fest, daß sie mit der Neuordnung der Akten beginnen konnte, wenn sie sich sofort an die Arbeit machte, bevor die anderen kamen, und so war sie am nächsten Tag die erste Person, die zur Arbeit im Dalmane Building eintraf. Weil sie so gewissenhaft war, tötete sie einen Mann, bevor sie die Bürotür öffnete. Sie tat es, aber das Verrückte daran war, daß sie es nicht wußte. Es war alles ein schlechter Witz.

Später am Morgen. Terry war bereits bei seiner zweiten Zigarre, und dichter blauer Rauch stand im Büro. Sie mühten sich, einen Plan zu ersinnen, um mit Max fertigzuwerden. Sie hatten nicht viel Glück dabei. Cindy war immer noch in Sicherheit auf dem Land, wenn auch nicht in Cassidys Herzen, das sich fühlte, als wäre es von der U-Bahn überfahren worden, und vielleicht hoffte Max ja immer noch, daß sie in Boston war und dort ihren Bruder besuchte. Aber unausweichlich würde er sich auf die Suche nach Bryce Huntoon machen. ... Bald. Sehr bald. Terry blies riesige Rauchringe.

»Alles hat sich grundsätzlich geändert, das ist jetzt das Problem«, sagte Cassidy.

Terry nickte düster.

»Wir haben Max Huntoon gegeben, weil wir davon ausgingen, daß du es Max ausreden könntest, sich tatsächlich mit einer Maschinenpistole auf ihn zu stürzen. Jetzt wissen wir, daß wir es mit einem anderen, einem neuen Max zu tun haben, einem Max, dessen Gehirn sich im roten Bereich befindet. Und das verändert alles grundlegend.«

Terry nickte wieder, überkreuzte seine Florsheims auf seiner lederumrandeten Schreibtischunterlage. »Aber der Grundgedanke ist immer noch derselbe. Sobald Huntoon die Stadt verläßt, wieder nach Washington geht, kocht's nicht mehr länger über.«

»Nehmen wir mal an – nehmen wir einfach mal an –, Max käme drauf, daß man von Washington nach New York kommen kann, was dann?«

»Ich sage, aus den Augen, aus dem Sinn. Vielleicht ist Bryce schon weg. Ich hatte Olive den ganzen Morgen bei ihm anrufen lassen. Keine Antwort.« Er verstummte.

»Er wäre sicherer in England«, sagte Cassidy. »Denkst du, Ike könnte ihn irgendwie verwenden? Ich würde wetten, Bryce hätte jede Menge gute Ideen hinsichtlich der Invasion Europas . . . oder vielleicht Fronteinsatz im Südpazifik. Er wäre besser dran, sein Glück mit den Japsen zu versuchen –«

»Ganz ruhig, Lew. Es wird schon werden. Vielleicht stirbt Max ja – hey, daran hast du noch gar nicht gedacht. Einer dieser halbherzigen, von allen Sinnen verlassenen Wutausbrüche, er zerschlägt ein paar Billardqueues an Bennies Metallschädel und, paff, Gehirnschlag . . . er fällt tot um. Du darfst die Hoffnung nicht aufgeben. Könnte passieren.«

Sie saßen immer noch in morbider Stille da und setzten ihre Hoffnungen auf einen Gehirnschlag, als Otto Birdall, der Hauswart, auftauchte. Er war weiß wie der treibende Schnee, und sein Mund war trocken. Er leckte andauernd seine Lippen, und es half nichts. Er sagte, er habe da etwas, von dem er wolle, daß sie es sähen. Er sei zuerst zu ihnen gekommen, weil sie ja Detektive seien. Er sagte, es sei das Gottverdammteste, was er je gesehen habe, und er habe schon viel gesehen. Er sagte, sie könnten nicht mit dem Aufzug nach unten. Er habe ihn abschalten müssen. Also gingen sie zu Fuß hinunter, was Cassidy mit seinem Stock nicht leicht fiel.

Sie folgten Otto die Treppe hinunter ins Foyer, dann durch eine weitere Metalltür und die Treppen in den Keller hinunter. Die Heizungsboiler machten ein Inferno aus der Betonkammer. Sofort begannen sie alle zu schwitzen. Sie gingen durch eine weitere Metalltür und eine weitere, letzte Stahltreppe hinab in den Unterkeller. »Da drüben«, keuchte Birdall. Er deutete durch einen uralten, bogenförmigen Ziegelgrundpfeiler, der schwarz war von einer dicken Schicht Kohlenstaub. In der Luft waren Staubpartikel, und der ganze Ort bebte vom Dröhnen der U-Bahnzüge. Er betätigte einen Lichtschalter. »Da drinnen. Sie gehen rein und schauen. Mir reicht einmal.«

Sie traten in eine Art enge Grube, die das Ende des Aufzugsschachts beherbergte. Der Stahlrahmen, der den Schacht in Knöchelhöhe abgrenzte, war in Beton gesenkt. Direkt über ihren Köpfen ragte der Vorsprung des Rahmens, der den tiefsten Punkt, den der Aufzugskäfig erreichte, markierte. Auf diesem Level öffnete sich die Tür in den Keller. Was alles gut und schön war, aber spielte das eine Rolle? Was eine Rolle spielte, lag zu ihren Füßen, mit schweren, schmierigen Seilen an den unteren Rahmen des Aufzuggerüstes gebunden.

Das Seil war fest an den Rahmen und die Knöchel eines Mannes gebunden. Es hatte seine Socken durchgescheuert und bis tief auf die Knochen ins Fleisch geschnitten. Die Querstange des Rahmens war leicht verbogen, als habe Charles Atlas sie aus der Form gebracht. Der Rest des Körpers trug die Uniform eines Offiziers der Armee, eine von ungefähr einer Million, die in New York umherwanderten.

Dann kam der schlimme Teil. Der Geruch von Blut war überall. Die Uniform war durchtränkt von all den Demütigungen, die ihm der Tod zugefügt hatte, dem Blut und dem Urin und den Exkrementen. Es war jenseits von Cassidys Vorstellungskraft, was mit dem Oberteil des Mannes geschehen war. Da war kein Kopf. Der Körper lag zerquetscht da, und an den Schultern nur eine schreckliche, schwammige, blutige Sauerei, die alles übertraf, das er je in seinen schlimmsten Alpträumen gesehen hatte. Es war wie auf dem Schlachtfeld. Scharfe Schlüsselbeinknochen stachen durch seinen Mantel, zur Größe von chinesischen Eßstäbchen zersplittert, und sie hatten die Wollfasern zerrissen. Etwas, das vielleicht Teil einer Wirbelsäule gewesen war, ragte aus der zerquetschten Masse, die einmal eine Kehle gewesen war. Er wandte sich ab, aber nicht, bevor sich dieser unbeschreibliche Horror in seinen Verstand eingeprägt hatte. Er wußte, er würde immer dort bleiben.

»Jetzt schauen's mal hier«, sagte Otto Birdall hinter ihnen. Er zog an einem Hebel, der den Aufzug wieder in Betrieb setzte. Der Motor begann sein Klappern, und der Lift schob sich langsam von hoch oben nach unten. Als er in Höhe des ersten Stockwerks war, dachte Cassidy, er sehe, wie sich da oben etwas bewegte. Es schwang wie eine Pflanze im Hängetopf von der Unterseite des Käfigs. Es kam immer näher, bis der Käfig die Bremsstützen erreichte und mit einem Ruck dicht über ihren Köpfen anhielt. In der Tat hing da etwas.

Terry begann reflexartig zu würgen, und Cassidy hörte, wie er versuchte, sich zusammenzunehmen, mit den Zähnen knirschte. Cassidy schmeckte Galle. Sein Magen war im Begriff, einen Purzelbaum zu schlagen. Der Stock entglitt seiner Hand und fiel klappernd gegen den Metallrahmen. Otto Birdall hob ihn auf, reichte ihm den Stock. Terry gab auf und erbrach sich auf den Schotterboden, stand da und würgte.

Von einem Seil, das an die Unterseite des Aufzugkäfigs gebunden war, baumelte ein Kopf. Ein Kopf, der aussah wie das Werk eines Ghuls, beinahe bis zur Unkenntlichkeit verzerrt. Ein Kopf und irgendwelches Zeugs, da daran hing, blutiges, zerfetztes Zeug. Dennoch, selbst so verzerrt von den Todesqualen, erkannte Cassidy das Gesicht.

Colonel Bryce Huntoons Krieg war vorüber. Es war in der Tat die Hölle gewesen.

Es dauerte eine Weile, es auf eine Reihe zu bekommen.

Birdall rief die Polizei, und die kam und sah und verwandelte das Dalmane Building für den Rest des Tages in ein hermetisch abgeriegeltes Fort. Cassidy hielt sich aus der ganzen Sache heraus, und Terry gab zu, daß er den Verstorbenen kannte, aber keine Ahnung habe, warum er getötet worden war und warum es ausgerechnet im Dalmane Building geschehen war. Die Cops vergeudeten einen Haufen Zeit damit, jeden in dem Gebäude zu befragen.

Die Geschichte klärte sich, und wieder im eigenen Büro, fügten Cassidy und Terry noch einiges hinzu und tätigten eigene Mutmaßungen. Pops Dunleavy, der nachts den Hauswart vertrat, berichtete, daß Huntoon spät nachts, gegen Mitternacht, das Haus betreten hatte. Er hatte gesagt, er hätte eine Nachricht für einen der Mieter, die er gerne hinterlassen würde. Er wollte sie unter der Tür hindurchschieben, und Pops hielt ihn für einen Colonel der Luftwaffe oder einen Brigadier, jedenfalls eine Person, mit der er um keinen Preis hadern würde.

Pops machte sich dann daran, zwecks eines kleinen zusätzlichen Verdienstes ein paar Büros zu putzen, und ungefähr eine Stunde später hörte er mehrere Männer, vier, dachte er, das Gebäude verlassen. Er war nicht zugegen gewesen, als sie eintrafen, und so dachte er sich, sie wären aus einem der Büros gekommen und hätten dort Überstunden gemacht. Den Colonel hatte er nicht wieder gesehen, und er nahm an, er wäre auch gegangen.

Elmo Andretti war in Uptown beim Heliotrope gewesen und hatte darauf gewartet, daß Max mit seiner Prätorianerwache auftauchte, aber sie waren nicht gekommen. Elmo hatte erwogen, noch einmal ins Büro zu gehen, aber es war 1 Uhr morgens gewesen und er hatte einen wahrhaft harten Tag gehabt. Also ging er heim und kam so darum herum, den Aufwärtsknopf zu drücken, der Huntoons Kopf von seinem Körper gerissen hätte.

Terry und Cassidy waren noch kurz bei Muldoon's eingekehrt, auf ein schnelles Bier und einen Cheeseburger, nachdem sie die Akte von Dr. Epstein über Max Bauman gelesen hatten. Auch sie waren heimgegangen. Cassidy hatte im Bett gelegen und an Cindy gedacht, wollte sie anrufen, wollte ihre Stimme hören, wußte, daß er es auf keinen Fall tun durfte ... während Bryce Huntoon hilflos und hoffnungslos strampelte. Stunde um Stunde der Nacht, wartete, daß jemand den Knopf drückte, wußte, was dann geschehen würde ... wartete, wartete, wartete auf das Unausweichliche. Auf den Tod.

Auf die süße kleine Olive, die so früh zur Arbeit kam.

Terry saß da und rauchte eine der Havannas. Er genoß jeden Zug und betrachtete die Zigarre liebevoll, wie er ansonsten vielleicht eine besonders attraktive Revuetänzerin betrachten würde.

»Weißt du, Lew«, sagte er. »Ich hätte nie geglaubt, daß Max so etwas tun könnte. Jemanden töten ist eine Sache. Aber was er mit Bryce angestellt hat ...« Er erschauderte unter seinem adretten Nadelstreifenanzug. »Warum?«

»Liebe. Und dieses Ding da, das sein Hirn auffrißt. Er ist übergeschnappt, völlig übergeschnappt.«

»So wie Irish Billy Worley, so vor sechs, sieben Jahren? Der alle diese Leute auf Staten Island gefressen hat?«

Cassidy nickte. »Er ist jetzt nur noch eine Mordmaschine, das ist alles. Er hat Huntoon nicht getötet, um Cindys Freund beiseite zu schaffen. Er hat ihn so grauenvoll er konnte, getötet, weil er ihn bestrafte.« Er blinzelte Terry an. »Strafen sind angsterregend.«

»Strafen sind Wahnsinn.« Er sah auf und runzelte die Stirn. »Du weißt natürlich, was das bedeutet –«

Cassidy erwiderte das Stirnrunzeln. Alles, woran er denken konnte, war der baumelnde Kopf, das ganze Zeug, das daran hing, und was Max Cindy antun mochte. Aber sie war in Sicherheit. Es gab keinen Weg für Max zu erfahren, wo sie war.

»Es heißt«, fuhr Terry fort, »daß Max' Tage auf dieser Welt gezählt sind, so oder so. Und weißt du, was das wiederum bedeutet? Es bedeutet, daß ich nicht mehr in den Genuß dieser Zigarren kommen werde. Lew, der Mann hat mich behandelt wie einen Sohn. Ist dir klar, was er für mich getan hat? Er hat es mit den Leuten von Dunhill so arrangiert, daß ich jederzeit allein in den feucht gehaltenen Lagerraum gehen kann und mich aus seinem Privatvorrat bedienen kann. Einen größeren Liebesbeweis kann er nicht liefern. Aber was geschieht, wenn Max abkratzt? In der Kammer hat er noch einen Bestand von vier-, fünftausend dieser schnuckligen Dinger . . . wer kriegt die dann? Stehen die in seinem Testament? Was mach' ich, wenn der Quell versiegt? Scheiße!« Er stand auf und lief rastlos durch den Raum.

»Offen gestanden, Terry, das ist mir scheißegal.«

»Du hast keinen Sinn für Verhältnismäßigkeit.«

»Mal abgesehen von Max' Zigarren, was meinst du, sollten wir tun? Was macht man mit einer Mordmaschine?«

»Was für eine Frage!« Er trabte zum Fenster und stellte sich da hin, sah hinunter auf die Vanderbilt Avenue und Grand Central Station.

»Spring nicht«, sagte Cassidy. »Du könntest auf einem Unschuldigen landen.«

»Wie du schon sagtest, alter Freund, es gibt keine Unschuldigen –«

Olive erschien in der Tür.

»Mr. Leary, da ist ein Anruf für Sie –«

»Sagen Sie einfach, es wäre fünf Minuten zu spät, grad ist er aus dem verfluchten Fenster gesprungen –«

»Es ist Mr. Bauman«, flüsterte sie eindringlich, auf den Hörer deutend.

»O Gott«, sagte er, »warum ich?« Er drehte sich zum Fenster, klopfte gegen die Scheibe, sprach zu ihr: »Geh nur nicht weg, ich bin gleich wieder da.«

Cassidy nahm vorsichtig den Hörer von seinem Apparat ab und hörte mit.

»Max«, sagte Terry. »Einen wunderschönen guten Morgen wünsch' ich dir. Oder besser Nachmittag –«

»Terry, ich möchte euch noch einmal für eure Hilfe gestern danken. Ich fürchte, ich war nicht ganz bei mir, mir ging es nicht so gut.« Jetzt klang er wohlauf.

»Ich hoffe, heute geht es dir besser –«

»Oh, ja, ich erhole mich schnell. Ich kann nicht so tun, als hätte mich unser Gespräch nicht zutiefst erschüttert. Aber so ist halt das Leben, wie man sagt.« Es war schwer, im Kopf zu behalten, daß er langsam starb, daß er am Abend zuvor zusammengebrochen war, daß er es war, der Huntoon so etwas Grauenvolles angetan hatte.

»Ach, da fällt mir doch grad' ein«, sagte Terry, »hast du von dem Mißgeschick gehört, das Bryce Huntoon gestern abend widerfahren ist? Es hat ihn buchstäblich in der Luft zerrissen, könnte man sagen, direkt hier bei uns im Haus. Schreckliche Sauerei. Sie wischen ihn immer noch auf. Ist irgendwie unter den Aufzug gekommen.«

»Ja. Ich weiß.« Cassidy hörte ihn am anderen Ende der Leitung atmen.

»Reden wir nicht um den heißen Brei herum, Max. Das hättest du nicht tun sollen. Das war nicht recht. Damit erreichst du nur, daß Bennie sich wieder Sorgen machen muß, ob er auch in den Himmel kommt.«

»Mir war nicht bekannt, daß dir das Wohl des Colonels so sehr am Herzen lag. Oder Bennies Chancen im Jenseits –«

»Sie liegen mir nicht am Herzen«, sagte Terry. »Aber du hast mir den Toten praktisch auf die Nase gesetzt. Das paßt mir nicht. Da fühle ich mich glatt wie ein mieser Lump.«

»Du bist in gewisser Hinsicht ein mieser Lump, Terry.« Max lachte leise. »Das habe ich immer an dir gemocht. Was dachtest du denn? Daß ich dem Mann eine Erwähnung in den Kriegsberichten zuteil werden ließe? Nonsens, sage ich. Es war eine Hinrichtung auf dem Schlachtfeld. Ein Verräter. Das ist so eine Sache, die man lernt: Wenn man ein Problem hat, ist es immer das beste, sich damit zu befassen, und dann zur nächsten Sache zu schreiten.« Seine Stimme wurde schrill. Es war, als lausche man einer Todesfee. »Es war notwendig, an Colonel Huntoon ein Exempel zu statuieren. Es bereitet mir kein Vergnügen, verraten zu werden, das habe ich immer klar und deutlich gesagt. Der Mann mußte für sein verräterisches Wesen bezahlen. So wie jeder andere, der mich verrät ... Ist das klar?« Er schrie beinahe, verhielt dann abrupt. Er keuchte.

Terry hakte nach. »Ich höre, du hast persönlich die Zeremonie abgehalten. Netter Zug.«

»Warum sollte es dir ratsam erscheinen, mich zu provozieren, Junge?« Max' Stimme war wieder in einen normalen Plauderton verfallen. »Frag dich selbst, ist das eine vernünftige Taktik?« Eine lange Pause folgte. Cassidy sah zu Terry. Seine Knöchel waren weiß, so fest drückte er den Hörer. »Ich will, daß du verstehst, was gestern abend geschehen ist. Betrachte es mal von meiner Warte aus. Ich war da, um mit letzter Sicherheit dafür zu sorgen, daß der Mann auch wußte, womit er sich solch ein Schicksal verdient hatte. Er mußte einsehen, daß er eine fällige Rechnung bezahlte. Verstehst du das, Terry? Selbstverständlich befand er sich bei bester Gesundheit, als ich ihn zuletzt sah –«

»Ja. Er hatte eine Menge Zeit, sich alles zu überdenken –«

»Das war der Punkt, nein, Terry?«

»Ich schätze doch.«

»Siehst du, ich wußte doch, du würdest es verstehen. Okay, jetzt wollte ich dir auch noch sagen, daß ich persönlich vorbeikomme, um den Scheck abzuliefern. Nur recht und billig bei einem gut erledigten Job. Warte bitte auf mich. Danach fahre ich dann nach Boston und suche Cindy. Ich werde sie überraschen –«

»Warum läßt du sie einfach nicht in Ruhe?«

»Wenn du drüber nachdenkst, Sohn, wirst du feststellen, daß das überhaupt keinen Sinn ergäbe. Was ich getan habe, habe ich für sie getan. Die schmerzhaften Konsequenzen ihrer Handlungen müssen ihr bewußt gemacht werden. Gehört zum Erwachsenwerden, nein? Ich werde ein nettes Gespräch mit ihr führen. Vielleicht treffe ich ja ihren Bruder, mache einen Spaziergang durch den Yard. Ja, ich freue mich schon darauf, jetzt, wo wir unser kleines Problem gelöst haben.« Er klang jetzt onkelhaft, wohlwollend. »Bestelle Lew Grüße von mir. Du wartest doch auf mich im Büro, ja? Ich freue mich schon darauf, dich auszuzahlen. Ein Barscheck, wie klingt das?« Wieder lachte er leise.

»Bis dann«, sagte Terry und legte auf.

Terry lachte nicht. Er lächelte auch nicht, und die Zigarre hing tot und vergessen in seinem Mund.

»Boston«, sagte Cassidy. »Ihm wird nicht gefallen, was er in Boston findet. Nichts nämlich.«

Terry nickte.

»Das heißt, daß er sie suchen wird. Wir haben sie beobachtet. Er wird also zu uns kommen und Fragen stellen . . . Und weißt du, was er denken wird?«

»Her mit dem sauren Apfel«, sagte Terry. »Erzähl's mir.«

»Er wird sich verraten und verkauft fühlen.«

»Irgendwie hatte ich befürchtet, daß du das sagen würdest.«

»Ich möchte bei Cindy sein, bis diese Sache überstanden ist«, sagte Cassidy.

»Schau, es gibt für ihn keinen Weg, sie zu finden –«

»Wo ein Wille ist, ist auch ein Weg. Ich hätte ein schlechtes Gefühl, wenn er es täte und ich dann nicht da bin –«

»Das Gefühl könnte noch schlechter sein, wenn du tatsächlich dort wärst. Nimm deine Waffe mit.«

»Das Haus ist voller Waffen.«

»Stell dich nicht so an, okay? Nimm den Revolver mit.«

»Was ist mit dir?«

»Ich bin mir nicht ganz sicher«, sagte er, schüttelte den Kopf. »Ich werde auf Max warten und sehen, was passiert. Hätte keinen Sinn, vor dem guten alten Max mit seinen zehn Riesen auszubüchsen.« Er klopfte Cassidy auf den Rücken. »Keine Sorge, Amigo. Ich komm schon zurecht. Wenn ich nicht schlauer bin als Max und die drei Stooges, bin ich ohnehin am Arsch. Mach nur, Lew, brich auf. Geh und behüte die Jungfer. Ich seh' dich dann später.«

Während er zum Parkplatz ging, begann es zu schneien. Große, weiche Flocken, naß, schwer. Der Himmel war dunkel, so wie er es im Sommer ist, kurz bevor ein Sturm losbricht. Der Wind war eisig, mörderisch.

Es war nicht leicht, sich über seine Gefühle für Cindy klar zu werden. Selbst wenn er nichts mehr von ihr wissen wollte, er mußte immer noch überlegen, was er mit ihr anstellen sollte. Sie war eine tickende Bombe, die nur darauf wartete, jeden in ihrer Nähe in tausend Stücke zu zerreißen ... aber, Hölle, er konnte sie nicht Max überlassen ...

Max hatte Huntoon nicht getötet, er hatte ihn hingemetzelt. Er versuchte, allen Angst einzujagen, eine öffentliche Warnung auszusprechen, sich selbst vom Gestank des Verrats zu reinigen. Vielleicht versuchte er, seine Konten zum Abschluß zu bringen, damit er sterben konnte. Er war so unrettbar tief in die Fänge des Wahnsinns und des Bösen geraten, daß es für ihn kein Zurück mehr gab. Mord stand im Zentrum all seiner Gedanken. Er konnte töten und dann am Telefon plaudern, als habe er gerade einem aufsässigen Untergebenen eine strenge Standpauke gehalten. Wenn er erfuhr, daß Cindy nicht in Boston war, was würde ihn dann erst überkommen?

Es würde auf jeden Fall häßlich sein.

Kapitel 16

Während er auf den Wagen wartete, rief er Cindy an, um ihr zu sagen, daß er jetzt aufbrach. Sie klang glücklich und aufgeregt und erleichtert und erzählte ihm, sie habe einen sehr schönen Tag gehabt. Sie hatte in den Bücherregalen gestöbert und *Emma* von Jane Austen gefunden. Sie hatte es sich vor dem Feuer bequem gemacht und den ganzen Tag gelesen. Sie hatte schon frisches Holz für seine Ankunft nachgelegt. »Geht's dir gut, Liebling? Du klingst so eigenartig – bist du in Ordnung?«

»Aber ja doch. Ich bin in Ordnung. Alles ist in Ordnung.«

Sie glaubte ihm nicht: Er hörte den Zweifel in ihrer Stimme. Aber sie hauchte ihm einen Kuß zu und trug ihm auf, sich zu beeilen, da er ihr von ganzem Herzen fehle.

Er schaffte es, noch vor dem Berufsverkehr aus Manhattan herauszukommen, aber das Unwetter wurde von Minute zu Minute heftiger.

Der Highway war glatt. Er wußte, er würde sich anstrengen müssen, das kleine Cabriolet auf der Straße zu halten. Der Wind heulte durch das Stoffverdeck, fand jede Naht, jede Stelle der Abdichtung, die nicht völlig perfekt war. Die Heizung stand wie üblich auf verlorenem Posten. Der Ford war ein Sommerwagen, und es war nicht Sommer. Er konnte sich nicht einmal vorstellen, daß und wie Sommer war. Er schaltete das Radio ein. Es knisterte, und der Ton kam nur ganz schwach. Aber inmitten des Sturms war es wie ein rettender Anker. Der Armee war es mit vereintem Einsatz von Streitkräften des Heeres, der Marine und diverser Elitetruppen gelungen, einen Landekopf auf Eniwetok zu legen, einer Insel der Marschall-Gruppe. Die Deutschen lieferten südlich von Rom bei Anzio eine höllische Schlacht, aber die Alliierten ließen nicht nach. Und General McArthur hatte verkündet, daß ein ganzer Konvoi von fünfzehn japanischen Schiffen auf dem Weg von Truk zum Bismarck-Archipel versenkt worden war. Der Luftangriff hatte drei Tage gedauert.

Drei Tage ... Vor drei Tagen war er glücklich gewesen, verliebt in Cindy Squires, hatte ihr vertraut ...

Der Schnee hielt das Land in einer Art tödlicher Umklammerung. Es wurde frühzeitig dunkel. Dem Radio nach befand er sich hier draußen inmitten des schlimmsten Unwetters des gesamten Winters. Pennsylvania und New Jersey und Ohio, bis ganz hoch nach Chikago und den großen Ebenen dahinter, waren praktisch von der Welt abgeschnitten. Im oberen Teil von Buffalo waren bereits über sechzig Zentimeter Neuschnee gefallen. Schneeverwehungen bildeten große Haufen zu beiden Seiten der Straße. Er passierte langsam einen riesigen Lastwagen, der von der Straße abgekommen war. Er lag auf der Seite wie ein sterbendes Untier. Der Fahrer stand neben zwei roten Signalleuchten und wartete auf Hilfe. Bald würde der Lastwagen nur noch die größte Schneeverwehung unter vielen sein.

Die langsame, nervenzermürbende Fahrt ermöglichte es ihm, Cindy aus seinen Gedanken zu bannen. Alles, was er dachte und fühlte, war so zwiespältig, daß ihm der Kopf davon weh tat. Sie hatte ihn so tief in seinem Innersten angerührt, alle diese unerklärlichen Dinge in ihm in Gang gesetzt, mit denen man ringen mußte, wenn jemand so auf einen zutrat, voller Begehren und Liebe. Geliebt zu werden war nahezu unwiderstehlich, erst recht, wenn man so lange allein gewesen war, erst recht, wenn die eigenen Gefühle so sehr in Mitleidenschaft gezogen worden waren durch den Verlust eines Menschen, den man mehr geliebt hatte, als man sich je erträumt hatte, dazu fähig zu sein. Wenn der Schmerz groß war, wenn man so auf der Hut war und versuchte, die eigenen Gefühle abzuschotten, und jemand schaffte es dennoch, an einen heranzureichen ... nun, dann mußte man sie ernst nehmen. Das hatte sie sich zumindest verdient.

Daß Cindy mit Bryce Huntoon geschlafen hatte, erschien irgendwie trivial und belanglos, verglichen mit dem Ausmaß von Max' Wahnsinn und Huntoons grauenvollem Tod ... Und was machte es letztlich schon aus? Auf der ganzen Welt standen Menschen unter größerem Druck, als sie von Haus aus ertragen konnten, und sie schliefen mit jedem, der ihnen eventuell Trost bieten konnte. Sie hatte ihn also belogen ... Die Welt war voller Lügen. Bei anderen Dingen wieder war sie aufrichtig gewesen, verzweifelt ehrlich über sich selbst, ehrlich hinsichtlich ihrer Gefühle für ihn ...

Das klang alles großartig. Er war ein edler Kerl, ein prächtiger Bursche, er konnte vergeben und vergessen, weil er ein so großartiger Mann war ...

Aber war sie aufrichtig mit ihm gewesen? Vielleicht hatte sie einfach von Max loskommen wollen, und er war dafür gerade recht und billig gewesen. Aber das war lächerlich, er war alles, nur nicht recht und billig, nicht einmal ein keuchender, williger Liebhaber. Sie hätte genausogut, besser, den Club in dieser Nacht mit etwas Geld verlassen, einen Zug besteigen und sich schnell weit davonmachen können. Aber sie war in greifbarer Nähe von Max geblieben, und sie sagte, es sei wegen ihm. Aber vielleicht war es auch, weil es keinen Zug gab, der so weit fuhr, daß Max ihm nicht folgen konnte ...

Er fühlte sich wie ein Mann, der in einem Gewirr von Eis und Schnee und Wind lief und nicht wußte, was er aus dem machen sollte, was seine halbblinden Augen sahen. War es eine Sackgasse? Oder war es der Weg hinaus, der Weg zur Erlösung und Selbstreinigung. Wer würde überleben? Die Schöne oder das Ungeheuer? Wer verdiente es, zu überleben? Verdiente es überhaupt einer von ihnen?

Am Ende bewegte er sich durch Zeit und Raum in einer Kapsel aus Wind und Kälte, als sei er der vorletzte Mensch am vorletzten Tag. Der letzte Mensch am letzten Tag nahm immer mehr die Konturen von Max Bauman an. Eine Halluzination, die ihn durch den Sturm hindurch verfolgte. Aber das war natürlich verrückt ... Max konnte sie nicht finden. Er konnte nicht überall sein, in Boston und New York und irgendwo in dem Sturm. Er konnte es nicht.

Die Straßen waren verlassen. Er konnte nicht einmal den Rand des Highways sehen. Die Scheinwerfer kapitulierten vor dem dichten, undurchlässigen Schnee. Der Wind blies das Licht zurück in sein Gesicht, in seine Augen, wie ein Suchscheinwerfer. Die Scheibenwischer versuchten, ihr Wirkungsfeld frei zu halten, aber es war ein aussichtsloser Kampf. Irgendwie schaffte er es, die richtige Ausfahrt nicht zu verpassen, indem er mit fünf Meilen dahinkroch, aber dann blieb er in einer Schneebank hängen und mußte aussteigen und an den Hinterreifen Schneeketten anlegen, um wieder freizukommen.

Er tat sein Bestes, um auf dem engen Pfad, der zu dem Haus führte, weiterzufahren, und einen Moment lang dachte er, er könne es schaffen. Dann stöhnten Kupplung und Schaltung kurz auf, und der schnittige kleine Ford rutschte seitwärts weg, in den flachen Böschungsgraben, in dem tiefer Schnee lag. Als er zum Halten kam, ragte das Fahrzeugheck parallel zu den Pappeln aus dem Graben. Der Ford war erledigt, zumindest solange der Sturm tobte. Er würde abgeschleppt werden müssen.

Der Wind schlug die Tür zurück, gegen seine Knöchel, und bog sie über dem Trittbrett, während er sich mühte auszusteigen. Er trug keine Überschuhe, da er keine besaß. Der Schnee reichte bis halb zu seinen Knien und war schwer wie Zement. Er war eine halbe Meile vom Haus entfernt, und es war eine mörderische Nacht, die ihn mit brutalen Peitschenhieben von Eis und Schneeregen überzog. Er konnte das Haus nicht sehen. Er mußte darauf achten, daß er nicht nach links von dem Pfad abkam. Dort war eine riesige, hügelige Wiesenlandschaft, in der er mit Leichtigkeit ziellos umherirren konnte, bis er umfiel. Er ahnte die Pappeln zu seiner Rechten mehr als er sie sah, aber immerhin. Der Wind schlug auf sie ein, rüttelte die bloßen Äste. Er mußte darauf achten, daß dieses Geräusch immer rechts von ihm blieb, durfte es nicht verlieren.

Es war ein langwieriges Unterfangen. Der Wind nahm ihm den Atem, und der Schnee stach wie tausend Nadeln in sein Gesicht. Er zog den Wollschal über Mund und Nase. Der Schnee blieb an seinen Wimpern hängen, machte sie schwer, wurde fest. Er versuchte, den Schnee wegzubürsten, und er zerstob in Stücke, bröckelig wie der Zuckerguß einer billigen Torte. So gut er konnte hob er immer ein Bein aus dem Schnee, aber das verletzte Bein war für solche Eskapaden nicht geeignet. Er stieß sich mit dem Stock ab, benützte ihn auch dazu, unter dem Schnee nach der Wegfläche zu tasten. Das steife Bein gegen das Gewicht des Schnees zu schwingen, war die härteste Arbeit, die er leisten mußte, seit die Giants seiner Footballkarriere ein Ende gesetzt hatten. Der Schweiß rann ihm in Strömen herunter, durchnäßte seine Kleidung, während die Welt um ihn herum versuchte, ihn zu einem Eiswürfel zu frieren. Er hätte seine Großmutter für ein Bier verkauft.

Mit der Zeit wurde er zu einem nahezu bewegungsunfähigen

Schneemann, formlos, festgefroren, weiß, unwirklich. Er wollte sich hinlegen und sterben, aber er kämpfte sich weiter. Sein Gehirn hatte praktisch den Geist aufgegeben. Aber er schleppte sich weiter. Jeder Schritt wollte der letzte sein, aber war es doch nie. Und dann tauchten verschwommen die Lichter des Hauses vor ihm auf, wurden klarer, als er weiterkeuchte. Sein Herz tanzte eine Polka in seinem Brustkorb. Schließlich hatte er es geschafft. Er lehnte sich wie eine Schneewehe an die Tür, pochte schwächlich dagegen, bis die Tür nicht mehr da war und er in ein bodenloses Nichts fiel, genau wie Dick Powell als Marlowe in *Murder, My Sweet.*

Als er zu sich kam, lag er auf dem Küchenfußboden. Sie hatte die Tür geschlossen und ihn hereingeschleppt und rieb jetzt sacht mit dem Handtuch den gefrorenen Schnee und die Eisstücke von seiner Stirn und Augen und Nase. Sie zog den Schal langsam, ganz langsam von seinem schneeverkrusteten Gesicht und knöpfte seinen Mantel auf, aus dem dicke Schneeklumpen auf den Linoleumboden fielen. Sie flüsterte, sagte ihm, jetzt sei ja alles gut, ganz ruhig, und dann puhlte sie den Schnee von seinen Schuhen, damit sie die Schnürsenkel lösen konnte. Es dauerte lange, aber schließlich lag er halb aufgerichtet an der Kommode unter der Spüle. Es gefiel ihm, zuzusehen, wie sie sich um ihn kümmerte.

Sie brachte ihm ein Glas kaltes Wasser und half ihm, auf die Beine zu kommen, und geleitete ihn vor den Kamin. Er bibberte immer noch vor Kälte, seine Zähne klapperten, und sie wickelte ihn von Kopf bis Fuß in trockene Handtücher und einige Quadratmeter indianische Decken. Sie war sacht, effizient, entschlossen. Seine Nerven lösten sich aus ihrer Betäubung, und Schmerz durchfuhr ihn. Sie brachte Brandy und setzte sich neben ihn, hielt ihn, küßte ihn, flüsterte, daß alles gut sei, sie sei ja da, und sie würde dafür sorgen, daß er sich gleich besser fühle, viel besser, und daß sie ihn liebe.

Sie lag in seinen Armen, und er sagte ihr, daß er von ihrer Affäre mit Bryce Huntoon wußte. Er sagte ihr, daß sie nicht länger zu lügen brauche. Sie hörte ihm zu, mit schräg geneigtem Kopf, das blonde Haar über einem Auge. Sie wirkte, als habe sie den Schreck über seine gelungene Darstellung Scotts und Amundsens beim Erreichen des Pols noch nicht verwunden. Sie stützte sich auf einem Ellenbogen auf.

»Aber ich habe dir von Huntoon erzählt, Lew, mein Schatz. Ich habe nicht gelogen. Ich habe dir gesagt, ich habe versucht, den armen Burschen zu verführen.«

»Nein, nein, du brauchst dich nicht länger bemühen, du brauchst die Nummer nicht länger zu spielen. Du hast mir gesagt, er hätte dich abgewiesen. Weiß Gott, warum ich dir das geglaubt habe. Ich weiß, daß du was mit ihm hattest.« Er stierte ins Feuer, spürte die Hitze. Die Holzscheite knisterten, und Funken stoben den Schornstein hoch. Der Wind pfiff durch das Dach. Das Haus knarrte wie ein altes Schiff auf stürmischer See.

»Hör mir zu, Lew.« Sie nahm seine Hand, wollte seine ungeteilte Aufmerksamkeit. »Ich hatte nichts mit ihm. Ich habe dir genau erzählt, was geschehen ist, die ganze Geschichte. Warum sollte ich lügen? Ich habe dir gesagt, daß ich es getan hätte. Ich habe nicht gelogen, um besser dazustehen – was du sagst, ergibt keinen Sinn. Was meinst du damit, du weißt es?«

»Ich war in seiner Wohnung. Ich weiß es, Cindy. Ich habe die Bude gesehen.«

Sie packte ihn, hart, und ihre Stimme war metallisch, voller Zorn, den er nie zuvor gehört hatte. »Schau mich an, Lew! Hör mir zu. Ich sage dir ein für allemal, daß ich nicht einmal in der Nähe seiner Wohnung gewesen bin. Ich weiß nicht einmal, wo sie ist. Verstehst du mich?«

»Cindy, um Himmels willen, ich habe deine Sachen gesehen! Deinen Lippenstift, ich kenne doch diese Farbe. Dein Parfum in der teuren Flasche mit den Silberverzierungen. Ich weiß es! Also reden wir nicht mehr darüber –«

»Nein, verflucht, ich rede sehr wohl darüber! Ich bin eine ganze Menge Dinge, die nicht sehr hübsch sind, aber ich bin keine Lügnerin. Ich habe dich nicht angelogen. Und ich lasse es nicht zu, daß du das denkst. Ich wiederhole. Ich war niemals in seinem Appartement oder einem Hotelzimmer oder irgendwo anders! Ist das klar? Ich hatte mal so eine Parfumflasche, vor langer Zeit, aber ich habe sie schon seit Jahren nicht mehr gesehen – seit Jahren! Ich habe keine Ahnung, wo sie ist oder was mit ihr geschehen ist.«

»Ich hatte diese Flasche einmal gesehen, Cindy, ich weiß, daß ich sie schon einmal gesehen hatte, du mußt sie benutzt haben –«

»Ich habe dir doch gesagt, ich hab sie schon seit Jahren nicht mehr. Was kann ich tun, damit du mir glaubst, Lew? Warum blickst du mich an, als wären wir Fremde? Jeder kann diesen Lippenstift kaufen und auch das Parfum, es ist französisch, heißt Diabolique ... du mußt mir glauben, du mußt ... ich habe nie mit Bryce Huntoon geschlafen, ich war nie in seiner Wohnung und es gibt für mich keinen Grund zu lügen ... sag mir, warum sollte ich lügen?«

Sein Kopf schwamm, seine Augen brannten, und er fühlte sich, als habe ihm jemand ein Betäubungsmittel in seine Pepsi-Cola gemischt.

»Ich weiß nicht«, sagte er. »Ich weiß gar nichts mehr. Ich weiß nicht, warum du lügen solltest . . .«

»Schau, warum fragst du nicht einfach Huntoon? Er ist durch und durch ehrlich, unfähig zu lügen –«

»Ich kann nicht –«

»Jetzt sei nicht so stolz, Lew.« Sie lächelte, blendete ihn, verzauberte ihn mit ihrem Kleinmädchenmund, mit ihrem feierlichen Ernst. »Los, frag ihn!«

»Er ist tot, Cindy. Huntoon ist tot.«

Sie sah mit zusammengekniffenen Augen zu ihm hoch, als sei er eine Fata Morgana. »Was sagst du da? Er ist was?« Sie schüttelte den Kopf. »Ich verstehe nicht –«

»Max hat ihn umgebracht. Gestern nacht.« Es hatte keinen Sinn, es ihr zu erzählen. Die Einzelheiten spielten keine Rolle, und irgendwo mußte die Konfusion ein Ende haben. Irgendwie mußten zur Abwechslung einmal alle die gleiche Geschichte zur gleichen Zeit hören.

»Wie? Warum? Sag's mir.«

»Weil Max zu dem Schluß gekommen ist, daß du ein Verhältnis mit einem anderen haben mußtest und daß Huntoon der Übeltäter war. Max verwand es nicht, daher schlug er zu, Rache, Strafe, wie immer man es nennen möchte. Du willst nicht wissen, wie er es getan hat, glaube mir.«

»Aber warum sollte Max auf ihn kommen?« Ihre Augen waren weit aufgesperrt, flehten stumm, daß es nicht wahr wäre. »Warum Huntoon?«

»Weil wir es ihm gesagt haben –«

»Ihr?«

»Terry sagte, er könne es Max ausreden, ihm etwas anzutun, und da Max sich hundertprozentig sicher war, daß du einen Geliebten hast, wollte er einen Namen. Das war überhaupt der Grund, warum er uns angeheuert hat, dich zu beschatten . . . und wir gaben ihm Huntoon. Terry sagte, er glaube ohnehin, daß du mit ihm ins Bett gingst –«

»Terry! Der verfluchte Kerl!«

»Er sagte mir, ich wäre zu naiv, wenn ich dir glaubte, als du mir erzähltest, Huntoon hätte dich kurz und bündig abgewiesen. Also lud Terry Bryce zum Mittagessen ein, und ich durchsuchte seine Wohnung und fand deine Sachen –«

»Nicht meine Sachen, Lew, bitte.« Sie wischte sich die Augen.

»Dein Lippenstift, dein Parfum –«

»O, Gott, jetzt versteh ich, jetzt wird mir alles klar . . . Terry hat die Wohnung präpariert – gesalzen, wie sie sagen! Oh, nein . . .«

»Was weißt du davon? Salzen?«

»Das ist etwas, von dem er mir vor langer Zeit mal erzählt hat, bevor er mich Max überhaupt vorgestellt hat . . .« Sie biß auf einen Daumennagel, die Augenbrauen in Runzeln gezogen. »Damals, als er noch bei der Polizei war. Er erzählte mir, daß die Cops manchmal das Auto eines Kerls salzten oder sein Büro oder die Wohnung. Ich meine damit, daß sie ihm belastendes Material unterschoben und es dann bei einer Durchsuchung zufällig entdeckten. Er sagte, sie machten das mit Burschen, von denen sie wußten, daß sie Verbrecher waren, denen sie aber nichts nachweisen konnten. Es ist offensichtlich – genauso hat er es mit Huntoon gemacht, und er hat es dann dir überlassen, die Sachen zu finden, während er Huntoon zum Lunch ausführte. Du fandest die Sachen, zogst deine eigenen Schlüsse – so konnte er sichergehen, daß du mitspielst, wenn es darum ging, Huntoon ans Messer zu liefern.«

»Aber das Parfumfläschchen. Es war da –«

»Ja, selbstverständlich. Terry hat es die ganze Zeit gehabt. So eine Art Souvenir der . . . der alten Tage.«

»Was sagst du da?«

»Oh, Lew! Terry und ich hatten mal was miteinander, vor ganz langer Zeit. Ich war gerade von England hierher gekommen, und ich war einfach ein einsames junges Mädchen. Ich lernte ihn auf einer Party kennen, und er war nett und witzig und schien so weltgewandt. Ich verliebte mich in ihn, ich brauchte jemand . . . sag mir, daß du es verstehst, Lew –«

»Also hat er dich auch gehabt. Du steckst voller Überraschungen.« Sein Magen senkte sich, auf bestem Weg nach China. Es war immer das gleiche, wenn eine Frau einem etwas sagte, das man nicht hören wollte. Vielleicht war es eine grundsätzliche Sache, aber es gab nichts, was man dagegen tun konnte. Wenn man erst mal sein Herz an sie verloren hatte, hatten sie einen, und man wußte nie, wann der Schmerz begann. Nur daß er kommen würde, der Schmerz, das war sicher. Genauso sicher wie die Tatsache, daß man sterben mußte.

»Lew, es ist Jahre her! Er bedeutete mir viel – und warum auch nicht? Du kennst ihn besser als jeder andere, du weißt, wie bezaubernd er sein kann! Du liebst ihn, Lew!«

»Komisch, daß Terry es mir nie erzählt hat, sobald er ein bißchen von dir und mir wußte. Jesus . . . also hatte dich zuerst Terry, dann reichte er dich weiter an Max, der sich wirklich um dich kümmern konnte, dir einen Job geben konnte . . . und dann kam der Footballheld des Wegs – und Terry hat mir nichts davon erzählt –«

»Aber warum sollte er? Was für einen Unterschied hätte es gemacht? Vielleicht wärst du wütend auf ihn geworden, und was hätte das gebracht? Siehst du denn nicht, worauf es wirklich ankommt? Max hat den falschen Mann getötet . . . einen Unschuldigen! Wenn du schon wütend auf Terry sein willst, dann aus dem richtigen Grund! Warum kommst du nicht davon los, dir Sorgen um dich und dein ach so kostbares kleines Ego zu machen?«

»Sicher, sicher, du hast recht.« Er versuchte, das zu glauben. Er wußte, sie hatte recht. »Ich bin es, den Max hätte töten sollen.« Er versuchte, sich einen Reim darauf zu machen. »Terry wußte das, und er hat mich gerettet, indem er Huntoon den Löwen zum Fraß vorwarf . . . und dann konnte er ihn nicht beschützen. O, Gott.« Die moralische Vielschichtigkeit mit dem dazugehörigen verräterischen Sumpf drohte ihn zu verschlingen. Allerdings lag der moralische Knackpunkt bei Max: Es war Unrecht, Leute zu töten.

Sie sank an seine Seite, abgekämpft. Das Feuer spiegelte sich in ihren Augen. »Terry tat, was er tun mußte. Er ist Realist, immer Realist. Er wirft einen Blick auf die Situation und weiß, was er zu tun hat . . . er ist wie Harry Madrid. Vielleicht sind alle Cops so. Sie vereinfachen die Dinge. Sie halten sich nicht lange mit den Konsequenzen auf. Für Terry sind die Dinge letztlich immer einfach. Eine bestimmte Handlungsweise ist immer besser als die anderen Alternativen.« Sie seufzte, rieb ihr Gesicht an seiner Schulter.

»Jetzt weiß ich, wo ich das Parfumfläschchen gesehen habe«, seufzte Cassidy. »In seinem Schlafzimmer, auf der Kommode bei seinen Manschettenknöpfen und Ringen und Krawattennadeln.«

Er trank von dem Brandy, den sie in einem Schwenker für sie beide gebracht hatte. Er brannte bis tief nach unten in seinem Bauch. »Ich muß immer dran denken, Cindy. Er hat mich benutzt. Mein Gott, wie hat er mich benutzt, um Huntoon reinzureiten! Und er hat mich glauben gemacht, du hättest mich belogen, du hättest was mit Huntoon gehabt – er mußte wissen, wie weh mir das tat!«

»Er mußte, Lew, sonst hättest du nicht dabei mitgespielt, Huntoon Max zu geben –«

»Und?«

»Und Max hätte weitergewühlt und letztendlich herausgefunden, daß wir zusammen sind, und dann wäre er hinter dir her gewesen . . . hinter dir und mir. Ich bedeute Terry auch etwas. Er hat es getan, um dich zu retten, Lew. Um uns zu retten.«

»Vielleicht, vielleicht auch nicht. Ich schätze, wir werden es nie erfahren. Aber Terry und ich hätten mit Max schon fertigwerden können.«

»Nein, du und Terry und Pattons gesamte Armee könntet nicht mit Max fertigwerden – das ist ihr Spiel, mein Schatz, ihre Regeln. Ich denke, es wurde alles schon vor einer Million Jahren entschieden, einige von uns mußten sterben, und der arme Bryce war als erster dran. Besser er als du, darauf läuft es hinaus.«

Später, das Haus stöhnte und bog sich und Wind schlug gegen die Fenster, fühlte er ihre Fingerspitzen auf seiner Wange. Sie tastete seine Wangenknochen und Augenbrauen ab.

»Los, Lew, küß mich. Liebe mich, bitte.«

Er hielt sie und küßte ihr Haar und roch dasselbe Parfum, und sie schmiegte sich unter den Decken an ihn, und für eine Zeit glaubte er felsenfest, sie habe die Kraft und die Macht, alles wieder gut werden zu lassen. In seinem Wahnsinn hat Max recht gehabt. Sie war die Tochter der Zeit, sie war das Licht und die Dunkelheit. Cassidy hatte das Gefühl, sie war ewig, sie würde sie alle überleben. Sie war weit jenseits aller anderen, aber er konnte es nicht einmal sich selbst erklären. So konzentrierte er sich darauf, sie zu halten, sie zu riechen, sie zu streicheln.

»Siehst du denn nicht«, flüsterte sie, »daß es keinen Unterschied macht, mit wem wir vorher zusammen gewesen sind . . . Du hast Karin geliebt, das kann ich zumindest teilweise nachvollziehen. Und du hast deinen Teil an Frauen gehabt, ich hatte Männer. Wir sind auch nur Menschen. Aber jetzt haben wir einander gefunden. Lew, ich denke, es ist wirklich so. Wirklich. Es ist wie ein Opfer, Blut und Leidenschaft und Eifersucht und Wahnsinn und Rache und wahre Liebe.« Sie nukkelte an seiner Brust.

»Ich hoffe, es ist vorüber.«

»Oh, mein armer Lew, es ist nicht vorüber. Nicht genug Tote für eine anständige Oper . . .«

»Wenn es einen Gott gibt, täuschst du dich, das weißt du.«

»Du darfst Max nicht vergessen, denn Max wird mich nicht vergessen. Ich habe es dir gesagt, Max oder ich, nur einer von uns beiden kommt lebendig aus dieser Sache heraus. Das steht fest, Schatz. Das weiß ich schon die ganze Zeit . . . deshalb bin ich damals zu Harry Madrid gegangen. Selbst damals wußte ich, daß einer von uns beiden sterben mußte . . . Aber denke jetzt nicht daran, schlafe ein. Ich werde auf dich aufpassen.«

Er war müde, sackte langsam weg. Aber etwas klickte in seinem Kopf. »Du bist zu Harry Madrid gegangen?«

»Das war 1942. Die Katastrophe an diesem Abend in Jersey, als wir das Feuerwerk sahen. Ich dachte, Max käme, ich wußte, daß er eine

Verabredung mit ein paar anderen Gangstern hatte . . . Ich . . . bin zu Harry Madrid gegangen. Ich traf eine Abmachung mit ihm. Ich erzählte ihm von dem Treffen, ich bat ihn, mir Max abzunehmen, und er wußte, was ich meinte. Es war mir egal, ob er ihn verhaftete für was immer es war, das er da mit Rocco laufen hatte, ich wußte es nicht – und wenn er ihn tötete, nun, dann wäre ich gänzlich frei gewesen . . . Harry hätte ihn getötet. Und dann kam Max nicht . . .«

»Jesus. Du warst das. Du hast Max eine tödliche Falle gestellt – und der arme Hund hat dich geliebt, Cindy!«

»Jetzt ist er auf einmal ein armer Hund, der teure alte Max! Lew, ich war eine Gefangene. Es gab keinen anderen Ausweg. Und Harry Madrid war der richtige Mann dafür. Er hätte es getan.«

»Du und Harry Madrid. Er sagte, er hätte jemanden in der unmittelbaren Umgebung von Max. Terry dachte, es wäre Bennie . . . Max dachte, daß ihn vielleicht Terry verraten hätte . . . so tief ging das.«

»Und jetzt ist es wieder alles schiefgelaufen. Max wird niemals sterben, Lew. Er wird mich noch in meinem Grab sehen, uns alle, Lew, außer, außer . . .«

»Aber du weißt nicht, wie es um Max steht«, sagte er. »Es wird alles gut werden. Max – der stirbt schon . . .«

»Wovon redest du?«

»Max hat einen bösartigen Gehirntumor. Seine Zeit ist beinahe abgelaufen. Frag mich nicht, woher ich's weiß, ich weiß es halt.«

Die Stille, die darauf folgte, hielt lange Zeit an. Alles, was er hören konnte, war der Sturm.

»Hast du das gewußt?« sagte er.

»Nein, das habe ich nicht gewußt.« Sie schien aus sehr großer Entfernung zu sprechen. »Wie kannst du dir da sicher sein?«

»Ich bin mir sicher.«

»Das ist schlecht. Verstehst du nicht, wenn ihm nur noch wenig Zeit bleibt? Er muß mich schnell und richtig erwischen. Er wird alles tun, um mich zu kriegen. Oh, halte mich, Lew.«

Sie zitterte haltlos. Er nahm sie in die Arme. »Ich liebe dich, Cindy. Nichts davon spielt eine Rolle. Es sollte es, aber es tut es nicht. Ich liebe dich.«

Sie hielt ihn umschlungen, als ginge es um ihr Leben, und sagte später: »Weiß jemand, wo wir sind? Genau wo?«

»Terry«, sagte er.

Er erwachte später, spürte, daß sie nicht länger an seiner Seite war. Er war steif, und sämtliche Knochen schmerzten. Der Wind rüttelte wieder an den Fenstern. Das Feuer war heruntergebrannt. Er hustete, rief ihren Namen.

»Ich bin hier.« Ihre Stimme kam aus dem Schatten.

»Komm wieder zu mir.«

»Ich habe draußen etwas gehört.« Sie klang wie ein sechsjähriges Kind. »Ich hatte Angst.« Seine Augen gewöhnten sich an den Raum, und er sah sie jetzt. Sie stand neben einem Fenster. »Ich bin aufgestanden, um nachzusehen. Ich dachte, ich hätte Stimmen im Wind gehört.«

»Unmöglich«, sagte Cassidy.

»Nein, es ist nicht unmöglich, Lew, mein Schatz. Ich habe sie gesehen. Sie sind da draußen. Sie sind hier. Sie suchen mich . . .«

Kapitel 17

Wie dunkel die Nacht auch sein mag, irgendwo in ihr ist Licht. Und wenn in der Nacht Schnee liegt, spiegelt sich dieses Licht in jeder einzelnen Schneeflocke. Wie er da neben ihr stand, sah er die Konturen der Männer, die Schatten, die sie warfen, schwärzer als die Nacht, wie Geister oder böse Omen, unstet flackernd. Sie standen unter einer riesigen, kahlen Eiche im Vorhof. Der Schatten des Baumes krümmte sich drohend in Richtung des Hauses. Sie verschwanden im Schatten und tauchten wieder aus ihm auf. Max hatte seine Hände tief in die Manteltaschen gesteckt. Sie mußten an Cassidys Wagen vorbeigekommen sein, der immer noch dort in der Schneewehe steckte. Der große Chrysler von Max hatte vermutlich wenig Federlesens mit dem Schnee gemacht, die Schneeketten unaufhaltsam in Richtung des Hauses vorwärtsmahlend. Und jetzt . . . Cassidy holte tief Luft. Bald würde alles vorbei sein.

Er beobachtete sie einige Minuten lang, während Cindy eine Hose und einen schweren Pullover anzog, die der nichtsahnenden Hausherrin gehörten. Sie brachte ihm seine Kleider. Sie waren vor dem Feuer getrocknet.

Bennie war da draußen. Bei jedem Schritt stob ein Schneewölkchen vor ihm auf. Er trug einen Bowler-Hut, der seinen Kopf wie ein Planetarium aussehen ließ, das von einem Berggipfel emporragte. Dann Bob Erickson, der jetzt, mitten in der Nacht und mit einer Maschinenpistole in der Armbeuge, nicht mehr ganz so sehr wie ein Bankier aussah. Da war ein vierter Mann, groß und dünn, ein schlaksiger schwarzer Schatten, den Cassidy schließlich erkannte. Es war Cookie Candioli, ein Killer, den Max schon seit langer Zeit gerne verwendete, strikt ein Mann fürs Grobe, mit einem Sinn für Humor, den man nur mit Madame Curies Mikroskop entdecken konnte. Er war allerdings auch nicht zum Lachen gekommen.

Cassidy ging zum Gewehrschrank, der an der Holzwand hing, und entnahm ihm zwei Purdeys, beide mit ziseliertem Schaft und Metalleinlegearbeiten. Bobby Vanderlipp hatte sie nach dem Ersten Weltkrieg in London anfertigen lassen. Bobby war reich, und daher würde jemand vor dem Lauf der verflucht besten Flinte, die man mit Geld kaufen konnte, sterben müssen. Die erste war ein doppelläufiges Jagdgewehr, die andere eine Bocksbüchse. Jede von ihnen war an die fünftausend Dollar wert. In der obersten Schublade des Schranks, unter dem Gewehrständer, fand er feinsäuberlich aufgestapelte Schachteln mit Munition. Er lud beide Gewehre und ließ noch einige weitere Patronen in seine Hemdtasche fallen. Er gab Cindy die Jagdflinte.

»Kannst du damit umgehen, wenn du mußt?«

Sie wog das Gewehr in ihren Händen. Es sah darin absurd, groß und brutal aus.

»Mach dir keine Sorgen um mich«, sagte sie. »Steife Oberlippe. England wird nicht untergehen. Greer Garson. Ich kann tun, was immer getan werden muß . . . um hier lebendig herauszukommen. Verflucht, die ist aber schwer, nein?«

Er ging zurück zum Fenster. Sie kamen jetzt quer durch den tiefen Schnee, in den sie beinahe knietief einsanken. Sie waren jetzt ganz nahe am Haus. Sie verhielten vor der Veranda und besprachen sich kurz untereinander. Sie machten sich keine Sorgen. Sie hatten ihre sichere Beute in einem Landhaus, ungewarnt und hilflos.

»Wie konnten sie es herausfinden?« flüsterte sie.

»Terry ist der einzige . . . Sie müssen es mit Brachialgewalt aus ihm herausgepreßt haben. Du kannst darauf wetten, er ist tot, Cindy. Terry ist tot.«

Adios, Amigo . . .

»Max würde das nicht tun, niemals. Nicht Terry. Er ist für ihn wie ein Sohn.«

»Das ist der alte Max«, erinnerte er sie. »Nicht dieser hier. Ich würde sagen, sie haben ihn gefoltert, bis er redete. So daß das die einzige Möglichkeit sein würde, dem Schmerz ein Ende zu bereiten. Es ihnen sagen, damit sie's mit einer schnellen Kugel zu Ende bringen . . . Max würde es mit einer schnellen Kugel machen, wenn er Terry so liebte.«

»Ich will sie töten«, flüsterte sie tonlos.

Er lächelte sie in der Dunkelheit an. »Was mich angeht, eins ist sicher, es wird mir verflucht gefallen.«

Da waren Schritte – nur ein einzelner Mann – auf der Veranda. Der Schnee knirschte, als er langsam auf die Tür zuging. Es war nicht sinnvoll, Risiken einzugehen, selbst wenn die Beute, die man sich ausgeguckt hatte, hilflos und schlafend war.

»Cindy. Geh zum Lichtschalter und mach das Licht nur ganz kurz an, wenn er in den Raum kommt. Es wird ihn blenden, so daß er stehen bleiben muß. Dann mach ich ihn fertig.«

Sie tastete sich in der Dunkelheit voran, während er auf die Knie ging und die Unterseite des Gewehrlaufs auf die Couchlehne legte, direkt auf die Tür gerichtet. Er sah seine Uhr. Sie leuchtete im Dunkeln. Es war 4 Uhr.

Der erste Kerl, der durch die Tür kam, würde einen verdammt hohen Preis zahlen müssen.

Die Schritte hielten inne.

Die Türläden wurden zurückgezogen, ächzten in den Angeln. Der Türknauf drehte sich langsam, kaum wahrnehmbar klappernd. Die Tür glitt auf, Zoll um Zoll um Zoll ...

Jetzt, jetzt, dachte er, jetzt mußte sie es tun ...

Sie drückte den Wandschalter, und alle Lampen im Raum gingen mit einem grellen Blitz an.

Der Mann verhielt in der Bewegung, riß einen Arm vor seine Augen.

Genauso plötzlich verschlang die Dunkelheit sie wieder, wie das Tuch, das man über einen Papageienkäfig wirft, aber das Nachbild des Mannes blieb vor ihm, als er das Gewehr in die richtige Position brachte.

Der Mann mit der langen Pistole in einer Hand, einem schwarz-rotkarierten Parka, dazu passender Mütze mit heruntergezogenen Ohrenklappen ...

Cassidy konzentrierte sich auf das Bild des Mannes, das in seine Augäpfel eingeprägt war, feuerte beide Läufe ab und spürte den Rückstoß.

Die Patronenhülsen sprangen auf den Boden, und er ließ zwei weitere in die Kammern gleiten, noch während der Mann zurück, hinaus in die Nacht gefetzt wurde. Holz splitterte, Glas zersprang, und er hörte, wie die Leiche schwer auf die Veranda schlug, über die glatte Schneedecke rutschte und über den Rand flog, durch die dicke Schneedecke hindurch. Es hatte die Tür aus den Angeln gerissen. Sie schlug mit einem Krachen auf, prallte klappernd von einem Holzpfeiler ab und trudelte in den Schnee. Ein Stoß kalter Luft drang herein, und das Echo des Knalls ertönte und hallte an den Wänden nach, und dann, nach einer Weile, war es wieder still.

Sie kam und kniete sich neben ihn nieder.

»Sie müssen reinkommen, um uns zu kriegen«, sagte er. »Es wird eine Schlacht werden. Wir müssen uns verschanzen.«

Sie schoben die Couch hinüber zum Treppenfuß und kletterten dahinter, kauerten sich in das Eck unter der Treppe. Sie saßen mit dem Rücken zur Wand, und sie drängte sich zitternd an ihn. Er küßte ihr Haar und fragte sich, ob er ihr Gesicht je wieder sehen würde.

Er sah sich im Raum um, versuchte, ein klares Bild davon zu bekommen, wo sie hereinkommen konnten. Da war die Vordertür zur Veranda hin. Vier Fenster in dem Raum, in dem sie sich befanden, Gott weiß wie viele im unteren Stockwerk. Allerdings mußten sie sie einschlagen, was viel Lärm machte. Auch wenn die Fenster nicht verschlossen waren, sie mußten festgefroren sein. Das gleiche galt für die Hintertür in die Küche. Sie würden also auf jeden Fall Lärm machen müssen, und Candiolis Mißgeschick hatte ihnen nachhaltig ins Bewußtsein gerufen, daß sie sich in einem Kampf befanden. Die nächtliche Beute würde nicht still und leise im Bett sterben.

»Da wir sie hier abschießen können wie die Tontauben, werden sie irgendein Ablenkungsmanöver starten, während sie woanders reinkommen.« Er tastete nach seinem Stock, hob die Purdey. Er stand auf und stieß sich den Kopf an der Unterseite der Treppe und zog die Couch weiter nach hinten. Der Wind, der durch den zerschmetterten Türeingang drang, peitschte durch den Raum, hinterließ ihn eisig kalt.

Die Tommy-Gun begann ihr unverkennbares Rülpsen, und auf einmal flog überall Glas umher. Kugeln nagten an der Wand. Holzsplitter spritzten umher wie winzige Schwerter, rissen Löcher in das knorrige Kiefernholz. Er konnte das Aufblitzen von Mündungsfeuer sehen, wie herauszuckende Stromstöße, in der Dunkelheit hinter den schwarzen Löchern in der Wand, wo die Fenster gewesen waren. Geschosse klatschten in die Couch. Er zog Cindy auf den Boden. Querschläger prallten vom Steinkamin ab. Es klang, als rolle ein Panzerregiment durch das Haus. Sie kauerten am Boden, versuchten, die Welt über ihren Köpfen zusammenzuziehen. Die Maschinenpistole ratterte weiter. Cindy klammerte sich an seine Hand, panisch, mit eiskalten Fingern. Das Getöse ging einfach weiter. Das 69. Regiment hätte an ihnen vorbei die Treppe hochmarschieren können, ohne Entdeckung fürchten zu müssen, aber tatsächlich drang niemand durch die Tür, da, wo Cookie seinen letzten Abgang gemacht hatte.

Auf einmal breitete sich Stille aus, beinahe genauso bedrückend wie der Lärm. Er dachte, er hätte oben weiteres Knarren und zersplitterndes Glas gehört, und vielleicht hatte er das auch, aber jetzt war es still.

Gelegentlich machte ein Stück Gips oder Holz etwas Lärm, als es zu Boden fiel, quasi als Nachgedanken.

Sie warteten, und nichts geschah.

Das Rattern der Tommy-Gun begann von neuem, nahm den Raum von der Tür aus ins Sperrfeuer. Er versuchte, seinen Körper vor Cindy zu werfen und blieb mit seinem lädierten Bein an irgendeiner scharfen Ecke hängen. Er warf sich flach in die Dunkelheit, heraus hinter der Couch. Flammenzungen zuckten durch den Raum, begleiteten das andauernde Schießen. Als er auf den Boden prallte, gruben sich kleine Glassplitter in seine Handballen.

Er fühlte das Wummern schwerer Schuhe, die an ihm vorbeihuschten. Er hatte das Gewehr verloren, die Orientierung verloren, wußte nicht mehr, wo im Raum er war. Es war, als triebe er in einem Ozean.

Er konnte Cindy nicht finden, aber er hörte das schwere Schnauben des Mannes, der gerade hereingekommen war, ihn gerade passiert hatte. Bennie würde Max um keinen Preis allein lassen, also mußte es Bob Erickson sein, der definitiv allen Vorstellungen, er sei irgendwie im Bankwesen tätig, ein Ende gesetzt hatte. Cassidy lag bewegungslos da, versuchte den Atem anzuhalten.

Cindy nieste von dem ganzen Putz und Staub, der in der Luft umherschwirrte. Sie war hinter ihm. Er hörte, wie Erickson sein Gewicht verlagerte, als er sich umdrehte. Er zog den Abzug durch und stanzte eine weitere lange Salve in die Wand.

Cindy schrie irgend etwas und fiel zu Boden. Cassidy tauchte mit einem Hechtsprung über den Sessel, griff nach den stechenden orangenen und roten Zungen, wo die Waffe losgegangen war.

Cindy brüllte wüste Flüche, warf Aschenbecher und Vasen und Bilderrahmen. Alles zerbrach und zersplitterte in der Dunkelheit, und er landete hart auf Erickson, der mit einem überraschten, aufbellenden Schrei umfiel.

Ein Großteil der Luft in seinen Lungen entwich mit einem lauten Zischen dicht an Cassidys Ohr vorbei. Er roch Ericksons Yardley. Er rammte seinen Kopf mitten in den Rasierwassergeruch. Erickson ächzte schwer und fiel nach hinten, gegen einen harten Gegenstand, heulte auf, sein Finger eingeklemmt in den Abzugsbügel. Die halbe Decke prasselte herab, überall Gips und Putz. Die Tommy-Gun hüpfte unkontrolliert zwischen ihnen. Cassidy steckte ihm einen Finger ins Auge. Erickson versuchte, die Waffe wieder freizubekommen, aber sein Arm wollte und konnte nicht in diese Richtung. Eine weitere Salve tanzte unkontrolliert durch das Zimmer, und dann, klack, klemmte etwas in der Maschinenpistole.

Aber Erickson gab so schnell nicht klein bei. Er setzte die Waffe wie eine Baseballkeule ein und schwang sie in Cassidys Richtung wie Mel Ott auf Home-run-Jagd in den Polo Grounds. Der Kolben schlug mehrere Mal gegen seine Stirn, fiese, lange Aufsetzer, zwei gelungene Treffer, und er rollte weg mit Gipsbröckchen im Auge, in der Hand seinen Stock, suchte den kleinen Knopf. Er fand ihn und fühlte, wie der schwere Knauf in seine Hand sprang und die Glasstückchen tiefer in sein Fleisch trieb. Erickson taumelte, mühte sich, in die richtige Position zu kommen, um wieder zuzuschlagen, aber Cassidy wußte, wo er war, hatte seinen Ärmel in seiner linken Hand, und hatte eine ziemlich akzeptable Vorstellung davon, wo sich wohl seine Körpermitte befand.

Er stach mit der Klinge zu, fühlte, wie sie in etwas Festes drang. Erickson stieß einen halbverschluckten, schrecklichen Stöhnlaut aus, eine Mischung aus Überraschung und Schmerz, und Cassidy zog die Klinge gewaltsam wieder heraus, gerade, als er danach faßte, seine Hand darum geschlossen hatte. Wieder stieß Cassidy hart zu, und Erickson ächzte. Cassidy versuchte, sie wieder herauszuziehen, aber der sterbende Mann fiel auf die Seite, und das Schwert fiel mit ihm, drehte sich aus Cassidys Hand.

Bob Erickson aus St. Louis gab erstickte Laute von sich, und seine Absätze trommelten einen kleinen, traurigen Zapfenstreich auf den Boden, als er seinen einsamen, aussichtslosen Kampf mit der Klinge ausfocht, die sich wie eine Metallsäge ihren Weg durch das Innere seiner Brust bahnte. Das Zappeln und Strampeln wurde schwächer, und sein Atem wurde nasser und zischte, als blutige Blasen aus seinem Mund aufstiegen, sein Leben blähte sich wie eine Membran, platzte auf seinen Lippen, und dann war Bob Erickson still.

Cassidy lag da, versuchte, wieder zu Atem zu kommen, versuchte, sich die Gipsreste aus den Augen zu wischen, versuchte, sich darüber klarzuwerden, wie die Lage war. Er konnte das Schwert nicht wieder bekommen. Erickson hatte sich irgendwie darauf zusammengerollt, wie ein Mann, der ritualisch seinen Todesbringer umarmt. Er hatte sich darum gekrümmt, war dann direkt flach liegen geblieben. Cassidy tastete ein wenig und fand die Spitze. Sie war ganz durch ihn hindurch gegangen und ragte jetzt aus seinem Rücken wie ein Kirchturm.

Die Tommy-Gun war nicht mehr zu gebrauchen. Das Gewehr, mit dem er Candioli erledigt hatte, lag irgendwo in den Trümmern, irgendwo unter den Glassplittern und zerbröckelten Bruchstücken von Wand und Decke und den Blutschlieren an den zerfetzten Möbeln. Wo, zum Teufel, war Cindy?

Er streckte sein lädiertes Bein und merkte allmählich, wie sehr es schmerzte. Er zog sich hoch, auf die Knie, kämpfte gegen die Illusion an, daß sie irgendwie das Gröbste hinter sich hätten. Er fühlte sich, als habe er sein Limit erreicht, zwei böse Buben pro Nacht. Aber das war erst die halbe Miete.

Er begriff, daß Cindy ja nicht wissen konnte, wer von ihnen noch am Leben war. Er mußte etwas sagen. Es ging nicht an, daß sie ihn aus Versehen mit der Purdey abschoß. Das konnte er nicht zulassen. Das würde sie sich nie verzeihen.

»Cindy?« flüsterte er. »Ich bin's. Ich bin in Ordnung.«

Etwas bewegte sich. Er kroch darauf zu, roch ihr Parfum. Sie zitterte. Er konnte es über die Distanz zwischen ihnen fühlen. »Bist du okay?«

»Warum nicht? Bis jetzt habe ich noch nichts getan, außer zu kreischen wie eine blöde Kuh.« Sie versuchte, Härte zu zeigen.

Er fand das Gewehr, das er fallengelassen hatte, und hob es auf.

»Sie sind oben«, sagte sie. »Ich habe sie gehört. Sie trampeln herum wie ein Haufen Komiker. Da muß noch eine Treppe außen gewesen sein . . . ich weiß nicht. Was sollen wir tun?«

»Frag mich was anderes. Ich bin nicht unbedingt in Stimmung, sie mir zu greifen. Sie werden schon herunterkommen müssen, wenn sie uns kriegen wollen. Am besten, wir warten einfach ab. Wir haben sie genau da, wo wir sie wollen.«

Sie setzten sich irgendwo in dem Chaos.

Das Haus selbst machte soviel Lärm bei seinem Kampf mit dem Wind und dem Schneegestöber, daß es unmöglich war, zu sagen, was oben vor sich ging. Eine Stunde mußte vergangen sein, vielleicht länger, und sein Herz schlug jetzt wieder wie Gott es im Sinne gehabt hatte. Er versuchte, sich ein Bild von der Lage zu machen. Bennie und Max waren im oberen Stockwerk. Sie hatten sich selbst ausgetrickst. Jetzt saßen sie in der Falle. Sie standen unter Handlungszwang.

Wie üblich hatte er nicht alle Möglichkeiten in Erwägung gezogen.

Cindy lehnte an der Couch, die die Polsterfüllung verlor, die durch die Schußlöcher austrat. Sie versuchten, die Ruhe zu bewahren, indem sie gegenseitig ihre Hände berührten. Er küßte sie und hielt ihren Kopf an seine Brust und sagte ihr, daß es alles wieder gut werden würde. Allerdings nicht für Terry, nicht für alle . . . *Terry.* Er schüttelte sich den Gedanken aus dem Kopf und sah zur Treppe und der Balustrade. Die Dunkelheit der Nacht ließ allmählich kaum wahrnehmbar nach, und von Rosa durchsetztes Grau sickerte durch die finstere Leere. Vor den Löchern in den Fenstern wurde Schnee vorbeigeweht. Der Raum war kälter geworden, jetzt, wo die Tür weg und die Fenster zerstört waren. Das Feuer war erloschen.

»Laß das Eisen fallen, Lew.«

Die Stimme erklang irgendwo hinter ihm. Er hatte also nicht an alles gedacht. Tät er ja nie.

Bennie die Bestie stand, wo einst die Tür gewesen war. Cassidy fuhr herum, um ihn anzusehen, und er erblickte die riesige Gestalt in dem langen schwarzen Mantel mit dem Bowler-Hut auf dem Kopf. Hinter dem Schal ragte die getupfte Fliege hervor. Er hatte eine Luger in der Hand.

»Oh, Scheiße, Bennie«, sagte er.

»Ist es nicht das Letzte, Lew?« Der geisterhafte Anflug eines Lächelns erschien kurz auf seinem Gesicht. Es war dasselbe Gesicht, das Cassidy da draußen an der Straßenecke gesehen hatte, wo es lustiges Spielzeug an Kinder verkauft hatte. Ein großer, lieber Psychopath, und mit der Metallplatte in seinem Kopf konnte man die Nachrichten empfangen. »Das gefällt mir kein bißchen mehr als dir, Lew. Machen wir uns nichts vor. Die Welt ist u-u-unvollkommen.«

In den alten Tagen, als Bennie noch in Bestform war, hätte er vielleicht zumindest eine Chance gehabt. Auf jeden Fall wäre es kitzliger gewesen.

So wie die Dinge jetzt standen, sprach er zu Cassidy, auf seinem Gesicht einen irgendwie traurigen, nostalgischen Ausdruck. Cindy drehte sich zu ihm und feuerte die Purdey ab.

Er merkte es nicht einmal. Die beiden Detonationen erklangen nahezu gleichzeitig, und der Rückstoß warf Cindy nach hinten gegen die Wand.

Bennie verließ diese schlechte Welt in einem verschwommenen Wust schwarzer Wolle, freundlicherweise zur Verfügung gestellt von der Firma Brooks Brothers. Sein Bowler-Hut segelte durch die Luft und weg, wie die Jugend und die Erinnerungen und Hoffnungen, die sich gerade noch rechtzeitig davonmachten. Beide Ladungen erwischten ihn oberhalb der Gürtellinie. Die obere Hälfte von Bennie wurde seitwärts nach hinten geschleudert, in einer Flugbahn, die der von Cookie Candiolis letzter Luftreise nicht unähnlich war. Die untere Hälfte von Bennie blieb noch einen Moment stehen, wie ein unschlüssiger Gast. Dann kippte sie um.

Cassidy kam auf die Beine und stand da, sah ihn an, einen Teil von ihm, höchst erstaunt darüber, was gerade geschehen war. Er hatte das Gefühl, als sei Bennie vom Tode unterbrochen worden. Der arme Hund hatte zweimal denselben Fehler begangen. Zweimal hatte er Cassidy am Boden und wäre jedesmal besser daran gewesen, wenn er ihn einfach getötet hätte. Aber er war ein sentimentaler Tölpel, im

Grunde seines Herzens butterweich, und er hatte die Situation nicht ernst genug genommen. Vielleicht hatte er nicht gedacht, daß ein nettes Mädchen wie Miss Squires ihn wirklich töten könnte. Cassidy konnte ihn hören, wie er es sagte. *Höllische Sache, Lew, höllische Sache.* Er fragte sich, ob man Bennie wohl bei den Himmelspforten Einlaß gewähren würde, ob er ihn da oben eines Tages auf der Straße der Erfüllungen treffen würde. Vielleicht brauchten sie eine Wache dort oben.

In seinem nächsten wachen Augenblick fand er sich mit dem Gesicht nach unten im Blut eines anderen liegen, schon wieder gänzlich umfangen von Schmerzen, diesmal funkelnagelneuen Schmerzen. Es war, als habe ihn ein Vorschlaghammer in den Rücken getroffen. Er hörte Cindy schreien. Er hörte das Bellen des Schusses, der ihn traf. Er kroch seitwärts wie ein Krebs und stieß gegen Bennies Beine, sein Gesicht im nassen Schnee auf Bennies Galoschen.

Als er sich auf den Rücken herum gerollt und an der Wand Halt gefunden hatte, sah er auf. Max Bauman kam die Treppe herunter. Eine Stufe nach der anderen. Er hatte eine .45er in seiner Hand, und er weinte. Tränen flossen in Strömen seine fahlen, eingefallenen Wangen hinunter. Er wischte sich die Nase mit dem Ärmel.

»Bennie«, schluchzte er. »Jesus, Ben . . .«

Er hatte Cassidy in den Rücken geschossen, aber hoch und außen. Er dachte, daß die Schulter wohl hinüber sei. Der Schmerz ließ ihn in der Kälte schwitzen. Sein rechter Arm war taub. Er konnte seine Finger nicht bewegen. Es war, als sei eine brennende Klinge in seinen Rücken getrieben worden. Er sah viele kleine helle Sternchen, und alles war verschwommen.

Max kam langsam die Treppe herab, ein müder alter Mann. Er trug immer noch den Frack unter seinem langen, festlichen Mantel, einen Homburg, schwarze Handschuhe, denen man den beschwerlichen Weg durch die Schneeverwehungen nicht ansah. Der davon herrührende Schnee war schon lange von Hose und Mantel weggetaut, und er sah im wesentlichen so aus wie immer. Nur, daß er jetzt eine Ruine war, alt und krank und müde und lahm, als er herunterkam. Einmal vorher hatte Cassidy ihn weinen sehen, vor einer Million Jahren, als er am Ende einer langen Party vor dem Kaminfeuer gesessen war und erzählt hatte, wie sein Sohn Irvie als Held gestorben war. Mit seinem Schiff untergegangen.

Jetzt schritt Max die Treppen hinunter in den Raum, der wie ein Schlachtfeld aussah, die Männer, die jeden seiner Befehle befolgt hatten, tot zu seinen Füßen verstreut. Es war ein Krieg, der Max entsprach, und er hatte lange gedauert. Alle waren müde oder tot. Als ob er Cassidys Gedanken lesen könnte, sagte er: »Sind sie jetzt alle tot, Lew?«

»Das will ich doch verflucht hoffen.«

Er sah herüber zu Cindy, lächelte matt. »Cindy. Du hast mir gefehlt, Baby.«

Sie versuchte, sein Lächeln zu erwidern, wischte mit einer Handbewegung das Haar aus ihrem Gesicht. »Nun, schöne Scheiße hier, nein, Max?«

»Schon komisch, wie sich die Dinge entwickeln, Cin. Wer hätt's gedacht?« Er schüttelte den Kopf, lachte leise. »Ich werde bald tot sein, das hast du nicht gewußt, oder? Warum hast du mich immer belogen, Cin? War ich so furchtbar?«

»Oh, Max, du warst gut zu mir. Und ich habe dich nicht immer belogen. Ich habe dich kaum jemals belogen.«

»Nur bei den wirklich wichtigen Dingen, schätze ich«, sagte er. »Liebe, Tod ... sicher, Baby, Tod. Harry Madrid und ich hatten ein kleines Gespräch neulich abends, Cin. Über diese Schießerei in Jersey vor mehreren Jahren. Ich wollte es nicht glauben, Cin, konnte nicht glauben, daß du zu so was in der Lage wärst, mich in eine Falle laufen zu lassen ... Ach, Hölle, jetzt ist ohnehin alles vorbei, nein? Leg das Gewehr hin, Cin. Es ist leergeschossen. Du hast beide Läufe auf Ben abgedrückt. Du hättest Ben nicht töten sollen –«

»Aber warum nicht?« fragte sie. »Geht's darum nicht die ganze Zeit? Wer am Leben bleibt und wer nicht? Du hast bereits beschlossen, mich zu töten –«

»Jetzt, wo ich dich sehe, bin ich mir da nicht so sicher. Das hatte ich eigentlich gehofft, daß ich dich sehen würde und mir dann die guten Zeiten wieder einfielen und daß ich es dann nicht fertigbrächte, dich zu töten. Oh, Hölle, Cin ... Wenn du mir noch ein paar weitere Monate schöngetan hättest, wäre ich gestorben, und du hättest die ganze Angelegenheit sicher und gesund und reich überstanden. Statt dessen« – er deutete mit der Waffe auf das Blutbad, das da vom grauen Licht der Dämmerung erhellt wurde – »haben wir den letzten Akt von Hamlet. Und du hast Ben getötet ... Aber dann, wie lange kann ich ihn schon vermissen? Paar Monate? Pah.« Er wischte Schweiß von seiner Stirn, sah herüber zu Cassidy. »Und du, Lew. Was hast du für dich zu sagen? Ich hab's läuten hören, daß du mein Mädchen hier gebumst hast, während du eigentlich ihren Geliebten suchen solltest. Hey, Max ist der Dumme! Verfluchter Kerl, wie ich diese Art von betrügerischer

Scheiße hasse! Das ist deiner nicht würdig, Lew. Dein Vater wäre enttäuscht gewesen von dir ... sag, hat's dich schlimm erwischt, Lew?«

»Ich werd's überleben«, sagte er.

Max lachte, hustete in seine Faust. Es war kalt. Sein Atem schwebte wie Rauch zwischen ihnen. »Nun, jetzt wo du's sagst, das denke ich eigentlich nicht.« Er zog einen schweinsledernen Zigarrenbehälter aus seiner Tasche, biß das Ende einer Zigarre ab, zündete sie mit seinem goldenen Feuerzeug an. Die Waffe blieb völlig ruhig in seiner Hand. Er hustete erneut, ein Mann mit einer heranziehenden Erkältung, die keine Rolle mehr spielte. »Komm hier rüber, Baby. Setz dich neben mich auf die Treppe.« Sie ging, und sie setzten sich beide. »Tut es dir leid, Cin?«

Sie schüttelte den Kopf. »Vielleicht. Ich weiß es nicht, ich wünschte, es hätte nicht so geendet ... Aber ich konnte einfach nicht den Rest meines Lebens mit dir verbringen ... eine Gefangene –«

»Ich wollte nur, daß es für den Rest meines –«

»Es hätte sehr lang dauern können, Max. Und ich hatte mich in Lew verliebt ...«

Max lachte hart, blies Rauch in Cassidys Richtung. »Ein verkrüppelter, verbrauchter, nutzloser Footballspieler, der wie ein Parasit von seinem besten Freund lebt. Du willst mir sagen, daß du diesen Haufen Dreck liebst?«

Sie sah ihn an, als sei sie bei seinen Worten zu Eis geworden. Sie war jetzt so weit entrückt, daß er sie niemals erreichen konnte. Ihre Augen trafen einander. Er sah zuerst weg.

»Dieser Kerl, er ist nichts, Cin«, sagte er, bemüht, weniger harte Worte zu finden, zu spät, »nicht gut genug für dich. Was, zum Teufel, ist es nur mit den Frauen, Lew? Nur, weil du jünger bist? Besser im Bett?«

»Ich weiß nicht, Max. Ich weiß nicht, was es ist mit den Frauen.« Seine Kräfte verließen ihn. Der Schmerz in seinem Rücken wurde dumpf, als habe er gewonnen und verliere nun das Interesse an dem ungleichen Wettstreit. »Schieres Glück, schätze ich –«

»Nun, mit deinem Glück ist's vorbei, Lew.«

»Sag mir, Max, wie hast du uns gefunden?« Die Worte klangen langsam und stammelig, unfertig.

»Oh, ich hatte einen kleinen Schwatz mit Terry. Er war immer ein braver Junge. Ist mir wie ein eigener Sohn.«

»Hast du ihn getötet, nachdem er's dir gesagt hatte?«

»Oh, ich denke doch nicht. Mr. Erickson hielt es zwar für richtig, da er ein sehr praktisch veranlagter Bursche war. Er sagte, daß sie's daheim in St. Louis so machen würden. Aber ich konnte ihn Terry genausowenig töten lassen, wie ich selbst Irvie umbringen könnte. Nein, Terry wurde nur dazu veranlaßt, einzusehen, welche Loyalität schwerer wiegt. Man könnte sagen, ich habe sämtliche Loyalitätsrücklagen in Anspruch genommen.« Er zuckte mit den Schultern, sein Hals dürr unter dem Schal. »Ich glaube, er war ein bißchen mitgenommen, als wir gingen . . .« Max legte seinen freien Arm um Cindy, zog sie an sich. Sie sperrte sich, aber er insistierte.

»Ich bin in einer höllischen Zwickmühle«, sinnierte Max.

»Schau, Max«, sagte sie, »machen wir der Sache in Ende. Ich werde mit dir zurück gehen. Ich werde tun, was immer du willst –«

»Sollen alle diese Burschen für nichts gestorben sein? Werde vernünftig, Cin. Und überhaupt, siehst du nicht, für mich kann es kein glückliches Ende geben.«

»Ich kann dir noch ein paar ziemlich gute Monate machen, Max. Ich werde bis zum Ende bei dir bleiben, bis es vorbei ist . . . aber bitte töte niemanden mehr.«

»Aber liebste Cin, ich habe niemanden getötet. Du und Lew, ihr habt das ganze Töten besorgt. Ich bin nur ein kranker alter Mann mit höllischen Kopfschmerzen. Und just sind mir sämtliche Illusionen ausgegangen. Du kannst meinen Vorrat nicht wieder auffüllen, Cin. Denk nur mal. Was sollte ich mit dir für ein oder zwei Monate? Sie sagen mir, daß ich in einem Monat blind sein werde, und dann könnte ich dich nicht einmal sehen . . . ein blinder alter Jude, und niemand mehr, dem man trauen kann . . .« Er paffte blauen Rauch. Er begann jetzt wieder zu weinen. Er rieb sich die roten Augen und schnippte die Asche weg, sie landete auf seinem Mantel. Er knetete seine Stirn. Aber die .45er war auf ihre rechte Brust gerichtet, berührte sie fast. Eine .45er würde in sie ein Loch von der Größe eines Baseballs machen. Ohnehin gab es keine Möglichkeit für Cassidy, etwas zu tun. Er konnte sich nicht rühren, und er verlor Blut.

»Max, Max, Max. Was, zum Teufel, geht hier vor?«

Keiner von ihnen hatte den Mann von der Straße, über den Schnee hochkommen sehen. Einen Moment lang dachte Cassidy, er träume, erfahre eine letzte, tröstliche Fantasievorstellung.

Der Klang der Stimme ließ Max aufsehen.

»Wie geht's denn immer, Amigo? Lange Nacht, so scheint's mir. Ich kann mich des Eindrucks nicht erwehren, daß du in Zukunft auch keinen Ball mehr werfen kannst. Langsam gehen dir die Glieder aus, Amigo.«

»Terry«, sagte er.

Terry war nicht allein. Er war mit seiner großen, alten Waffe gekommen. Sie hatte einen Lauf wie ein Besenstil und sah aus, als habe sie ganz allein den Wilden Westen befriedet. Sie war auf Max gerichtet. Terry stand in der Tür, nicht unbedingt ein vom Glück heimgesuchtes Fleckchen. Er sah sich langsam um.

Dann folgte eine weitere Bewegung auf der Veranda. Ganz langsam, wie ein anlegender Überseedampfer, trat Harry Madrid ins Blickfeld.

»Was für eine Sauerei«, sagte Terry. »Wenn Lews Freund von Palm Beach zurückkommt, wird er seine ländliche Heimstatt nicht wiedererkennen ... irgend jemand wird da eine Menge erklären müssen.«

»Terry«, sagte Cassidy. Seine Sehkraft kam und ging, ihm wurde schwarz vor Augen, dann, wenn er es erzwang, konnte er wieder sehen. Aber viel konnte er nicht mehr erzwingen. Terrys Gesicht sah aus, als habe der fette Hermann Göring es als Tanzfläche benutzt. Ein Auge war dunkelrot und zugeschwollen. Quer über seine Wangenknochen waren tiefe Schnitte. Sie waren aufgesprungen und mußten genäht werden. Um Mund und Nase war Blut getrocknet und verkrustet. Seine Lippen sahen aus, als hätten sie fünfzehn Runden gegen Tony Janiro hinter sich. Er bewerkstelligte ein brüchiges, gebrochenes Lächeln. Da war ein schwarzer Hohlraum, wo einer seiner Vorderzähne gewesen war. Harry Madrid war jetzt nah bei ihm. Er machte eine Bewegung, um Terry zu stützen, aber Terry schüttelte seine Hand weg. Irgendwie waren sie jetzt also doch Verbündete für den letzten Akt ...

»Max, deine Armee ist vom Aussterben bedroht. Das da drüben sieht mir doch glatt wie der alte Bob Erickson aus. Fechtkunst, Lew, ich bin stolz auf dich.« Terry versuchte zu lachen und zuckte zusammen. Max starrte hoch zu ihm, langsam paffend. »Hör mal, Max, im Ernst. Ich bin da gerade über etwas hier draußen auf der Veranda gestolpert. Sah mir verflucht nach einer Hälfte von Bennie aus. Und Cookie Candioli liegt auch stückchenweise hier draußen. Ich würde doch sagen, daß der alte Cookie seine letzte Radkappe geklemmt hat. Ihr Jungs scheint ja eine ganz schöne Party gehabt zu haben.«

»Harry«, sagte Max. »Und auf welcher Seite stehst du?«

»Immer auf der Seite der Engel, Max. Mußte dich so oder so am Wickel kriegen. Frage des Prinzips. So war die beste Art. Du wirst jetzt sterben müssen, Max.«

Hinter Harry Madrid ging langsam die Sonne auf, ein helles, rosafarbenes Leuchten, das sich über den Schnee erstreckte. Es tat Cassidy in den Augen weh. Vielleicht konnte an solch einem schönen Morgen nichts Schreckliches geschehen.

»Leg die Knarre weg, Max. Mach's uns nicht so schwer.« Terry blinzelte ihn an, ganz jovial.

»Nein, das kann ich nicht tun, mein Sohn. Ich bin heute morgen ein sehr trauriger alter Mann, aber Güte steht mir keineswegs im Sinn. Ich weiß, es soll einem ganz leicht und weich ums Herz werden, wenn man kurz davor steht, hinüberzugehen ... aber bei mir ist das einfach nicht so, Terry. Vielleicht bin ich etwas verbittert über das, was mir widerfahren ist – was denkst du? Ob ich also jetzt sterbe oder in ein paar Monaten, was schert mich das schon?«

Er preßte die dicke, stumpfe Mündung der Pistole hoch unter Cindys Kinn. Sie sah Cassidy in die Augen. Er hätte sich im Saphirozean die Augen verlieren können. Er sah sie und sah eine Erinnerung an Karin ... Cindy, Cindy ... die Mündung, die in ihre weiße Haut gedrückt war. Sie war ewig, alle Frauen, er wußte es, wie es Max gewußt hatte. Die Tochter der Zeit. Ihre Augen sprachen zu ihm. Sie hatte keine Angst.

»Also haben wir ein mexikanisches Patt«, sagte Terry.

»Nein.« Max schüttelte den Kopf. »Ich gewinne.«

Ihre Augen taten keinen einzigen Wimpernschlag. Ihr Patriziergesicht war ausdruckslos. Ihre Augen sprachen zu Cassidy. Sie sah ihn, sie sah jenseits von ihm, sie sah die grenzenlose Zukunft, die da Ewigkeit heißt.

Da wußte er, was sie sagte.

Sie sagte Lebewohl.

Max drückte ab und zerfetzte ihren Kopf.

Terry entwich ein langer Seufzer.

Dann begann der große Lärm, und Cassidy ließ es über sich hinwegrollen, und es gab kein Entkommen.

Terry erschoß Max, zerriß ihn in Stücke mit den Kugeln, und es schien ewig zu dauern. Die Zigarre, der Hut, das Toupé, das Gesicht. Eine Detonation folgte nach der anderen, und es war Cassidy völlig egal. Terry war von den Toten wieder auferstanden, und Cindy war weg ... für immer ...

Schließlich machte der Abzugshahn nur noch klick, klick, klick, eine Leerkammer nach der anderen.

Terry kniete neben Cassidy nieder, einen Arm um seine unverletzte Schulter gelegt.

»An der Zeit, es für heute gut sein zu lassen, Amigo.« Seine Waffe fiel klappernd zu Boden. Harry Madrid bückte sich, und zusammen halfen sie Cassidy auf die Beine.

Sie gingen nach draußen.

Die Sonne schien grell auf den Schnee, und dann ging sie auf einmal weg, und Cassidy war kälter als jemals zuvor.

Alle waren tot.

Alle außer Harry Madrid und Terry Leary und Lew Cassidy.

Cassidy

Okay, okay, ich weiß es ja. Wir waren also nicht Romeo und Julia. Und wir waren nicht Héloise und Abelard. Und wir waren auch nicht Tracy und Hepburn. Das weiß ich doch alles. Ich war schließlich auf dem College.

Aber wir waren auch nicht Abbott und Costello.

Man könnte jetzt ziemlich überzeugend einwenden, daß ich ja nur einige wenige Tage mit ihr verbracht hätte, und was kann man schon nach so kurzer Zeit über einen Menschen sagen?

Nun, die Antwort ist, ich weiß es nicht. Ich weiß nicht, wie man Liebe erklärt, und ich weiß nicht, was gewesen wäre, wenn Max nicht abgedrückt hätte und sie noch am Leben wäre. Ich habe, offen gestanden, keinen blassen Schimmer.

Aber ich weiß, was ich für sie gefühlt habe, und ich weiß, wie tief sie mich angerührt hat, und ich werde nie vergessen, wie wir uns geliebt haben, und ich werde nicht vergessen, wie sie am Ende vor den Bösen Farbe bekannt hatte.

Ich erinnere mich an ihr feierliches ernstes Gesicht und an den Schleier blonden Haars und an das Blau ihrer Augen. Die Augen, die Lebewohl-Augen.

An manchen Tagen würde ich alles dafür geben, wenn ich nur aufhören könnte, an diese Augen zu denken, sie für immer aus meinem Gedächtnis bannen könnte. Ich sehe sie, wie sie mir Lebewohl sagen, und ich denke an das Leben, das sie gehabt haben könnte, und die schönen Jahre, die nie sein werden, all die Jahre, die wir zusammen hätten haben können. Es gibt den alten, überlieferten Glauben, daß sich alte Freunde noch einmal treffen werden, an einem weit entfernten Gestade, fern aller Verzweiflung und Trauer. Vielleicht werde ich Cindy an diesem entfernten Gestade finden. Ich glaube, das würde mir gefallen.

Aber ich beziehe es nicht in meine Zukunftspläne ein.

Man kann jetzt argumentieren, daß sie letztlich einfach Ärger war, daß sie der Typ von Frau war, die den Regen und die Traufe auf sich und all die Männer, die sie lieben, zieht. Ein höllisch hoher Leichenberg untermauerte diese spezielle These.

Und doch spielte es keine Rolle.

Was und wie war sie wirklich? Ich weiß es nicht einmal ansatzweise. Vielleicht existieren solche Frauen in erster Linie immer in den Vorstellungen der Männer, in den vernebelten Tälern romantischer Sehnsucht.

Sie war jetzt anderthalb Jahre tot, und ich wachte immer noch am Morgen auf und hatte dann von ihr geträumt, wollte sie immer noch sehen, zu ihr sprechen, sie berühren. Und wußte natürlich jeden Morgen, daß nichts von all dem jemals wieder geschehen konnte. Aber ich war mir nicht gänzlich sicher, daß sie nicht mehr da war, weil da immer noch etwas war, das mir zuflüsterte, daß ich sie wiederfinden würde, da sie in der Tat ewig war, die Tochter der Zeit, das Licht und die Dunkelheit. Ja, Max hatte es die ganze Zeit richtig gesehen, aber sie war ein ruheloses Gespenst, wie Quecksilber, und er konnte sie nicht festhalten.

Alle paar Wochen fuhr ich hinaus zu dem verwunschenen Friedhof in Westchester und besuchte ihre Grabstatt.

Eine ganze Weile, das gebe ich zu, waren diese Ausflüge überschattet von der Trauer und ziemlich morbide, aber dann klangen die Trauer und das Klagen mit der Zeit allmählich ab.

Den Rest des Jahres 1944, durch die Zeit hindurch, in der im Juni die Invasion der Alliierten begann, in der Tom Dewey zum republikanischen Präsidentschaftskandidaten bestimmt wurde und dann in der Wahl Roosevelt unterlag, der wirkte, als liege er im Sterben und dennoch gewann, durch die Zeit hindurch, in der der verzweifelte deutsche Gegenangriff stattfand, der später als Ardennenoffenisve bekannt wurde, all diese Zeit traute ich mich nicht, irgend jemandem zu erzählen, daß ich sie besuchte, daß ich Blumen brachte wie ein altmodischer Freier. Es blieb nur unter uns beiden, und ich wußte nicht, wie ich mich fühlen würde, wenn mir jemand folgte.

Ich neigte dazu, dort auf einer Bank in der Nähe des Grabsteins zu sitzen und meine Gedanken beliebig in der Vergangenheit umherwandern zu lassen. Ich rief mir immer wieder diesen Tag ins Gedächtnis, an dem sie nervös in die Oak Bar im Plaza hereingeschwebt war und sich neben mich gesetzt hatte. Ich ging dann Stück für Stück den ganzen Tag durch, und er endete jedesmal damit, daß mein Stock Bennies Schädel zertrümmerte . . .

Oder ich gedachte ihrer, wie sie sich auf mich zu bewegt hatte in der Nacht, in der wir in der Kälte gestanden und zugesehen hatten, wie die U-Boote die Schiffe vor der Küste von Jersey versenkten . . .

Oder ich dachte an ihre weihnachtliche Grußkarte . . . Ich dachte an ihr *Ich liebe dich* . . . und ich dachte oft an diesen letzten Blick des Lebewohls in ihren Augen . . .

Im Sommer 1945 hatte ich den Großteil dieser Dinge immer noch sehr präsent im Kopf, aber die Trauer war nicht mehr so überwältigend. Die Zeit hatte auch an mir ihre Wunderheilung bewirkt. Im Tausch gegen mein Herz, meine Liebe, meine Gefühle gewährte mir die Zeit die nötige Abstumpfung, um die Erinnerungen zu überleben, ohne den Verstand zu verlieren.

Karin und Cindy.

Die einzigen Frauen, die ich je geliebt hatte, und beide waren sie tot.

Nun, alle wurden sie begraben, natürlich, wenn es auch sehr hastig geschah.

Bennie schien keinerlei Angehörige zu haben, und so sorgten Terry und ich dafür, daß auch er seine letzte Ruhe auf dem Friedhof in Westchester fand. Nicht weit von Cindy entfernt. Es war Grund zum Lächeln, aber ich bin mir nicht sicher, warum.

Bob Erickson wurde nach St. Louis heimgeführt, zu seiner Familie, und die Verwandten von Cookie Candioli kümmerten sich um ihn. Sie wurden alle beerdigt.

Und natürlich auch Max. Ein sehr hübscher jüdischer Friedhof, neben Ärzten und Anwälten und Financiers und Schriftstellern und Lehrern, in der Tat in sehr guter Gesellschaft. Aber schließlich war er in Harvard gewesen.

Eines Tages wurde das Testament von Max verlesen. Es stellte sich heraus, daß er nicht gescherzt hatte, als er sagte, er betrachte Terry als seinen Sohn. Terry hätte sich beispielsweise keine Sorgen um seinen Zigarrennachschub machen brauchen. Max hinterließ ihm seinen gesamten Vorrat an Havannas, genau fünftausend und elf Stück an der Zahl, alle sicher verstaut im künstlich befeuchteten Lagerraum der Firma Dunhill.

Aber das war nicht alles.

Er hinterließ Terry das Haus auf Long Island.

Und noch eine Sache.

Der Club. Er hinterließ Terry den Club. Heliotrope.

Auf dem Friedhof. Die warme Augustsonne in meinem Gesicht. Vor dem Stein waren Blumen, so schön, wie es ihr zustand. Kinder lachten, tanzten um einen Grabstein in der Nähe herum. Ich saß da und gab mich Erinnerungen an Cindy hin, als hätten wir viele schöne Zeiten miteinander gehabt und nicht nur diese wenigen Tage. Manchmal geriet ich dann schwer ins Grübeln über sie, und es schien dann, daß diese guten Zeiten sich immer weiter und weiter ausdehnten, bis sie praktisch eine ganze Lebensspanne wurden, eine Lebensspanne, die nur uns gehörte. Zumindest in den Dimensionen meiner Gedanken, und das war eigentlich alles, was mir von Cindy noch geblieben war. Und ich dachte immer an das kleine Mädchen, das auf einem Grabstein auf einem kleinen englischen Friedhof saß und sich fragte, was es alles bedeute.

Zwei Männer kamen von unten an der Straße auf mich zu, wo ich das gleiche kleine Ford Cabriolet geparkt hatte. Ich beobachtete sie, sie verschwammen in der Hitze flirrender Luft. Sie wirkten wie unwirkliche Boten aus einer anderen Galaxie, wie ihre Konturen sich in der Hitze so unstet bewegten.

Es war August. Die Hundstage.

Der Krieg war vorüber und die Guten hatten gewonnen.

Die Deutschen ergaben sich am 6. Mai in einem kleinen roten Schulhaus, das General Eisenhower als temporäres Hauptquartier diente.

General Jodl, der deutsche Stabschef, kam in die Schule und unterzeichnete die bedingungslose Kapitulation. Eisenhower war nicht anwesend. Als Jodl und die Vertreter des Alliierten Heereskommandos, die Russen und die Franzosen, alle unterzeichnet hatten, suchte Jodl Ike auf. Er bat um Gnade. Dachte sich vermutlich, es könne nicht schaden zu fragen.

Der europäische Krieg endete Montagmorgen um 2 Uhr 41 französischer Zeit. In New York war es immer noch Sonntagabend, 8 Uhr 41 Kriegszeit. Aber wir waren ja auch immer noch dabei, es mit den Japanern auf Okinawa auszukämpfen, wo viele Männer starben. Und die Fahnen waren immer noch auf Halbmast wegen des Todes von Franklin Roosevelt, der uns durch so viel hindurchgebracht hatte.

New York ließ sich von einer vorzeitigen Siegesfeier davontragen, ausgelöst von den ersten Meldungen im Radio am Montagmorgen. In seiner hohen, durchdringenden Stimme beschied Bürgermeister La Guardia den Feiernden in einer emotionsgeladenen Rede am Nachmittag, es sein zu lassen. Er sagte ihnen, daß das Ende des Kriegs noch nicht spruchreif sei, daß nach allen Berichten immer noch Männer da drüben kämpften und starben, und verflucht viele Menschen auf dem Times Square fühlten sich auf einmal sehr verlegen. Die Teenager in den Ringelsocken und die Männlein und Weiblein, die sich auf einen freien Tag und den gebührenden Anlaß sich zu betrinken freuten, beruhigten sich, und die Menge löste sich auf, und die berittene Polizei räumte das Areal. Um 5 Uhr war praktisch niemand mehr da, der auf der großen Nachrichtenleuchtschrift der *Times* lesen konnte, daß am nächsten Morgen um 9 Uhr der offizielle Siegestag sein würde. Aber später begannen die Feiern von neuem, und die Älteren sagten, so etwas habe die Stadt noch nicht gesehen. Das Getöse war unaufhörlich. Von jedem Boot auf dem East River und dem Hudson ertönten ohne Unterlaß die Sirenen und Pfeifen, und die Taxifahrer stemmten sich auf ihre Hupen, und völlig Fremde gingen miteinander ins Bett.

Sechs Wochen später hielt Eisenhower den triumphalsten Einmarsch aller Zeiten in der Stadt. Vier Millionen Menschen säumten den Marsch der Parade, um den General zu sehen. Schließlich war es ein ungeheurer Krieg gewesen. Und die Marines kämpften immer noch auf Okinawa. Zwei Tage später hatten sie es erobert, aber der Preis war hoch. Viele Japaner zogen es vor, sich ins Meer zu stürzen, statt sich zu ergeben.

Einen Monat später wählte die britische Bevölkerung Churchill brutal ab. Der Erdrutschsieg der Labour Party machte Clement Atlee zum neuen Premierminister.

Ein paar Tage danach knallte an einem vernebelten Samstagmorgen ein zweimotoriger B-25-Bomber in die Nordseite des Empire State Building, fast tausend Fuß über der 34. Straße. Im neunundsiebzigsten Stock. Dreizehn Menschen kamen dabei ums Leben. Die Flügel wurden feinsäuberlich abrasiert und stürzten auf die Straße. Die Benzintanks explodierten. Einer der Motoren brach ganz durch das Gebäude hindurch, riß ein Loch in die Südseite, fiel beinahe siebzig Stockwerke tief und demolierte das Penthouse eines berühmten Architekten, der in der West 33. Nummer zehn lebte. Der andere Motor fiel über tausend Fuß tief einen Aufzugsschacht hinunter in einen Unterkeller. Ein Propeller grub sich in eine Betonmauer, und überall brannte Benzin. Die Stahlträger im neunundsiebzigsten Stock verbogen sich um nahezu fünfzig Zentimeter. Der Pilot war ein erst kürzlich dekorierter Bomberkommandant, der versucht hatte, in dichtem Nebel Newark zu finden. Wenn nicht so, dann so.

Am 7. August fiel die erste Atombombe, und sechzig Prozent von Hiroshima waren Vergangenheit. Am 9. August fiel die zweite Bombe auf Nagasaki, und in dieser Nacht erstattete Präsident Harry Truman der Bevölkerung Bericht. Und dann waren am 15. noch einmal alle völlig aus dem Häuschen, weil das Sonnenimperium bedingungslos kapitulierte. Und dieses Mal war es auch dort drüben wirklich vorbei. Die *New York Post* meldete es mit einer typischen Zwei-Wort-Schlagzeile: JAPS QUIT! – Sie stecken's. Nun, wie Terry schon sagte, man konnte es ihnen kaum verdenken.

Von einem anliegenden Zufahrtsweg ertönte laut ein Autoradio. Jemand wartete auf Trauernde, die gekommen waren, den Toten Respekt zu bezeugen, und der Tag war geschaffen für Musik. Die Melodie wurde von der leichten, heißen Brise weitergetragen. Es war das Lied, das alle in diesen Tagen sangen und pfiffen. Es war die offizielle Hymne des Kriegsendes, dieses Sommers von 1945.

Kiss me once
Then kiss me twice
Then kiss me once again
It's been a long, long time

Es war gewiß eine lange Zeit gewesen, aber die Welt versuchte jetzt, wieder zu ihrem alltäglichen Lauf zurückzufinden. Die Jungen und Mädchen kehrten heim, um ihr Leben wieder aufzunehmen, wenn ihnen nur wieder einfiel, wie. Ihnen standen eine Menge Überraschungen bevor.

Haven't felt like this, my dear
Since can't remember when
It's been a long, long time . . .

Die zwei Männer waren jetzt wieder aus den dunkelgrünen Schatten mehrerer klagend herabhängender Trauerweiden getreten und waren wieder gefangen in der hellen Sonne.

Ich erkannte sie.

Mein Vater trug immer noch Uniform, aber es würde jetzt nicht mehr lange dauern, bis er wieder in Zivil war, bis er wieder bei seinen Filmen war. Er hatte einen guten Krieg gehabt, wie die Leute sagten. Nachdem er eine vielgelobte Dokumentation über die Kämpfe in der Steppe gemacht hatte, hatte er die letzen Kriegstage beim militärischen Nachrichtendienst des Alliierten Heereskommandos in Europa zugebracht. Ich hatte nicht gewußt, daß er wieder im Lande war, aber da stand er und wirkte quietschfidel.

Bei ihm war Terry Leary. Er trug ein Searsucker-Jackett und graue Slacks und leichte Halbschuhe.

»Lew«, sagte mein Vater.

»Dad.« Ich erhob mich und umarmte ihn fest.

»Terry sagte, daß du hier sein würdest. Wir hatten schon an allen anderen Orten gesucht, und da meinte er, es bliebe nur noch dieser Ort. Geht's dir gut, Lew?«

»Ja«, sagte ich. »Mir geht es gut.«

Wir nahmen alle drei Platz auf der Bank.

»Hier ist sie also, ja?« sagte mein Vater.

»In gewisser Hinsicht schätze ich, ja. Im wesentlichen ist sie hier oben.« Ich stupfte an meine Schläfe.

»Das mit ihr tut mir leid, Sohn. Die ganze verfluchte Sache tut mir leid. Sie am meisten. Sie war ein wunderschönes Kind.«

»Nun, man hat ihr übel mitgespielt«, sagte ich.

»Ja.« Er nickte. »Ich weiß, was du meinst. Kannst sie nicht aus deinem Kopf bekommen, nehme ich an.«

»Hab's nicht mal versucht«, sagte ich. »So sind die Dinge halt.«

»Aber es ist lange her, Lew«, sagte er leise, die Augen auf den Grabstein gerichtet.

Ich lächelte ihn an. Mein Vater war die letzte Person, die ich wirklich liebte. Oh, ich liebte auch Terry, aber das war etwas anderes. Terry zu lieben war eine komplizierte Angelegenheit. Meinen Vater zu lieben war wie Karin und Cindy zu lieben. Es war einfach. Wie die Liebe, die ich fühlen würde, sollte ich jemals der Vater eines Kindes sein.

Terry rauchte eine Havanna, hatte die Beine ausgestreckt, die Augen geschlossen, das Gesicht der Sonne zugewandt.

»Es ist lange her«, sagte ich.

Wir saßen still da, drei Männer auf einem Friedhof, die sich sonnten. Versunken in Gedanken an eine tote Lady oder zwei.

Schließlich sagte Terry: »Besser, du sagst es ihm, Paul.«

»Ich muß wohl«, sagte er.

»Sagst mir was?« Ich fühlte, wie sich ein kalter Schauer unten an meiner Wirbelsäule ausbreitete, höher wanderte, greifbare, körperlich spürbare Spannung, wie ich sie schon seit langer Zeit nicht mehr gespürt hatte.

»Nun, ich bin froh, daß du sitzt, Lew. Ich habe ziemlich überraschende Neuigkeiten für dich –«

Er hielt inne. Terry nahm die Zigarre aus seinem Mund, sagte: »Los, Paul, sag's ihm.«

»Nun. Ja, da sind also diese Neuigkeiten. Ich bin gerade mit dem

Flugzeug aus Deutschland zurückgekommen. Ich war mit der Requirierung und Einsammlung von Kunstgegenständen beschäftigt, bin in der ganzen Gegend rumgerannt und habe Leute interviewt, Männer in Internierungslagern aufgesucht, auf der Suche nach bestimmten Gemälden und Vasen und Kreuzen, und – na, du kannst es dir vorstellen ... vermaledeiteste Sache, die man je gesehen hatte, wirklich ...«

»Los, Dad, rück's raus«, sagte ich.

»Nun, wir brachten so alle möglichen Leute zum Vorschein, und – oh, Hölle, ich kann das so wenig. Hier ist der Punkt ... ah, was ich versuche zu sagen, ist ... Karin kommt nach Hause, Lew.«

Er scheuchte eine Fliege aus seinem Gesicht und warf einen Blick gen Himmel, voller Hoffnung, voller Ungeduld.

»Karin«, sagte ich.

»Wir haben Karin gefunden, Lew. Sie ist am Leben, und sie kommt zurück.«

Viele Dinge hätten mir jetzt durch den Kopf gehen müssen, aber eigentlich geschah nichts dergleichen. Er hätte mir genausogut sagen können, man habe gerade entdeckt, daß die Welt doch flach war. Man denke einmal darüber nach. Jemand, den man fast sechs Jahre lang nicht gesehen hatte, die eigene Frau, jemand, den man seit dem Bombardement von Köln 1942 für tot gehalten hatte, dieser Jemand kehrte jetzt zurück. Ich begriff es nicht ganz. Ich mußte erst alles in mir daran gewöhnen lassen, und das war eine beunruhigende Angelegenheit.

»Karin ...« Ich blinzelte meinen Vater verblüfft an, sah zu Terry. »Karin ist in Ordnung?«

»Oh, sie mußte schwere Zeiten durchmachen. Du kannst dir nicht vorstellen, wie zerstört dieses Land ist ... aber du kennst Karin, es geht ihr ganz gut.«

»Jesus, es ist so lange her«, sagte ich. »Wann kann ich sie sehen?«

»Bald. Sie wird bald da sein. In ein paar Tagen.«

Ich versuchte zu schlucken, mußte feststellen, daß ich es nicht konnte.

»Da ist allerdings noch eine Sache«, sagte mein Vater. »Eine Sache, die ich dir noch sagen muß ...«

»Du sagtest, sie wäre in Ordnung –«

»Ist sie, ist sie. Aber sie kommt nicht allein zurück, das ist die Sache.«

»Ihr Vater? Hat er auch überlebt? Aber in der Zeitung stand doch –«

»Nein, nicht ihr Vater. Das ist es, was ich so ungeschickt versuche, dir mitzuteilen, mein Sohn.«

»Ich begreif's nicht. Wer kommt zusammen mit meiner Frau zurück?«

Mein armer Vater seufzte.

»Ihr Ehemann. Karin bringt ihren Ehemann mit zurück.«

Nach einer Stille, die uns alle lähmte, sagte Terry: »Wie Bennie zu sagen pflegte, die Welt ist unvollkommen, Lew.«

Terry lächelte. Er erhob sich.

»Los, Amigo. Du brauchst einen Drink.«

Pfeifend machte er sich auf den Weg.

Kiss me once then kiss me twice then
kiss me once again
it's been a long, long time . . .

Mein Vater und ich folgten ihm in der herrlichen Augustsonne.

Eigenartige Dinge gingen da vor.

Aber das ist eine andere Geschichte.